Gioconda Belli

Tochter des Vulkans

Roman

Deutsch von Lutz Kliche

dtv

Deutscher Taschenbuch Verlag

Von Gioconda Belli
sind im Deutschen Taschenbuch Verlag erschienen:
Bewohnte Frau (11345)
In der Farbe des Morgens (11565)

Ungekürzte Ausgabe
April 1993
7. Auflage November 1995
Deutscher Taschenbuch Verlag GmbH & Co. KG,
München

Titel der nicaraguanischen Originalausgabe:
›Sofia de los presagios‹

Umschlaggestaltung: Büro X
Illustration: Detlev Kellermann
Gesetzt aus der Sabon 11/13 Punkt
Gesamtherstellung: C. H. Beck'sche Buchdruckerei,
Nördlingen
Printed in Germany · ISBN 3-423-12106-8

Ein Teil eines jeden Lebens,
selbst eines jeden unbedeutenden Lebens,
verstreicht durch die Suche
nach der Bedeutung des Seins,
dem Sinn des Abschieds, den Ursprüngen.

Marguerite Yourcenar

Niemals hören wir auf zu erforschen,
und am Ende all unserer Erkundungen
werden wir an der Stelle ankommen,
an der wir begonnen haben,
und sie zum ersten Mal kennenlernen.

T. S. Eliot

für Gisella und Sofía
für Carlos und meine Kinder
für die Magie

Das Buch

»Arme kleine Sofia«, meint Doña Carmen, als sie zusammen auf der Landstraße nach Diriá zurückgehen, »sie wird ein sonderbares Schicksal haben. Da sah doch alles so aus, als hätte sie eine gute Partie gemacht, und jetzt verzeiht ihr der Mann die Sache vom Hochzeitstag nicht und hält sie hinter Schloß und Riegel. Und außerdem, sie soll mir bloß nichts erzählen: Wenn sie nicht schwanger wird, dann sicher nicht, weil meine Mittel nicht helfen...« Durch tragische Umstände wird das Zigeunermädchen Sofia von ihren Eltern versehentlich in Diriá, einem nicaraguanischen Dorf, zurückgelassen. Der reiche Kaffeepflanzer Don Ramón nimmt sie, da er erbenlos ist, an Kindes Statt an. Als sie erwachsen ist und heiratet, gerät die rebellische junge Frau schnell in Konflikt mit dem Machismo ihres Mannes und beschließt, ihm kein Kind zu gebären...

Die Autorin

Gioconda Belli wurde in Managua geboren. Sie studierte in Spanien und den USA. Ab 1970 beteiligte sie sich am Widerstand der Sandinistischen Befreiungsfront FSLN gegen die Somoza-Diktatur ihres Landes. Sie lebt heute in Managua und Los Angeles/USA. Von ihren Werken liegen u.a. in deutscher Sprache vor: ›Wenn du mich lieben willst‹ (1988), Gedichte; ›Bewohnte Frau‹ (1988), Roman; ›Zauber gegen die Kälte‹ (1992), Erotische Gedichte.

I

Es ist Nacht, und die Welt liegt still. Jetzt muß man auf Zehenspitzen nach Diriá hineingehen, das Dorf der Zauberer und Hexen, das den Hügel hinaufwächst, der sich hoch oben plötzlich bricht, um steil in den Kratersee, die Lagune von Apoyo, hinabzufallen.

Kein Licht brennt, tief schläft das Dorf, schwimmt auf dem spiegelnden Schein des Wassers. Der Lärm der Sonntagskirmes ist verstummt. Die Leute vom Zirkus haben ihr Zelt abgeschlagen. Fort sind die Marimbaspieler. Die Türen sind verriegelt, und auf dem Platz vor der Kirche lagern nur noch die Zigeuner. Aus Südamerika sind sie heraufgekommen, davor aus Europa, aus Ägypten und Indien und noch viel früher aus dem Paradies, wo noch vor Eva eine Zigeunerin Adam betörte und eine Rasse von Menschen ohne Erbsünde gebar. In den Wohnwagen wird es still. Die Kinder träumen schon, während die Frauen müde die Feuer ausmachen, und die Männer rauchen – sie zünden sich die Zigaretten mit Stückchen rotglimmender Glut an. In der Nähe eines der Wagen streiten ein Mann und eine Frau, es klingt, als erzählten sie sich zischelnd Geheimnisse. Sie sagen, daß sie sich hassen. Sie will fortgehen, sagt die Frau, will ihn nicht mehr sehen und auch nicht hören, will zu den ihren gehen, die keine Zigeuner sind, sie mag diese Familie nicht mehr; alle verabscheut sie. Der Zigeuner raucht langsam und antwortet nichts. Die Frau erhebt sich, betritt den Wagen, schaut lange das Mädchen an, das darin schläft, und verläßt den Wagen wieder, ohne daß der Zigeuner, der ihr den Rücken zugewandt hat, sich umdreht. Das Mädchen aber schläft nicht; verschüchtert, voller Angst, hat es den Streit mit angehört. Es sieht, wie die Silhouette seiner Mutter verschwindet und richtet sich auf, zieht sich die Schuhe an und beschließt, ihr zu folgen, hinaus in den dunklen Wind, der von der Lagune weht.

Die Häuser des Dorfes haben dicke Wände. Die Hauptstraße steigt zur Kirche hinauf, eine Straße aus Schlamm und aus Steinen; Asphalt gibt es nicht auf diesem verlorenen Flecken. Gegenüber der Kirche ein kreisförmiges Gebilde aus Holz: die primitive Stierkampfarena, wo sonntags Hahnenkämpfe stattfinden und Stierkämpfe, bei denen kein Blut fließt und es keine Toten gibt. Stierkämpfe, bei denen es nur darum geht, den Stier reiten zu können, und derjenige gewinnt, der am längsten oben bleibt, während das Tier bockend durch die Arena tobt. Langsam wird es hell, in den Höfen krähen die Hähne.

Im Lager der Zigeuner schlafen noch alle, außer dem Mann, der grübelt, wo seine Frau und seine Tochter sein mögen. Er rührt sich nicht. Er überlegt und ärgert sich, daß ihn die Launen seiner Frau kümmern. Er wird sie nicht suchen gehen. Sie wird schon wieder auftauchen. Er zweifelt nicht daran, daß sie beide zurückkommen werden, bis es Tag wird und die Männer aus den Wagen klettern und die Frauen aufstehen. Die Zigeuner warten nicht. Sie können ja nicht warten. Sie müssen weiterziehen. Er trödelt und zögert die Abfahrt hinaus. Die alten Männer, Onkel, Großväter, sie kommen zu ihm und fragen nach seiner Frau und der Tochter, doch er weiß nichts, es spiele keine Rolle; sie habe beschlossen, zu den ihren zu gehen, sie zu suchen. Ihre Tochter hat sie mitgenommen. Was sollen wir tun? Unterwegs werden wir sie suchen. Wir müssen weiterziehen. Ich werde euch nicht aufhalten.

Auf den verschlungenen, steinigen Pfaden der Liebe geht das Mädchen verloren; auf ewig wird er glauben, daß es mit ihr fortgegangen ist. Und sie wird meinen, daß es bei ihm ist.

Das eben erwachte Dorf sieht die Zigeuner mit ihren Wagen davonziehen. Da ist niemand mehr, der sich noch an die alten Geschichten einzelner Großväter erinnert, die vom Vorbeiziehen der »Ungarn« in Nicaragua erzählten. Die Leute denken, das seien die neuen Dinge, die die Revolution hervorbringt, sonderbare Sachen, die die Revolution beschert hat, den russischen Zirkus oder die bulgarischen Sänger oder die blonden Menschen, die keine »Gringos«, keine Nordamerikaner, sind. Die Männer und Frauen des Dorfes sehen die Zigeuner und Zigeunerinnen vorbeiziehen. Sie fürchten sich vor den Legenden und vor denen, die keine Wurzeln besitzen. »Sie sind wie der ewige Jude«, meint Patricinio und bekreuzigt sich. »Laßt uns der Jungfrau Kerzen stiften«, sagt sie. »Laßt uns zur Kirche gehen.« Und die Frauen des Dorfes machen sich auf, um in der Stille des Morgens zu beten. Langsam ziehen sie im Gänsemarsch durch den Staub, den die Ochsenkarren auf der Hauptstraße zurücklassen. Sie wenden ihre Köpfe zu dem sich entfernenden Konvoi, und sie sehen den Mann auf dem letzten Wagen, der zurückschaut, seinen Blick suchend schweifen läßt und sich endlich seine Angst eingesteht, den Schmerz um die Tochter und, ganz tief drinnen, sogar die Trauer um die Frau, die er liebt und haßt, die er hassend liebt.

2

Es ist Morgen in Diriá, und die Läden öffnen; die Frauen betreten sie mit leeren Händen, in denen sie, wenn sie wieder herauskommen, die Kannen mit der Milch und das in Zeitungspapier eingewickelte Brot tragen. Es kommen die Ochsenkarren mit dem Feuerholz vorbei, einer, der sein Gespann führt, steigt den Pfad hinter der Kirche hinauf, um im Hof von Julio Holz abzuladen für den Ofen, in dem Tontöpfe gebrannt werden, die Julio nach Managua verkauft, damit die Leute sie, mit Pflanzen gefüllt, in ihre Häuser stellen. Die Kinder von Lola, Nidia und Veronica machen sich in ihren blauen Hosen und Röcken, in weißen Hemden und Blusen auf den Weg zur Schule. Fermín bringt auf seinem Fahrrad die Zeitung, die Arbeiter ziehen in den Steinbruch, der Tag richtet sich ein zwischen den Häusern von Diriá, und die Sonne beginnt, aufzusteigen zum Zenit.

Das Mädchen kommt langsam von der Kapelle auf dem Hügel über der Lagune herab, wo es in der Nacht weinend eingeschlafen war, als es seine Mutter nicht finden konnte. Es trägt am Leibe, was es trug, als es durch den Streit der Eltern wach wurde: den langen, roten Rock, der jetzt zerknittert ist, die buntgeblümte Bluse, die ihr die Mutter überlassen hatte, ihre einzigen schwarzen Schuhe. Auf der Kuppe des Pfades bleibt es stehen. Vom Lager ist nichts mehr zu sehen. Da ist niemand mehr. Nur Gadze, nur Leute, die keine Zigeuner sind, Leute, die es nicht kennt, die es nur am Tag zuvor von weitem gesehen hat. Frauen, denen die Frauen der Sippe aus der Hand gelesen haben. Ihre Mutter war keine Zigeunerin. Abends, wenn sie beide allein waren und der Vater sie nicht hören konnte, hatte sie ihr erzählt, wie sie aus Liebe von zu Hause weggelaufen und ihm gefolgt war. Weil sie keine Zigeunerin war, ließ man sie nicht aus der Hand lesen und erlaubte ihr nicht, die Zukunft vorauszusagen.

Die Mutter, so schien es ihr, hatte sie dauernd vor drohender Gefahr beschützen wollen, und oft sah sie die Mutter weinend, die ihr unter Tränen gestand, wie sehr sie die Tochter liebte. Jetzt sucht das Mädchen sie und glaubt, daß auch die Mutter nach ihm suche. Solange sie lebt, wird Sofia diesen Augenblick nicht mehr vergessen, in dem sie sich unendlich einsam fühlte, diesen Tag, der ihr Leben für immer verändert. Sie geht weiter, steigt den Hügel hinab und kommt an der Werkstatt von Julio vorbei und an dem Mann, der seine Ochsen führt. Sie klettert die Stufen zur Kirche hinauf, deren Türen jetzt, da niemand mehr dort ist, verschlossen sind, und läuft zu dem Holzrund hinüber, wo sonntags die Hahnenkämpfe stattfinden. Sie geht weiter die Dorfstraße hinunter, bis Eulalia, die am Fenster steht und auf den Jungen wartet, der ihr die Tortillas bringt, sie und die Angst in ihrem Gesicht sieht und sich daran erinnert, das Mädchen bei den Zigeunern gesehen zu haben. Sie tritt auf die Straße hinaus und ruft: »He, Kleine, komm doch mal her!«

Eulalia gibt ihr ein Glas Maiskakao und eine große, runde, heiße Tortilla zu essen und fragt nach ihrem Namen.

»Sofia«, antwortet das Mädchen und fängt zu weinen an.

»Wie alt bist du?«

»Sieben.«

Schluchzend erzählt sie von ihrem Vater Sabino und ihrer Mutter Demetria. Woher die Eltern kommen oder wohin sie gehen, weiß sie nicht. Sie sind Zigeuner. Eulalia betrachtet das Mädchen. Es hat mandelförmige Augen, eine gerade Nase und volles, lockiges, schwarzes Haar. Seine Haut ist von einem hellen Braun. Hübsch, denkt sie, und: armes Ding. An Eulalias Hand läuft Sofia kreuz und quer durchs Dorf, doch sind weder Mutter noch Vater zu entdecken. Sofia kann nicht verstehen, warum die Mutter sie im Stich gelassen hat. Mit ihrem Vater mag das anders sein, doch die Mutter war immer so besorgt um sie. Sie kehren zu Eulalias Haus zurück, das Mädchen weint, aus Angst und weil es müde ist.

Man wird die Polizei verständigen müssen, damit die Zigeuner gesucht werden. Das Mädchen ist auf dem Segeltuch des Feldbetts eingeschlafen. Ohne Lärm zu machen, verläßt Eulalia das Haus und geht hinüber zum Bürgermeister auf der anderen Straßenseite. Dieser sitzt gerade mit Don Ramón zusammen, dem reichsten Kaffeepflanzer der Gegend. Don Ramón, der immer Ledergamaschen trägt, ist seit vielen Jahren Witwer. Alle mögen ihn, keiner neidet ihm seinen Reichtum, denn er ist ein gerechter Mann. Sie telefonieren nach Managua, und es dauert nicht lange, da weiß das ganze Dorf von dem Mädchen. In allen Häusern redet man darüber. Rabeneltern, hört man die Leute sagen, wie können sie nur ihre eigene Tochter im Stich lassen, und: armes, kleines Mädchen; alle wollen es sehen. Als Sofia am Nachmittag durch das Dorf geht und in die Türen schaut, bieten sie ihr Waffeln an, Zuckermandelstangen und gebackene Maiskolben. Manche gehen ihr jedoch aus dem Weg, ziehen ihre Kinder von den Türen fort und verbieten ihnen, sich dem Mädchen zu nähern. Das kann nichts Gutes verheißen, das ist ein schlechtes Omen, sagen sie, dieses Zigeunermädchen, das so plötzlich unter ihnen auftaucht. Sieht es nicht aus wie ein Werk des Teufels?

Es vergeht eine Woche, der Bürgermeister ruft Eulalia zu sich. Mit den Ältesten, Weisesten des Dorfes wird Rat gehalten. Die Eltern des Mädchens sind nicht aufgetaucht. In Masaya geht das Gerücht um, die »Carreta Nagua«, die Geisterfrau, die die verlassenen Kinder beweint, sei wieder aufgetaucht. Aus Chinandega hat man gehört, es seien Zigeuner in Richtung El Salvador durchgezogen. Es heißt, ein betrunkener Zigeuner habe versucht, im Stadtpark ein kleines Mädchen zu stehlen. Das ist alles.

»Wir haben es in die Zeitungen gebracht«, sagt Don Ramón, »und ins Radio auch, und wir haben die Feuerwehr benachrichtigt, für den Fall, daß jemand ein abhanden gekommenes Mädchen sucht, doch ohne Erfolg.«

Schweigend sehen sie sich an und wippen nachdenklich in den hohen Schaukelstühlen des Bürgermeisterhauses. Eulalia weiß sich ahnungsvoll zufrieden. Scheinbar macht sie sich Sorgen, aber sie fühlt, wie vor lauter Aufregung ihr Blutdruck steigt. Wenn es nicht unanständig wäre, sich zu freuen, stiege sie sogar den Hügel über der Lagune hoch und würde der Jungfrau in der Kapelle Dank sagen und ihr die kurzen Füßchen vor lauter unterwürfiger Verehrung küssen. Es freut sich noch jemand in der schweigenden Runde: Don Ramón, der Witwer; er wünscht sich, für das Mädchen sorgen zu dürfen, dann hätte er endlich die Tochter, die er sich immer ersehnt hat und der er alles geben würde. Sein Herz ist viel zu groß für ihn allein.

»Was sollen wir also tun?« fragt schließlich der Bürgermeister.

»Ich kann mich um sie kümmern«, sagen Eulalia und Don Ramón wie aus einem Munde.

Die anderen schweigen. Es entsteht eine ungemütliche Stille. Verstohlen blicken sie sich untereinander an. Eulalia ist eine gute Frau, denken manche, doch sie alle kennen die ärmlichen Verhältnisse, in denen sie lebt, und die Launen einer alten, alleinstehenden Frau, ihre Depressionen und das Weinen, das sie immer dann ergreift, wenn sie sich ihrer beiden Söhne erinnert, die im Krieg der Befreiung gefallen sind. Tagelang schließt sie sich ein und läßt sich nirgendwo sehen, und andere müssen sie mit Gewalt aus ihrem Zimmer holen. Doch Eulalia hat das Mädchen gefunden, sie hat es zuerst gesehen. Don Ramón ist alleinstehend und hat keine Kinder, er könnte dem Mädchen eine gute Erziehung zukommen lassen und es vielleicht sogar auf die Oberschule schicken. Don Ramón hat ein großes, schönes Haus mit einem Garten voller Papageien und Singvögel, er hat Kühe, die Milch geben, und Sofia würde rund und schön und später eine hochgewachsene, stolze Frau werden. Das Summen der Gedanken ist zu hören. Auch Eulalia hört sie und fühlt, wie ihr der Blutdruck sinkt. Don Ramón schaut nur vor sich auf den Boden, auch er kennt die List der Spiele der Gedanken, und Eulalia tut ihm leid.

Die Kufen der Schaukelstühle messen die Zeit und bestimmen die Stille derer, die in ihnen nachdenken. Niemand spricht ein Wort.

»Eulalia könnte sich ja bei mir zu Hause um sie kümmern«, sagt Don Ramón schließlich.

»Ja«, stimmen die anderen erleichtert zu. Eulalia könnte sich um sie kümmern, denn Sofia ist ein Mädchen und braucht eine Frau mit der Erfahrung einer Frau.

Die Gesichter nehmen wieder einen Ausdruck der Entspanntheit an, und auch die Muskeln des Bürgermeisters glätten sich; mit einem rotgrünen Taschentuch wischt er den Schweiß von seiner Stirn.

Eulalia braucht nicht lange, um sich mit dem Gedanken zu befreunden. Sie muß zugeben, daß es ein guter Gedanke ist. Ein gerechter Gedanke, gerecht wie Don Ramón selber.

»Wir müssen auch zukünftig noch Anzeigen in die Zeitung setzen«, sagt der Bürgermeister. »Vielleicht melden sich die richtigen Eltern irgendwann.« Don Ramón stimmt kopfnickend zu. Dann bückt er sich, um seine Gamaschen anzulegen. Es ist lange her, daß ihm nach Weinen zumute war, und er möchte nicht, daß jemand seine feuchten Augen sieht.

Das Mädchen schweigt und freut sich. Nun geht es weiter. Die Dunkelheit der Häuser ist es nicht gewohnt. Eulalia ist gut zu ihm gewesen und hat dafür gesorgt, daß es ihm an nichts fehlt, doch hat es Heimweh nach dem Wohnwagen und nach der Sippe.

Während seines kurzen Lebens ist es von Ort zu Ort gezogen. Alles war nur Vorläufiges: die Spiele auf der Straße, die Jahrmärkte in den Dörfern, der Kreis der Wohnwagen in den Nächten, die große Familie, die Mutter, die Sofia immer früh ins Bett brachte, weil sie sonst klein bliebe und nie richtig wachsen würde.

Sie fahren auf die Landstraße hinaus, und der Jeep rattert durch die Schlaglöcher im Asphalt, der nicht instand zu halten ist. Es ist Mai, und die Malinche-Bäume blühen feuerrot. Eulalia ist frisch gebadet, sie hat ihr gutes Kleid angezogen. Man sieht die Puderspuren an ihrem Hals und unter den Achseln. Wie lange ist es schon her, daß sie Lust hatte, sich schön anzuziehen und ihren Körper zu pudern? Aber heute hat sie das braune Kleid aus dem Schrank geholt, das geblümte Kopftuch umgebunden und sich die Lippen geschminkt. Der Fahrer des Wagens heißt Danubio. Danubio, das ist der spanische Name der Donau, der schönen blauen Donau, des Walzers, bei dem sich sein Vater und seine Mutter verliebt hatten. Er unterhält sich mit Eulalia über die ersten Schauer der gerade beginnenden Regenzeit. »Sie wird gut werden«, sagt er, »und die Ernte auch, es wird alles besser werden«, sagt er. »Na, hoffentlich«, antwortet Eulalia. Das Mädchen sieht die vorbeifahrenden Autos, sieht die Gesichter in den Autos, schaut über die Sandwege, die auf die Landstraße münden. Noch immer hofft es, seine Eltern wiederzufinden, doch erinnert es sich auch an die Worte von Sabino, seinem Vater, daß die Zigeuner jeden Tag leben, ohne ans Gestern oder ans Morgen zu denken. Das ist die Freiheit, ein Zigeuner zu sein, hatte er gesagt, das ist der Unterschied zu den

Gadze, die immer an einem Ort bleiben müssen, weil sie Sklaven dessen sind, was hinter und was vor ihnen liegt. Sie aber sind keine Sklaven, sie halten nichts fest.

Der Wagen fährt unter dem Torbogen hindurch, der den Namen der Hacienda verkündet, »El Encanto«, die Zauberhafte. Sofia sieht das alles, sieht die Kaffeeplantagen, die sich von einer Seite zur anderen vor ihr ausbreiten, die großen schattenspendenden Bäume, sieht die Weiden, auf denen die Kühe grasen, und, im Hintergrund, das große Landhaus, mit rotem Ziegeldach und hellblau getünchten Wänden.

In der Tür der Hacienda »El Encanto« wartet Don Ramón auf sie.

3

Sofia beginnt, ihr Mißtrauen durch langes, beharrliches Schweigen zu äußern, doch schnell gewöhnt sie sich an ihre neue Situation und nutzt sogar die Versuche von Don Ramón und Eulalia, sie für sich zu gewinnen, tüchtig aus, um all das zu bekommen, was sie möchte.

Die Zigeuner kehren nicht zurück, und niemand hört je wieder von ihnen. Das Mädchen wird nie verstehen, warum seine Mutter niemals gekommen ist, um es zu suchen, hatte sie doch immer gesagt, daß sie das Kind so sehr liebe. Der Vater hatte recht, wenn er sagte, daß die Gadze keine Leute seien, denen man vertrauen könne, doch auch er war nicht zurückgekehrt. Sofia wächst heran, mit verlorengegangener Geschichte. Manchmal quälen sie lange, klare Träume, in denen sie sich mit Zigeunerinnen in einem Kreis tanzen oder die Zukunft vorhersagen sieht, Träume, aus denen sie weinend erwacht, weil sie nie das Gesicht der Mutter erkennen kann. Manchmal träumt sie auch, daß die Zigeuner sie ablehnen, weil sie Gadze-Blut in den Adern hat. Nie kann sie sich entscheiden, was sie sein will, und in den Spielen, die sie mit anderen Kindern spielt, wechselt sie mit großer Leichtigkeit die Rollen, mal paßt sie sich den anderen an, mal droht sie ihnen mit den Zauberkräften ihrer dunklen Herkunft, dann droht sie, einen jeden in eine Kröte oder einen Märchenprinzen verwandeln zu können, je nachdem, ob man ihr zu Willen ist oder nicht.

Ihre Erinnerungen an die Zeit vor Diriá verschmelzen zu einem schwarzen Loch, das ihr für immer das Herz perforiert.

Im Dorf gibt es drei Haltungen: die einen, die Sofia in ihrem Unglück annehmen, die anderen, die nur neues Unglück für die Zeit vorhersehen, wenn sie größer werden wird, und schließlich diejenigen, die mit der Magie vertraut sind und beschließen, das Mädchen unter ihre Fittiche zu nehmen.

Don Ramón und Eulalia teilen sich Sofias Erziehung. Ohne es zu sein, kümmern sie sich wie ein Paar darum, daß es dem Mädchen an nichts fehlt. Jeder der beiden gewinnt sie auf eigene Weise lieb, und in kurzer Zeit verändert Sofia ihr Leben und wird für sie unersetzlich. Sofia nimmt das Spiel an, die Tochter beider zu sein, und sie nutzt die stille Konkurrenz der Alten, um für sich immer das beste zu erreichen. An den langen Nachmittagen, wenn Eulalia sie im Kochen und Nähen unterrichtet, legt sie Proben von Fleiß und weiblichen Qualitäten ab; aber sie läßt auch Don Ramóns Herz vor Freude höher schlagen, indem sie ihre Fähigkeit beweist, ungestüme, reinrassige Pferde zu reiten, und ihn am Zahltag auf seiner Runde begleitet und auf seinen Ausflügen zum Mombacho, dem massigen Vulkankegel, der eine Welt ganz eigener Natur ist.

Das Mädchen ist ihnen Verführerin und Begleiterin zugleich. Die beiden stören sich nicht an ihren zahllosen Streichen, wenn sie sich versteckt, verkleidet oder lügt, daß sich die Balken biegen. Auch wundert es sie nicht, daß die Nonnen der Klosterschule Unserer Lieben Frau in Granada, des besten Internats der Gegend, den Kaffeepflanzer nach den ersten drei Monaten des Schuljahrs rufen lassen, um ihm zu eröffnen, sie fühlten sich außerstande, das Mädchen zu erziehen. Sie werfen Don Ramón sogar vor, es fehle ihm an Urteilskraft, um die Probleme zu verstehen, die bei ihr aufgetreten seien: Sofia verhält sich, als habe sie eine gespaltene Persönlichkeit, so sagen sie, sie sei intelligent und mache alle ihre Aufgaben, doch scheinen die Verhaltensmaßregeln der Schule für sie nicht zu existieren. Sie kommt zu spät zum Unterricht, zieht sich an, wie sie gerade Lust hat, holt sich heimlich Bücher aus der Bibliothek, die nicht für ihr Alter bestimmt sind und zeigt beim Baden nicht die Keuschheit, die von den Internatsschülerinnen erwartet wird.

»Was haben die alten Weiber nur für Vorurteile!« brummt Don Ramón und nimmt sie wieder mit, um sie auf die Dorfschule in Diriá zu schicken.

Sofias Unterricht wird von Privatlehrern ergänzt, die aus Managua geholt werden und sich darum kümmern sollen, ihr Wissen zu vervollständigen. Sie erweist sich als eine gelehrige Schülerin, und so kommen Don Ramón und Eulalia zu dem Schluß, daß ihr das Internat eben nicht bekommen sei, und jeder der beiden nimmt es als einen Liebesbeweis des Mädchens, das einfach nicht von ihnen getrennt sein wollte. So glauben beide, das Mädchen wohl zu behüten, und werden glücklich alt darüber.

Geräuscharm ist die Zeit vergangen. Sofia steht kurz vor dem Abschluß der Oberschule, sie ist eine junge Frau von siebzehn Jahren, und Don Ramón meint, daß er bald daran denken müsse, sie zu verheiraten. Er wünscht sich einen Ehemann, der die Hacienda führen kann, der mit ihr gemeinsam das Erbe auf »El Encanto« antreten soll.

»Du denkst doch wohl nicht ans Sterben, Papá?!«

Er weiß jedoch, daß ihm der Tod naht, nachts hört er ihn schon sein langes Gewand unter dem Fenster vorbeischleppen. Er verscheucht ihn, schreit ihm nach, daß er verschwinden solle, er habe noch viel zu erledigen, und daß er ihm nicht die Tür öffnen werde. Dennoch spürt er die Notwendigkeit, an die Zukunft zu denken, die Dinge zu regeln, damit Sofía in Sicherheit und glücklich bleibt, wie er es ihr all die Jahre ermöglicht hat. Eulalia hat er für ihre Dienste entschädigt. Hoch gewachsen schon sind die Bäume um das Haus, das er ihr auf der Hacienda hat bauen lassen, um ihr die tägliche Anfahrt zu ersparen.

Wie ein entfernt voneinander lebendes Ehepaar haben die beiden das Mädchen heranwachsen sehen, haben gesehen, wie ihre Beine Form annahmen, die Hüften runder wurden. Eulalia hat ihr das widerspenstige schwarze Haar zu Zöpfen geflochten, Don Ramón hat ihr aus Managua die Bücher und die Hauslehrer besorgt; beide haben sie nach ihren Alpträumen getröstet, beide haben ihr geholfen, die Augenblicke aufmuckenden Schweigens der Jugend zu überwinden. Sofía nennt sie Mutter und Vater, gleichwohl bittet sie bei jeder sich bietenden Gelegenheit darum, man möge ihr von den Zigeunern erzählen, die in jener Nacht in Diriá gelagert hatten.

»Das sind die lebendigsten Gespenster in meinem Leben«, pflegt Eulalia zu ihrer Freundin Engracia zu sagen. Vielleicht haben Don Ramón und sie darin gefehlt, die vagen Erinnerungen des Mädchens wachgehalten zu haben, meint sie. Es wäre besser gewesen, wenn sie Zigeuner und Wohnwagen vergessen hätte. Aber wie denn? Die Kleine hat es ja im Blut. »Sie ist schon groß, nicht?« sagte Eulalia, »jetzt hat sich Don Ramón in den Kopf gesetzt, sie zu verheiraten.« In einem Monat stand ihr Schulabschluß bevor, und er hatte beschlossen, ein großes Fest für sie vorzubereiten. Laufend kamen Leute und lieferten Bestelltes ab, Hühner und Spanferkel, Süßspeisen aus Diriomo, das Orchester aus Managua, Stühle, und es kommt die Schneiderin, die ihr ein Kleid entwirft.

Sofias Zimmer ist groß und geht auf den Garten hinaus. Die beiden hohen, rostrot gestrichenen Flügeltüren aus massivem Holz öffnen sich auf den licht- und blumenüberfluteten Innenhof des Hauses. Ihr Bett ist aus Messing und hat einen Baldachin und ein Moskitonetz. Damit sie sich in voller Größe sehen kann, hat ihr Papá Ramón zum fünfzehnten Geburtstag einen hohen Spiegel mit Arabesken und Engelsfiguren geschenkt, die in Ermangelung eines Himmels zur Decke emporstreben. Neben dem Spiegel steht ein dreitüriger Kleiderschrank, aus dem Eulalia jetzt das Kleid aus gelber Organzaseide hervorholt. Sofia sitzt auf dem Bett und schaut erst zu ihr, dann aus den Augenwinkeln zu ihrem eigenen Spiegelbild hinüber. »Wie schön es geworden ist«, sagt Eulalia und streicht mit der Hand über den weiten Rock. »Komm schon, Töchterchen, zier dich nicht so, zieh es an; ich möchte sehen, wie es dir steht.«

»Na gut«, antwortet Sofia, nimmt ihr das Kleid vom Arm und entschwindet mit einer Pirouette.

Im Badezimmer zieht sie sich das Kleid an, betrachtet sich im Spiegel, dann wirft sie ihr Haar zurück, die Schultern liegen frei. Sie gefällt sich. Der Gedanke an das Fest erregt sie, auch die Vorstellung, in die wirkliche Welt, die Welt der Erwachsenen einzutreten, die kaum sichtbar schon in der Neugier ihrer dunklen Augen lauert. Feine Manieren bleiben ihr fremd. Sie legt sich selbst die Hände an den Mund und mimt einen Trompetenstoß, bevor sie aus dem Bad tritt, langsam schreitend wie die herrlichen Frauen, die sie in den Filmen des Kinos von Diriamba gesehen hat.

Eulalia läßt einen Pfiff hören, der jedes Kaffeepflükkers würdig wäre. Sofia verkneift sich ein Lachen und schreitet in die Mitte des Raums, bis vor den Spiegel, dem sie einen Kniefall widmet. Dann setzt sie einen Schritt zurück und beantwortet den erneuten Pfiff Eulalias mit schallendem Gelächter.

»Oh, du hättest sie nur sehen sollen, Engracia«, sagt Eulalia später zu ihrer Freundin. »Sie sah so schwerelos aus, so zart, und trotzdem – als sie lachte, schien es, als sei alle Kindheit aus ihr entschwunden. Sie war ganz und gar Zigeunerin, diese Augen, dieser lockige wilde Schopf, der ihr über das halbe Gesicht fiel ... da überkam mich die Angst, Engracia. So etwas haben wir hier niemals gesehen, sie sah aus wie eine Filmschauspielerin ... wie diese Üppige, mit dem Gesicht einer Sünderin! Es liegt mir auf der Zunge ... ja, Sofia Loren, genau wie die, genau so.«

Auch Don Ramón macht sich mittlerweile Sorgen um Sofia. Er hätte es vorgezogen, sie wäre wie ihre beste Freundin Gertrudis, der die schwerelose, sanfte Anmut einer braunen Jungfrau zu eigen war. In jüngster Zeit macht es ihm nicht einmal mehr Spaß, mit seiner Adoptivtochter durch die Senken zu reiten, wo der Kaffee wächst, oder sie zu bitten, ihn am Zahltag auf die benachbarte Hacienda zu begleiten, die inzwischen seinem Besitz zugewachsen ist. Die Blicke der Arbeiter könnten nicht deutlicher sein, und dabei geben sie sich seinetwegen noch Mühe, sie zu verbergen. Sie muß bald verheiratet werden, davon ist er überzeugt. Er hat sogar schon ein paar Kandidaten, junge, fleißige Männer. Viel Auswahl besteht nicht, nach so vielen Jahren Krieg mangelt es an heiratsfähigen Männern im Land, die paar, die es noch gibt, hat er alle zum Fest eingeladen.

Mit dem Bristol-Almanach wird das Datum des Festes bestimmt, um sicherzugehen, daß es eine Nacht des Vollmonds ist.

Der Hof, auf dem sonst der Kaffee getrocknet wird, der jetzt zum Festplatz geworden ist, leuchtet im weißen Glanz des Mondes und der Lichterketten. Zu Pferde, im Jeep oder zu Fuß nahen die Gäste in festlich-bunter Kleidung. Nidia, Lola und Veronica erstrahlen in ihren mit silbernen Pailletten besetzten Satinkleidern, andere Damen tragen die langen Handschuhe, mit denen sie schon mehr als eine Hochzeit gefeiert haben. Sogar Fermín, der zu den Ärmsten gehört, hat sich für Sofias Schulabschlußfest neue Kleider gekauft. Das Orchester ertönt mit Geige, Baß, Gitarren und Trompeten, abwechselnd spielt es Ranchera-Melodien, Cumbias und Merengues. Es gibt Bier vom Faß, auf langen Tischen stehen nicht zählbare Rum- und Coca-Cola-Flaschen, Krüge mit Wasser, Teller voll Limonen und Aluminiumnäpfe, aus denen das Eis quillt.

Von der hinteren Seite des Hofes weht der süßliche Geruch des gebratenen Ziegenfleisches herüber, das zwischen Holzkohle und heißen Steinen schmort. Eulalia wird nicht müde, ihre Gevatterinnen zu begrüßen, den Bürgermeister und all die anderen, die von Diriá herübergekommen sind. Unter dem großen Chilamate-Baum präsidiert Don Ramón dem Tisch der Ehrengäste, an dem auch Sofia sitzt, die allen, Coca-Cola trinkend, zulächelt.

Es dauert nicht lange, bis die Gesellschaft eingestimmt und munter wird. Das Orchester hat sich warmgespielt und läßt Tanz auf Tanz folgen, am Ehrentisch verharren nur noch die Alten, die den jungen Leuten beim Tanz zusehen.

Auch Sofia belebt das Parkett, und die Männer lassen sich keine Gelegenheit entgehen, sie tanzen zu sehen. Sie bewegen ihre Partnerinnen so, daß sie Sofia bei jeder Drehung im Blickwinkel behalten. Ihr gelbes Organza-Kleid wird zum roten Kleid einer Flamencotänzerin. Das Mädchen hat nie aufgehört, sie zu faszinieren, alle kennen sie, seit der Zeit der gemeinsamen Kinderspiele haben sie immer wieder versucht, das Geheimnis um Sofias Herkunft zu lüften. Jeder bestürmt sie, auch ihm die Gunst zu erweisen, ihre schmale Taille umfassen zu dürfen und zu erproben, ob sie sich fester drücken läßt als andere. Die übrigen Mädchen werden unruhig, sie spüren, diesem Wettbewerb nicht gewachsen zu sein, obwohl sie all ihr Können aufbieten. Man sieht heftige Schulterbewegungen und die gewagtesten Figuren des Palo-de-Mayo-Tanzes mitten in Cumbia-Rhythmen. Die Kessesten begehren auf: Was schaust du denn dauernd zu ihr hinüber? Tanzt du nun mit mir, oder was? Die Tanzfläche erfüllt drohendes Gemurmel und verstohlene Fußtritte. Sofia merkt von alledem nichts. Für sie gibt es nur diesen herrlichen Augenblick ihres Erfolges, in dem sie, so scheint es, mit dem Schwung ihrer Hüften und Arme die Bücher und Hefte, die Bleistifte und Lehrer hoch in die Luft und weit hinter sich schleudert. René hört zu tanzen auf und wendet kein Auge mehr von ihr. Er tritt zur Seite und schaut zu, wie Rogelio sie herumwirbelt. Eifersucht läßt ihn die Fäuste ballen, er muß sich den Schweiß trocknen. Ihn wird Sofia heiraten, das schwört er sich. Und wenn sie erst seine Frau ist, dann wird niemals mehr irgend jemand auch nur ein Haar auf ihrem Kopf berühren. Jeden Sonntag wird er sie in die Kirche begleiten, und er wird schon dafür sorgen, daß sie pausenlos schwanger sein wird wie eine gut geladene Schrotflinte hinter der Scheunentür, daß die schmale Taille runder wird und sanft und mütterlich die Augen, die dunkel funkelnd glänzen und für sie selbst gefährlich sind, weil sie nicht einmal merkt, wie diese Tölpel unter ihrem Blick dahinschmelzen.

Er wirft die Zigarette fort, tritt sie entschlossen aus, nähert sich zwischen zwei Tänzen Rogelio und fordert, er solle ihm Sofia überlassen. Rogelio spürt den Schlag der Stunde und tritt zur Seite, an den Tisch, wo der Rum in Strömen fließt. »Ich bin der einzige, mit dem du noch nicht getanzt hast«, sagt René. Sie lächelt, bewegt Haar und Hüfte, was andeuten soll, daß sich das schnell ändern lasse, denn die Musik setzt wieder ein.

René gilt als exzellenter Tänzer. Bei den Fiestas von Jinotepe bilden die Freunde einen Kreis um ihn, und die Mädchen geben viel darum, von ihm aufgefordert zu werden. Mit Sofia besinnt er sich auf seine besten Schritte. Er führt sie zu den schwierigsten Figuren, und bald tanzen sie, als wollten sie ein Turnier gewinnen. Die anderen halten inne. René sieht ihr fest in die Augen und läßt sie seinem Rhythmus folgen. Sogar Don Ramón, Eulalia und die anderen Herrschaften vom Ehrentisch kommen an die Tanzfläche des Kaffeetrokkenhofs, um die beiden zu beobachten. Sofia ist in Hochstimmung, René führt sie gekonnt, bestimmend und unterwerfend. Ihr gefallen seine durchdringenden Augen, die sie unverwandt anschauen wie die Paare auf den Plattenhüllen. Als der Tanz zu Ende geht, spürt sie, daß René über besondere Qualitäten verfügt. Unter dem Mango-Baum trinkt sie mit ihm Cola mit Rum, und als das Fest vorbei ist und alle nach Hause gehen, weiß sie, daß sie bald verlobt sein wird.

4

Die Verlobungszeit dauert nicht lange. Nach sechs Monaten beginnen schon die Hochzeitsvorbereitungen. Sofia soll schnell verheiratet werden, in der letzten Aprilwoche, bevor die Regenzeit mit ersten Hitzegewittern einsetzt.

Sofia selbst brennt darauf zu heiraten, denn damit beginnt für sie das Leben einer Erwachsenen, für das sie weder Unschuld noch Unterwerfung erwartet. Ob sie in René verliebt ist, bleibt ihr unklar, doch seit sie ein kleines Mädchen war, weiß sie, daß Liebe trügerisch ist und daß es darauf ankommt, über sich selbst zu bestimmen.

Fausto, der einzige Neffe von Don Ramón, kommt zu Besuch auf die Hacienda. Seit Jahren schon lebt er in Paris. Dorthin schickte ihn, nachdem die Revolution gesiegt hatte, die neue Regierung mit einem Stipendium, als es für alles mögliche Stipendien gab, und er beschloß, zu bleiben und in einem Filmstudio zu arbeiten. Dort hat er es zum Regieassistenten gebracht, und jetzt kommt er, als Franzose verwandelt, mit weißen Hosen und eng anliegenden Krokodilshemdchen in sein kleines Heimatland zurück. Sofia sitzt neben ihrem Papá Ramón und hört ihn von Europa erzählen, den Champs Elysées, dem Boulevard St. Germain, dem Louvre, den Denkmälern und Museen, der Französischen Revolution, dem Hundertjährigen Krieg. Fausto ist ein guter Geschichtenerzähler, er begleitet seine Worte mit grazilen Handbewegungen. Sofia braucht gar nicht erst auf das Getuschel zu hören, um zu merken, daß Fausto das falsche Geschlecht erwischt hat. Sie weiß, daß Don Ramón ihn deshalb an den Nachmittagen Stunde um Stunde mit ihr reden läßt, bis es Zeit für den Besuch des Verlobten ist und René in seinem Jeep heranbraust und Fausto voller Verachtung, doch ohne Eifersucht betrachtet.

Nachts träumt Sofia von Europa und von der Legende, die ihr Fausto erzählt hat, daß Europa die Frau war, die Zeus, als Stier verkleidet, raubte. Sie bittet René, ihre Hochzeitsreise nach Europa zu unternehmen. René antwortet, das sei zu weit, zu teuer, und keiner von beiden spräche Französisch, Englisch oder irgendeine andere dieser komischen Sprachen. Sofia widerspricht, sieh dir nur Fausto an, der konnte auch kein Französisch und hat es schnell gelernt, und sieh nur mal, was er jetzt alles weiß, wie schön er erzählt, all die großartigen Dinge, die man von ihm erfährt. René will von den »Tuntengeschichten« nichts hören und wechselt das Thema, er fragt sie, wie es ihr in Managua ergangen sei und ob sie den Stoff für das Brautkleid schon gefunden hat.

Sofia gibt nach und geht auf seine Fragen nach den Vorbereitungen der Hochzeit ein. Sie streitet nicht gern mit ihm, sieht nicht gern, wenn er sich im Zorn ereifert, wenn seine Knöchel sich an den geballten Fäusten weiß hervorheben. In solchen Augenblicken spürt sie ein Echo in sich aufsteigen, den Anflug von Wut, der auf ihr Gesicht tritt und ihr zwischen den Zähnen hervordringt, deren zwei weiße Reihen sich bemühen, den Ausdruck des Zorns hinter einem Lächeln zu verbergen. René ist schrecklich, wenn er sich erzürnt, und sie sieht ihn lieber zufrieden, sieht ihn lieber lachen und sie mit bewunderndem Blick umwerben; so versucht sie, die Beherrschung nicht zu verlieren und all die schönen Pläne nicht zu gefährden.

»So sind sie alle, die Männer, mein Töchterchen«, sagt Eulalia, »man widerspricht ihnen am besten gar nicht. Wenn sie alt sind, werden sie sanfter, aber erst, wenn sie alt sind. Dann werden sie auf einmal wie deine eigenen Kinder. Aber in Renés Alter sind sie herrschsüchtig. Das ist nun mal ihre Natur, da kannst du der Jungfrau noch so viele Kerzen stiften, du änderst sie doch nicht.«

René ist aufmerksam und zärtlich zu ihr und bringt ihr aus Managua Geschenke mit. Einmal hat er sie in der Stadt in ein großes, elegantes Restaurant zum Essen ausgeführt. Sie hat fast gar nichts gegessen, weil sie sich immerzu nach den Leuten umschauen mußte, die ein und aus gingen; besonders nach den hübsch zurechtgemachten Frauen in Miniröcken und rotlackierten Fingernägeln. Auch René konnte sein Essen vor lauter Ärger über die Männer im Restaurant nicht genießen, die, wie er es ausdrückte, nicht die Speisen auf ihren Tellern, sondern nur sie mit ihren Augen verschlangen. So eifersüchtig war René.

»Er liebt dich eben sehr«, meint Eulalia. »So sind sie nun mal, wenn sie verliebt sind.«

Sofia glaubt ihr, denn das ist das Einfachste. Sie freut sich auf die Hochzeit und über die Kindergesichter, in die sich Eulalia und Papá Ramón verwandeln. Während der Hochzeitsvorbereitungen scheinen die beiden ihre verlorene Jugend wiederzugewinnen. Sie gehen mit geraderem Rücken, und die Tage werden ihnen kurz, die sie von einer Seite zur anderen durchreisen. Sie bestimmen, wo die Tische stehen werden, was es zu essen geben soll, wo Stühle und Tischdecken zu besorgen sind und was die Ehrenjungfrauen tragen sollen. Sofia genießt all die Aufmerksamkeit und besteht nur auf einem einzigen Punkt: Sie will an der Seite von Don Ramón nach Diriá zur Kirche reiten, auf ihrem Pferd »Gitano«.

»Wird das denn nicht ein bißchen übertrieben aussehen«, versucht es ihr Don Ramón auszureden, »du weißt, so was macht hier sonst niemand.«

»Aber es wird wunderschön sein, Papá Ramón, du wirst es sehen. Und was spielt es denn für eine Rolle, daß es hier noch nie gemacht worden ist. Für alles gibt es ein erstes Mal.«

Und er ist es zufrieden, denn schließlich heiratet man möglichst nur einmal im Leben.

Sofia denkt an nichts anderes mehr als an den Augenblick, wenn sie vom Pferd steigen und René sie vor der Kirche unter duftenden Girlanden aus Sacuanjoche-Blumen empfangen wird, unter deren Bögen sie bis zum Altar schreiten wird. Sie stellt sich vor, wie ihr Pater Pio zuzwinkern wird, weil er sich an das erinnert, was sie ihm in der Beichte erzählt hat, all die Dinge, an die sie denkt, wenn sie sich die Liebe vorstellt, sie muß in sich hineinlachen.

In den letzten Nächten vor der Hochzeit kann Sofia nicht einschlafen, gefangen in einer Mischung aus Aufregung und Angst wälzt sie sich im Bett hin und her. Nur mit Gertrudis hat sie über das Geheimnis der

»Hochzeitsnacht« geredet und vage Kenntnisse über Anatomie und aufgeschnappte Bruchstücke halblauter Unterhaltungen ausgetauscht. Sie hat gehört, daß der Körper der Frau wie ein verschlossenes Tor ist, das mit Gewalt und Blut geöffnet werden muß, doch hat ihr niemand das Wunder dieser Nacht erklären können. Sie weiß nicht, wen sie fragen könnte, was da passieren wird, sie weiß nur, daß Nacktheit und ein roter Fleck im Bettlaken mit zum Spiel gehören.

Don Ramón hat ihnen zur Hochzeit ein Haus geschenkt. Es liegt fünf Kilometer von der Hacienda entfernt. René hat aus Managua Architekten und eine italienische Innendekorateurin herbeigeholt, seiner Braut aber hat er untersagt, sich dem Haus auch nur zu nähern. Es soll eine Überraschung sein. Sofia hat, unterstützt von Fausto, darauf bestanden, daß er sie an der Einrichtung ihres eigenen Heimes beteiligt, doch ist sie damit bei René auf taube Ohren gestoßen.

»Ich kümmer' mich schon um alles«, meint er, »was willst du noch mehr. Verlaß dich ruhig auf mich.«

Und so, im Namen der Liebe zufriedengestellt und überzeugt, sich nicht in die Vorbereitungen ihrer eigenen Hochzeit einmischen zu sollen, wacht Sofia am Morgen des großen Tages auf.

Eulalia erwartet sie schon an der Badezimmertür und hilft ihr, sich anzukleiden und zurechtzumachen, damit sie weder zuviel noch zuwenig Rouge auf die Wangen legt. Sofia ist aufgeregt, es zittern ihr die Hände, als sie sich das Diadem mit dem Schleier aufs Haar setzt. Sie fühlt sich merkwürdig im Brautkleid, der Satin bringt sie ins Schwitzen. So viele Tage hat sie auf diesen Augenblick gewartet, und jetzt, wo er da ist, spürt sie vor allem Angst und das Verlangen, sich auf Gitano zu schwingen, aber nicht zur Kirche zu reiten. Sie fragt sich plötzlich, ob sie es mit René aushalten wird, während Don Ramón sie schon mit den gesattelten Pferden erwartet.

Die Knechte und das übrige Gesinde der Hacienda verabschieden sie; auch Eulalia, die mit Danubio im Jeep nachkommen wird. Don Ramón zieht kurz am Zügel, ermahnt sie, nicht zu galoppieren, und die beiden beginnen im Schritt zur Landstraße zu reiten.

Für Sofia wird es ein schwerer Ritt. Gitano spürt instinktiv ihre Unruhe, er wirft den Kopf hin und her, damit sie den Zügeln Luft gibt. Sie nimmt sich zusammen, schon um das Tier ihres Adoptivvaters nicht zum Durchgehen zu provozieren. Der langsame Schritt macht sie rasend.

»Laß mich vorausreiten, Papá Ramón«, bettelt sie. Doch der lehnt strikt ab. Sie müssen ja gemeinsam eintreffen, und gemeinsam kommen sie auch bei der Kirche an, doch sitzen sie nicht gemeinsam ab, denn kaum liegen die Zügel des Pferdes von Don Ramón in den Händen des Bürgermeisters, der sie an der Kirchentür erwartet hat, da kann sie sich nicht länger zurückhalten, gibt Gitano die Sporen und galoppiert Richtung Nandaime davon.

Die Hochzeitsgesellschaft glaubt ihren Augen nicht zu trauen. Einige der Frauen bekreuzigen sich, und die, die schon in der Kirche gesessen haben, kommen wieder herausgelaufen, um gerade noch den Schleier der Braut zu sehen, wie er hinter einer Wegbiegung verschwindet. Als René hört, daß Sofia auf und davon ist, läuft er zu der Gesellschaft hinüber, die gestikuliert, durcheinanderredet und rätselt. Obwohl niemand versteht, was geschieht, fühlen sich aber viele als Hauptdarsteller in einem Drama, von dem man noch lange erzählen wird. Niemand traut sich, dem Bräutigam in die Augen zu sehen. Verwirrt harren sie vor der Kirche, Eulalia und Don Ramón wollen nicht hinnehmen, daß behauptet wird, die Braut sei durchgebrannt, sie bemühen sich, die Gäste zu beruhigen

Sofia galoppiert und galoppiert, bis sie sich ruhiger fühlt. Dann wirft sie die Zügel herum, und man sieht sie in einer Staubwolke auftauchen, als die meisten schon überzeugt waren, das Zigeunerblut habe die Oberhand behalten und die Hochzeit müsse abgeblasen werden.

Nie hat man in Diriá Ähnliches gesehen, noch je eine staubigere Braut. Sofia steigt vom Pferd, umarmt Don Ramón und Eulalia, die kaum ein Wort herausbringen, schüttelt ihren Schleier aus, setzt ihn wieder auf den Kopf, bittet um ein Taschentuch, staubt sich das Kleid aus und bedeutet dann mit energischer Geste ihres Kinns, nun sei sie bereit zu heiraten. Sie ergreift Don Ramóns Arm, ermuntert ihn loszugehen und leitet so die Zeremonie ein, während das Erstaunen aus dem Mittelgang der Kirche unter den Sacuanjoche-Blumen nicht weichen will. Schweigend betrachten die Gäste, die ins Innere der Kirche zurückgekehrt sind, wie sie vorbeischreitet. Sofia geht kerzengerade, auf ihrem einst strahlendweißen Kleid sind noch immer die Spuren ihrer staubigen Eskapade zu sehen. Der Schweiß von der Kruppe des Pferdes sitzt im Saum des weiten Satinkleides und im durchwehten Haar der Braut.

Die Frauen denken an alle schlechten Vorzeichen

dieser Welt. Die Männer, die René über Monate beneidet haben, verspüren Lust zu schmunzeln, weil sie wieder hoffen dürfen, zu denen zu gehören, die zuletzt und dann am besten lachen werden.

Durch den Schleier und über die Paukenschläge in ihrer Brust hinweg sieht Sofia vor dem Altar René stehen. Sein hübsches Männergesicht ist wutentbrannt. Nie wird er ihr verzeihen, daß sie die Zweifel der anderen angefacht hat. Er wird sie dressieren. Sie wird schon noch sehen, wie schnell ihr diese Launen einer wildgewordenen Stute vergehen.

Die Dressur beginnt, kaum daß die Trauung vorbei ist und die Brautleute, nach Weihrauch und parfümierten Kerzen duftend, die Kirche verlassen. René faßt ihren Arm und lehnt ihre Rückkehr zu Pferde rundweg ab. Sie fahren im Jeep. Von nun an bestimmt er.

Spät abends, auf dem Weg zum Hotel nach San Juan del Sur, wo sie die Flitterwochen verbringen werden, spricht René kein Wort. Sie versucht, ihm zu erklären, warum sie das Verlangen zu galoppieren nicht bezähmen konnte, nachdem sie mit Papá Ramón so langsam hatte reiten müssen, doch er will nichts hören. Er kommt nicht über die Demütigung hinweg, daß er hat mit ansehen müssen, wie sie staubbedeckt und windzerzaust die Kirche betrat. Er hatte mit seiner vor Stolz geschwellten Brust einzig eine Braut erwartet, die ihm rein und weiß entgegentritt.

»Es liegt dir halt im Blut«, sagt er schließlich böse. Und: »Alle Zigeunerinnen sind Huren.«

Und in dieser Nacht bringt er sie zum Schreien, und über ihr wie ein wildes Tier, schwört er, daß sie ihm ihre schlechte Herkunft teuer wird bezahlen müssen.

5

Am liebsten möchte Sofia, als die Flitterwochen vorüber sind und bevor sie ihr neues Heim betritt, Eulalia rufen und ihr wie damals, als sie noch ein Kind war, ihren Namen sagen und sich hinsetzen und weinen.

Mit ihrem Ehemann spricht sie fast überhaupt nicht. Sie erlaubt sich ihm gegenüber nicht einen einzigen Augenblick der Schwäche und achtet nicht auf sein erstauntes Gesicht, wenn er morgens aufwacht und sie zusammengerollt wie ein Fötus im Mutterleib und mit dem Daumen im Mund schlafend vorfindet.

René führt sie durchs Haus und zeigt ihr, wie er es für sie eingerichtet hat, die Korbmöbel, die er aus Granada hat kommen lassen, die Fenster im französischen Stil, das beste, was es zu kaufen gibt, seit – wegen der hohen Importkosten – die im Ausland hergestellten Klappfenster nicht zu bekommen sind. Er führt sie in die Küche und zeigt ihr die Resopalmöbel aus El Salvador, das Porzellan, das er in Miami bestellt hat, die Handtücher Marke Cannon, er zeigt Sofia voller Verbitterung das neue Haus und zählt ihr dabei haarklein auf, was es gekostet hat, dieses oder jenes zu beschaffen, wie oft er nach Managua hat fahren müssen, und daß es elf Briefe waren, die er schreiben mußte, um die Bürokraten in gewissen Ämtern zufriedenzustellen. Schließlich öffnet er wie in einem großen Finale der Wut, die ihn seit dem Morgen der Hochzeit Tag und Nacht nicht verlassen hat, die Doppeltür zum Schlafzimmer und führt ihr das riesige Bett und die mit Spiegeln bedeckten Wände und Decke vor Augen, in denen sich das Zimmer zu unendlichen Tiefen ausdehnt, und das Badezimmer mit der runden, in den Fußboden eingelassenen Wanne.

»Und jetzt muß ich arbeiten gehen«, sagt er. »Tu mir den Gefallen und geh nicht raus. Dieses Haus verläßt du nur mit mir.«

Am Nachmittag kommen Eulalia und Don Ramón zu Besuch. Sofia empfängt sie auf der zum Innenhof gelegenen Veranda. In den Gläsern, die ein Geschenk des Bürgermeisters von Diriá sind, bietet sie ihnen Fruchtsaft an. Sie tut unbeschwert und fröhlich und erzählt ihnen von der Reise nach San Juan del Sur und vom Hotel und der Fahrt auf dem Segelboot eines englischen Ehepaares, das seit sechs Jahren auf der Suche nach geeigneten Pferden war, mit denen sie ihre Akrobatiknummern vervollständigen wollten, die sie auf den Jahrmärkten der Dörfer Englands vorführten. Die beiden Alten betrachten sie voll Bewunderung und zeigen ein dünnes, verschämtes Lächeln, als sie Eulalia und Don Ramón durch das Haus und in das Zimmer mit den Spiegeln führt.

Eulalias Blicke mustern sie wieder und wieder, mit der Weisheit einer alten Frau durchschaut sie die aufgesetzte Heiterkeit. Natürlich wird das Mädchen vor Don Ramón nichts sagen. Sie weiß, daß es um Dinge geht, die nur Frauen besprechen können. Sie kündigt weitere Besuche für den kommenden Morgen und auch für die folgenden Tage an, bis Sofia den Haushalt richtig zu führen versteht. Die drei umarmen sich in der Abenddämmerung zum Abschied. Auch Don Ramón spürt etwas Sonderbares in der Art, wie Sofia ihn umarmt, doch schiebt er den Gedanken beiseite; es wird nur die Nervosität der Jungverheirateten sein, sagt er sich.

Sofia sieht den Davonfahrenden lange nach. Dann setzt sie sich auf die Veranda und denkt daran, wie glücklich sie mit ihnen war, in der einfachen, durchsichtigen Welt, die sie für sie geschaffen hatten und in der sie allen ihren Launen nachgaben. Sie trocknet ihre Tränen, die sie vor René verbergen will. Sie hat schon begonnen, ihn zu hassen.

Im Haus gibt es drei Zimmer. Eins davon hat zwei große schöne Fenster, von denen aus man durch die Buchsbaumhecken des Gartens die Landstraße sehen kann. Unter Mithilfe von Petrona, dem Hausmädchen, holt Sofia Tischchen und Schaukelstühle aus den anderen Zimmern herbei, um diesen Raum nur für sich allein herzurichten. René wird sie sagen, daß es ihr Nähzimmer ist, und sie wird es mit Pflanzen dekorieren und mit ihren persönlichen Gegenständen, damit sie wenigstens einen Platz im Hause hat, wo sie sein kann, wer sie ist; einen Ort, wo sie sich vor ihrem Unglück und vor René verstecken kann.

Während des Abendessens, das sie ansonsten schweigend einnehmen, erzählt sie von ihrer Idee. Er zuckt nur die Schultern.

»Dies ist dein Haus«, meint er dann. »Hier kannst du machen, was du willst.«

Wie versprochen, kommt am nächsten Morgen Eulalia. René hat das Haus schon verlassen, um seinem Tagewerk nachzugehen. Sofia führt ihre Adoptivmutter in die Küche. Dort trinken sie Kaffee aus Emaillebechern und reden davon, wie man einen Haushalt führt, welches die besten Tage sind, um auf den Markt zu gehen; sie besprechen einfache und raffinierte Kochrezepte und zeitsparendes Waschen und Bügeln.

»Ich hätte Lust, sticken zu lernen«, sagt Sofia.

Sie nimmt Eulalia mit in ihr Zimmer, und dort, hinter verschlossener Tür, während sie auf den Garten hinaussieht und ihr die Tränen aus den Augen rollen, erzählt sie ihr endlich von ihrem Unglück.

»Das ist doch nicht möglich, Kleines, das ist doch nicht möglich«, wiederholt Eulalia ein ums andre Mal beim Zuhören, »ich habe gleich gedacht, daß du dich damit in Schwierigkeiten bringen würdest. Ich hab' ja fast einen Herzschlag bekommen, als ich dich davongaloppieren sah, aber das hast du nicht verdient, das nicht... Wenigstens hat er dich nicht geschlagen...« Und da ihr plötzlich bewußt wird, daß sie sich dessen gar nicht sicher sein kann, fragt sie: »Er hat dich doch nicht etwa geschlagen?«

»Nein«, schluchzt Sofia, »aber es ist viel schlimmer so. Wenn er mich schlüge, dann könnte ich ihn wenigstens umbringen...«

»Sag das nicht, meine Tochter, sag das nicht. Die Ehe ist wahrlich kein Zuckerschlecken, doch wenn er dich nicht schlägt, kannst du es aushalten. Und mit der Zeit wird René sich schon ändern.«

Dann schweigt sie mit weiser, uralter Schicksalsergebenheit, während Sofia ihr den Kopf auf die Knie legt und sie ihr ein ums andre Mal mit der Hand durchs Haar fährt, so wie damals, als sie noch ein kleines Mädchen war.

War da nichts zu machen? Weder sie noch Eulalia noch sonst irgend jemand konnten ihr Verhängnis wenden, denkt Sofia, das war das schlimmste. Nichts war da zu machen, außer sich aufs Pferd zu schwingen und auf und davon zu galoppieren, wie an jenem Tag ihrer Verdammnis, doch dieses Mal, ohne umzukehren. Was geschähe dann aber mit Eulalia und Papá Ramón? Sie würden es nicht ertragen, Eulalia würde meinen, sie erlebe den Tod ihrer Söhne noch einmal, und Don Ramón würde lautlos leiden, es würde sich ihm der Rücken beugen unter all den angestauten Jahren, die er zu akzeptieren sich weigerte. Allein ihretwegen mußte sie noch durchhalten.

»Meinst du, Doña Engracia könnte mir das Sticken beibringen?« fragt Sofia schließlich und hebt den Kopf aus Eulalias Schoß.

Tagelang geht Sofia im Hause umher und füllt es mit Pflanzen. René wirkt ruhiger und weniger aggressiv. Er unterhält sich sogar mit ihr über das tägliche Einerlei seiner Arbeit. Dabei behandelt er sie wie eine alte Bekannte, ohne sich auch nur einen Moment lang zu gestatten, ein Verliebtsein oder überhaupt irgendeine Gefühlsregung zu zeigen. In den Nächten wendet er sich ihr mit stiller Verbissenheit zu und beschläft sie, als gehe es dabei um einen unaufschiebbaren Bestandteil des Ehevertrages. Wenn er fertig ist, dreht er ihr den Rücken zu und wünscht ihr eine gute Nacht.

Sie liegt dann unbeweglich im Dunkeln und denkt

über das nach, woran sie den ganzen Tag denkt: Wie soll sie ihr Leben ohne Liebe leben, ohne in Traurigkeit zu versinken, ohne darüber nachzugrübeln, was hätte geschehen müssen. Und noch ein Gedanke kommt ihr in den Sinn: Solange René sie so benutzt, wird sie ihm keine Kinder schenken. Wenn es schon zu spät ist, es noch zu verhindern, dann wird sie zu den Wunderheilern von Diriá gehen, die kennen die richtigen Kräuter. Wenn sie aber bisher Glück gehabt hat, dann wird sie es schon anzustellen wissen, daß ihr ihre Freundin Gertrudis aus Masaya die Pillen mitbringt, die von den Vereinten Nationen verteilt werden und, so steht es jedenfalls in der Zeitung, in allen Apotheken zu haben sind.

Wenn sie aber doch schwanger ist, wird das Hauptproblem sein, das Haus verlassen zu können. Seit der Rückkehr aus den Flitterwochen ist sie nicht mehr allein außer Haus gewesen. René hat sie zweimal zu Besuch auf die Hacienda gebracht, und er besteht darauf, sie auch künftig stets zu begleiten. Noch hat Sofia nicht ausprobiert, wie eng das Gitter ihres Käfigs ist.

Sie wartet, bis René gegangen ist, sieht, wie er im Staub des Weges zur Landstraße verschwindet. Dann geht sie mit einer Bedächtigkeit, die ihre innere Unruhe kaum verbirgt, ins Bad, duscht und zieht sich langsam an. Sie hat beschlossen, nach ›El Encanto‹ zu reiten. Weiter als bis zum Anwesen Don Ramóns will sie ihr Schicksal nicht herausfordern.

Sie geht in den Hof hinaus und bittet Petrona, sie solle Fernando, den Vorarbeiter rufen. Fernando erscheint in seinem karierten Hemd, auf dem Kopf den

Cowboyhut, den er, als er vor ihr steht, respektvoll abnimmt.

»Ja, Doña Sofia, was möchten Sie denn?«

»Fernando«, antwortet sie ruhig und sicher, »satteln Sie mir bitte mein Pferd. Ich werde nach El Encanto reiten.«

Der Mann senkt den Blick und zieht mit der rechten Stiefelspitze Furchen in den Sand.

»Hier gibt es keine Pferde mehr, Señora.«

»Wa soll das heißen, hier gibt's keine Pferde?« fragt Sofia. »Mein Vater hat mir gesagt, er habe Gitano hierher geschickt...«

»Ja, wissen Sie es denn nicht?« fragt der Vorarbeiter, ohne die Augen zu heben. »Gitano ist durchgegangen, kurz nachdem Sie wieder da waren. Dabei hat er sich das Bein gebrochen, und der Patron selbst mußte ihn töten. Die anderen Pferde sind weit weg. Hier ist nur ein Pferd übriggeblieben, und der Patron hat Befehl gegeben, daß niemand es berühren dürfe. Niemand. Nicht einmal ich. Nur wenn er es ausdrücklich anordnet.«

Sofia geht ins Haus zurück und schließt sich ins Nähzimmer ein.

»Da drin ist sie schon seit Stunden«, sagt Petrona, als Eulalia kommt. »Ich habe an der Tür gehorcht, als sie sich einschloß, und da habe ich sie eine ganze Weile weinen hören, die Arme, aber jetzt ist sie still. Ich habe an die Tür geklopft, doch sie hat mir nicht aufgemacht, nicht einmal geantwortet hat sie. Die Ärmste! Hat es so geliebt, ihr Pferd! Und sie weiß ja gar nicht, daß der Patron uns umbringen will, wenn wir sie allein ausgehen lassen. Das hat er uns gleich gesagt, als sie von ihrer Reise zurückkamen: Ich bring euch alle um, wenn ich erfahre, daß meine Frau allein ausgegangen ist.«

Petrona zerknittert sich die Schürze und streicht sie gleich wieder glatt. Sie vergeht beinahe vor Angst, und Eulalia muß sie beruhigen und mit der Autorität der älteren Frau dazu bringen, daß sie ihr erzählt, ob Gitano wirklich durchgegangen sei und sich ein Bein gebrochen hat.

»Er hat es getötet, nicht wahr?«

»Ja, Doña Eulalia. Fernando hat mir erzählt, wie Don René dem Pferd eine ganze Salve verpaßt hat. Wie ein Sieb sah es aus, das arme Tier, ganz voller Löcher. Gott bewahre! Erst als es tot war, hat er sich wieder beruhigt.«

»Mach auf, Sofia, mach auf, mein Kleines«, ruft Eulalia und klopft an die Tür.

Sofia öffnet nicht. Es wird Abend, und sie öffnet noch immer nicht. René kommt, klopft zweimal, dreht sich um und geht wieder. Er zuckt die Schultern: »Das geht schon vorüber«, meint er zu Eulalia, »mach dir keine Sorgen und fahr ruhig nach Hause, diese Dinge gehen nur Mann und Frau etwas an.« Dann legt er sich schlafen.

Früh am nächsten Morgen kommt Don Ramón nachschauen, Sofia sitzt angezogen auf der Veranda und näht. »Es war nichts Besonderes«, sagt sie, »Gitano hat sich das Bein gebrochen, und René mußte ihn töten.« Das habe sie mitgenommen, natürlich, aber jetzt gehe es ihr schon wieder besser, sagt sie, mach dir keine Sorgen, Papá. Und Don Ramón beruhigt sich, denn sie lächelt und erzählt ihm von ihrem Nähkurs und lädt ihn für den kommenden Sonntag zum Essen ein. »Übertreibt wieder mal, diese Eulalia«, denkt Don Ramón auf der Rückfahrt nach El Encanto.

Schweigend näht Sofia weiter. Sie fühlt sich ganz ruhig, denn in der vergangenen Nacht, während sie wütend weinte, bekam sie ihre Menstruation.

Gertrudis versteht nicht, warum Sofia nicht schwanger werden will. »Wenn du schwanger bist, behandelt er dich bestimmt besser«, meint sie. Sofia erklärt ihr, daß sie das nicht glaube. Sie hat einen Plan gefaßt, wie sie ihn die Geschichte mit dem Pferd am Tage ihrer Hochzeit vergessen machen will, aber sie darf noch nicht schwanger werden. Sie bittet Gertrudis, ihr zwölf Packungen Pillen zu kaufen.

»Aber das ist ja für ein ganzes Jahr!« erschrickt Gertrudis.

»Bitte, Gertrudis, hab Vertrauen zu mir, ich weiß, was ich tue«, antwortet Sofia.

Als Gertrudis mit den Pillen kommt, ist das Haus von der Straße aus nicht mehr zu sehen. In drei Tagen hat René eine Mauer darum herum bauen lassen, um seine Frau vor Einbrechern zu schützen.

6

Sofia hat keinen Zweifel mehr daran, daß sie einen guten Teil ihres Lebens, vielleicht die letzten Jahre ihrer Jugend, eingesperrt verbringen wird, niemals jedoch ihre ganze Zeit auf Erden. Eines Tages, das schwört sie sich, wird sie durch die Eisentüren in der Mauer schreiten und sich davonmachen, ohne auch nur den Kopf zu wenden. Unterdessen will sie ihre Zeit nicht mit Heulen und Zähneklappern vertun. Sie wird vielleicht nicht das bekommen, was sie möchte, doch René wird es nicht besser ergehen.

René beobachtet sie und denkt, wie stolz die Kleine sei, doch wird ihr Hochmut mit der Zeit vergehen; und mit den Kindern, die nicht ausbleiben werden, erfüllt er gewissenhaft seine Ehepflichten, denn er, das befruchtende Männchen, besteigt sie jede Nacht, selbst wenn er müde ist. Verdrossen nimmt er wahr, daß sie nie auch nur einen Laut von sich gibt und nur unbeweglich unter ihm liegt, die weit offenen Augen zur Decke gewandt wie eine kalte, aber dennoch schöne Statue.

Auch Don Ramón findet sich mit dem Schicksal seiner Tochter ab, sie ist nicht mehr die seine. Sie gehört jetzt dem eifersüchtigen Ehemann, der sie so argwöhnisch bewacht und den er im Grunde auch versteht. Er kann René die Panik des Hochzeitstages nicht verdenken, nicht die Angst, die ihre Spuren in ihm hinterlassen hat und ihn Gespenster sehen und fürchten läßt, seine Frau könne ihm davonlaufen. Er hat diese Angst erlebt, als

Sofia bei ihm aufwuchs, die Angst, die Karawane der Zigeuner könne wieder auftauchen und das Mädchen werde hinter ihr herrennen, mit jenem sehnsüchtigen Glanz in den Augen, der ihm schon Sorgen bereitete, wenn er sie nach Managua mitnahm und sah, wie sie die Lichter und die Hektik der Großstadt erregten. Jetzt bleibt ihm nicht viel mehr, als ihr das Eingeschlossensein erträglich zu gestalten und zu beten, sie möge bald schwanger werden, damit ihr die gleichmütig dahinfließenden Tage auf der Hacienda leichter werden.

»Sag bitte Fausto, daß er auch mal kommen soll, Papá. Und er soll mir Bücher mitbringen.«

Fausto kommt mit Don Ramón an einem hellichten Vormittag, an dem René nicht da ist. Und er bringt eine Kiste voller Bücher aller Art und Größe, darunter ein mehrbändiges Lexikon.

»Es heißt ›Schatz der Jugend‹, eigentlich ist es für jüngere Leute gedacht, aber es steht viel Wissenswertes darin.«

Sie blättert in den weißen Bänden mit dem Goldrand, da gibt es das »Buch des Warum«, eins über berühmte Persönlichkeiten, ein anderes mit Geschichten, dann kramt sie aus der Kiste Abenteuer-, Liebesromane und Zeitschriften hervor.

»Ich hätte dir gern noch bessere Bücher mitgebracht«, meint Fausto, »aber das ist alles, was ich im Augenblick bekommen konnte.«

Glücklich nimmt sie ihn in den Arm und gibt ihm einen Kuß auf die Wange, während Don Ramón sich entfernt, um mit Fernando, dem Vorarbeiter, über die Einteilung der Kaffeepflücker zu reden.

»Da hat er dich also eingeschlossen, dieser Höhlenmensch«, sagt Fausto, nachdem Don Ramón verschwunden ist.

Wütend erzählt ihm Sofia das Ende von Gitano und wie alle Angestellten in Haus und Hof sie voller Angst hüten, weil René ihnen schlimme Folgen angedroht hat, falls sie allein ausgeht; sie erzählt ihm von der Mauer, die der Ehemann hat bauen lassen und von dem großen Fernsehgerät, das er gekauft hat, damit sie Unterhaltung habe, sie zeigt ihm ihr Nähzimmer, und fast hätte sie ihm auch von den Pillen erzählt, doch sie hält sich im letzten Augenblick zurück.

»Und was willst du jetzt machen?« fragt Fausto.

»Lesen«, antwortete sie. »Und fernsehen.«

Fausto betrachtet sie traurig. Er hat sie liebgewonnen und schon manches Mal gedacht, daß er mit ihr versuchen könnte, sein Verhältnis zum anderen Geschlecht in Ordnung zu bringen, doch nun verspürt er keine Lust, ihr das Leben noch schwerer zu machen.

»Das wichtigste ist«, meint er, »daß du dich nicht unterkriegen läßt. Du mußt zusehen, daß du immer beschäftigt bist.«

»Ja«, antwortet Sofia.

»Sag ihm, er soll dir ein Telefon legen lassen«, rät Fausto. »Dann kann ich dich von Managua aus anrufen und wir können uns unterhalten, denn er wird sicher nicht zulassen, daß ich häufiger hierherkomme.«

Sofia lernt, ihre Einsamkeit zu beherrschen, sie schließt sich mit ihr in ihr Nähzimmer ein und spricht mit ihr, dann wieder liest sie oder näht. Mehrere Stunden am Tag verbringt sie im Garten im Schatten der Mauer.

Mit Hilfe von Florencio, dem Gärtner, hat sie Rosenstöcke gepflanzt, Bougainvillea und Farne um die Zwergpalmen herum. Sie beschäftigt sich mit Botanik und hat hinten zwischen Haus und Mauer ein Stück Land umgegraben und gesäubert, groß genug für einen Gemüsegarten, den sie mit Tomaten, Mohrrüben und Salatköpfen bepflanzt. René freut sich über die bäuerlich-botanischen Neigungen seiner Frau. An den Abenden, wenn er von seiner Arbeit zurückkommt, lädt er sie zum Spaziergang außerhalb der Mauer ein, damit sie die Kaffeepflanzungen und die jahrhundertealten Bäume sehen kann, die den Kaffesträuchern Schatten spenden; er erzählt ihr auch, was er während des Tages gemacht hat, und spricht von den großen Krisen, die das Land nach Kriegen und Wirbelstürmen überziehen.

Sofia hört ihm zu, quasselt über Gemüsebeete und Nähstunden mit Engracia. Sie bestickt Baumwollkittel, die auf dem Markt in Masaya verkauft werden. Beiläufig erwähnt sie, Gertrudis zu vermissen, die jetzt in Managua als Sekretärin einer Luftlinie arbeitet.

»Warum läßt du uns nicht ein Telefon ins Haus legen?« fragt sie. Mit zäher Stille hat sie dafür gesorgt, daß er ja sagt.

7

Mehr als einen Monat dauert es, bis die Leitung für das Telefon gelegt ist, der rote Apparat klingelt im Wohnzimmer des Hauses, Petrona, Sofia, Eulalia und Engracia sehen sich gegenseitig an, lachen und nehmen unter Gekicher den Hörer ab.

Sofia wählt die Nummer von Gertrudis und will es kaum glauben, als sie einen Augenblick später die Stimme ihrer Freundin so nahe bei sich hört. Als am Nachmittag René nach Hause kommt, schüttelt er über die Frauen den Kopf, die sich von einer so alten Erfindung noch in Staunen versetzen lassen. In dieser Nacht bemüht er sich zum ersten Mal, zärtlich zu sein und mit Sofia zu reden, bevor er das Ritual des Beischlafs vollzieht, das ihm längst zur Routine geworden ist.

»Na siehst du, ich bin doch gar nicht so schlecht«, sagt er und streichelt ihren Kopf.

Sofia schweigt, atmet tief und versucht, sich zu entspannen. Jede Nacht, wenn er sie berührt, versucht sie, in ihren Körper hinein zu verschwinden. Nur, indem sie nicht da ist, indem sie sich weit weg wähnt, kann sie die allnächtliche Vergewaltigung ertragen. Es fällt ihr nicht allzu schwer, nicht da zu sein, es klappt schon fast ganz wie von selbst. Von ganz weit her sieht sie René an und nickt mit dem Kopf, bevor sie die Augen schließt und ihn wieder über sich keuchen hört.

In dieser Nacht jedoch wendet ihr René nicht den

Rücken zu und schläft ein. Er möchte reden, möchte, daß sie über ihre offensichtlichen Schwierigkeiten sprechen, schwanger zu werden. Gut sechs Monate, sagt er, sind sie jetzt schon verheiratet. Sechs Monate, in denen er immer seinen Teil getan hat, außer einige wenige Male, als die Müdigkeit stärker gewesen ist. Eigentlich müßte sie schon schwanger sein.

»Ich mache mir ja auch Sorgen«, lügt sie und erzählt, daß ihr Engracia angeboten habe, Doña Carmen zu holen, die berühmte Wunderheilerin aus Diriomo.

»Versuch's ruhig«, meint er. »Wenn es aber nicht klappt, muß ich dich nach Managua zum Arzt bringen.«

Doña Carmen ist eine hochgewachsene, hellhäutige Frau – gebleichtes Braun nennen die Leute ihre Hautfarbe. In ihrer Jugend war sie für ihre Schönheit berühmt; sie besaß in der Nähe des Dorfes Catarina eine Kneipe, die im Volksmund »Die Riesenspalte« genannt wurde, in vulgärer, aber auch liebevoller Anspielung auf die Größe und Güte dessen, was die Besitzerin zwischen ihren Beinen vorzuweisen hatte. Dorthin kamen an den Samstagnachmittagen aus Managua die Künstler, um miteinander zu trinken und unter den mit blauen Blumen übersäten Schlingpflanzen im erdgestampften Hof heimlichen Liebschaften nachzugehen. Berühmter noch war Doña Carmen, weil sie Karten legte und die Zukunft las und Mittelchen zubereitete, die Liebeskummer und andere als unheilbar angesehene Krankheiten vergessen ließen. Es hieß, ihre Verbindungen zum Jenseits seien unübertroffen. »Legen Sie mir die Karten«, sagt Sofia, als Engracia hinausgegangen ist und sie im Nähzimmer alleingelassen hat.

Aus ihrer Tasche aus geflochtenem Palmstroh holt Doña Carmen ein Kartenspiel, das in ein Tuch aus blauer Seide eingewickelt ist. Die Karten sind alt und verblichen, doch Doña Carmen behandelt sie mit der ganzen Hochachtung, die die Zukunft verdient.

»Mische sie gut durch«, sagt sie. »Dann teilst du sie mit der linken Hand in drei kleine Häufchen, legst sie dann wieder zusammen und gibst sie mir zurück, alles mit derselben Hand.«

Es ist heiß im Zimmer, Sofia schwitzt und spürt ihr Herz schneller schlagen. Sie tut, wie sie Doña Carmen geheißen hat, und gibt ihr das Kartenspiel mit der linken Hand zurück.

Doña Carmen breitet sie nach einem sonderbaren Muster auf dem Tisch aus. Die ersten beiden Karten legt sie kreuzweise aufeinander, die nächsten vier drapiert sie drum herum und die letzten vier an der Seite wie eine Säule von unten nach oben. Dann betrachtet sie die gesamte Auslage schweigend.

»Du wirst eine Tochter haben«, sagt Doña Carmen schließlich, »aber noch nicht so bald. Erst in ein paar Jahren.«

»Mit René?« fragt Sofia.

»Nein. Mit einem anderen.«

»Und der Totenkopf da, was hat er zu bedeuten?« fragt Sofia.

»Du hast den Tod und den Turm«, antwortet Doña Carmen. »Es wird jemand sterben müssen, und vieles soll zerstört werden. Das ist die Reinigung durch das Feuer... du wirst viel leiden müssen, das liegt in deinem Schicksal. Doch du sollst die Liebe kennenlernen.«

»Was steht noch in den Karten?«

»Du wirst nie Geldsorgen haben. Das Tarot sagt, daß du auf dein Ungestüm achtgeben mußt. Laß sehen« – Doña Carmen beugt sich vor und sieht angestrengt auf die Karten – »Du wirst etwas sehr Kostbares verlieren. Es gleitet dir aus den Händen.«

Doña Carmen hebt den Blick vom Tisch und sieht sie freundlich an. Dann nimmt sie ihre Hände.

»Es kann sein, daß die Karten davon beeinflußt werden, wie es dir im Augenblick geht«, versucht sie, die junge Frau zu beruhigen. »Du bist nicht glücklich, stimmt's?«

»Nein«, antwortet Sofia.

»Ich werde sie dir bald noch einmal legen.«

Und Doña Carmen legt sie ihr bald noch einmal, und ein weiteres Mal. Und immer sagen die Karten dasselbe.

»Arme kleine Sofia«, meint Doña Carmen zu Engracia, als sie zusammen auf der Landstraße nach Diriá zurückgehen, »sie wird ein ganz sonderbares Schicksal haben. Da sah doch alles so aus, als hätte sie eine gute Partie gemacht, und jetzt verzeiht ihr der Mann die Sache vom Hochzeitstag nicht und hält sie hinter Schloß und Riegel. Und außerdem, sie soll mir bloß nichts erzählen: Wenn sie nicht schwanger wird, dann sicher nicht, weil meine Mittel nicht helfen, sondern weil sie sie überhaupt nicht nimmt. Aber eigentlich hat sie ja recht. Ich würde von so einem Mann auch kein Kind wollen, außer ich wüßte, daß er mich verlassen wird und ich das Kind in Ruhe allein aufziehen kann.

Aber sie, wie soll sie das schon wissen! Sie weiß nicht einmal, wer sie auf die Welt gebracht hat, die Arme...«

»Sie kann sehr gut nähen«, sagt Engracia nur.

Sofia bekommt Lust, Doña Carmen zu bitten, sie das Kartenlegen zu lehren. Immerhin stammt sie von einem Volk ab, das sich als Hüter der Geheimnisse des Tarot versteht. Sie denkt aber auch an das Verbot, von dem ihre Mutter erzählte, daß das Kartenlegen nur dem gestattet sei, in dessen Adern reines Zigeunerblut fließt. Aber Doña Carmen ist auch keine Zigeunerin und legt trotzdem die Karten. Eigentlich habe ich dazu mehr Recht als sie.

Doña Carmen wird zu einer regelmäßigen Besucherin des Hauses. Sofia gelingt es, sie zu überreden, ihr die Kunst des Weissagens nahezubringen. Stundenlang schließen sich die beiden ins Nähzimmer ein, wo Sofia jetzt nur noch wenig näht und sich vielmehr bemüht, die genaue Bedeutung der zweiundzwanzig großen Arkanen und die verschlungenen Bilder der sechsundfünfzig kleinen Geheimnisse zu verstehen. Doña Carmen hat ihr ein noch glänzendes, neues Kartenspiel geschenkt, mit dem Sofia versucht, die Zukunft zu betören, sich ihr zu entschlüsseln. Bald entdeckt sie auch die magischen Wirkungen, die das Tarot auf ihre unmittelbare Umgebung ausübt, denn Petrona kümmert sich darum, ihre neuen Fähigkeiten auf der Hacienda bekanntzumachen, und bald kommen die Frauen der Haciendaarbeiter und bitten sie, ihnen ihre Zukunft nicht vorzuenthalten. Ohne sich groß zu bekümmern, liest Sofia nun Glück und Unglück, und die langen Stunden der Einsamkeit werden ihr erträglicher durch ihr Eindringen in fremde Schicksale. Nur was ihr eigenes Leben angeht, scheinen die Karten bei wirren Vorhersagen bleiben zu wollen. Doña Carmen beschwört sie immer wieder, sie solle genau lesen und die Angst vor den eigenen Geheimnissen abschütteln, doch zieht es Sofia vor, die Ratschläge in den Wind zu schlagen und lieber mit fremdem Schicksal zu experimentieren.

Nachdem er sie mehrere Monate lang gezwungen hat, die Mittelchen von Doña Carmen in seiner Gegenwart einzunehmen, beschließt René, Sofia nach Managua zu bringen, in die Sprechstunde eines Frauenarztes, den ihm die Frau eines Freundes empfohlen hat.

Mit Plastikhandschuhen an den Händen untersucht sie der Doktor von oben bis unten, von vorn und von hinten, unter den argwöhnischen Blicken von René, der sie als pflichtbewußter Ehemann natürlich nicht allein ins Behandlungszimmer hat gehen lassen. Die Untersuchung ergibt keine physischen Mängel. So ist das manchmal mit den Erstgebärenden, meint der Arzt zum Schluß, sie haben Mühe, schwanger zu werden. Da kann man nur eins machen: Auf Gott und sich selbst vertrauen und kräftig weiterprobieren.

»Na siehst du, bei mir ist alles in Ordnung«, sagt Sofia zu René, als sie zur Hacienda zurückfahren. »Der Unfruchtbare bist am Ende du selbst. Vielleicht solltest du dich mal untersuchen lassen.«

René erwähnt die Angelegenheit nie wieder.

8

Sofia ist vier Jahre verheiratet, da stirbt Eulalia.

»Wer hätte das gedacht, Töchterchen«, sagt Don Ramón bei der Beerdigung zur herzzerreißend weinenden Sofia, »wer hätte gedacht, daß ich länger dasein würde als sie!«

Der Leichenzug drängt sich um den kleinen, bunten Friedhof von Diriá. Es gibt niemanden, der Eulalia nicht nachtrauerte, niemanden, dem nicht Erinnerungen an die Frau durch den Kopf gehen, deren sterbliche Überreste, von Sofias Hochzeitsschleier bedeckt, nun im Sarg aus Pinienholz liegen.

René nimmt seine Frau beim Arm und versucht, ihre Tränen zu trösten. Brüsk weist Sofia ihn ab, sie ist seit ihrer Heirat stattlicher geworden, und geht allein zur anderen Seite des Grabes, das die Knechte der Hacienda ausgehoben haben. Während des Begräbnisses weint sie lauthals, sie fühlt sich zum ersten Mal wirklich wie ein Waisenkind.

Nach dem Tod von Eulalia läßt René sie nachmittags Don Ramón besuchen. Allein aber darf sie nicht gehen. Fernando, der Vorarbeiter, führt das Pferd den ganzen Weg, hin und zurück, am Zügel. Eulalias Tod hat auf Sofia eine merkwürdige Wirkung. Don Ramón spürt es. Sie ist nervös und leicht reizbar, wirkt wie ein Vogel im Käfig, der von einer Seite zur anderen gegen die Gitterstäbe flattert. Don Ramón hat Angst, sie könne sich am

Ende weh tun, und wenn er nachts den Tod um sein Fenster streichen hört, dann verjagt er ihn mit lautem Geschrei, denn er darf Sofia jetzt nicht allein lassen. Der Tod aber schert sich jedesmal weniger darum, und Don Ramón weiß das auch. In jüngster Zeit sieht er sein Gesicht, wie es sich schamlos ins Fenster beugt.

»Du mußt dich beruhigen, mein Töchterchen«, sagt er jetzt und sieht zu, wie Sofia unablässig mit der Fußspitze auf den Boden trommelt.

Sofia wiegt sich in dem Schaukelstuhl mit der hohen Rückenlehne, der auf der Veranda steht. Sie wiegt sich, rutscht hin und her, nickt mit dem Kopf und fährt fort mit ihren ungeordneten Bewegungen.

»Hast du schon mit Fausto geredet?«

»Fausto sagt mir dasselbe. Er sagt, ich solle mich beruhigen. Ich weiß gar nicht, weshalb ihr mir das sagt. Ich bin, wie ich immer war.«

Aber sie ist nicht wie früher, und sie weiß es auch. Als sie von der Hacienda nach Hause zurückreitet, haßt sie Fernando, der langsam den Weg entlanggeht und das Pferd am Zügel führt. Es befällt sie die Versuchung, zu fliehen und ziellos durch die Welt zu reiten, anstatt die sanftmütige, anständige Ehefrau zu spielen, wie es von ihr erwartet wird. Wäre da nicht auch Don Ramón, sie wäre längst weit weg von hier, auch ohne genau zu wissen, wo. Ihre Fähigkeiten als Wahrsagerin geben ihr die Möglichkeit, wenigstens etwas ganz für sich und hinter Renés Rücken zu tun, denn die absolute Geheimhaltung ist ihre Bedingung für das Kartenlegen. Doch auch hier zeigt sie in letzter Zeit Zerstreutheit und übersieht die Bedeutung mancher Zeichen, die sich ihr offenbaren. Sie findet auch keine Entspannung in ihren Nähstunden, nicht einmal mehr beim Lesen, das sie eine Zeitlang unterhalten hat und sie aus den Mauern ihres Hauses heraus an ferne, fremde Plätze führte. Abends sitzt sie vor dem Fernseher und starrt wie hypnotisiert und ganz abwesend hinein. Wenn Fausto anruft, redet sie und redet und weiß hinterher gar nicht mehr, was sie ihm alles gesagt hat.

»Sie geht durchs Haus wie eine Schlafwandlerin«, sagt Petrona zu Engracia. »Ich glaube, sie kann den Tod von Eulalia nicht überwinden. Und Don René wird von Tag zu Tag wütender. Es dauert sicher nicht mehr lange, dann packt er sie bei den Haaren und verabreicht ihr eine Tracht Prügel. Die Lust dazu hab' ich schon häufiger in seinen Augen bemerkt.«

Am Tag der Monatsmesse für Eulalia gehen Sofia und René in die Kirche. Don Ramón glaubt, daß sie ruhiger wirkt. Er meint sogar, ein neues, fröhliches Glänzen in ihren Augen zu entdecken, und denkt, daß sie auf gutem Wege sei, die Verzweiflung über den Tod Eulalias zu überwinden.

Auf ihrer Kirchenbank sitzend, hört Sofia nicht auf die Worte des Priesters. Sie denkt an die Stimme des unbekannten Mannes, mit dem sie am Tag zuvor telefoniert hat. Der gleiche, der vor vier Tagen anrief, weil er sich verwählt hatte, und der sich seither jeden Tag meldete.

»Hallo, ist dort Masaya 4022?«

»Nein, Sie haben sich verwählt. Dies hier ist eine Nummer in Diriá.«

»Welche Nummer hab' ich denn erwischt?«

»4122.«

»Entschuldigen Sie, aber Sie haben wirklich eine angenehme Stimme. Wie heißen Sie?«

»Sofia.«

»Sie haben ja nicht nur eine hübsche Stimme, sondern auch noch einen schönen Namen. Was machen Sie denn so?«

»Ich langweile mich. Und ab und zu lege ich Karten und weissage.«

»Ihre Stimme klingt aber noch sehr jung für eine Wahrsagerin.«

»Ich bin auch noch jung. Und Sie, wer sind Sie?«

»Mein Name ist Esteban. Ich bin Rechtsanwalt.«

»Sehr erfreut.«

»Also, entschuldigen Sie nochmals die Störung, aber es hat mich wirklich gefreut, mit Ihnen gesprochen zu haben. Vielleicht können Sie mir ja die Zukunft durchs Telefon entblößen ...«

»Warum rufen Sie mich morgen nicht wieder an?«

»Ja, gern.« Die Stimme des Mannes klingt belustigt und verschwörerisch zugleich.

»Sie rufen also morgen wirklich wieder an?«

»Ja, ganz bestimmt, Sofia, sehr gern sogar.«

Das war ihre erste Unterhaltung gewesen. Sofia erzählt Eulalia in der Kirche davon, hoffend, daß die sie von irgendeinem Ort aus hören kann. Ihr ist, als habe Eulalia sie, genau wie damals die Mutter, ohne irgendeine Erklärung im Stich gelassen. Zwar widerspricht sie sich und versucht sich vor Augen zu führen, wie blind der Tod zuschlägt, doch ganz tief drinnen spürt sie genausoviel Groll wie Schmerz über den Verlust von Eulalia, und zwischen diesen zwei Gefühlen entsteht ein Gleichgewicht, das ihren Tod selbst in beträchtlicher Entfernung von ihr hält.

René glaubt, seine Frau bete, und senkt den Kopf und versucht auch zu beten und sich nicht vom Anblick der übrigen Anwesenden ablenken zu lassen. Alle scheinen ganz vom Gedanken an Eulalia gefangen, die im Rauch der Altarkerzen und dem Sprechgesang der Priester zu schweben scheint. – »Lamm, das du trägst die Sünden der Welt, erbarme dich unser«.

Nach der Messe versammeln sich die Trauernden auf »El Encanto« im Schatten der Chilamate-Bäume und essen gebratenes Schweinefleisch und gebackene Bananen.

Die Frauen werden nicht müde, von Eulalia zu erzählen, wie es der Brauch ist bei solchen Seelengedenken. Unterdessen reden die Männer in einer Ecke des Trockenhofes über die Kaffeepreise und den besseren Kunstdünger.

Sofia unterhält sich mit Engracia und Doña Carmen, während sie sich mit einem Palmstrohfächer Luft zufächelt. Die Verzweiflung, die der Tod Eulalias in ihr hervorgerufen hat, ist der aufregenden Neuigkeit der Telefonanrufe gewichen, dem Kitzel, einen Freund zu haben, der ihr hilft, aus dem Eingesperrtsein auszubrechen, ein Geheimnis, das sie ganz für sich behält.

»Ich bin sicher, Eulalia ist glücklich gestorben«, meint Engracia.

»Wie auch immer, sie ist gestorben, ohne etwas davon zu spüren«, antwortet Doña Carmen. »Da hat sie wirklich Glück gehabt. Wenn ich den lieben Gott um irgend etwas bitte, dann darum, daß er mich auch so zu sich nimmt, im Schlaf. Mich einfach hinlegen und aus. Im Schlaf auf die andere Seite hinübergehen.«

»Ich hätte mich so gern von ihr verabschiedet«, sinniert Sofia. »Darüber komme ich nicht hinweg, dieses komische Gefühl, mich nicht von ihr verabschiedet zu haben. Das letzte, was ich ihr gesagt habe, war ›Bis morgen‹, und jetzt wird es dieses ›Morgen‹ nie mehr geben.«

»Ja, meine Kleine. Für uns, die wir hierbleiben, ist das wohl traurig«, meint Engracia wieder. »Doch für den, der stirbt, ist es besser, wenn er sich nicht verabschieden muß. Als meine Mutter im Sterben lag... da zog diese endlose Reihe von Leuten an ihrem Bett vorbei, und die arme Frau kriegte es erst richtig mit der Angst zu tun, weil sie dadurch merkte, daß es bald mit ihr aus sein würde. Das nenn' ich Grausamkeit. Erst jetzt, wo ich alt bin, verstehe ich ihre Angst. Wir dachten, sie weint vor lauter Abschiedsschmerz. Heute weiß ich, daß es die reine Angst war.«

Sofia begreift nicht, warum man vor Angst weint, wenn es ans Sterben geht. Der Tod ist so weit weg für sie. Gedanken an einen brennenden Wohnwagen steigen in ihr auf. Sie erinnert sich nur wenig an die Zeit, bevor sie nach Diriá kam, doch als sie Engracia und Doña Carmen so reden hört, hat sie plötzlich das Begräbnis ihres Großvaters vor Augen. Die Zigeuner verbrennen den Wohnwagen des Verstorbenen mit all seinem Besitz.

»Und was soll mit ihren Sachen geschehen«, murmelt sie abwesend. »Die Zigeuner verbrennen die Sachen der Toten.«

Engracia muß sich beherrschen, daß sie sich nicht

bekreuzigt. Nie zuvor hat sie Sofia über ihre Herkunft reden hören. Doña Carmen sieht sie neugierig an.

»Was hast du da gesagt?« fragt sie.

»Ich habe gerade an die Beerdigung meines Großvaters gedacht. An sein Gesicht oder sonst etwas von ihm kann ich mich nicht mehr erinnern. Ich weiß nur noch, wie sie sein Haus angezündet haben, das heißt, den Wohnwagen, in dem er lebte. Da muß ich noch sehr klein gewesen sein. Aber ich sehe die Flammen noch vor mir und die klagenden Frauen.«

»Großer Gott«, ruft Engracia. »Denk lieber gar nicht mehr an diese Geschichten, Töchterchen, du gehörst doch längst nicht mehr zu diesen Leuten. Vergiß nicht, daß sie dich ausgesetzt haben!«

Sie haben mich ausgesetzt, grübelt Sofia. Seit sie ein kleines Mädchen gewesen ist, haben sie ihr das wieder und wieder gesagt, erbarmungslos und ohne ihres Gefühls der Einsamkeit und der Verlassenheit gewahr zu werden, des Loches in der Brust, das sie jedes Mal aufrissen mit ihren behaupteten Vermutungen. Immer hat sie ihr dunkles Schicksal aufklären wollen. Manchmal gibt sie den Zigeunern die Schuld, daß die Mutter nicht zurückgekehrt ist, vielleicht hat man sie ja nicht suchen lassen. Oft genug hat sie gehofft, Eulalia warte nur auf den richtigen Augenblick, um ihr ihre Vergangenheit zu enthüllen, oder sie hat sich vorgestellt, daß ihr Eulalia auf dem Totenbett das dunkle Geheimnis ihrer Herkunft verraten werde. Aber Eulalia ist schlafend gestorben, und jetzt gibt es niemanden mehr, der auf ihre Fragen hätte antworten können.

»Wie gern hätte ich mich von Eulalia verabschiedet«, wiederholt sie und steht auf. Langsam geht sie, den

Palmfächer in der Hand, zu Don Ramón hinüber und setzt sich still an die Seite des Alten.

Die Hand von Don Ramón tätschelt Sofias Rücken. Es wird dunkel und die Glühwürmchen beginnen ihren allnächtlichen Tanz, die Lichter an den Pfosten werden angeschaltet und beleuchten die Gäste, deren Stimmen, die von Zeit zu Zeit von Gelächter unterbrochen werden, mit der Dunkelheit lauter klingen. An einer Ecke des Hofes steht René und spaßt mit seinen Freunden. Keiner kennt mich hier, denkt Sofia, alle haben mich gesehen, seit ich ein kleines Kind war, doch keiner kennt mich wirklich. Was denken diese Leute wohl über mich, fragt sie sich, und was würden sie wohl denken, wenn sie meine »schlechten Gedanken« kennten? Wenn sie zum Beispiel wüßten, wie oft sie, wenn Fernando sie von der Hacienda nach Hause zurückführt, sich gewünscht hat, er möge etwas Verrücktes tun, sie zwischen die Kaffeesträucher ziehen und sie so heiß lieben wie der Holzfäller in einem der Romane, den sie gelesen hat. Oder wenn sie ahnten, wie oft sie schon geplant hat, René mit Strychnin zu vergiften, wie Oliverio Castañeda in dem Roman ›Göttliche Strafe‹. Sie mag nicht zugeben, nicht einmal vor sich selbst, es erscheint ihr allzu grotesk, daß sie sogar den Tod von Don Ramón herbeigewünscht hat, weil er ein Teil des Zwangs ist, der sie dazu verurteilt, zu bleiben und die sanfte, zufriedene Ehefrau zu spielen.

Ich müßte schlecht sein und einfach davonlaufen, denkt sie und gleich darauf tut es ihr schon wieder leid, als sie Don Ramóns Hand erneut über ihren Rücken gleiten spürt.

»Hallo? Sofia?«

»Ja.«

»Ich bin's, Esteban.«

»Wie geht's?«

»Danke. Ich arbeite und denk an dich.«

Schweigen.

»Und du, geht's dir gut?«

»Einigermaßen.«

»Bist du traurig?«

»Eher gelangweilt.«

Sofia läßt sich vom Klang der Stimme Estebans forttragen. Sie stellt ihn sich gutaussehend und sanft vor, obwohl sie nicht selten auch der Verdacht überkommt, sie könne sich irren und er sei in Wirklichkeit ein fetter, ekliger Mann. Doch schiebt sie den Gedanken von sich. Wenn sie schon ihrer Phantasie die Zügel schießen läßt, sagt sie sich, dann kann sie ihn sich auch so schön vorstellen, wie sie Lust hat. Sie sprechen über ihrer beider Leben: Er erzählt ihr von den täglichen, nervtötenden Gerichtsverhandlungen, seinem Aktenkrieg, den zahllosen Scheidungsfällen, die er, seit die Gesetze es zulassen, auch auf einseitigen Wunsch geschieden werden zu können, fast täglich zu bearbeiten hat. Sofia fragt und fragt. »Klingt ja fast so, als wolltest du dich scheiden lassen«, sagt Esteban. »Eines Tages tue ich das bestimmt«, antwortet Sofia. Er versteht nicht, daß eine Frau wie sie eine so lieblose Ehe erträgt, während die Jahre vorübergehen. Die rebellische Person seiner Phantasie paßt nicht zu einer Frau, die ihre Ehe aus Tochterpflicht weiterführt. Sofia verwirrt und fasziniert ihn zugleich.

»Fausto ruft dich in letzter Zeit aber viel an«, meint Engracia in einem Ton, der bitter und vorwurfsvoll klingt. Sofia sieht sie an, sagt nichts und telefoniert, am nächsten Tag, mit Fausto. Sie bittet ihn, zu ihr zu Besuch zu kommen.

Fausto kommt in einem weißen, beinahe schrottreifen Auto. Er hat sich einen Schnauzbart wachsen lassen und trägt enge Bluejeans und sein Markenzeichenhemd mit dem Krokodil.

Sofia tritt ihm lachend entgegen, sie mag ihn trotz seiner sonderbaren Ausstrahlung. Sie sieht in ihm eher eine Freundin als einen Freund. Sie kann ihn sich gut in Frauenkleidern vorstellen.

»Ein Homo«, sagt René verächtlich, was sie erfreut und genießt; so wenigstens verschont René sie mit seiner unausstehlichen Eifersucht. Sofia führt ihn in ihr Nähzimmer. Dort öffnet sie weit die Fenster, damit der Wind die zähe Hitze des frühen Nachmittags vertreibt.

»Ich glaube, ich bin verliebt.«

»Du meine Güte, Kleines«, antwortet er. »Sag mir so was doch nicht so plötzlich. Darf man erfahren, wer der glückliche Sterbliche ist?«

»Ich kenne ihn nicht. Ich habe bisher nur mit ihm telefoniert.«

Ungläubig schüttelt Fausto den Kopf.

»Ich möchte, daß du ihn ausfindig machst und mir erzählst, wer und wie er ist, denn sobald sich mir die Gelegenheit bietet, brenne ich mit ihm durch.«

»Ach, Liebes, nur keine Verzweiflungstaten. Du bist noch nicht mit dem einen fertig und willst dich schon mit dem zweiten einlassen ...«

»Was kümmert's dich? Man braucht nun mal jemanden.«

Fausto schweigt ein Weilchen, dann stimmt er ihr zu, jeder braucht jemanden. Er denkt, wenn er ihr nur ein bißchen gefiele, könnte er seine Vorlieben noch einmal überdenken. In einer Gesellschaft wie der Nicaraguas Homosexueller zu sein, ist leidvoll. In Nicaragua ist ein Homosexueller ein Sohn des Teufels, Mensch mit drei Beinen, Narr, die fleischgewordene Unnatur. Ach, welch ein Unglück, mit diesem Ding zwischen den Beinen geboren zu werden und nicht wie Sofia, mit einer schönen Falte, weichen Formen, die nichts Kantiges an ihrem Körper zulassen, der aussieht wie ein Musikinstrument. Täglich reut es ihn mehr, daß er Frankreich verlassen hat. Alle seine Anstrengungen, an Frauen Gefallen zu finden, endeten mit deutlichen Mißerfolgen.

»Wie heißt der Herr denn? Und wo arbeitet er?«

Sofia gibt ihm Auskunft und bittet ihn zu schwören, daß er niemandem ein Sterbenswörtchen sagen wird, nur sie und nun auch er kennen das Geheimnis. »Und wenn Doña Engracia etwas zu dir darüber sagt, daß du mich so oft anrufst, dann erfinde irgend etwas, aber überzeuge sie, daß du es bist, der da anruft. Ich glaube, sie hat einen Verdacht.«

Abends betet Engracia. Sie hat das ganze Haus mit Kerzen vollgestellt, es fehlt der Platz, um noch eine weitere hinzuzufügen. Seit Eulalias Tod ist ihr Sofias Leben vom Himmel gefallen wie eine Verantwortung, von der sie nicht weiß, ob sie ihr Segen oder Unheil bringt. Seit kurzem wird sie den Verdacht nicht los, etwas rieche sonderbar nach Sünde, nach Verschwiegenem und Heimlichem. Sie hat genug in ihrem Leben erfahren, als daß die roten Backen des Mädchens ihr verborgen bleiben könnten, ihr Zusammenzucken, wenn das Telefon klingelt, die Blicke in den Spiegel Stunde für Stunde. Sie benimmt sich wie jede Frau, die in einen Mann verliebt ist, der sie nicht anfaßt. Aber Sofia ist eine Gefangene. Wie kann sie einen Mann kennengelernt haben? Durch die Mauer? Engracia hat sie schon überall abgesucht und noch keine Lücke gefunden. In der Kirche? Nur Frauen gehen in diesen Tagen in die Kirche. Engracia denkt an die Geschichte jener Frau aus Catarina, die sich in ein Gespenst verliebte; die Leute sagten, man könne sie nachts vor Lust schreien hören, doch nie sah man auch nur irgend jemand in ihrem Haus. Sie hat sogar mit ihm geredet, Tante, erzählte ihr eine Nichte, die in der Nachbarschaft wohnte... In wen also konnte Sofia verliebt sein? Am Ende gar in Fausto? Und wenn Fausto nun gar nicht schwul war und nur so tat? Vielleicht spielt er das nur, damit René nicht eifersüchtig werde. Sehr schlau, dieser feine Herr. Gewiß, so wird es sein. Sicher, es ist Fausto. Und sie, was kann sie anderes tun als beten? Das Mädchen verdient ja auch jemanden, der sie liebt. René geschieht es ganz recht, daß ein anderer zwischen sie tritt, hat er doch nie auch nur einen Blick für sie übrig, er behandelt sie mit einer Gleichgültigkeit, die ihr, Engracia, das Blut in den Adern gefrieren läßt.

»Weißt du, Fausto, mir kommen immer mehr Erinnerungen aus meiner Kleinmädchenzeit in den Sinn.«

Fausto sieht sie neugierig an.

»Es ist, als ob der Tod von Mamá Eulalia einen wachsenden Bereich meines Gedächtnisses freigelegt hätte. Vielleicht war ich auch nur zu träge, mich zu erinnern, weil ich glaubte, sie hebe meine Erinnerungen für mich auf. Oder sie gibt sie mir jetzt, wo sie tot ist, in meinen Träumen zurück... ich weiß nicht, aber kurz nachdem sie starb, sah ich das Begräbnis meines Großvaters vor Augen, und jetzt vor kurzem erinnerte ich mich der Landschaften, durch die wir gezogen waren, Länder mit hohen Bergen voller Schnee, Länder, wo es mich an den Füßen fror. Mir sind sogar bestimmte Worte eingefallen, die ich in der Nacht hörte, als ich verlorenging. Mein Vater und meine Mutter hatten miteinander gestritten...«

9

»Meine Frau ist unfruchtbar«, heult der betrunkene René im Hof von Cresencios Kneipe.

Der Boden aus gestampftem Lehm riecht nach feuchter Erde. Von den Schlingpflanzen mit den bunten Blüten, die ein Dach über den vier Holztischen der Gastwirtschaft bilden, rinnen flinke Wassertropfen. Patrocinio, die Frau von Cresencio, sprengt sie jeden Nachmittag ohne Mitleid mit den Gästen, denn sie ist sicher, daß die Ströme von Wasser einen beruhigenden Effekt auf die Hitze ausüben, die der Alkohol im Blut hervorruft.

Von der Theke her sieht Patrocinio mitleidig zu René hinüber. Der Mann verliert in letzter Zeit mehr und mehr an Haltung, und jetzt beklagt er sich schon in aller Öffentlichkeit über seine verhinderte Vaterschaft. Jeden Freitag dasselbe Bild: Er kommt nachmittags um vier und trinkt ohne Pause bis neun, zehn Uhr abends, meistens allein, manchmal, wenn er gesellig aufgelegt ist, mit den betrunkenen Freunden der anderen Tische.

»Der Ärmste«, denkt Patrocinio und verständigt sich telepathisch mit Cresencio, der erst zu René, dann zu ihr herüberschaut und mit dem Kopf nickt. Ihr hat diese Sofia noch nie gefallen. Es ist doch einfach lächerlich zu meinen, ein fremdes Wesen, das aus der Dunkelheit der Nacht zu ihnen stößt, könne genauso sein wie sie. Obwohl in Diriá alle Welt an Hexerei und Zaubermittel gewöhnt war, verursachte ihr die Zigeunerin schon als kleines Mädchen Widerwillen.

»Die ist nicht von dieser Welt«, pflegte sie zu sagen, wenn über das Mädchen geredet wurde. Sie glaubte diese Geschichte nicht, daß seine Eltern es zurückgelassen hätten. Woher denn! Wer wird denn schon ein Kind einfach im Stich lassen! Da hatte es sich der Leibhaftige leichtgemacht, als er ihnen diese Tochter der Finsternis ins Dorf schickte, mit der Geschichte, die Zigeuner hätten sie ausgesetzt. Und der arme René hatte sie auch noch geheiratet! Patrocinio und Cresencio hatte man Gott sei Dank nicht zur Hochzeit geladen, aber sie hatten René bedauert, weil er mit dieser schmutzigen Frau vor den Altar treten mußte. Wie sollte einem diese Tücke des Satans nicht auffallen, sie nicht in Weiß, sondern über und über mit Schmutz und Schweiß bedeckt, mit Staub sogar noch in den Wimpern, vor den Altar des Herrn treten zu lassen. René war ja vielleicht nicht gerade das Beste vom Besten, doch war er ein guter Kerl, nicht besser und nicht schlechter als die anderen Burschen auch. Und natürlich würde ihm diese Frau niemals ein Kind gebären! Sicher würde eines Nachts der Teufel emporsteigen und sie schwängern. Zweifellos war das Unglück kein Zufall, das all die Jahre das Land überzogen hatte, daß der Erde plötzlich einfiel, zu beben oder sich von Wirbelstürmen verwüsten zu lassen. Da mußte ja in Nicaragua der Antichrist zum Vorschein kommen! Sie war sogar froh, daß die Frau René kein Kind gebar. René war der einzige, der nicht merkte, was für ein Segen es war, daß diese Frau nicht schwanger wurde und daß es um so besser für sie alle war, je später Satan sie schwängern würde. Er war nur von dem eitlen Gedanken verblendet, die Leute könnten meinen, er wisse nichts mit seiner männlichen Pracht anzufangen, jenem ordentlich großen Ding, das sich ihm unübersehbar unter dem Hosenstoff abzeichnete und ihm schon als Schüler den Spitznamen »Schlauch« eingebracht hatte. Es hieß, er könne weiter pinkeln als alle anderen, weil er einen gewaltigen Schlauch zwischen den Beinen habe. So gut, wie er ausgerüstet war, sollte er aufhören, sich zu beklagen, und lieber zusehen, daß er eine andere Frau dick macht. Kandidatinnen gab's doch genug. Man munkelt, daß Gertrudis, die Freundin dieser Sofia, heimlich in René verliebt sei und deshalb in Managua Arbeit gesucht habe, um nicht in Versuchung zu geraten.

Patrocinio trocknet sich die Hände an der Schürze, rutscht von dem klobigen, dreibeinigen Hocker herunter, der hinter der Theke steht, schiebt die Zehen in die Plastiklatschen und geht zu Renés Tisch hinüber, zieht sich einen Stuhl heran und setzt sich.

»Beklag dich nicht dauernd, mein Junge, das steht dir nicht.« Aus glasigen Augen blickt René sie an.

»Meine Frau ist unfruchtbar, Doña Patrocinio«, sagt er dann wieder, und seine schleppende Stimme klingt, als bliebe sie ihm gleich zwischen den Zähnen stecken.

»Und wenn schon, was kümmert's dich! Du hast schließlich keine Schuld. Wenn du unbedingt ein Kind haben willst, dann mach es doch mit einer anderen! Gibt doch genug Frauen hier, die Kinder haben wollen.«

Er hatte selbst schon daran gedacht, hat sogar schon

mal überlegt, wer dafür in Frage käme, doch fürchtet er insgeheim, die Anschuldigung Sofias könne sich bewahrheiten, er und nicht sie sei der Grund, daß keine Kinder kommen. Außerdem hatte er sich geschworen, nicht an allen Ecken und Enden Kinder in die Welt zu setzen, sondern ein anständiges Familienleben zu führen. Und wie hübsch wären die Kinder mit Sofia geworden, denkt er und trinkt einen Schluck, doch das verfluchte Weibsbild hat den Leib wie zugeschnürt, auch wenn tausend Ärzte das Gegenteil behaupten. Mit keinem Lidschlag würdigt sie sein riesiges Glied, wenn er in sie eindringt, es ist, als schliefe er mit einer Toten.

»Nur, ich will keine unehelichen Kinder in die Welt setzen, Doña Patrocinio, verstehen Sie mich?« – und er schlägt zur Bekräftigung mit der Faust auf den Tisch – »Ich will nicht, aber es wird mir wohl in Gottes Namen nichts anderes übrigbleiben!«

»Eine Sache ist es, sie zu kriegen, und eine andere, sie unehelich in die Welt zu setzen«, antwortet Doña Patrocinio. »Du kannst sie ja anerkennen, ihnen deinen Namen geben, sie aufziehen... und außerdem: Du bist doch vollkommen im Recht! Es ist ja nicht deine Schuld, daß sie unfruchtbar ist.«

»Bringen Sie mir noch eine halbe Flasche Rum und hören Sie auf, mir Ratschläge zu geben, ich bin ja kein Kind mehr«, zürnt René mit Augen wie Glasscherben.

Patrocinio steht vom Tisch auf. Sie nimmt ihm das nicht übel. Schon lange hat sie René sagen wollen, was sie gerade auszusprechen gewagt hat. Sie weiß, daß die Saat ihrer Worte im Alkohol, der durch seine Adern strömt, nicht ersticken wird, hat sie doch sehen können, wie sie ihm direkt ins Herz drang. Es ist nicht das gleiche, wenn es von Männern kommt. Ihr Wort als Frau wiegt in diesen Dingen viel mehr als das, was alle seine Freunde sagen. Und die anderen Frauen, sogar ein paar von denen, die die geheimen Kräfte der Kräuter kennen, fürchten sich doch alle. Sie haben Angst, daß Sofia sie verhexen könnte, weil sie insgeheim glauben, gegen die mächtigen Zauberkräfte ihrer Rasse gäbe es kein Gegenmittel. Sogar Engracia, die doch so gottesfürchtig ist und sich nach Eulalias Tod die Mutterpflicht gegenüber der Zigeunerin an den Hals gehängt hat, fürchtet sich vor ihr.

Doch sie ist es leid, das Spiel des Teufels mitzuspielen. Es läuft darauf hinaus, daß sich alle aus Angst auf Sofias Seite stellen. Und der arme René? Wer schützt den armen René?

Cresencio kommt mit dem Feuerholz zurück, und Patrocinio verschwindet im hinteren Teil des Holzhauses. Unter dem Feldbett holt sie ein paar Kerzen hervor. Es sind zwei lange, weiße Kerzen aus feinem Wachs. Sie zieht einen Holzhocker heran, stellt ihn unter den Wandkalender mit dem farbigen Bild der heiligen Jungfrau, den ihr der Zeitungsbote zu Weihnachten geschenkt hat, und entzündet darauf die Kerzen, für alle Fälle.

10

Auf ihrem Weg zurück von der Hacienda, während Fernando das Pferd am Zügel führt, hat Sofia plötzlich eine Erscheinung. Sie sieht den betrunkenen René und hinter ihm den Schein der Kerzen von Patrocinio, der durch die Blätter der Chilamate-Bäume dringt.

Sie blinzelt, um das Bild einzufangen, doch die Erscheinung verschwindet. Was ist daran merkwürdig? Es ist Freitag. Sie weiß, daß René betrunken nach Hause kommen wird, weiß, daß er sich in der Kneipe von Cresencio und Patrocinio betrinkt, des Paares, das sich, solange sie denken kann, um alle Säufer des Dorfes gekümmert hat, zuerst darum, daß sie schön blau werden, und dann, daß sie unbeschadet nach Hause gelangen. Was kümmert es sie. Die Blätter der Bäume verlieren langsam ihr Licht. Zu Fernandos Füßen beginnt sein Schatten zu wachsen. Am Boden tanzen ihrer beider Schatten nebeneinander, übereinander. Sie liebt es, Fernando zu betrachten, den kräftigen Arm, mit dem er den Zügel hält, seine Hände, die Hände eines Hacienda-Vorarbeiters, rauhe, aber trotzdem hübsche braune Glieder. Sie stellt sich vor, daß diese Hände sie berühren; es ist ihr schon zur Gewohnheit geworden, sich auf dem Heimweg von El Encanto den schmutzigsten Phantasien hinzugeben. Seit sie das Buch über den Holzfäller und die Frau mit dem behinderten Ehemann gelesen hat, stellt sie sich Fernando in der Gestalt jenes Holzfällers vor. Der Ritt wird zu einem Genuß für ihren Körper, der nur einsame Freuden kennt. Am liebsten stellt sie sich vor, daß es heiß ist und der Schweiß ihr den Hals herabläuft, daß das lockige, hinten zusammengebundene Haar naß wird und die Rundungen ihrer Brüste feucht werden. Fernando trocknet sich den Schweiß mit dem Unterarm. Sie befiehlt ihm anzuhalten, und er bleibt gehorsam stehen. Sie steigt ab und geht ins Gebüsch, zieht sich aus und kommt nackt wieder heraus, ihr Haar verbirgt die Brustwarzen nicht, die zwischen den schwarzen Strähnen hervordrängen. Sie geht zum Pferd und besteigt es wieder, wobei sie ihn, als sie sich in den Sattel schwingt, mit den Rundungen ihrer Hinterbacken fast berührt. Er hält den Kopf gesenkt, während sie ihm befiehlt, das Pferd zum Fluß hinunterzulenken. Nackt reitet sie auf dem Tier, dessen Bewegung ihr ein warmes Wohlgefühl zwischen den Beinen verursacht. Es erregt sie, die Verwirrung des Mannes zu spüren, sein ohnmächtiges, ungläubiges Staunen, es erregt sie, zu spüren, wie ihr Körper hinter Fernandos Rücken seine verführerische Kraft entfaltet, während der Mann an seine Rolle als Knecht gefesselt bleibt. Sie kommen zum Fluß. Sie steigt vom Pferd, teilt sich das Haar über den schweißnassen Brüsten, streckt sich, verstreicht mit den Händen den Schweiß über ihrem Körper und wirft sich ins Wasser, treibt mit dem Gesicht nach oben, als würde sie von zwei Ballons getragen.

Fernando hebt ab und zu den Kopf, senkt ihn wieder und malt mit der Stiefelspitze Kreise in den Sand, er ist ganz rot im Gesicht; sie kann sein Herz gegen die Innenwand seines Brustkorbs schlagen hören und ihn vor etwas zittern lassen, von dem er selbst nicht weiß, ob es Zorn ist oder Erregung, die nur die Angst zurückhält. Der Patrón würde ihm kein Wort glauben, wenn sie beteuert, daß er es war, der sie dazu gezwungen hat. Sie stellt sich vor, wie sie wieder aus dem Wasser und nackt aufs Pferd steigt und an dem Mann vorbeireitet, als wäre er gar nicht da, während die Tropfen von ihrem nassen Körper und aus ihrem durchtränkten Haar auf ihn herunterfallen; und jetzt wirst du mich dahin bringen, wo ich mich im Gras ausstrecken und mich trocknen lassen kann, und du setzt dich hin und wartest auf mich.

Sofia bekommt von all diesen Phantasien feuchte Schenkel, während Fernando vor ihr ahnungslos weitertrottet und das Pferd führt. Schon ist der Umriß des Hauses zu sehen, da beschließt sie, ihn zu reizen, ihn wie einen Meßdiener auf die heiligen Sakramente vorzubereiten, und sie sagt: »Weißt du was, Fernando? Ich werde dir ein Buch ausleihen, an das ich immer denken muß, wenn du mich von der Hacienda zurückführst.« Sie will ihm das Buch geben, und er soll den Apfel essen.

»Ich kann nicht lesen, Doña Sofia«, gibt Fernando zurück.

Wütend sitzt sie ab. Wie kann René nur einen Vorarbeiter einstellen, der nicht lesen kann! Sie gibt Petrona Anweisung, ihr ein warmes Bad einzulassen. Dann badet sie, immer noch ganz außer sich, und versucht, sich den Mann zu ersetzen, doch will die Lust nicht kommen, der Zorn nimmt sie mit sich fort.

11

»Doña Sofia, Doña Sofia, Gertrudis ist da!«

Petronas Stimme dringt durch die Tür und in den leichten Schlaf, in den Sofia, im Schaukelstuhl, das offene Buch auf den Knien, gesunken war. Es ist schon eine lange Zeit her, daß sie ihre Freundin gesehen hat, und so freut sie sich, daß Gertrudis gekommen ist. Sie erhebt sich, ordnet sich das Haar und ruft, daß die Besucherin hereinkommen soll. Die Nähstube hat sich mit der Zeit in ein angenehmes Refugium verwandelt. Da gibt es zwei Schaukelstühle aus Zedernholz, Bücherregale an den Wänden, in den Zimmerecken Pflanzen, einen Tisch zwischen den beiden Stühlen und einen zweiten, auf dem Körbe voller Nähgarn neben einem hölzernen Kästchen stehen, in dem Sofia ihr Tarot-Spiel aufbewahrt, um es vor schlechten Schwingungen zu schützen. An der einen Wand steht eine alte Kommode, auf der eine Vase thront, gefüllt mit Rosen, die sie jeden Morgen frisch schneidet. In einer Ecke sieht man die Nähmaschine und einen Kleiderständer, an dem die Kittel hängen, die sie bestickt hat.

Gertrudis öffnet die Tür, hinter der Sofia schon wartend steht. Gut sieht die Freundin aus, denkt Sofia, der blaue Rock, die weiße Bluse und das bunte Tuch über der Schulter stehen ihr gut. Die beiden jungen Frauen umarmen sich.

»Na, wie geht's dir so in Managua?«

Managua ist eine hoffnungslose Stadt, antwortet

Gertrudis, ein Opfer dauernder Bedrohung durch Erdbeben, eine Stadt aus unzähligen, trostlosen Quartieren, die sich an den Hauptstraßen entlangziehen, eine Stadt, in der laufend der Strom ausfällt und wo der Kratersee, aus dem das Trinkwasser kommt, nicht einsieht, daß er nicht austrocknen darf; eine Stadt voller Ali-Baba-Höhlen und Stadtvierteln, in denen die vierzig Räuber hausen; eine Stadt, die schön, wirklich wunderschön hätte sein können, so schön wie eine dieser Postkarten, die man in Ländern kaufen kann, wo wir nicht hinkommen, mit einem großen See und Vulkanen im Hintergrund, aber die Stadt kehrt ihnen den Rücken zu, will das alles nicht sehen, nicht einmal die herrlichen Lagunen, die mitten in ihrem Herzen liegen und in die sich Abwasserkanäle ergießen, es ist eine Stadt mit Straßen, die breit wirken, aber in Wirklichkeit schmal sind, denn die Löcher im Asphalt zwingen die Autofahrer, nur einen engen Streifen zu befahren, kurzum: eine verrückte Stadt...

»Du erzählst mir von Managua, und ich kenne es kaum. Ich habe soviel Lust, von hier fortzugehen, ich weiß nur nicht, wohin. Fausto sagt, Paris sei herrlich.«

»Mag sein«, antwortet Gertrudis, »aber das hier ist mein Heimatland.«

»Deins vielleicht, meins aber nicht. Ich habe kein Heimatland.«

Wer hatte das gesagt? Wen hatte sie das sagen hören? Und wo war das gewesen? In Sofias Erinnerung schnappt ein kleines Schloß auf, eine Jahrmarktszene erstrahlt im Rampenlicht. Sie sieht ein Riesenrad, wie es sich in endlosen Kreisen dreht, hört die traurigen Töne der Drehorgel des Leierkastens, sieht die Karussellpferde mit ihrem starren Lächeln ein ums andre Mal vorbeigaloppieren, die rosaroten Türme aus Zukkerwatte, die Schießbuden mit den jungen Leuten davor, die Schlangenfrau, die auf den Eingang einer hellblauen Jahrmarktbude gemalt ist. Sie sieht sich selbst, wie sie von unten herauf den gutgekleideten jungen Mann mit Brille ansieht, der die Frau im geblümten Rock fragt: »Woher kommt ihr denn?« – »Wir haben keine Heimat«, antwortet die Hand, die sie mit sich fortzieht, hin zu dem Tisch mit dem bunten Tischtuch, an dem die Zigeunerinnen die Zukunft vorhersagen.

Sofia erzählt der Freundin, wie seit Eulalias Tod Erinnerungen in sie zurückkehren. »Schade nur, daß sie wie die Träume sind, man sieht sie klar im Geiste vor sich, doch hinterher gibt es nicht einmal die Worte, mit denen sie beschreibbar sind. Wie soll man auch von einer Zeit reden, die so zäh ist wie Zuckerrohrsirup, den man nach allen Seiten ausziehen kann, oder der an einem klebt wie ein Hund, den man nicht loswird? Wie von Häusern sprechen, die das Dach im Keller haben, Fenster in der Bettdecke, Waschbecken als Kopfkissen, Tische, die sich wie Laken zusammenfalten... du kannst es mir glauben oder auch nicht, letztendlich ist nichts so, wie ich es dir sage, ich weiß aber, daß es meine Erinnerungen sind, daß ich dabei bin, die Augen meiner Kindheit zurückzugewinnen...« Sie schweigt einen Moment.

»Es ist zum Verzweifeln«, fährt sie dann fort. »Manchmal halte ich stundenlang die Augen geschlossen und versuche, Gesichter wiederzuerkennen. Zum Beispiel das Gesicht der Frau zu sehen, die ich sagen hörte, daß wir Zigeuner keine Heimat haben... Ich weiß, daß es das Gesicht meiner Mutter ist, aber so sehr ich mir auch Mühe gebe, ich kann sie nicht sehen.«

Und so erzählen sie noch, als René kommt. Er öffnet die Tür, und als er Gertrudis gewahr wird, nimmt er den Hut ab und sieht auf seine schmutzigen Stiefel hinunter. Sie begrüßen sich, und nicht einmal die Anwesenheit ihrer besten Freundin kann verhindern, daß Gertrudis' Wangen zu glühen beginnen und ihre Stimme leicht zittert, als sie so ruhig wie möglich zu sagen versucht, sie müsse jetzt leider gehen und könne nicht zum Abendessen bleiben. Sie verabschiedet sich hastig von der Freundin und macht sich auf den Weg. Als sie durch das Hoftor geht, fragt sie sich, warum sie diese aussichtslose Liebe zu René nicht vergessen könne, warum sie bei seinem Anblick ein heißes Stechen verspüre, seit er Sofia zur Frau genommen hat.

12

Es sind schon ein paar Tage vergangen, seit Fausto sie angerufen hat, um ihr seinen knappen Eindruck von Esteban zu berichten. »Nichts Besonderes«, hat er ihr gesagt. »Er ist weder hübsch noch häßlich, groß noch klein, dick noch dünn, hell noch dunkel. Ganz normal also, ich würde sagen, durchschnittlich. Aber ein freundliches Gesicht hat er.«

Sie wollte Einzelheiten hören, doch er blieb vage. Schließlich meinte er nur: »Warum willst du es denn so genau wissen? Träum ruhig weiter, Kleines.«

Und sie träumt weiter. Von Tag zu Tag werden die Telefongespräche leidenschaftlicher, intimer. Sie reden darüber, was sie machen wollen, wenn sie sich sehen. Sofia beschreibt ihren Körper und die Träume, die sie nachts träumt. Er erzählt ihr, daß er morgens verschwitzt erwacht und daß er es nicht länger aushält, ohne sie zu sehen. Schon mehrmals ist Sofia versucht gewesen, ihm auf dem Heimweg von El Encanto eine Wegbiegung zu nennen, von der aus er sie zu Pferde vorbeireiten sehen kann, doch noch kann sie sich nicht entschließen, es auch wirklich zu tun. Sie findet es erregend, daß sie sich nie gesehen haben, es ist wie ein Raum, in dem nichts die Phantasie behindert, wo sie ihm Landschaften beschreiben kann, die es gar nicht gibt, Ausblicke, die nur in ihrer Vorstellung existieren. Ihm gegenüber kann sie all ihre kleinen Unregelmäßigkeiten weglassen, die sie selber stören, das zu krause

Haar, die breiten Schultern, die Waden, die eine Spur zu schmal geraten sind... Und er, ob er wohl dasselbe mit ihr macht, fragt sie sich, ohne daß es sie allzusehr bekümmert, denn das ist Teil ihres Spiels, ihrer stillschweigenden Übereinkunft: sich ein bißchen zu belügen, um den Träumen Nahrung zu geben.

Inmitten von Kindheitserinnerungen, die wie plötzliche Gesichte vor ihr auftauchen, von visionären Plänen, René zu vergiften und Fernando zu verführen, und von Zukunftsvorstellungen, die sie um Esteban knüpft, verbringt Sofia die Tage wie in einem lähmenden Netz ihrer eigenen Phantasien. Während sie in ihrer Nähstube sitzt, bildet sie sich ein, das Telefon klingele, stellt sie sich den Tod Renés vor, wie er unter dem Gift röchelt, sieht sie sich frei in einer verschwommenen Landschaft aus Bruchstücken ihrer Kindheitserinnerungen.

»Sie verhält sich wie eine Mondsüchtige, Doña Carmen«, sagt Petrona zu der Wahrsagerin. »Man könnte fast meinen, sie sei von bösen Geistern besessen. Wenn sie ihre Siesta hält, schreit sie im Schlaf.«

In jener Nacht wartet Doña Carmen, bis alle Lichter im Dorf ausgegangen sind und die Türen der Häuser den tiefen Schlaf ihrer Bewohner einschließen. Dann eilt sie in die Dunkelheit hinaus, eingehüllt in das große Tuch, das ihr das Aussehen einer Hexe gibt, an den Füßen die Sandalen mit den Gummisohlen, die keinen Lärm machen. Obwohl kein Mond scheint, kennt sie ihren Weg, wenn sie wollte, könnte sie ihn mit geschlossenen Augen gehen. Die Nacht ist klamm und kühl, und als sie am Fenster der Dorfkneipe vorbeikommt, sieht sie den Geist von Moncho, der mit seinem Queue auf dem Billardtisch mit unsichtbaren Kugeln eine Partie spielt. Das durfte nicht fehlen, denkt sie, Moncho erscheint immer in den feuchten Nächten. Nicht einmal als Toter kann er das Rheuma ertragen, das ihn schon im Leben quälte.

Sie bekreuzigt sich und geht weiter. Der Pfad zum Hause von Samuel, dem Hexenmeister, dem berühmtesten Zauberer von Diriá, läßt das Dorf hinter sich und führt durch einen Hohlweg, an dem giftig weiße Nachtblumen betörend blühen. Durch Carmens Schritte aufgeschreckt, erheben sich Papageienschwärme wie riesige dunkle Schleier, die durch das grüne Licht der Glühwürmchen flattern. Vom Weg aus kann sie die Petroleumlampe in Samuels Hütte brennen sehen. Sie faßt den Stock fester, den sie mit sich führt, um die lästigen Köter zu vertreiben, und beschleunigt ihren Schritt.

Trotz ihrer Gewalt über die Geister und die Geheimnisse der Dunkelheit flößen Nächte ihr ehrfürchtigen Respekt ein, weil sie dem Tod und der Blindheit ähneln, der Zeit, als es noch kein Leben gab, das sich eben erst aus brodelndem Schlamm entpuppte. Samuel nimmt die Ölfunzel, um ihr auf dem letzten Stück Weg zu leuchten.

»Guten Abend, Schwester«, begrüßt er sie und streckt die Hand aus, um ihr auf dem steilen Anstieg vom Hohlweg zur Hütte hinauf zu helfen. Samuel ist ein Mestize mit undurchdringlichem Gesicht und Zügen wie von gebranntem Ton. Er trägt eine Khakihose, die ein Bindfaden anstelle eines Gürtels hält. Seine nackte Brust läßt unter den Brustwarzen und an der Taille faltige Haut erkennen. Er geht stets barfuß, und die hellen Nägel seiner Zehen stechen gegen die schmutzigen, breiten Füße hervor, deren Haut von jahrhundertelangem Laufen hart geworden ist.

Er bewegt sich gemächlich, umhüllt vom Geruch des Tabakstumpens, den er zwischen den Lippen hält.

»Guten Abend, Bruder«, antwortet Carmen keuchend.

»Komm nur rein«, sagt Samuel, »was führt dich her? Hab' dich ja schon ein ganzes Jahrhundert nicht mehr gesehen.«

»Gib mir ein bißchen Kaffee, und laß mich erst mal Luft holen«, antwortet Carmen und setzt sich auf einen niedrigen Schemel.

Der Schein des Holzofens, auf dem der Kaffee heißgemacht wird, erhellt das Innere der Hütte. Von den Dachsparren hängen Knoblauchzöpfe und getrocknete Kräuter. Auf einer Seite des Raums sieht man ein mit Segeltuch bespanntes Feldbett mit einem abgewetzten, schmuddeligen Kissen darauf, und auf einem Regal beim Feuer stehen Blechbüchsen, neben denen ein paar Kochbananen und zwei, drei Tomaten liegen. Auf dem Boden stehen drei Säcke mit Mais, Bohnen und Reis. An der Strohwand hängt über dem Bett, von Palmwedeln umrahmt, altarartig ein sonderbares Kalenderbild der schmerzensreichen Jungfrau, deren Herz von Schwertern durchbohrt ist, darunter, auf einem Regalbrett, stehen Kerzen und Ingwerwurzeln in menschlicher Gestalt, die mit Stofflappen bekleidet sind.

»Ich komme, um dich um einen Rat zu bitten«, sagt Doña Carmen endlich und schlürft ihren Kaffee, während ihr Samuel gegenübersitzt und den beißenden Rauch seiner Zigarre einsaugt.

»Wegen der Zigeunerin?«

»Ja.«

»Die Arme! Es gibt Leute im Dorf, die würden nicht lange zögern, zum Scheiterhaufen und der Folterbank der Spanier zurückzukehren. Die würden sie, ohne mit der Wimper zu zucken, brennen lassen, sich bekreuzigen und der Jungfrau Psalmen singen«, brummt Samuel. »Manche sind sogar schon hier gewesen und haben von mir verlangt, daß ich sie krank machen solle, damit sie der Teufel ein für allemal holt. Wir können nichts für sie tun. Ihr Schicksal war ihr vorbestimmt, als sie hierherkam.«

»Ich habe aber eine Verpflichtung gegenüber dem Geist von Eulalia«, sagt Doña Carmen. »Eulalia möchte mit ihr sprechen. Sie hat sie längst vergessene Bilder erinnern lassen. Es ist, als ob ihr Geist Sofia die Vergangenheit öffnen will. Dafür muß es irgendeinen Grund geben.«

»Willst du mich bitten, Eulalia herbeizurufen?«

Doña Carmen schweigt. Noch nie hat sie die Geister von Toten, die sie gekannt hat, herbeigerufen. Seit sie mit Samuel Spiritismus betreibt, ist sie mit den Geistern längst vergangener Zeiten in Kontakt getreten, doch wagt sie nicht einmal, Moncho, den sie oft genug Billard spielen sieht, anzusprechen. Wie es wohl sein mochte, die selige Eulalia von der zähen Luft einer anderen Zeit aus sprechen zu hören? Wie mochte es wohl sein, die Stimme einer Toten zu hören, die man geliebt hat?

»Meinst du nicht, wir können Eulalia damit schaden? Womöglich findet sie am Ende überhaupt keine Ruhe mehr?«

»Wenn es stimmt, daß sie, wie du sagst, der Zigeunerin die Erinnerung zurückgibt, dann bedeutet es, daß sie nicht ohne Grund rastlos ist. Ich glaube nicht, daß wir ihr schaden werden, im Gegenteil, erst wenn sie gesagt hat, was sie umtreibt, wird sie ihre Ruhe finden.«

»Und wer könnte unser Medium sein?«

»Ich glaube, da gibt es keine andere Möglichkeit, als das Mädchen selber.«

13

Sofia hört mit gesenktem Kopf die Worte Doña Carmens, sie verspürt Angst. Sie ist schon kurz davor, nein zu sagen, als Doña Carmen ihr offenbart, wie sie heimlich und unbemerkt das Haus verlassen könne. Mit gespitzten Ohren hört sie, daß man einen Tee aus Stechapfelblättern bereiten kann, der René in einen tiefen Schlaf fallen läßt, aus dem er erst am kommenden Morgen wieder erwachen wird. Wenn er schläft, werden sie ihm die Schlüssel zum Tor abnehmen und verschwinden. Auf der anderen Seite der Mauer wird Samuel mit ein paar Maultieren warten und sie zu seiner Hütte bringen. Niemand wird etwas merken. Nur Petrona werden sie in den Plan einweihen.

Die Aussicht, das Rezept für den Stechapfeltee in die Hand zu bekommen, überzeugt Sofia. Ganz versessen ist sie darauf, über ein Schlafmittel zu verfügen, das René ins Land der Träume schickt. Das könnte ihr Leben verändern.

In ein paar Tagen soll Eulalia auf die Erde und unter die Lebenden zurückgeholt werden. Sofia entflieht den Visionen, die vor ihrem Auge auftauchen. Noch öfter als sonst schon ruft sie Esteban an und bringt die Sekretärin dazu, ihn unter den abwegigsten Vorwänden aus dem Gerichtssaal zu holen. Esteban versteht nichts, doch kehrt er mit vor Liebe glänzenden Augen in die Verhandlungen zurück und hält flammende

Verteidigungsreden in Fällen, an die er nicht einmal selber glaubt.

Eulalia schwebt um Sofia her, und die flieht vor ihr durchs Haus, versteckt sich im Gemüsegarten, wo sie zwischen den Tomaten Unkraut jätet und Salatköpfe vor der Zeit zieht. Auch Petrona ist nervös und zerbricht in der Küche Teller und Tassen. Nur Doña Carmen ist die Ruhe selbst, wenn sie an den Nachmittagen kommt, um Sofia darauf vorzubereiten, was sie als Medium einer wandernden Seele zu tun hat. Sofia sieht sich schon mit geschlossenen Augen neben Samuel sitzen und »ihren Kopf freimachen«, damit der Geist Eulalias in sie einfährt und durch ihren Mund spricht. In diesen Tagen kann sie vor Nervosität kaum essen, und einen Tag vor der anberaumten Nacht findet René sie nach dem Abendessen, wie sie sich im Bad übergibt, und er hält ihr den Kopf und ist ganz zärtlich zu ihr, weil er überzeugt ist, daß sie nun endlich schwanger sei.

Sofia lächelt und spiegelt Dankbarkeit vor. Sie läßt sich von ihm das Gesicht mit dem Handtuch trocknen und denkt dabei an Stechapfelblätter, die sie im Schrank zwischen ihrer Unterwäsche versteckt hat.

Mittwoch nachmittags um vier beginnen die Vorbereitungen. Petrona, Doña Carmen und Sofia schließen sich in der Küche ein. Die Küche, in der sich Altes neben Modernem finden läßt, ist groß. René hat darauf bestanden, einen Tonofen bauen zu lassen, um für Zeiten des Krieges oder von Naturkatastrophen, in denen Butangas knapp wird, gewappnet zu sein. Petrona benutzt den Gasherd nur, wenn sie unter Aufsicht von

Sofia Kuchen backt, der es ab und zu einfällt, Rezepte aus einem französischen Kochbuch auszuprobieren, das ihr Fausto geschenkt hat; ansonsten fürchtet das Mädchen Explosionsunfälle und bevorzugt das Feuerholz, das es rund ums Haus in Hülle und Fülle gibt. In der Mitte der Küche steht ein Tisch mit einer Resopalplatte, um den herum dreibeinige Hocker gruppiert sind, die Krähenfüße genannt werden, und zwei Stühle mit rohrgeflochtenen Sitzflächen, Erbstücke von Eulalia. An der Wand hängen an einfachen Nägeln Töpfe und Küchengerät jeder Art. In einer Ecke reift ein Bananenbüschel neben dem Kühlschrank, der in dieser Umgebung durch sein aristokratisches Weiß hervorsticht.

Die beiden Fenster liegen einander gegenüber: eins zur Vorderseite, das andere zu Sofias Gemüsegarten. Petrona schließt das zum Tor gelegene Fenster.

»Laß das Fenster ruhig offen«, sagt Doña Carmen. »Niemand braucht zu denken, wir tun hier etwas Heimliches.«

Sofia sitzt auf einem der Korbstühle und beobachtet genau die Bewegungen Doña Carmens, die auf einem Holzbrett sacht die Stechapfelblätter kleinhackt. Sie hebt den Blick und sagt zu Petrona, daß sie sich keine Sorgen machen soll. »Ich habe Fernando nach El Encanto geschickt, er soll mir dort Orangen holen. Wir drei sind allein hier.« Petrona wendet sich beruhigt ihren Ingwerplätzchen, Kokosmakronen und Zitronenbonbons zu. René soll nach dem Abendessen Nachtisch und Pfefferminztee serviert bekommen. Schon seit Tagen gibt ihm Sofia Tee vor dem Einschlafen zu trinken, sie erzählt ihm, daß die Aufgüsse entspannen helfen und gut für die Nieren sind. René macht gute Miene, weiß er doch, daß es nur nützlich sein kann, die hausfraulichen Neigungen seiner Frau zu unterstützen.

In einem rußgeschwärzten Kessel bringt Doña Carmen das Wasser zum Kochen.

»Zwei Blätter reichen«, sagt sie und streut die kleingehackten Blätter ins sprudelnde Wasser, »der Stechapfel kann einschläfern, aber er kann auch töten, wenn man zuviel davon nimmt.«

Sofia hilft Petrona, die Zitronenbonbons in Zucker zu wälzen. Die drei Frauen schweigen, es ist nur das Sprudeln des Wassers, das Glucksen heißen Honigs und das Knirschen der über die Zuckerkörner rollenden Bonbons zu hören. Die Frauen sehen in ihrer Küche aus wie drei Hexen aus längst vergangenen Zeiten, Hexen ohne Bosheit und Besen, Göttinnen, die die Träume der Menschen weben. Uraltes Handwerk, Handwerk uralter Frauen.

Petrona hebt von Zeit zu Zeit den Blick und schaut zu Sofia hinüber. Sie mag ihre Herrin, aber sie empfindet auch Scheu vor ihr, obwohl sie die Geschichten mancher Frauen aus dem Dorf nie hat glauben wollen, die sich zwar gern von Sofia die Karten lesen lassen, gleichwohl aber behaupten, die Zigeunerin sei die Tochter des Satans und der Teufel warte nur auf den richtigen Augenblick, um sie durch die Lüfte zu entführen, sie zu besitzen und mit dem Antichristen zu schwängern. Sofia ist gut zu ihr, sie schenkt ihr abgelegte Kleider und Schuhe, die nie so alt sind, daß sie nicht mehr tragbar wären, sie sieht darin immer noch besser aus als viele der Frauen in der Sonntagsmesse.

Außerdem hat Eulalia sie aufgezogen, und alle Welt weiß, was für eine gute Frau Eulalia gewesen ist, trotz ihres Spleens, sich einzuschließen und um ihre Söhne zu weinen.

Petrona sieht, wie Sofias Finger die zähe Zitronenmasse formen und die kleinen Bällchen immer wieder mit abwesendem, wie hypnotisiertem Blick durch den Zucker rollen, als berühre sie etwas ganz anderes. Petrona reibt sich die Arme, ein leichter Schauer überfällt sie.

Doña Carmen hofft, daß in dieser Nacht der Mond gut scheinen wird, damit die Stechapfelblätter ihre Wirkung tun, und daß Eulalia erscheinen möge. An diesem Morgen hat sie sich mit Zimtwasser gewaschen, um die bösen Geister zu vertreiben und die Gefühle von Neid und Mißgunst, die schlechte Schwingungen verbreiten. Ein leichtes Magendrücken kann sie nicht leugnen, ein Gefühl, das sie auch beim Aufdecken des Tarot befällt, immer von der Furcht geplagt, die Karten könnten auf ein schlimmes Unglück deuten.

Doch von Eulalia braucht sie wirklich nichts zu befürchten, ermuntert sie sich. Es gibt Tote, deren Fluch sogar das Wetter aufwühlen kann, so tollwütig sind ihre gepeinigten Seelen, doch ist sie sich sicher, daß die Zeichen, die Eulalia gegeben hat, kein Ausdruck schlechten Gewissens noch verborgener, uneingelöster Schuld sind. Sie weiß, die Art, wie sie sich Sofia genähert hat, ist eine Form der Liebe, die auch nach dem Tode noch ihre Energie bewahrt.

Sofia will ihre Angst nicht spüren. Angst, das ist nichts für sie. Sie ist anders. Früher, da schmerzten sie die Blicke der anderen, die ihr stillschweigend ihre dunkle, rastlose Herkunft vorwarfen; doch seit ihre Erinnerungen zurückzukehren begonnen haben, fühlt sie sich unbezwingbar, als Herrin über ein neues Gefühl von Zeit und Raum, über ein neues Wissen vom Tod und vom Ursprung des Lebens. Die Zigeuner sind Träger uralter Geheimnisse, seit jeher vermochten sie die Zukunft und die Vergangenheit in glänzenden Kristallkugeln einzufangen. Der Tod ist für sie nichts weiter als eine andere Dimension, der Knick in einer Sphäre, die sich mit veränderter Geschwindigkeit bewegt. Dort würde Eulalia auf sie warten, mit ihren Geheimnissen, und sie würden sich treffen. Sie braucht keine Angst zu haben.

Wenn Eulalia ihr nur ein Zeichen gäbe, die Richtung zu Längen- und Breitengraden weisen könnte. Die Welt ist so unendlich groß und unbekannt. Diese Frau hat sie wirklich geliebt. Diese Frau und Don Ramón. Deshalb ist sie noch hier und wartet auf den Tod von Don Ramón, darauf, daß sein Tod sie für immer von dieser Liebe befreit.

Der Tee ist fertig. Doña Carmen rührt den farblosen Sud um, der einen leichten Geruch nach verbotenen Träumen verströmt. Die drei Frauen beugen sich über das Wasser und sehen ihrem Spiegelbild in die Augen, als blickten sie über die Schwelle einer unbekannten Dimension, wo genaue Abbilder ihrer selbst leben und sie anschauen. Sie ordnen die Süßigkeiten auf dem Tablett. Petrona holt das bestickte Tischtuch hervor, das René Sofia von einer Reise nach Panamá mitgebracht hat, und breitet es über den Tisch. Doña Carmen geht zum Spiegel, der auf der Veranda über dem emaillierten Handwaschbecken hängt. Sie schaut hinein, wäscht sich das Gesicht und fährt sich dann mit den feuchten Händen durchs Haar, um die Strähnen zu glätten, die ihr aus dem Knoten gerutscht sind. »Also gut, Töchterchen«, sagt sie dann zu Sofia. »Du weißt, was du jetzt zu tun hast. Um elf erwarte ich dich mit Samuel auf der anderen Seite der Mauer.« Mit diesen Worten verläßt sie das Haus.

Sofia setzt das Wasser für den Pfefferminztee auf, damit René, wenn er nach Hause kommt, den Geruch schon an der Tür bemerkt. Langsam rührt sie den Tee mit einem Holzlöffel um, ohne das Gefühl loszuwerden, sie schwebe. Das Licht, das in den Garten fällt und jetzt in blauen und malvenfarbenen Fasern zerfließt, sieht sie wie von weit her, als sei sie selbst ein Geist. Nur die Gegenwart von Petrona, deren Aufgeregtheit das Geschirr im Spülbecken zum Klappern bringt, hält sie in der Jetzt-Zeit fest. Die beiden sehen sich an und heben den Finger an die Lippen, als das Motorengeräusch von Renés Jeep zu hören ist und Fernandos Stimme, der das Tor öffnet.

Sofia kommt, sich die Hände an der Schürze trocknend, aus der Küche und lächelt das Lächeln einer guten Ehefrau, so daß René erneut darin bestärkt wird, daß sie wohl schwanger sei. Seit Tagen schon wirkt sie wie verwandelt, geht umher, ohne Geräusche zu machen und ist in sich selbst versunken, wie er das nur bei Frauen gesehen hat, die ein neues Wesen in ihrem Leib versteckt tragen, mit dem sie Geheimnisse auszutauschen scheinen. Er umarmt sie, legt zärtlich den Arm um ihre Schulter und nimmt sie so mit in den Schatten des Hauses hinein, wo es nach Pfefferminztee riecht.

Er ist des Teetrinkens und Plätzchen- und Süßigkeitenessens längst überdrüssig. Weiß der Teufel, aus welchem Roman sie diese überspannten Ideen wieder hat, die bei ihm nicht verfangen, er wird versuchen, es ihr manierlich beizubringen, damit sie in ihren Umständen nicht aus Enttäuschung Schaden nimmt. Er wird den Tee trinken und so tun, als gefalle ihm dieser lächerliche Abendbrottisch mit dem bestickten Tischtuch und dem Geschirr, der aussieht, als wäre er für die feinen Leute in der Stadt hergerichtet. Wer wäre jemals darauf gekommen, ihm so etwas Übertriebenes vorzuschlagen, wo er doch am liebsten ohne alle Etikette aß, mit freiem Oberkörper, mit ein paar ordentlichen Tortillas und gekochten Bananen, einem in Bananenblätter eingewickeltem Stück Käse und mit einem Topf eingelegter Pfefferschoten. So hat er immer zu Abend gegessen, bis Sofia ihn vor ein paar Tagen bat, sich von ihr »bedienen zu lassen wie in einem Restaurant«. Und er, der ihr den Gefallen tun wollte und sich zunächst dabei auch amüsierte, hat es geschehen lassen, doch inzwischen langweilen ihn sowohl der Tee als auch das ganze Drumherum. Nach dem Abendessen fragt er, ob es ihr etwas ausmache, wenn er jetzt sein Hemd ausziehe, um den Tee zu trinken, den sie ihm in einer geblümten Porzellantasse serviert.

Wie Doña Carmen vorausgesagt hat, kommt der Schlaf recht bald. René ahnt nicht, warum ihm plötzlich die Glieder weich werden. Sofia hilft ihm, ins Bett zu kommen, sie zieht ihn aus wie einen Betrunkenen. Er hört und spürt noch, wie sie sich um ihn herum bewegt und ihm die Kleider und Stiefel auszieht; er sieht sie über sich, und es kommt ihm vor, als sei ihr

Gesicht durchsichtig, als könne er durch ihre Haut hindurch eine Frau sehen, die einen Mann auszieht, ein Bild, das sich wie in einem Spiegel endlos wiederholt.

Während René von Paaren träumt, die beieinanderliegen, und Kindern, die unter weiten Moskitonetzen weinen, bindet sich Sofia, unterstützt von Petrona, die Fernando den gleichen Trunk verabreicht hat, das blaue Schultertuch um und verschwindet durch das Tor, das das Hausmädchen mit den entwendeten Schlüsseln wieder hinter ihr verschließt.

Der Himmel ist düster. Wolken, die wie Menschen, fast wie Riesen aussehen, die die Himmelsbahn des Mondes bewachen, geben der Nacht ein grandioses Aussehen. Sofia geht schnell an der Mauer entlang, die das Haus umzieht, bis sie zur Rückseite gelangt, wo Samuel und Doña Carmen schon mit den Pferden auf sie warten. Samuel hilft ihr, hinter ihm aufzusitzen. Sofia legt die Arme um die Taille des Mannes, und schon reiten sie in schnellem Trab davon, suchen auf Seitenpfaden den kürzesten Weg zum Haus des Hexenmeisters.

Samuel fühlt die warmen Brüste des Mädchens an seinem Rücken und die Schenkel, die sich an seiner Hüfte reiben. Es ist nichts Sanftes an ihr, nicht einmal Angst kann er spüren. Sofia sieht die Schatten der Schlingpflanzen, die gewundenen Wurzeln der riesigen Chilamate-Bäume, von deren Zweigen wie Stoffetzen Büschel von Schmarotzerpflanzen hängen, sieht den silbernen Flügelschlag der Fledermäuse. Ihre Augen, ihre Poren saugen die Dunkelheit in sich hinein, atmen sie, schmecken sie. Sie umfaßt die Taille Samuels fester, als die Pferde in einen kurzen Galopp fallen, der ihre Hüften rhythmisch kreisen läßt. Der Mann hört ihren stoßweise gehenden Atem und spürt, wie ihm die Erregung in Hemd und Hose dringt.

Als sie ankommen und er ihr vom Pferd hilft, mischt sich ihrer beider Atem, er nimmt wahr, daß die Dämonen der Zigeunerin nicht nach Schwefel riechen, sondern eher nach Reseda-Blüten und nach Nymphen, die in dunklen Weihern baden, in die der Mond Nacht für Nacht sein Geheimnis senkt. Doña Carmen vergewissert sich, daß niemand um die Hütte herumstreunt, dann treten sie in das einzige, enge Zimmer von Samuels Hütte.

Nach den betörenden Düften der Nacht kann Sofia beim Eintreten in den Raum, in dem die Zeremonie stattfinden soll, eine Geste des Ekels nicht unterdrükken. Gelbe Talgkerzen sind im Kreis aufgestellt und verströmen ranzigen Gestank, der sich mit dem Geruch nach altem Schweiß, dem feuchten Palmstroh der Wände und dem Staub der Kornsäcke vermischt, die in der Ecke stehen. Außerhalb des Kreises aus kurzen, dicken Kerzen steht das Feldbett, als Sitzbank für die drei. Gegenüber dem Feldbett, innerhalb des Kreises, steht ein Bänkchen, auf dem sich der Geist Eulalias von seiner langen Reise ausruhen kann, auf die sie ihn nun bald mit uralten Zauberformeln schicken werden. Auf dem Holzherd sieden in Tongefäßen Kräuter und verströmen einen bitteren, beißenden Rauch.

»Es ist Viertel vor zwölf«, sagt Samuel. »Wir wollen still sein, an Eulalia denken, und um Mitternacht beginnen wir.«

Sofia muß sich in die Mitte setzen, Samuel setzt sich

zu ihrer Linken und Doña Carmen zu ihrer Rechten. Sie nehmen sich bei den Händen. Sofia sieht, wie die beiden anderen die Augen schließen und schließt die ihren auch. Bald jedoch öffnet sie sie wieder und läßt den Blick durch die Hütte des Hexenmeisters schweifen, über seine ärmliche Unordnung, den Altar mit der schwerterdurchbohrten Jungfrau. Aus dem Augenwinkel sieht sie ihn neben sich sitzen, ohne Hemd, der Schweiß glänzt ihm auf der kupferfarbenen Haut, die im Schein der Kerzen wie poliertes Metall wirkt. Seine Hand liegt reglos in der ihren. Jetzt, wo sie die Geister anrufen wollen, wirkt er geschlechtslos. Sehr alt ist er nicht, dieser Samuel, denkt sie, fünfzig Jahre vielleicht, sicher alle gut gelebt und gehurt. Gertrudis hatte ihr vor einiger Zeit von einer Freundin erzählt, die ihn wegen eines Problems mit einem Mann um Rat fragte und zur Antwort erhielt: »Männerprobleme kann nur ein Mann heilen.« Was ist mit ihr los? Erst die Phantasien mit Fernando und jetzt mit Samuel; auf dem Pferd hat sie das gleiche erlebt, wie in ihren einsamen Stunden im Bad, wenn sie den Leidenschaften der verbotenen Lust des Fleisches auf den Grund geht. Die Nähe des Hexers war genug, um zwischen ihren Beinen die Wollust zu wecken, die sie auch, sich selber streichelnd, bei den Gesprächen mit Esteban verspürt. »Alle Zigeunerinnen sind Huren«, hatte René an ihrem Hochzeitstag gesagt. Vielleicht hatte er recht. Oder war es, wie Fausto gelesen hatte, daß ihre Rasse von einer Frau abstammt, die noch vor Eva mit Adam geschlafen hatte und nicht von der Erbsünde berührt wurde. Sie verstand die Sünde nicht so, wie sie Gertrudis, Petrona und auch Eulalia zu verstehen schienen.

Sie schließt die Augen und versucht, an Eulalia zu denken, ihre so weit zurückliegende Kindheit, den Tag, als sie vom Hügel herunterkam und sie zum ersten Male sah. Ihre Erinnerung war eine Aneinanderreihung von Fotos, von feststehenden Bildern, nichts Fließendes, nichts, was man wie eine Geschichte jemand anderem erzählen konnte: Eulalia, die auf der Maschine Kleider näht; Eulalia, die den Bau des Hauses überwacht, das Don Ramón ihr bauen ließ, damit Sofia sie auf El Encanto in ihrer Nähe hatte; sie selbst, wie sie zwischen Ziegelsteinen und Bauholz spielt und Mangos klaut; sie, wie sie mit Eulalia Doña Carmen besucht und die Frauen von Diriomo, die in riesigen Tonschalen »Cajeta«, die süße Creme aus Milch, Gewürzen und Zucker, bereiten; Eulalia, wie das Lachen sie schüttelt, als ihr Sofia das Kleid für die Schulabschlußfeier vorführt; Eulalias schreckgeweiteter Blick, als Sofia am Tag ihrer Hochzeit in die Kirche trat und die alte Frau auf sie zuging und ihr das Gesicht mit einem Taschentuch abwischte, das sie mit ihrer eigenen Spucke angefeuchtet hatte, und die Angst in Eulalias Gesicht, als Sofia von ihren Flitterwochen zurückkehrte und ihre anschließenden Ratschläge, wie sie das Eingesperrtsein ertragen konnte, die Kochrezepte, die Bügelfalten in Renés Hosen, die Hemdkragen...

»Es ist Zeit«, sagt Samuel und steht auf.

Auch Doña Carmen erhebt sich. Die beiden gehen in den Kreis, wo der Hocker steht, der für Eulalia reserviert ist. Samuel hat einen der Tontöpfe mit den bitter riechenden Kräutern genommen und verteilt sie, während sie niederknien, im Kreis um das Bänkchen, beide stoßen dabei Laute aus, die keine Worte formen und nach hohler Brust und Klagen klingen.

Sofia schließt die Augen, wie ihr Doña Carmen gesagt hat, versucht, an nichts zu denken und sich auf das Wehgeschrei zu konzentrieren, bis sie fühlt, daß auch ihre Lungen sich mit diesen Klagelauten füllen, die sie verwandeln in die Sehnsucht, wieder Kind zu sein, ein Kind, das hinter den Drachen am Hang über der Lagune herläuft, Drachen aus Zeitungspapier mit Papierschnitzeln an den Schwänzen, ein Kind, das die Leguane verfolgt und ihnen die Schwänze abschneidet, um zu sehen, wie sie sich abgetrennt vom Körper voll Eigenleben noch bewegen.

»Eu, eu, eu, eu...«, der Klang der zwei Vokale, die die von weither zu ihr dringenden Stimmen des Mannes und der Frau formen, dringt in Sofia ein und findet sein Echo... »Lalia, lalia, lalia«, spürt sie sich rufen, erst leise, dann immer lauter hört sie sich mit ihrem ganzen Sein »Eulalia, Eulalia« rufen; die Tränen laufen ihr die Wangen hinunter, ihr ist kalt. »Eulalia, Eulalia, Eulalia«, sie spürt einen Windhauch, und als sie die Augen aufmacht, brennen nur noch die Kerzen am Boden, und Eulalia sitzt auf dem Bänkchen und raucht ihre Tabakstumpen wie an beliebigen Abenden zuvor.

»Geh nicht zu ihr hin«, warnt Samuel, der Sofias Drang erraten hat, Eulalia in den Arm zu nehmen, »und durchbrich auch nicht den Kreis der Kerzen.«

Der Zauberer und Doña Carmen erheben sich langsam und gehen gebückt um den Kreis herum, wo sie sich wieder neben Sofia auf das Feldbett setzen und ihre Hände nehmen.

»Wir haben dich wegen Sofia gerufen«, beginnt Doña Carmen.

»Sofia hat mich gerufen«, sagt Eulalia. »Sie wollte, daß ich sie in den Arm nähme. Ich spürte es in allen Wurzeln der Erde.«

»Wie geht es dir, Mama Eulalia?« fragt Sofia.

»Ich langweile mich, Töchterchen. Der Tod ist furchtbar langweilig. Es gibt keine Tage noch Nächte, es ist eine Zeit, die stillsteht.«

»Du bist gegangen, ohne mir ›auf Wiedersehen‹ zu sagen...«

»Und deshalb bin ich auch noch nicht ganz fort.«

»Hast du leiden müssen?«

»Nein. Es war, als ob ich in einem Sumpf voll schwarzen Schlamms versänke, wo ich eine Menge alter Bekannter wiedertraf, die all das sagten, was sie im Leben nie gesagt hatten. Die Toten sind voller lautloser Worte.«

»Und warum hast du mir die Erinnerung geöffnet?«

»Von dort aus, wo ich bin, sehe ich die Zeit wie eine Spirale. Wenn ich nach unten schaue, kann ich alle Tage bis zu meinem Tode sehen. Die Vergangenheit gehört den Toten; die Zukunft hingegen können wir nicht sehen, weil wir uns nicht mehr bewegen. Ohne Bewegung hört die Zeit auf zu existieren. Ich bin die Spirale entlang in deine Vergangenheit gereist, Sofia. Jetzt kenne ich sie, und es schien mir wichtig, daß du den Drang verspürst, in sie einzutauchen.«

»Woher stamme ich, woher komme ich, wer bin ich?« fragt Sofia; so viele Fragen, und die Angst, Eulalia könne sich wieder in Luft auflösen.

»Dein Volk ist seit Jahrhunderten unterwegs. Es

stammt von nirgendwoher. Du bist in einer kargen Gegend geboren, in der Zeit großer Hitze, doch dein Land gibt es nicht, denn die Zigeuner haben kein Land und keine Heimat. Du stammst wie alle Menschen von einem Mann und einer Frau ab, von Sabino und Demetria, doch ihre Nachnamen kenne ich nicht, weil ich mich nicht getraut habe, bis zu ihrer Geburt zurückzureisen, aus Angst, ich könnte mich verirren und nicht mehr zurückfinden. Du bist das, was du bist, Töchterchen, das, was du jeden Morgen berührst, wenn du erwachst, das, was du wachend und schlafend erträumst, das, was du noch nicht bist...«

»Das sind keine Antworten, Mama Eulalia... das sagt mir überhaupt nichts...« – Verzweiflung bemächtigt sich Sofias Stimme.

»Es gibt Zeiten, die steigen auf wie eine Spirale, doch gibt es auch Zeiten, die sich im Kreise drehen. Deine Zeit ist ein solcher Kreis. Das, was vor dir gelebt worden ist, wirst du noch einmal leben, und das ist gefährlich. Fürchte die Liebe und ihre Stürme. Fürchte deine Hände. Ich weiß nicht, wie sich der Kreis der Zeit durchbrechen läßt, ich bin schon zu alt, und wir Toten können auch nichts mehr lernen. Doch ich weiß, daß es Kreise gibt, die sich durchbrechen lassen. Ich habe sie von den Kurven der Spirale aus gesehen, es gibt Kreise, die die Lebenden durchbrechen können. Hoffentlich gelingt es dir, den deinen zu durchbrechen. Du mußt die Zeichen suchen, Sofia. Wenn du deine Vergangenheit findest, findest du auch deine Zukunft...«

»Geh nicht fort, Mama Eulalia!«

Doch Eulalia ist schon verschwunden. Gerade ist noch ein Rauchstreifen ihres Tabakstummels zu sehen, der die Luft durchzieht, hin zu dem Platz, wo sie jetzt wieder sein wird und die Spiralen und unbeweglichen Kreise beobachtet.

Sofia bleibt einen Augenblick reglos sitzen. Dann steht sie auf, geht durch den Kreis der Kerzen, berührt den Hocker, sieht Doña Carmen und Samuel an, wirft flackernde Blicke umher wie eine Verrückte, läuft zur Tür und kommt wieder zurück.

Die Frau und der Zauberer bewegen sich nicht, sie beobachten, wie der Körper des Mädchens vor Fassungslosigkeit steif wird und wie dann angesichts all der Fragen, die ihr Eulalia unbeantwortet gelassen hat, ihre Verblüffung in Wut umschlägt. Sofia tritt mit Füßen nach den Kerzen, nach dem Bänkchen, auf dem Eulalia saß, schreit und flucht und drischt mit den Fäusten auf die Nacht ein.

»Das war also alles! Deswegen habt ihr mich hergeholt! Damit sie mir überhaupt nichts erzählt. Damit sie in Gleichnissen von der Vergangenheit spricht. Damit sie wieder stirbt und ihre Geheimnisse mitnimmt! Deswegen haben wir hier wie Idioten gesessen! Nur deswegen, und nichts weiter ... Nicht einmal eine Viertelstunde ist sie hier gewesen! Eulaliaaaa!« schreit sie.

Samuel rührt sich als erster. Er geht den Schlägen der wirbelnden Arme aus dem Weg, nähert sich ihr, bis er sie mit einer Hand packen kann, während er ihr mit der anderen eine peitschende Ohrfeige verpaßt.

»Jetzt reicht's, jetzt reicht's, du Teufelsbraten!«

»Samuel«, fährt Doña Carmen dazwischen, »schrei sie nicht so an! Dazu hast du kein Recht! Laß sie in Ruhe!«

»Siehst du denn nicht, daß sie hysterisch ist? Soll sie mir etwa das ganze Haus kurz und klein schlagen?«

Doña Carmen befreit Sofia aus Samuels Händen, der sie an den Armen festhält, und zieht sie an ihre volle Brust. Sofia sieht die beiden mit einem Gesicht an, das zu staunen scheint. Sie wehrt sich gegen die Umarmung der Frau und berührt die Stellen in ihrem Gesicht, die von Samuels Schlägen glühen. »Bringt mich nach Hause«, stößt sie hervor, »jetzt gleich. Hier bei euch habe ich nichts mehr zu suchen!«

Eulalia hat nur wenig gesprochen in dieser Nacht. Sie wußte, daß Sofia am nächsten Tag frei sein würde, und sie weinte von ihrem Tod aus.

14

René liegt rücklings in der Badewanne und läßt sich kaltes Wasser über das Gesicht laufen, um die Alpträume, den bleiernen Schlaf der vergangenen Nacht zu vertreiben, als er plötzlich Pferdegetrappel hört und kurz darauf das Kreischen Petronas, das sich mit der Stimme von José, dem Verwalter auf El Encanto, mischt.

Er knüpft sich ein Handtuch um die Taille und will gerade das Zimmer verlassen, um nachzusehen, was los ist, da öffnet sich mit einem Ruck die Tür, und Sofia kommt erhitzt und herausfordernd herein, als habe sie eben jemand beleidigt.

»Wärst du bitte so gut und sagst Fernando, er soll mir mein Pferd satteln, oder willst du mich etwa auch meinen toten Vater nicht allein sehen lassen?«

René sieht sie verdutzt an, er ist von dem plötzlichen Tod Don Ramóns und Sofias Angriffslust völlig überrascht. Barfuß und mit seinen grotesk behaarten Beinen geht er unter Petronas tränenumflortem Blick auf die Veranda und gibt Fernando Anweisung, das Pferd zu satteln.

Unterdessen zieht sich Sofia um, sucht Hosen und eine schwarze Bluse hervor, bindet sich das Haar im Nacken zusammen, und als sie schon beim Hinausgehen ist, läuft ihr noch einmal René über den Weg, der von der Veranda hereinkommt.

»Beruhige dich«, sagt er. »Reite du nach El Encanto

hinüber, ich kümmere mich schon um den Sarg und alles weitere. Wir sehen uns dann später dort.«

Sie antwortet nicht, sieht ihn wie von ganz weit weg an und beschleunigt ihren Schritt zum Tor, wo Fernando das gesattelte Pferd am Zügel bereithält.

Auf dem Weg zur Hacienda weint Sofia nicht. Der Morgen ist feucht und klar, das Licht tanzt im Blattwerk der Bäume, das der Regen der vergangenen Nacht reingewaschen hat. Es ist die Zeit der Septemberregen. Sie drückt die Sporen in die Weiche des Tieres. So fliegt sie dahin und denkt, daß der Tod ein zweites Mal nicht auf sie gewartet hat. Auch Don Ramón hat sie nicht sterben sehen, der Alte ist gegangen, ohne sich von ihr zu verabschieden, genau wie Eulalia. Sicher hat Eulalia ihn von ihrem Platz in der Zeitspirale aus gerufen, damit sie, Sofia, frei würde von den Fesseln des Zwangs, der Pflicht, der Dankbarkeit.

Beiden nimmt sie es übel, Eulalia genauso wie Ramón, daß sich mit ihrem unangekündigten Tod das plötzliche Verschwinden ihrer Eltern wiederholt hat und sie gestorben sind, als hätten sie keine Familie: allein in der Nacht, ohne etwas vom Übergang auf die andere Seite zu spüren, so sind sie beide in den Schlaf gegangen und nicht mehr daraus zurückgekehrt, haben nicht mehr aus seinem dichtgewebten Netz dunklen Nebels herausfinden können, der vergilbten Farbe alter Daguerreotypien, dem Stillstand der Zeit.

Nach weniger als einer halben Stunde sitzt sie am Tor der Hacienda ab. Die Frauen der Arbeiter sind schon dabei, das Begräbnis vorzubereiten. Schwarzgekleidete Figuren, die wie in einem aufgeschreckten

Ameisenhaufen hin und her laufen, nähern sich ihr auf dem Weg zu Don Ramóns Zimmer und murmeln, wie sehr es ihnen leid tue, wobei sie die Tränen ihrer Trauer zeigen. Sie aber läßt sich nicht einmal von Engracia aufhalten, die das ganze Geschehen anleitet, jetzt neben dem Bett steht und die Ausstattung des Toten herrichtet, der friedlich in seinem blauen Pyjama vor ihr liegt.

Engracia will sie umarmen, sie um ihre Meinung zu Anzug und weißem Hemd bitten, das sie als Totenhemd vorgesehen hat, doch sieht sich Sofia dem Tod selbst gegenüber, und diese Kleinigkeiten scheinen ihr allzusehr die Sorgen der Lebenden zu sein.

Don Ramón hat die Hände über der Brust gefaltet, die Frauen haben ihm den Kinnladen mit einem Tuch hochgebunden. Sofia erinnert sich, wie der Alte gelacht hat, als sie ihn einmal fragte, ob der Tod Zahnschmerzen mache. Das Gesicht des alten Mannes sieht gelb und wie entstellt aus, die Haut scheint an den Knochen zu haften, der Mund ist zu einer Fratze des Schmerzes verzogen. Sofia fühlt die Tränen in sich hochsteigen. Der Mann hatte gelitten. Sicher hatte er in der Nacht einen Herzanfall bekommen. Und er war allein gewesen, wie Eulalia.

Sofia setzt sich auf den Bettrand und streichelt den Kopf des Alten. Sie hatte von seinem Aufbegehren gegen den Tod gewußt. Er hatte ihr erzählt, wie er ihn an der Nase herumzuführen und mit Grimassen zu vertreiben suchte. Auf seinem Mund lag die letzte Grimasse, eine Grimasse, die sich als nutzlos erwiesen hatte, die der Alte jedoch aus purer Dickköpfigkeit geschnitten hatte, sich starrsinnig bis zum letzten

Atemzug dem Lebensende widersetzend. »Die Natur, die bei anderen Dingen so weise war, ist es bei den Menschen nicht gewesen«, pflegte er zu sagen. Die Bäume, so meinte er, leben bis zu vierhundert Jahre und länger. Je älter sie werden, um so stärker und erhabener recken sie sich empor. Ihr Stamm und die Zähigkeit ihrer Wurzeln lassen das Vorbeiziehen vieler Regenzeiten erkennen.

Die Menschen hingegen müssen lange Jahre des Lernens durchmachen, bis sie zu Reife und Weisheit gelangen, doch kaum haben sie die erlangt, da beginnt für sie schon wieder der Abstieg zu Alter, Siechtum und Tod. Das ist nicht gerecht.

Über Sofias Schulter hinweg erinnert Engracia daran, daß der Verschiedene angekleidet werden muß. Ihre Stimme reißt die junge Frau aus der bitter-süßen Zweisamkeit mit dem Toten.

»Ich fasse ihn nicht an«, sagt sie. »Mach du das mit den anderen Frauen, ihr habt mehr Erfahrung in solchen Sachen.«

»Aber, Töchterchen, er ist doch dein Vater!«

»Er war mein Vater. Jetzt ist er tot und merkt sowieso nichts mehr.«

Engracia bleibt erschüttert mit dem Gedanken zurück, daß sich das Mädchen in jüngster Zeit eher wie die Tochter des Teufels als ein Kind Gottes benimmt, während Sofia vor das Haus tritt, aufs Pferd steigt und vor den Augen der Trauernden, die geschäftig den Verrichtungen nachgehen, die der Tod verlangt, davongaloppiert. Hinter sich läßt sie eine Staubwolke, den zornigen Fernando und viele kreuzschlagende Hände.

So reitet sie Pfade entlang, durchquert junge Bananenpflanzungen und taucht in Senken, in denen die Kaffeefelder beginnen, die die Hänge des Mombacho, des majestätischen Vulkans, emporsteigen. Immer näher rückt der Berg, während die kleinen Weiler, die Kirche aus roten Ziegeln und die Menschen zurückbleiben, die nicht wissen, was sie von ihrem Anblick halten sollen. Auf dem Weg, der zum Gipfel emporführt, muß Sofia die Landstraße überqueren.

Kaum hat sie das Gebüsch verlassen, trifft sie auf das Auto von Fausto, der scharf bremst, dabei laut und unablässig hupt und sie zum Anhalten zwingt.

Terencia, die hinter der halb fertiggebauten Kirche wohnt, die an der Abzweigung des Vulkanweges von der Landstraße liegt, wird später erzählen, wie Fausto aus dem Auto stieg und lange mit Sofia sprach, ohne daß das Mädchen vom Pferd stieg, bis der Mann schließlich den Wagen wieder anließ und die Zigeunerin ihm folgte, sanft wie ein Lamm.

Der Leichenzug ist ein dunkler Fleck, der sich in der schwülen Nachmittagshitze über den Asphalt der Landstraße breitet. Der Leichenwagen, einstmals ganzer Stolz des Begräbnisinstitutes »La Católica«, zeigt jetzt ein verblichenes Hellblau und ist über und über geflickt. Der Kutscher gähnt und wischt sich den Schweiß ab, Sofia ist damit beschäftigt, zuzusehen, wie er die Haltung bewahrt, zu der ihn seine Arbeit auf den täglichen Wegen zum Friedhof zwingt. Neben ihr geht, in sich zusammengesunken, René; gewiß wartet er schon ungeduldig darauf, daß es Abend wird, damit er sie dafür bestrafen kann, daß sie wieder mit dem Pferd davongaloppiert ist. Am liebsten hätte er sie an den

Haaren vom Pferd gezerrt, als sie mit Fausto bei der Hacienda auftauchte. Aus Achtung vor der Leiche des Alten, die steif auf dem schwarzen Metallsarg lag, mußte er sich bezähmen. Dieses verdammte Weibsbild. Er nahm auf den Toten Rücksicht, der sich so bemüht hatte, dieses mißratene Geschöpf zu erziehen. Und er hat schon geglaubt, sie habe sich gebessert! Sofia sieht René von der Seite her an und denkt, wie gut, daß sie ihn nicht mehr lange ertragen muß, sie wird fortgehen und nie wiederkehren. Es gelingt ihr nicht, sich durch den Tod in Erschütterung versetzen zu lassen. So kurz nach der Unterhaltung mit Eulalia erscheint ihr der Abschied von Don Ramón nichts weiter als ein notwendiger Übergang, er tritt zur Seite, damit ihr Leben aus dem Kreis der Zeit herausfließen kann, den es, wie Eulalia ihr gesagt hat, durchbrechen muß. So deutet sie es: als ein Zeichen, die gleichförmige Zeit ihres Lebens mit René zu durchbrechen, bevor sie schal wie schmutziges, abgestandenes Brackwasser wird.

Niemand außer Petrona und Fausto gehen neben dem »mißratenen Bankert«, wie Sofia von denen genannt wird, die in der Wirtschaft von Patrocinio verkehren. Doña Carmen und Engracia fällt das Weinen nicht schwer, vielmehr fühlen sie sich angesichts des Schweigens der nächsten Verwandten genötigt, besonders laut zu heulen, der Geist von Don Ramón soll dies Schweigen ja nicht als fehlende Liebe deuten. So schluchzen die beiden Frauen voraus, und hinter ihnen kommen weinend Lola, Nidia und Veronica; es weint Terencia, und es schreiten nüchtern und in sich gekehrt Julio, Fermín, Florencio, Fernando, der Bürgermeister und all jene, die den Verstorbenen im Leben gut gekannt haben. Pater Pio geht, in sein schwärzestes Schwarz gekleidet, an der Spitze des Trauerzuges und führt seine Schäflein, die er in der Totenmesse aufgefordert hat, der Ehrlichkeit und dem Gerechtigkeitssinn Don Ramóns nachzueifern. In der erhobenen Hand hält er ein Kruzifix und in der anderen das Gefäß mit dem Weihwasser, das er über die Erde sprengen wird, in der dieses beispiellose Mitglied seiner Gemeinde bis ans Ende aller Zeiten ruhen wird. Er macht sich keine Illusionen, Sofia wird bestimmt nicht dem Vorbild Ramóns folgen und der Kirche großzügige Spenden zuwenden, obwohl schon mit einem geringen Teil ihres Erbes die Schule fertiggestellt und der Sakristei das Dach aufgesetzt werden könnte. Bei diesem Mädchen wußte man nie, wo es das Herz hatte, dachte Pater Pio. Doch widerstrebt es ihm auch, in den Chor derer einzustimmen, die das Mädchen vom Teufel gezeugt sahen. Alles der Hexerei in die Schuhe zu schieben, war eine Schwäche des Dorfes. Das, was Sofia beichtete, unterschied sich in nichts von dem, was alle Frauen ihres Alters beichteten, obwohl sie seit über einem Jahr den Fuß nicht mehr in den Beichtstuhl gesetzt hatte. Er wird sich Zeit für einen Besuch bei ihr nehmen, sagt sich der Priester, während sie zum bunten Friedhof gelangen, dessen Kreuze und Grabstätten himmelblau, rosa oder meergrün bemalt sind.

15

An diesem Abend nach dem Begräbnis hat sich Sofia früh in ihr Zimmer zurückgezogen und René im Wohnzimmer sitzen lassen, mit Gertrudis und Fausto, der sich als einziger über Gertrudis Leid im klaren ist. Nie hat er die hilflose Art übersehen, mit der sie René anschaut, und die Heftigkeit, mit der ihre Liebe ausstrahlt wie ein zäher, süßer Luftstrom, der geradezu die Fliegen um den Mann herumschwirren und trunken werden läßt an dieser Fata Morgana aus Honig. Doch weder René noch Sofia haben es je bemerkt. »Ach, das bildest du dir doch nur ein«, hatte Sofia nur geantwortet, als er es einmal anzudeuten wagte.

Fausto sieht Gertrudis mitleidig an. Schweigend, fast verwirrt sitzt sie in ihrem Korbstuhl. Sie trägt ein einfaches schwarzes Kleid über ihrem nicht allzu üppigen Körper. Jetzt beugt sie sich vornüber, ihr Gesicht ist nicht zu sehen, doch kann Fausto durch das schwarze Haar hindurch erkennen, daß die Augen der Frau nicht eine Sekunde vom Objekt ihrer Aufmerksamkeit ablassen. »Diesen beiden würde es sicher viel besser gehen, wenn Sofia nicht zwischen ihnen stünde«, denkt Fausto und erhebt sich, um sie allein zu lassen.

»Ich mache noch kurz einen Gang durch die Pflanzung, bevor ich heimfahre«, sagt er und geht nach draußen.

Gertrudis kommt nicht darauf, ihn zurückzuhalten. René ist es gleichgültig, ob Fausto geht oder bleibt; er lehnt in seinem Sessel, die Beine übereinandergeschlagen, raucht und blickt starr und gedankenverloren auf die Spitzen seiner blitzeblanken Stiefel, an denen er am Morgen seinen Gefühlszustand als beleidigter Ehemann und trauernder Schwiegersohn mit Schuhwichse und Bürste abreagiert hatte; Stiefelputzen war schon immer wie eine Therapie für ihn gewesen. Mit leichtem Erschauern vor ihren eigenen Gedanken wünscht sich Gertrudis, daß Sofia einfach verschwinden und sie mit dem Mann allein lassen solle, den Sofia nie geliebt hat. Sie kann sich kaum vorstellen, wie sich diese zwei als Mann und Frau all die Jahre ertragen haben.

René stößt einen Mundvoll Rauch aus, während sie unruhig auf ihrem Sessel hin und her rutscht.

»War doch eine schöne Beerdigung, Gertrudis, findest du nicht? Don Ramón kann eigentlich zufrieden sein.«

Sie nickt zustimmend und sagt ja, das war es, und spricht von den Kränzen, der Grabrede von Pater Pio, den vielen Trauergästen; so redet sie und redet, gefangen in einer geschwätzigen Unruhe, die sie selber gar nicht an sich kennt.

René sieht sie halb ernst, halb amüsiert an.

»Da hat sich dir aber ordentlich die Zunge gelöst«, sagt er dann. »So viel habe ich dich ja noch nie reden hören.«

Und so unterhalten sie sich weiter, bis Fausto von seinem Spaziergang zurückkommt und Gertrudis fragt, ob er sie mitnehmen soll, denn er führe jetzt heim. Sie steht auf und unterdrückt ein glückliches Lächeln, das ohnehin an einem solchen Tag nicht angebracht gewesen wäre.

16

Neun Tage sind seit dem Tode von Don Ramón vergangen. Sehr zu Sofias Mißfallen hat René darauf bestanden, die traditionelle Feier nach dem Begräbnis in ihrem Haus auszurichten. Er will sich nicht nachsagen lassen, meint er, er sei ein undankbarer, schlechter Schwiegersohn, Don Ramón verdiene ein Neuntagefest, das niemand so schnell vergißt. Sofia zuckt nur die Schultern und weigert sich, die Vorbereitungen mitzugestalten. Erfolglos haben Engracia, Doña Carmen und Petrona versucht, sie aus ihrer Gleichgültigkeit herauszuholen. Schließlich ist es Gertrudis gewesen, die die Zügel der Festvorbereitungen in die Hand genommen hat.

Schwarzgekleidete Gestalten, die einen wirklich zerknirscht, die anderen eher aus Pflichtgefühl, füllen am Abend nach der Fünf-Uhr-Messe das Haus des trauernden Ehepaares, in dem auf langen, weißgedeckten Tischen Rum, Speisen und Erfrischungsgetränke bereitstehen. Fernando, der Vorarbeiter, ist damit beschäftigt, das Kalb und die Spanferkel zu grillen, die geopfert worden sind, damit die Gäste angemessen bewirtet werden können. Das Neuntagefest, das die Katholiken von Diriá feiern, vermischt sich mit dem alten Brauchtum der indianischen Religionen, es ist eine Tradition, die vorschreibt, den endgültigen Abschied von dem Toten festlich zu begehen, nachdem die Neuntageseelenmesse für ihn gehalten worden ist.

Allein und schwarzgekleidet sitzt Sofia in ihrem Nähzimmer, hält Zwiesprache mit dem Toten und lehnt sich auf gegen diesen Brauch, flieht vor dem Festessen und in ihre Erinnerung. Sie ist nicht aus ihrem Zimmer gekommen, trotz des guten Zuredens von Gertrudis, die mit den sanftesten Worten versucht hat, sie aus ihrer Isolation zu holen, sie davon zu überzeugen, daß die neun Tage uralte Tradition sind und daß es ein schöner Akt ist, den Angehörigen in Erinnerung zu rufen, daß der Schmerz dem Leben weichen muß, denn das Leben geht ja weiter.

»So will es der Brauch, Sofia, warum mußt du immer gegen alles sein?«

»Es ist ein idiotischer Brauch. Sie benutzen den Toten, um sich zu besaufen und umsonst vollzufressen. Ich will niemanden von ihnen sehen.«

»Aber es sind Leute, die deinen Vater geliebt haben. Du weißt selbst, wie sehr sie ihn mochten.«

»Ich will niemanden sehen.«

Schließlich gibt Gertrudis auf und läßt Sofia auf ihrem Sofa zurück, von wo sie durch das Fenster zusieht, wie die dunkle Tinte der Dämmerung beginnt, die Buchsbaumhecke mit dem Schwarz einer mondlosen Nacht zu färben.

Während die anderen essen und trinken, geht sie durch ihre Erinnerungen wie ein Wucherer, der wieder und wieder die Schätze zählt, die man ihm als Pfand gelassen hat. Wenn ihr niemand zusieht, kann sie lange weinen, ohne aufzuhören und ohne ein Schluchzen unterdrücken zu müssen, das aus der Tiefe ihres Leibes zu dringen scheint. Wenn sie ehrlich ist, weiß sie, daß sie nicht nur wegen des Todes ihres Adoptivvaters weint, sondern aus Angst vor der Freiheit, die sie jetzt wählen kann und vor der sie sich fürchtet. Vor dem Tode des Alten hatte sie sich in ihren Phantasien vorgestellt, daß sie sich, sobald er nicht mehr lebte, auf und davon machen würde und daß weder René noch sonst irgend jemand hier jemals wieder von ihr hören sollte; sie stellte sich vor, Esteban anzurufen, ihren unbekannten Telefonliebhaber, damit er sie von hier weghole und nach Managua oder sogar in ein weit entferntes Land mitnähme; manchmal dachte sie dabei an Spanien, wo sie die sagenhaften Zigeuner suchen wollte, von denen sie angeblich abstammte. Doch mußten ihre Phantasien jetzt keine Phantasien mehr bleiben, jetzt mußte sie handeln, und sie konnte sich nicht entschließen, welche Richtung einzuschlagen sei, noch wie sie vorgehen sollte.

Esteban jedenfalls lehnte sie vorläufig ab: Sie würde sich nicht von einem Mann trennen, um sich gleich wieder mit dem nächsten einzulassen. Estebans Rolle war die einer willkommenen Unterbrechung ihrer Einsamkeit gewesen. Es war besser, mit ihm Schluß zu machen, ihn zu vergessen, um ihr neues Leben zu beginnen; das mit Spanien war reine Gefühlsduselei, wie sollte sie, die nur Pferd und Jeep gewohnt war, überhaupt ein Flugzeug besteigen? Außerdem kostet eine solche Reise ein Vermögen, und es wäre nicht sehr klug, gleich damit anzufangen, ihre Erbschaft auszugeben, von der sie hier in der Gegend angenehm leben konnte. So unstet ihre Vorfahren auch gewesen sein mochten, sie hatte in Diriá längst Wurzeln geschlagen und wollte bleiben.

Sie steht auf und beginnt, im Zimmer auf und ab zu

gehen. Sie hält sich nicht für eine ängstliche Frau, die nicht weiß, was sie will. Es muß die Erschöpfung der Trauer sein, die sie nun einen Schmerz der Einsamkeit spüren läßt, den bis dahin die Gegenwart von Don Ramón gemildert hatte. Auch sie wird ihr Neuntagefest feiern müssen, um sich am folgenden Tag zu erheben und zu merken, daß das Leben nicht stehengeblieben ist, daß es nicht auf sie wartet, daß es immer weitergeht.

Bald wird sie wieder Blätter kochen müssen, die ihren Mann so tief schlafen lassen, dieses Mal aber, um endgültig zu fliehen.

Im Hause kümmert sich Gertrudis währenddessen um alles, wieselt umher und steht dabei keinen Augenblick lang still. Auf der anderen Seite der Mauer, am Rande der Kaffeepflanzungen, hat sie unter den riesigen Chilamate-Bäumen mit den bemoosten Wurzeln Tische aufstellen lassen, um dort die Tabletts mit dem Bratenfleisch, dem knusprig gegrillten Speck und den Koteletts servieren zu lassen. Daneben stehen große Gläser mit Holzdeckeln, in denen scharfe Pfefferschoten in Essiglake schwimmen.

Allmählich werden die Stimmen der Eingeladenen, vom Schnaps erhitzt, lauter, eine gefräßige und trinkfreudige Ausgelassenheit breitet sich aus. Nur die Frauen – die nicht trinken, damit ja niemand an ihrem Ruf zweifelt – bewahren Haltung: sie sitzen, die Beine geschlossen, die Hände auf dem Schoß, brav neben ihren Ehemännern, ohne freilich darauf zu verzichten, hinter vorgehaltener Hand mitzulachen und am Vergnügen teilzuhaben.

René geht zufrieden von Tisch zu Tisch und sieht nach, ob die Feiernden ausreichend mit Salat und Reis und Tortillas versorgt sind und ob auch nicht irgendwo die Flaschen mit Rum und Coca-Cola, das Eis und die hochgeschätzten Zitronen fehlen. Von Zeit zu Zeit schaut er zu Gertrudis hinüber und lächelt zufrieden, er fragt sich sogar, warum sie ihm nicht früher aufgefallen war, sie ist hübsch und hat wirklich das Zeug zu einer Ehefrau, zum gebärfreudigen Weibchen und zur guten Mutter; ganz anders als Sofia, die nicht einmal genügend Manieren besaß, herauszukommen und die Leute zu begrüßen und noch einmal das Beileid zum Tode des Vaters entgegenzunehmen. Doña Carmen entgeht unterdessen kein noch so winziges Wimpernzucken von Gertrudis. Für sie ist die Sache klar. Sie könnte ihr ein Mittelchen geben, und René würde ihr zu Füßen liegen, bevor eine Woche vergangen ist. So würde Sofia ihren Ehemann los und wäre endlich frei, frei von der ganzen Last ihres Unglücks; und würde dabei noch als Opfer unantastbar bleiben, denn die verlassenen Frauen verachtet niemand, man empfindet eher Mitleid ihnen gegenüber.

»Gertrudis, komm doch mal eben her«, entschließt sich endlich Doña Carmen.

Das Mädchen nähert sich eilfertig.

»Ja, Doña Carmen, kann ich etwas für Sie tun?«

»Nein, aber ich kann vielleicht etwas für dich tun«, antwortet die Alte und sieht der anderen fest in die Augen. »Wenn du morgen nachmittag zu mir nach Hause kommst, dann werde ich dir etwas geben, mit dem du bekommst, was du dir am meisten wünschst.«

Gertrudis wird rot, und weil sie seit frühester Kindheit um die hellseherischen Fähigkeiten und die Zaubermittelchen von Doña Carmen weiß, fällt ihr nicht ein, die Unwissende zu mimen.

»Du weißt Bescheid«, fährt die Alte fort, »um fünf Uhr erwarte ich dich bei mir zu Hause«, und läßt sie stehen, ohne eine Antwort abzuwarten.

Um elf Uhr gehen die letzten Gäste. René bringt Gertrudis nach Hause und kehrt erst zwei Stunden später zurück. Sofia hört ihn kommen, hört, wie er sich im Bad leise auszieht, sich die Zähne putzt und sich dann neben sie hinlegt, sie riecht den abgestandenen Alkohol und erwartet seine Beschimpfungen und den demütigenden, brutalen Beischlaf, doch René rührt sich nicht. Mit hinter dem Kopf verschränkten Händen liegt er da, schaut in den Spiegel an der Dekke und denkt an Gertrudis' gerötetes Gesicht und wie geschickt sie den Rock hob, um aus dem Jeep zu steigen, ohne den Slip sehen zu lassen, wie das Sofia immer tat.

Am nächsten Tag kommt Doña Carmen sehr früh am Morgen unter dem Vorwand, aufräumen helfen zu wollen. Sie geht gleich zur Tür des Nähzimmers, klopft an, und bevor Sofia »Herein« rufen kann, ist sie schon eingetreten.

»Entschuldige, Töchterchen, daß ich hier so einbreche, aber ich muß mit dir reden.«

Ohne Umschweife erzählt ihr Doña Carmen von ihrem Verdacht und dem Plan, den sie ausgeheckt hat, um sie von René zu befreien.

»Machen Sie, was Sie wollen, ich verlasse meinen Mann so oder so. Fausto hatte mir schon so etwas gesagt, aber ich habe es nicht glauben wollen. Arme Gertrudis!«

»Willst du nun, daß ich dir helfe, oder nicht? Ich kann das Techtelmechtel in Gang bringen. Ich hab' da ein Fett, wenn Gertrudis das René irgendwo hinreibt, und sei es an die Stiefel, dann ist er durch nichts mehr zu bremsen.«

»Geben Sie ihr das ruhig«, sagt Sofia lachend, »ich hätte nicht übel Lust, René wie einen liebeskranken Kater zu sehen... viel lieber möchte ich ihm aber noch einmal den Stechapfeltee geben und mich davonmachen, Doña Carmen, ich habe es mir genau überlegt. Fragen Sie doch Samuel, ob er nicht einen Ort kennt, wo ich mich ein paar Tage verstecken kann.«

»Samuel war deinetwegen ziemlich verstimmt, ich werd's ihm aber sagen. Meine Meinung dazu ist, daß du noch etwas warten solltest. Wenn René erst einmal hinter Gertrudis her ist, dann wird es ihm nicht mehr so wichtig sein, ob du gut eingesperrt bist. Und außerdem, wenn du ihn verläßt, nachdem die beiden schon angebandelt haben, stehst du als Märtyrerin da, alle werden dich verstehen und keiner wird dir was nachtragen.«

»Es ist mir egal, was die Leute denken, und außerdem spiele ich lieber die Böse als die Märtyrerin. Wann können Sie mir die Stechapfelblätter bringen?«

»Damit mußt du sehr vorsichtig sein. Wenn du nicht achtgibst, kannst du ihn umbringen damit. Und was willst du tun, nachdem du dich ein Weilchen versteckt hast?«

»Das geht nur mich etwas an.« Sofia steht auf und zeigt damit, daß sie die Unterhaltung als beendet betrachtet.

Doña Carmen geht hinaus und denkt, wie eigensinnig ist doch dieses Mädchen; sie erinnert sich ihrer jugendlichen Gefühle zu einem schwarzen Liebhaber von der Atlantikküste, der irgendwann nach Florida ging, um Autos zu waschen, wahre Liebesexzesse hatten sie gefeiert. Ihm machte es Spaß, wenn sie im Bett schrie wie eine läufige Katze. »Schrei ruhig lauter«, sagte er dann, »das kann ruhig die ganze Nachbarschaft hören.« Carmen muß daran denken, wie eines Morgens, nach einer besonders ausschweifenden Liebesnacht, die Nachbarskinder vor dem Haus warteten, um laut zu klatschen, als sie herauskamen.

So war das eben, wenn man jung war, jetzt, als alte Frau, wurde sie von allen geachtet, doch niemand konnte ihr den süßen Geschmack ihrer Erinnerungen nehmen. Die arme Sofia hatte es nicht verdient, so erbärmlich eingesperrt zu sein. Sie als Frau konnte nicht umhin, ihr zu helfen, auch wenn sie manchmal nicht übel Lust hat, ihr die Hosen herunterzuziehen und ihr eine schmerzende Tracht Prügel zu verpassen.

17

»Ruf mich bitte nicht mehr an.«

Am anderen Ende der Leitung bricht Esteban in Fragen und Proteste aus; wie konnten sie aufhören, sie hatten doch noch gar nicht richtig angefangen, sie waren sich noch nicht einmal begegnet; daß sie sich wenigstens einmal sehen mußten, daß er sie über alles liebte, daß er jede Nacht von ihr träumte, sie sich blond, brünett, rothaarig, schlank, groß vorstellte... »Laß mich dich wenigstens einmal sehen«, wiederholte er ein ums andere Mal.

»Wozu sollte das gut sein«, erwidert Sofia mit absoluter Entschlossenheit. »Ich weiß nur, daß ich keine Lust mehr habe, mit dir zu reden, es langweilt mich, und wenn du noch einmal anrufst, dann gebe ich den Hörer meinem Mann weiter.«

»Was ist denn nur los mit dir, so hast du ja noch nie zu mir gesprochen!«

»So bin ich aber in Wahrheit. Du hast mich nur nie richtig kennengelernt. Adios, Esteban. Ruf nicht wieder an.«

Sofia ist mit sich zufrieden. Esteban tut ihr zwar leid, doch ist sie überzeugt davon, das Richtige getan zu haben. Sie bleibt noch ein Weilchen neben dem Telefon sitzen und kostet das Gefühl aus, selbst die Entscheidungen über ihr Leben treffen zu können. Es wird nicht mehr lange dauern. Ihre Pläne beginnen, Gestalt anzunehmen. An mehreren Nachmittagen hat sie sich schon mit einem Advokaten, Don Prudencio, zusammengesetzt und sich ganz genau die Vermögensurkunden erklären lassen und alle Einzelheiten der Erbschaft.

Sie erhebt sich und geht in die Küche, wo Petrona aus der Siesta hochfährt, die sie wie ein schlafwandelnder Seiltänzer auf einem der dreibeinigen Hocker gehalten hat.

»Mach rasch Kaffee, Petrona, gleich kommt der Anwalt.«

Sofia setzt sich an ihrer Stelle auf den Hocker und holt aus ihrer Bluse eine Schachtel Zigaretten. In letzter Zeit hat sie sich angewöhnt, ein, zwei Zigaretten am Tag zu rauchen, immer in der Küche. Die Küche gefällt ihr, sie hat etwas von einem alten, warmen Schlupfwinkel, der sie beruhigt.

Pünktlich um drei kommt der weißgekleidete alte Herr mit den Dokumenten, den Überschreibungsurkunden und Grundbucheintragungen und tut wie an den vorigen Tagen so, als denke er sich nichts dabei, daß Sofia ihn gebeten hat, zu Zeiten zu kommen, wo ihr Ehemann nicht da ist. Sie begrüßt ihn und bittet ihn an den Eßtisch. Es ist heiß, und der Rechtsanwalt schwitzt, während Sofia die Papiere durchsieht und sich einen genauen Eindruck verschafft von den rechtlichen Verhältnissen ihres Besitzes, der Liste der Schuldner, den Steuern, die jährlich entrichtet worden sind, den Einnahmen aus den Ernten der vergangenen Jahre. Dabei stellt sie dem Mann unablässig Fragen, deren Antworten sie in ein Notizbuch schreibt.

Mit entschlossener Art, die der Rechtsanwalt in den wenigen Tagen fürchten gelernt hat, seit er mit ihr geschäftlich verkehrt, spricht Sofia zu ihm, während sie ihm den Kaffee einschenkt.

»Sie überschreiben mir alles auf meinen Mädchennamen, und in einem Monat reichen Sie bitte die Scheidung ein. Ich möchte, daß Sie René durch die Zeitung öffentlich vorladen, unter den Bekanntmachungen, so, wie es nach den neuen Scheidungsgesetzen üblich und vorgeschrieben ist, und wenn er, was sehr wahrscheinlich ist, nicht erscheint, ihm einen Vertreter bestellen, ›ad litem‹ nennt man es, glaube ich.«

»Aber Doña Sofia ...«

»Sie sind mein Rechtsanwalt. Wenn Sie sich weigern, suche ich mir einen anderen, es gibt genügend, die sich gern ein gutes Honorar verdienen möchten, das Sie mit der Abwicklung dieser Erbschaft einheimsen. Als Ihre Klientin erinnere ich Sie daran, daß Sie zum Schweigen verpflichtet sind und dazu, in einem Monat so zu handeln, wie ich Sie gebeten habe, nicht früher.«

Don Prudencio unterdrückt die aufwallende Berufsehre eines achtbaren Rechtsanwalts und denkt, daß sein Freund Don Ramón niemals diese Natter an seinem Busen hätte züchten dürfen, geschweige denn ihr die Früchte so vieler Jahre ehrlicher Arbeit hinterlassen. Es gibt nichts Schlimmeres als eine Frau mit Macht.

»Und wie geht es mit El Encanto weiter?«

»Um die Hacienda soll sich vorläufig Don José, der Verwalter, kümmern. Ich habe volles Vertrauen zu ihm. Und ich habe schon meinen Vetter Fausto gebeten, mir unter die Arme zu greifen.«

»Und Sie sind sich sicher, daß Sie die anderen Haciendas verkaufen wollen?«

»Verkaufen Sie mir die zwei, die am wenigsten einbringen. Das Geld investieren wir in die beiden übrigen.«

»Wie Sie wünschen, meine Tochter, wie Sie wünschen. Gestatten Sie mir trotzdem, daß ich Sie als Ihr Anwalt darauf aufmerksam mache, daß Sie nur Schwierigkeiten haben werden, wenn Sie sich scheiden lassen. Wie wollen Sie sich allein um soviel Besitz kümmern? Ihr Gatte ist ein erfahrener Mann, ein hervorragender Landwirt.«

»Ich werde darüber nachdenken, Don Prudencio. Vielleicht hat René ja Lust, als mein Verwalter zu arbeiten« – sie lächelt mit einem Anflug von Zynismus. »Ich erwarte Sie also morgen zur gleichen Zeit, um die restlichen Dokumente zu unterschreiben.«

Der Rechtsanwalt schluckt seinen Stolz hinunter, der nicht mehr wert ist als das saftige Honorar, das er sich verdienen wird, gibt Sofia die Hand und geht hinaus, wobei er sich mit einem makellos weißen Taschentuch den Schweiß abwischt.

Zur gleichen Zeit bereitet sich Doña Carmen auf den Besuch von Gertrudis vor. Mit dem Verdienst der vielen Jahre Arbeit in ihrer Bodega hat sie sich ein bescheidenes Häuschen mit Wänden aus Ziegelstein und rotgefliesten Fußböden bauen können. Die Eingangstür führt in einen rechteckigen Raum, der gleichzeitig als Wohn- und Eßzimmer dient; an seiner linken Seite ist ein kleiner Gang, durch den man nach hinten zum Schlafzimmer der Hausherrin und in den Hinterhof hinaus gelangt, wo Koch- und Waschplatz sind.

Das Haus ist mit den verschiedenartigsten Möbeln

ausgestattet, plastikbezogenen Sesseln, Schaukelstühlen aus Holz, einfachen, bunt angemalten Tischen. An der Wand hängt ein Bild der Jungfrau der Unbefleckten Empfängnis, und es stehen hier und dort Gefäße mit Pflanzen. Der kleine Hof von Doña Carmen ist ein wahrer Kräutergarten: Kamille, Beifuß, Mutterwurz, Schöllkraut, Stechapfel und Alraunwurzel wachsen am Zaun oder in Töpfen auf Holzbrettern, die am Boden oder quer über ein paar aufeinandergeschichteten Ziegelsteinen liegen.

In ihrem Schlafzimmer stehen in einem alten Glasschrank, den sie immer gut verschlossen hält, mehrere Reihen von Medizinflaschen, auf deren Etiketten sie die verschiedenen Anwendungsweisen vermerkt hat. Die Flasche, die Doña Carmen jetzt in die Hand nimmt und sich aufmerksam ansieht, öffnet und beschnuppert, enthält eine violette Creme. Sie riecht noch recht stark, denkt sie, es muß noch wirken.

Doña Carmen hat auch andere Liebeselixiere, deren Gebrauch sie oft empfiehlt, doch ist dieses ein ganz besonderes, denn es hat die Kraft, die Liebe von einer Person zu einer anderen zu lenken, und sie reicht diese Gefälligkeit nicht vielen Leuten, ist sie doch eine verantwortungsbewußte Heilkundige. Es ist etwas ganz anderes, wenn Frauen mit Ehemännern um Rat fragen kommen, die sie nicht mehr heiß lieben, als wenn Verlobte, die sich nicht zur Heirat entschließen können, Hilfe brauchen.

Vorsichtig gießt Doña Carmen einen Teil des Inhalts der Flasche in eine andere, kleinere, die sie dafür vorbereitet und während der ganzen Nacht in Wasser mit ausgelassenem Talg ausgekocht hat. Dann betrachtet sie sich im Spiegel, rückt sich mit einer beinahe koketten Geste den Haarreif zurecht und setzt sich in den Schaukelstuhl an der Haustür. Sie weiß, daß sie nicht lange warten wird.

Um Viertel nach fünf sieht sie Gertrudis mit gesenktem Kopf um die Ecke kommen. Seit ihr Doña Carmen angeboten hat, ihr etwas zu geben, mit dem sie ihren Wunsch erfüllen könne, ist Gertrudis zwischen den widerstreitenden Stimmen ihres Gewissens hin und her gerissen, denn das ist dazu erzogen, niemals vom Weg der Tugend abzuweichen.

Obwohl aus Diriá kommend und mit dem Gebrauch von Zaubermittelchen vertraut, hat Gertrudis es nie für richtig gehalten, das Schicksal zu beeinflussen. Als gläubige Katholikin weiß sie außerdem die Ehe zu achten. Doch ist in diesem Falle gar nicht so klar, was tugendhaft wäre. Es stimmt zwar, daß es sich hier um eine vor Gott geschlossene Ehe handelt, doch werden heutzutage, wie sie in der Zeitschrift ›Hola‹ gelesen hat, Ehen mit päpstlichem Segen aufgelöst. Sogar königliche Ehepaare erreichen die Annullierung ihrer Ehen, die nicht nur vollzogen worden waren, sondern auch viele Jahre über gedauert und mehrere Sprößlinge hervorgebracht hatten. Niemand wird Schaden erleiden, und sie brauchte sich auch keine Vorwürfe zu machen, jemandem Schmerz zuzufügen. Es war ja nur eine Frage der Zeit, bis Sofia René verlassen würde, und er tat ihr so leid... Die Wege der Tugend konnten nicht so verschlungen sein und an diesen mildernden Umständen vorbeiführen. Selbst Pater Pio würde ihr zustimmen, wenn er seinen Katechismus logisch anwendete. So nähert sie sich Doña Carmen und fragt sich, ob sie wohl ähnlich denke.

»Guten Tag, meine Tochter«, sagt Doña Carmen und steht aus ihrem Schaukelstuhl auf, wobei sie dem Mädchen bedeutet einzutreten.

»Guten Tag«, sagt auch Gertrudis mit leichtem Unbehagen, befürchtet sie doch, Doña Carmen Erklärungen abgeben zu müssen, diese aber kommt, als hätte sie ihre Gedanken erraten, gleich zur Sache.

»Hier ist das, was ich dir geben wollte«, sagt sie und nimmt das Fläschchen vom Tisch. »Du nimmst die Creme und bestreichst die Person damit, einen Körperteil oder irgendein Kleidungsstück, es spielt keine Rolle. Die Hauptsache ist, du reibst es in etwas, das er trägt.«

Gertrudis sieht das Fläschchen mit dem Mittel an, betrachtet es lange, ohne etwas zu sagen.

»Na, was ist, Mädchen, hat's dir die Sprache verschlagen?«

»Und was bewirkt dieses Mittelchen, Doña Carmen?«

»Es wird keine vierzehn Tage dauern, und dein Opfer wird meinen, daß er ohne dich nicht mehr leben kann. Sei darauf gefaßt, daß er sich begierlich in dich verliebt. Gegen diese Therapie gibt es kein Gegengift...«, sagt die Alte und lächelt verschmitzt.

»Und woher wollen Sie wissen, daß ich möchte, daß sich jemand in mich verliebt?«

»Na, weißt du denn etwa nicht, daß ich alles auf einen Blick sehe? Ich will keine Namen nennen, damit du dich nicht noch mehr schämst, aber ich glaube, daß du das richtige tust. Es wird das beste sein für alle.«

»Es macht mir angst«, sagt Gertrudis, und die Stimme versagt ihr fast. »Ich weiß nicht, ob ich es tun kann.«

»Angst? Wovor denn, mein Mädchen, wenn man im Leben nichts riskiert, dann sollte man besser tot sein, und das, was ich dir hier gebe, kommt direkt aus dem Jenseits. Es wirkt, glaub's mir und sage niemandem, daß du es von mir bekommen hast, denn ich habe es in meinem ganzen Leben nur zweimal angewandt. Die Liebe wage ich nur zu beeinflussen, wenn ich sicher bin, daß sie es verdient.«

»Sie glauben also nicht, daß ich das Schicksal herausfordere?«

»Ich glaube vielmehr, daß das Schicksal dich herausfordert, und wenn uns das Schicksal Zeichen gibt, dann tun wir gut daran, sie zu beachten«, gibt Doña Carmen zurück und tritt näher, um ihr den Rücken zu tätscheln. Gertrudis wirft einen letzten zweifelnden Blick auf das Fläschchen, läßt es dann in ihrer Handtasche verschwinden und verabschiedet sich schnell von Doña Carmen, die von der Tür aus zusieht, wie das Mädchen davoneilt.

18

Wann wird es jemals zu regnen aufhören, fragt sich Sofia und schaut aus dem Fenster des Nähzimmers. Die Nässe der letzten vier Tage hat ihr die Laune verdorben, alles scheint sich langsamer zu bewegen als sonst, und der Schlamm sorgt dafür, daß sich Moskitos und Gewitterfliegen behend vermehren.

Soeben hat sie Fausto verabschiedet, fluchend ist er durch den Morast davongewatet, weil er sich seine weißen Schuhe schmutzig machen mußte. Als er kam, hat er sie zum Lachen gebracht mit seinem riesigen Regenschirm. Das war einer der Nachteile, homosexuell zu sein, weil auf Kleidung und Schuhe stets zu achten war, während es sonst als einer der Vorzüge der Männer galt, diese Dinge nicht so wichtig nehmen zu müssen. Gott sei Dank hat er sich über meine Pläne nicht so überrascht gezeigt wie der Advokat, der sich eher wie eine Betschwester benimmt und meine Scheidung bejammert. Sie tritt vom Fenster zurück, ohne zu wissen, was sie tun will. Sie hat beschlossen, am nächsten Tag fortzugehen. Samuel hat ihr, widerstrebend und nicht ohne sie vor neuen Kapriolen gewarnt zu haben, ein sicheres Versteck besorgt, im Hause einer alten Frau, die hoch oben am Mombacho lebt und sicher auch Hexerei betreibt. Die Stechapfelblätter sind wieder unter den Taschentüchern tief hinten in der Schublade mit ihrer Unterwäsche versteckt, sie wird sie aufkochen und sich zusammennehmen müssen, dem Mann keine Überdosis zu verabreichen, will sie ihn doch der guten Gertrudis in bester Verfassung übergeben, denkt sie spöttisch und stellt sich vor, wie ihre Freundin erschrocken im Bett unter den Deckenspiegeln liegt.

Sie verläßt das Nähzimmer und geht ohne Eile ins Schlafzimmer hinüber, die Veranda liegt ins Zwielicht des Nachmittags gehüllt, und die Dachrinnen laufen über und bilden Sturzbäche, die wie kleine Wasserfälle klingen, die alle Geräusche des Hauses schlucken.

Aus dem Kleiderschrank nimmt Sofia Drillichhosen und langärmelige Hemden, die sie sorgfältig zusammenlegt und in einer Segeltuchtasche verstaut, die ihr Engracia vergangenes Jahr geschenkt hat; aus der verschlossenen Schublade holt sie das Bündel der Mädchenkleider, die sie trug, als sie im Dorf auftauchte. Eulalia hat sie ihr an einem lange zurückliegenden Abend gegeben. Warum hatte ihre Mutter sie nur verlassen? Vielleicht wird sie es nie erfahren, und es spielt jetzt auch keine Rolle mehr. Seit der Nacht, in der sie Eulalia gesehen hat, ist ihre Hoffnung, das Geheimnis zu enthüllen, gering, nicht einmal die Tote hatte ihr Genaueres sagen können. Wie sollte sie, die nur die Gegenwart sieht, an diesem Punkt weiterkommen? Es gibt keine Fesseln mehr für sie, jetzt ist sie die Herrin über ihre eigenen Entscheidungen. Aber sie hat nur vage Vorstellungen von dem, was sie will. Wird sie nach Diriá zurückkehren und mit den Geistern leben müssen? Sofia schüttelt sich das Haar von den Schultern. Sie verabscheut es, sentimental zu werden.

Am späten Nachmittag kommt René nach Hause und setzt sich auf die Veranda, um die Zeitung zu lesen. Seit Tagen schon wirkt er in sich gekehrt, es bleibt ihm nur wenig Zeit, um in Ruhe an Gertrudis zu denken, die nicht ahnt, wie sie sich in seinem Kopf festgesetzt hat. Er hat nur noch selten Lust, mit Sofia zu schlafen, und wenn er es tut, begehrt er im Kopf die andere und träumt von schwangeren Frauen.

Sofia kommt herbei und fragt ihn betulich, ob er eine Tasse Kamillentee oder Kaffee möchte, um sich die naßsteifen Glieder aufzuwärmen.

»Was ich brauche, ist ein Glas Rum«, grummelt er verstimmt darüber, daß sie ihn überhaupt anspricht. »Es kann auch nur dir einfallen, mir Tee oder Kaffee anzubieten, als ob ich eine erbärmliche Alte wäre!«

Ohne etwas zu sagen, denn sie sucht keinen Streit, geht Sofia in die Küche, gießt ihm ein ordentliches Glas Rum ein und serviert ihm dazu Limonen und Salz.

»Hier hast du, was du möchtest«, sagt sie und zieht ein Tischchen heran, »aber es erstaunt mich, denn der Kamillentee schmeckt dir doch sonst so gut.«

»Was wird der mir schmecken! Ich trinke ihn nur dir zu Gefallen, aber dazu habe ich keine Lust mehr. Du bist wie eine Angorakatze, die schreit, wenn man ihn ihr reinsteckt, und heult, wenn man ihn wieder rauszieht.«

Sofia sagt nichts darauf. Ohne ein Wort geht sie in die Küche und denkt, er wird schon sehen, was für eine Angorakatze ich bin. Sorgen macht, daß er den Tee verweigert, vielleicht braucht sie gar keinen Stechapfeltee, morgen ist Freitag und René wird wahrscheinlich sturztrunken aus der Wirtschaft von Patrocinio nach Hause kommen.

Im Beichtstuhl von Pater Pio riecht es nach feuchtem Holz. Gertrudis zieht die violetten Vorhänge zu und kniet nieder. Nach wenigen Augenblicken hört sie die Stimme des Priesters durch das Gitter, das von einem purpurnen Tuch bedeckt ist. Dem Mädchen schwitzen die Hände, und sie hebt den Kopf nicht einmal so weit, daß sie das schemenhafte Profil des alten Gottesmannes sehen kann, der so spät am Nachmittag schon recht müde ist von all den Sünden, die er sich hat anhören müssen.

»Ave Mariá Purísima.«

»Sin pecado concebida.«

»Wann bist du das letzte Mal beichten gekommen, meine Tochter?«

»Vor einem Monat, Pater.«

»Ich höre.«

»Ich habe mich in einen verheirateten Mann verliebt, Pater Pio, aber ich glaube, selbst wenn Sie es von mir verlangen, werde ich nicht aufhören, ihn zu lieben.«

Pater Pio richtet sich räuspernd auf. Du lieber Himmel, diese Gertrudis, denkt er, der hätte er eine solche Sünde am wenigsten zugetraut, immer so fromm und gläubig, und jetzt macht sie solche Geschichten.

»Du weißt, daß das gegen das neunte Gebot verstößt, das ist eine schwere Sünde.«

»In diesem Fall aber nicht, Pater, denn seine Frau liebt ihn nicht. Er ist nicht glücklich.«

»Das spielt keine Rolle, meine Tochter. Es kommt ja oft genug vor, daß in einer Ehe einer der beiden oder gar alle beide aufhören, ihre Liebe zu spüren, doch was Gott zusammengefügt hat, das soll der Mensch nicht scheiden. Und was ist mit den Kindern?«

»Sie haben keine Kinder und werden auch keine haben, weil sie es nicht will.«

»Gottes Willen kann sie sich nicht entziehen.«

»So war das, als es noch keine Pille gab, Pater, heute ist das anders.«

Gertrudis bereut sofort, was sie da gesagt hat, doch es fällt ihr schwer, ihre Kopflosigkeit zu bezwingen, seit Tagen schon kann sie nicht schlafen, und die Nervosität ist ihr sogar auf den Magen geschlagen. Sie weiß gar nicht, warum sie überhaupt beichten geht, da sie entschlossen ist, nicht von ihrem Vorhaben abzulassen, außerdem hat sie René schon die Stiefel mit dem Fett von Doña Carmen eingerieben und auch zu spüren bekommen, daß das Mittel Wirkung zeigt. René streicht schon seit Tagen um ihr Haus und ist sogar zu ihr ins Büro nach Managua gekommen, um sie zum Essen einzuladen.

Sie bittet Pater Pio um Verzeihung, gibt sich einen Stoß, wirft alle Überlegungen über Bord und erzählt ihm ihre ganze Tragödie, wobei sie nur ihren Besuch bei Doña Carmen wegläßt, weil ihr der Priester das nun wirklich nicht vergeben kann.

Der Pater schimpft sie aus, gibt ihr Rat, beschwatzt sie, von ihrem Vorhaben abzulassen, das zu nichts Gutem führe, wo doch alle Welt weiß, wie sehr René seine Sofia liebt und was er alles ihretwegen ertragen hatte.

»Du mußt verzichten, meine Tochter, andernfalls kann ich dir die Absolution nicht erteilen.«

»Pater, und wenn er seine Ehe in Rom annullieren läßt?«

»Das dauert Jahre und ist nicht immer möglich. Es müssen schwere Gründe und schlagende Beweise vorliegen.«

»Aber die hat er ja, Pater. Ich kann bezeugen, daß Sofia keine Kinder von ihm bekommt, weil sie es nicht will.«

»Verräterin«, sagt sie zu sich selbst, kann sich aber nicht zurückhalten und erzählt dem Priester, daß sie selber all die Jahre die Pillen für Sofia in der Apotheke besorgt hat.

Als Gertrudis sich erhebt und weinend den Beichtstuhl verläßt, weil er ihr die Absolution nicht erteilen will, senkt der Alte den Kopf und bekreuzigt sich und betet, die Heilige Jungfrau möge verhindern, daß auch er gezwungen wird zu glauben, die Seele Sofias sei vom Teufel besessen.

In Patrocinios Wirtschaft ist René dabei, sich zielstrebig zu betrinken.

Etwas von ihm entfernt sitzt an einem anderen Tisch Fernando, sieht zu seinem Patrón hinüber und empfindet Bedauern für ihn. Seit Jahren ist er der getreue Schatten jenes Mannes, begleitet ihn bei Geschäften und Saufgelagen und sogar noch bei den gelegentlichen Besuchen in den Puffs, wo sich die Huren um ihn streiten, hat er doch den Ruf, von der Natur besonders gut ausgestattet zu sein. Jetzt sieht er ihn in eine andere Frau verliebt, und es macht ihn wütend, daß er noch leidet, obwohl sich endlich Hoffnung aufzutun scheint, daß er den Bann der Zigeunerin ein für allemal durchbrechen kann. Nicht einen Augenblick würde er zögern, denn alle Welt weiß, wie gut Gertrudis ist.

Als sie an diesem Abend nach Hause kommen und René sich betrunken schlafen legt, hört Fernando die Zigeunerin, die leise und geschickt wie eine Schlange in die Nacht hinaustritt, mit den Schlüsseln ihres Mannes das Tor öffnet und mit einer Segeltuchtasche, das Pferd hinter sich herziehend, das Anwesen verläßt. Als er das Geräusch galoppierender Hufe hört, erhebt sich Fernando langsam, um die Schlüssel aufzuheben, die die Frau auf den Rasen geworfen hat. Erst dann legt er sich schlafen.

19

Sofias Herz schlägt schneller als die Hufe ihres Pferdes. Nachdem sie das Haus ein paar Kilometer hinter sich gelassen hat, verlangsamt sie die Gangart des Tieres, damit niemand aufwachen möge und sie vorbeireiten sieht. Alles ist ganz einfach gewesen, so einfach, daß es ihr immer noch wie ein Traum vorkommt, auf der Landstraße Richtung Mombacho zu traben. Ein gelblicher Halbmond lugt ab und zu zwischen den Wolken hindurch, die den Himmel bedecken. Die Nacht ist dunkel, ein immer wieder einsetzender leichter Regen gibt den Bäumen und Häusern ein fast unwirkliches Aussehen. Sofia achtet gut darauf, daß sie nicht vom Weg abkommt, es ist eine der wenigen Strecken, die sie noch von den Ausflügen kennt, die sie als kleines Mädchen mit Papá Ramón unternahm; er liebte es, sie zu führen und die Kongoaffen zu belauschen. Sie greift an ihre Brusttasche, in der die Taschenlampe steckt, die sie ihrem Mann entwendet hat, samt seinem Revolver. Den hat sie zunächst nicht mitnehmen wollen, doch jetzt ist sie froh, ihn an ihrem Schenkel zu spüren. Die tiefe Dunkelheit verbreitet Angst, von Zeit zu Zeit knipst sie die Lampe an und beleuchtet das Pferd, um sich zu vergewissern, daß sie nicht auf einem Fabelwesen reitet. Sie betet zu allen Heiligen des Himmels, nicht auf den kopflosen Reiter oder das Carreta-Nagua-Gespenst zu treffen, den gelben Teufel oder die verwunschenen Kühe vom

Mombacho, die wie Menschen schreien, wenn sie zum Schlachthof geführt werden.

Sie sind jetzt an dem sanften Anstieg des Berges angekommen, und das Pferd fällt, weil Sofia es nicht zurückhält, wieder in einen leichten Galopp. Der Mombacho ist ein riesiger erloschener Vulkan, dessen stumpfe Spitze an den Nachmittagen von Wolken verhüllt ist, seine dichtbewachsenen grünen Hänge sind ein unerforschter Planet, schmale Pfade winden sich zu vereinzelten Kaffee- und Kakaopflanzungen empor. Am Hauptweg, auf dem Sofia reitet, liegen in unregelmäßigen Abständen kleine Gehöfte, vor denen sie drohend aussehende Ackergeräte erahnen kann. Der Wald zu beiden Seiten ist undurchdringlich, dicht an dicht wie eine pflanzliche Wand stehen im nächtlichen Nebel die riesigen Bäume. Der Nieselregen wird stärker, das Pferd trabt weiter, während Sofia die Zügel mit einer Hand hält und sich mit der anderen einen Umhang überstülpt. Nachtvögel fliegen lautlos und unberechenbar vor ihr auf und suchen Schutz vor dem einsetzenden Platzregen. Sie zieht die Zügel an, um das Pferd unter einen riesigen Baum zu lenken, dessen Stamm sich in der Mitte auftut wie eine Höhle.

Der Regen auf dem Vulkan ist ein einziges Tosen aus Wind, Blättern und peitschenden Ästen. Als die Natur den entfesselten Tanz wildzuckender Schlingpflanzen beginnt, erfaßt Sofia eine Panik, die ihre Bewegungen gefrieren läßt. Gewitter haben ihr immer Spaß gemacht, doch nicht an diesem Ort mit seinen versteinerten Eidechsen, verzauberten Tieren, die nachts ihre menschliche Gestalt zurückerhalten, seinen Höhlen, in denen Hexen leben, die Schwärme blauer Vögel hüten, und berüchtigten Affen, deren gellendes Geschrei das lauteste Geräusch ist, das Tiere auf dieser Erde hervorbringen. Sie betet zu Eulalia, die Kongoaffen mögen nicht in diesem Augenblick zu schreien anfangen und ihr das letzte bißchen Mut vergällen. Sie beschließt zu warten, bis das Unwetter vorübergeht und es Tag wird, um dann die Hütte von Xintal zu suchen, der Freundin von Samuel, einer Frau, die selbst schon Legende ist. Ganz selten nur kommt sie ins Dorf herunter, wo sich jeder seit frühester Kindheit an sie erinnert, ohne daß die Jahre ihr Gesicht verändert zu haben scheinen, das schon seit ewigen Zeiten tief zerfurcht ist.

Das Gewitter läßt die Lianen aufblitzen, die von den Bäumen hängen, und die Büschel von Schmarotzern, die wie verzweifelte Hände aus den Stämmen wachsen. Von Zeit zu Zeit hört man den ohrenbetäubenden Lärm eines zu Boden stürzenden Baumes. Sofia hat alle Hände voll zu tun, das Pferd zu beruhigen, das sich aufbäumt und die Fesseln zu zerreißen versucht. Was taten die Zigeuner in einem solchen Unwetter? Sie weiß es nicht, sieht aber das Bild einer sturmgeschüttelten und blitzumzuckten Karawane vor Augen, das ihr Tränen in die Augen pumpt. Ein Gefühl unendlicher Schutzlosigkeit überfällt sie. Sie will den Wind nicht hören und auch nichts sehen durch die Dunkelheit. Die ungewohnten Geräusche rufen Schreckensbilder herumschleichender Jaguare und Schlangen in ihr hervor. Endlich schließt sie die Augen und nimmt sich vor, sie erst wieder zu öffnen, wenn es hell wird, wenn sie sehen kann und über das, was sie sieht, nicht erschrickt.

Das Gewitter verliert sich, in der Ferne verklingt langsam der Donner. Sofia atmet tief und schläft, in ihren Umhang gehüllt, fest ein.

René kann kaum das Brummen in seinem Schädel ertragen, als er wach wird. Wie jeden Samstag steht er auf, geht ins Bad, wäscht sich das Gesicht, spült sich den ekligen Geschmack aus dem Mund und geht zur Tür, um Petrona laut zuzurufen, sie solle ihm eine Limonade mit Salz bringen. Dann legt er sich wieder aufs Bett und deckt sich das Gesicht mit dem Kopfkissen zu, damit das grelle Licht seine Kopfschmerzen nicht noch verschlimmert, erst Stunden später bemerkt er, daß er allein geschlafen hat.

Fernando schaut zu Boden, während René durch die Gegend schreit und ihn anschnauzt, er sei schuld, er habe die Frau herausgelassen, er könne ihm nicht erzählen, daß jemand das Tor öffnet und sich mit einem Pferd davonmacht und er, Fernando, der immer mit einem offenen Auge schlafe, würde nichts davon merken. Wofür bezahle er sie denn überhaupt, schrie René, wenn sie nicht auf eine verdammte Tür und eine verfluchte Frau aufpassen konnten.

»Sattel die Pferde«, sagt er dann, »wir reiten los und suchen sie.«

Als er an der Küche vorbeikommt, wirft er Petrona einen vernichtenden Blick zu und raunzt, sie solle bloß nicht auf den Gedanken kommen, irgend jemand von der Geschichte zu erzählen. Die Frau zittert und fürchtet, der Patrón wird sie – wie schon manches Mal – schlagen. Kaum sind die beiden Männer aus dem Haus, bekreuzigt sie sich, geht in ihr Zimmer und packt ihre Siebensachen. Nicht für alles Gold der Welt bleibt sie hier und wartet darauf, daß er mit der Wut im Bauch zurückkommt.

Nicht einmal drei Stunden sind vergangen, da weiß man die Nachricht in Diriomo, Catarina und Diriá. Zu dieser Stunde liegt Sofia in der Hütte von Xintal in der Hängematte und holt den versäumten Schlaf der vergangenen Nacht nach, während ihr Pferd zum Gatter trabt und vor dem geschlossenen Tor friedlich zu grasen beginnt.

20

Gemächlich sind die Tage für Sofia vergangen, sie fühlt sich glücklich bei Xintal, und manchmal wünscht sie sich, nie mehr von hier fortgehen zu müssen, von diesem im Dickicht versteckten Platz, den niemand sehen kann, denn die Hütte hat die Farben eines Chamäleons und verschmilzt mit den Büschen und jahrhundertealten Bäumen, deren Kronen anhaltend Schatten spenden. Die einfache Behausung hat Wände aus Holz, das Dach ist mit alten Ziegeln gedeckt, und über den roten Steinen, die die Feuerstelle bilden, erhebt sich an der Wand ein Bougainvillea-Strauch, dessen Zweige über das Dach klettern und zu den Fensterhöhlen hereinwachsen; oft genug tauchen, wenn der Wind weht, die violetten Blüten wie Küchenkräuter auf dem Reis oder im dampfenden Gemüse auf. Die Küche nimmt den Raum zwischen zwei Zimmern mit Fußböden aus gestampfter Erde ein; in ihr verbringen die beiden Frauen den größten Teil des Tages, denn Xintal braut dort ihre berüchtigten Mittel, die alles heilen können, vom Schlangenbiß bis zu Menstruationsbeschwerden. Tongefäße und zerbeulte Aluminiumtöpfe stehen auf Regalen, neben einer großen Zahl gläserner Gefäße, die mit grünen, amberfarbenen oder feuerroten Flüssigkeiten, Kräutern und anderen, unbeschreiblichen Substanzen gefüllt sind. In dem Zimmer, das Sofia bewohnt, stehen Kornsäcke und kleine Tonstatuen, Frauen mit vorspringenden Bäuchen und dicke Matronen, die Xintal verziert und als Amulette gegen die Unfruchtbarkeit auf dem Markt verkauft. Das Zimmer der Alten ist mit zerschlissenen Möbeln aus längst vergangenen Zeiten vollgestellt, und es steht dort auch die Statue einer nackten Göttin mit langen Beinen, die einen Köcher mit Pfeilen auf dem Rücken trägt. Die Küche hat nach hinten eine Tür zum Garten, in dem der Ofen zum Brennen der Tonstatuen und zum Brotbacken steht, dort pflegt Xintal ihre Beete, aus denen Tomaten, Salat, Radieschen, Gurken, Knoblauch, Petersilie, Zwiebeln und verschiedene Früchte wachsen. Unter einem Genízaro-Baum liegt die Waschstelle, und ganz hinten im Garten steht das Plumpsklo.

»Mehr als einmal im Monat muß ich nicht von hier fort«, sagt die Alte, »die Stadt ist nicht gut für den Geist der Menschen.«

Es gibt Augenblicke, da hat Sofia das Gefühl, an einem Ort aus längst verflossener Zeit zu sein, wo sich die Uhren nach anderen Gestirnen richten. Sie wird nicht müde, die Alte zu beobachten und mit ihr zu sprechen, sie ist umhüllt von einem Geheimnis, das eine lichte Aureole, einen sanften Regenbogen um sie zu bilden scheint. Manchmal, wenn sie zusammen in der Küche sind, hat Sofia sogar den Eindruck, die Zauberin werde durchsichtig und züngelnde Flammen des Herdfeuers schlügen durch ihre Kleider.

Es ist lange her, daß sie solchen Frieden, solche Ruhe verspürt hat, wie sie ihr die Nähe dieser Frau gibt. Sie steht auf, wenn die Morgenröte die Umrisse der Vulkanwälder aus Kapok-, Guanacaste-, Genízaro-, Jiñocuago- und Lorbeerbäumen erscheinen läßt, und mit der Alten zusammen macht sie sich daran, das Herdfeuer zu entzünden und Wasser für den Kaffee aufzusetzen. Xintal wäscht sich hinter dem Haus mit dem Wasser der blauen Teiche des Mombacho, das ihr jeden Tag ein scheuer, blonder Junge bringt, der von Geburt an stumm ist; danach wäscht sich Sofia mit dem klaren Wasser, das sich lau und angenehm anfühlt.

»Wie kommt es, daß das Wasser lauwarm ist, wo es doch so kalt sein muß dort oben bei den Teichen im Krater?«

»Das brodelnde Innere des Vulkans erhitzt es, bis es kocht. Wenn es hier ankommt, ist es nur noch lauwarm, aber wenn der Knabe es schöpft, ist es sprudelnd heiß. Wie du siehst, gibt's nicht mal in der Stadt solchen Luxus« – sie lächelt verschmitzt – »heißes Wasser frei Haus. Der Vulkan kümmert sich um seine Bewohner.«

Xintal spricht von Göttinnen, nicht von Göttern. Für sie ist die Erde die Größte aller Gottheiten, Mutter aller Frucht und des ganzen Lebens überhaupt. Sie glaubt nicht an Götter, die so erbärmlich sind, daß sie sich extra Häuser bauen lassen müssen, um angebetet zu werden, und keusche Männer brauchen, die sie bewachen.

»Die Gottheit nistet im Leib der Frauen und im Phallus der Männer, denn dort beginnt das Leben, aus dem alles entsteht. Nur die Seelen, die sich von der Natur entfernt und ihren Glanz verloren haben, konnten einen Männergott mit einer Jungfrau als Mutter erfinden, der die Lust, die das Leben hervorbringt, zur Sünde macht.«

Den Hexen ist aufgetragen, die uralte Weisheit der

Frauen zu bewahren, sie waren es, die in den alten, längst vergangenen Zeiten, bevor sie verfolgt und zur Folgsamkeit gezwungen wurden, die Erde verehrten und das Geheimnis guter Ernten und die Zauberkräfte der Pflanzen kannten. Xintal sagt, sie könne am Mond den Gang der Jahreszeiten ablesen, Regen- und Trokkenheit vorherbestimmen und auch den Zyklus des Menstruationsblutes und die Geburten.

Sofia weiß nicht, ob sie die phantastischen Geschichten glauben soll, in denen Xintal behauptet, Adam und Eva begegnet zu sein und mehr als dreißig Kinder in die Welt gesetzt zu haben. Eines Tages sagt sie sogar, sie habe die Frau kennengelernt, von deren Sippe die Zigeuner abstammen. Xintals hohes Alter war offensichtlich, ihr ganzer Körper war runzlig, ihre Kunst, von lange versunkenen Zeitaltern zu erzählen, von denen niemand mehr etwas wußte, war hinreißend. Noch nie hatte Sofia von diesen Dingen reden hören, und die Geschichten Xintals waren faszinierend, faszinierender als die aus Tausendundeiner Nacht. Manchmal fiel die Frau in Trance, während sie sprach, so als könnte sie, in der schattigen Luft unter dem Genízaro-Baum, in weiter Ferne die lebendigen Bilder ihrer Erinnerung sehen.

Mit der Begeisterung, von der Alten das Handwerk der weisen Frauen zu lernen, ist für Sofia die Zeit verflossen, ohne daß sie es richtig gemerkt hat. Den Tag über bereitet sie mit Xintal Heilmittel und Rezepte, wundertätige Tinkturen und Pflaster zu und lernt die alten indianischen Anbauweisen kennen, die gute Ernten aus der Erde hervorbringen. Abends bittet Xintal sie, sich zu ihr ans Herdfeuer zu setzen und ihr den dichten Zopf aufzuknüpfen. Folgsam zieht sie den Kamm ein ums andre Mal schweigend und zuhörend durch das mit grauen Strähnen durchwobene Haar der Frau, die ihr währenddessen unablässig Zaubergeschichten erzählt, ihr Riten beibringt, von denen keiner mehr etwas weiß, sie lehrt, die Sprache des Windes in den Blättern der Bäume zu verstehen, wenn er Gewitter oder Erdbeben ankündigt, wie man die Nabelschnur des Säuglings zerschneidet, damit er wirklich unabhängig wird und nicht die Fehler seiner Eltern wiederholt oder an deren Schicksal zu tragen hat, wie man im Morgengrauen in den stillen Teichen die Zukunft erkennen kann…

Niemand, der sie so sieht, würde in ihr die unbezähmbare Frau wiedererkennen, die in einer Gewitternacht zu Pferde geflohen ist. Es scheint, als sei ihr Blut ruhiger geworden.

»Ich bereite dich auf das Leben vor«, sagt Xintal, »denn du wirst es nicht leicht haben.«

Sofia hat der Versuchung nicht widerstehen können, sie über ihre Herkunft zu befragen, hat aber, genau wie bei Eulalia, nichts Genaues herausbekommen können. Nicht einmal die weisesten Frauen scheinen den geheimnisvollen Schleier von ihrer Vergangenheit nehmen zu können. Auch Xintal sagt ihr, sie solle sich vor der kreisförmigen Zeit ihrer Mutter hüten, doch versteht sie auch jetzt nicht, um was für einen Kreis es sich handeln mag. Die alte Frau hat ihr auch eine große Liebe vorhergesagt, und Sofia hat insgeheim lachen müssen. Das sagen sie allen Frauen, denkt sie, aber ich bin anders. Mir können sie keine Märchen von glücklichen Weibchen erzählen.

Kopf und Seele frei von bösen Vorahnungen schläft sie gut in der Hängematte zwischen den Balken der Hütte. Vor dem Einschlafen hört sie den Wind durch den Vulkanwald rauschen und im Moos singen, das auf den Bäumen wächst und sie mit grüner Spitze bewebt; sie hört das schrille Zirpen der Grillen und die Affen, die im Dickicht des Mombacho kreischen.

Ganz sicher ist es Engracia, die unter der Flucht Sofias am meisten zu leiden hat. Die Schande läuft ihr in den Straßen von Diriá nach, und nur mit Mühe schafft sie es, trotz der höhnischen und tadelnden Blicke die Kirche zu erreichen. Trotz der nagenden Zweifel, die ihr schlaflose Nächte bereiten, und der Geschichte mit Don Ramóns Beerdigung ist das Herz Engracias ihrer Zuneigung zu dem Mädchen treu und hört nicht auf, im stillen die zu beschimpfen, die René verteidigen und nicht fähig sind zu sehen, daß er allein die Flucht seiner armen Ehefrau verursacht hat. »Denk doch mal, wem fällt es heutzutage schon ein, eine junge Frau einzusperren und zu meinen, daß sie eine solche Folter still und artig ertragen wird! Heute sind die Frauen doch nicht mehr so, wie wir es früher waren, so dumm und gehorsam. Heute wollen sie arbeiten gehen und sich ihr Brot selber verdienen, und sie suchen sich ihre Ehemänner und verlassen sie auch wieder...« Endlose Zwiegespräche begleiten ihre Hausarbeiten und selbst noch die Einkäufe auf dem Markt. Sie kann nicht vermeiden, daß ihr die lauthals vorgetragenen Bemerkungen der Marktfrauen weh tun, die boshaft über die Zigeunerin herziehen, die jetzt sogar ihren Mann zur Scheidung öffentlich durch die Zeitung laden läßt.

»Und Sie, was sagen Sie denn dazu, Doña Engracia? Passen Sie bloß auf, daß Ihnen diese Rabenbrut nicht eines Tages die Augen aushackt!«

René mag seinen Augen nicht trauen, als er die Zeitung aufschlägt und die Bekanntmachung liest, die ihn zur Aussage in seiner eigenen Scheidungssache öffentlich vorlädt: »Hierdurch wird geladen: Señor René Galeno Duarte, der innerhalb von fünf Tagen nach der dritten Veröffentlichung dieser Ladung vor dem Amtsgericht von Masaya zu erscheinen hat, um in der Scheidungsklage auszusagen, die Señora Sofia Solano gegen ihn eingereicht hat. Bei Nichterscheinen wird ein Vertreter bestellt. Das Amtsgericht von Masaya, Masaya, den...«

Zoila, das Hausmädchen, das die Stelle von Petrona angenommen hat, wird später berichten, wie der Mann, nachdem er mit der Faust auf den Tisch geschlagen und mehrmals »So ein Miststück« und »Dieses verfluchte Weib« geschrien hatte, vom Tisch aufgesprungen war, wobei er den Stuhl umgeworfen hatte, und seine Wut am Eßgeschirr, dem Waschbecken am Spiegel, einer Blumenvase und an den spitzenbesetzten Vorhängen ausließ, die die Eßecke vom Wohnzimmer abtrennten. »Er hat alles kurz und klein geschlagen, der Don René. Ich habe gebetet und mich in meiner Küche nur bekreuzigt und gefleht, er möge nicht auch noch hier hereinkommen und mir alle Töpfe herunterschmeißen, aber er wollte vor allem ihre Sachen zerschlagen, denn dann ging er in das Zimmer, das Doña Sofias Nähzimmer gewesen sein soll, und trat dort alle Möbel zusammen.«

Noch nie in seinem vierunddreißigjährigen Leben hat sich René fähig gefühlt, jemanden umzubringen; er hat sich sogar alle Mühe gegeben, Sofia nicht ein einziges Mal zu schlagen, trotz allem, was sie ihm angetan hatte, doch jetzt würde er sie ohne mit der Wimper zu zucken erwürgen, wenn sie ihm gegenüberstünde. So ein abgefeimtes, schamloses Weib, das es wagte, ihn vor den Augen ganz Nicaraguas wie einen Idioten dastehen zu lassen, in einer Zeitung, die weit und breit im Lande gelesen wird! Er war sogar bereit gewesen, ihr die niederträchtige Flucht zu verzeihen und sie, sollte sie jemals wieder auftauchen, mit allem zu versorgen, was sie brauchte, ihr das Haus zu geben, wenn sie sich trennen wollte, denn jetzt, wo die Bändelei mit Gertrudis angefangen hatte, kam ihm die Trennung gut zupaß. Eine Scheidung aber, eine Scheidung war etwas ganz anderes. Sofia war ihm als seine Frau auf ewig angetraut worden, und selbst wenn er nicht mit ihr, sondern mit einer anderen zusammenlebte, seine Rechte konnte ihm niemand nehmen. Sicherlich hatte das liederliche, durchtriebene Frauenzimmer einen Liebhaber. Weshalb sollte sich denn eine ehrbare Frau scheiden lassen? Scheiden ließen sich nur die schamlosen Hürchen, die irgendein heimliches Techtelmechtel unterhielten. Doch wer konnte das Schwein sein? Sie sollte sich bloß nicht einbilden, er würde sich zum Gespött machen lassen und vor Gericht erscheinen, mit all den gehörnten Waschlappen, die dort antanzten! Sollte sie doch zusehen, wie sie sich von ihm scheiden ließ! Seit dieser famosen Revolution meinen wohl alle Frauen, daß sie machen können, was sie wollen. Nichts als ein hemmungsloses Herumgebumse haben diese neuen Gesetze gebracht!

Der Mann weiß nicht, wo er seine Hände lassen soll, die Knöchel schmerzen, die Haut seiner Hände hat den Wutausbruch nicht ohne Abschürfungen überstanden. Er stellt sich die Gesichter seiner Bekannten vor, die scheelen Blicke. Jetzt wird er die Geschichte mit Sofia nicht mehr verheimlichen können, bisher galt die Sprachregelung, er habe sie zum Einkaufen nach Costa Rica geschickt, damit sie besser über den Tod des Vaters hinwegkomme. Er geht ins Bad, um sich Hände und Gesicht zu waschen. Niemals hätte er sie heiraten dürfen. Er hätte an jenem Tag einfach aus der Kirche gehen sollen, was wäre ihm alles erspart geblieben.

Das Telefon klingelt, er kommt aus dem Bad, um den Hörer abzunehmen. Es ist Gertrudis, die sanfte Stimme von Gertrudis.

»Hast du die Zeitung gelesen, René?«

»Ja, hab' ich.«

Er sagt es in einem Ton, als ob es ihm nichts ausmacht. Er wird ja nicht vor der Frau, die er gerade erobert hat, zeigen, wie sehr er in seinem Stolz getroffen ist. Später wird er denken, daß es die Liebe war, die ihn erleuchtete, als er Gertrudis erklärte:

»Sie ist außer sich, weil sie weiß, daß ich dich liebe«, sagt er und gibt ihr die ab jetzt gültige Fassung über die Geschehnisse: Sofia ist in der Nacht gegangen, in der er ihr, in einem Anfall von Aufrichtigkeit, gestanden hatte, daß er in Gertrudis verliebt sei. Ihre erste Reaktion ist schrecklich gewesen, Teller und Einrichtungsgegenstände sind durch die Gegend geflogen, und Sofia hat René laut schreiend versprochen, sie werde dafür sorgen, daß er das bereue, und werde ihn zum Gespött der Leute machen. »Nichts anderes hat sie vor mit dieser Scheidung«, fügt er hinzu.

An diesem Abend bezahlt René in der Kneipe von Patrocinio eine Runde nach der anderen und verkündet lauthals die »Wahrheit« über das, was passiert ist, und daß er jetzt wirklich glücklich werden wird, denn jetzt wird er Gertrudis heiraten, erst auf dem Standesamt und später, wenn Rom seine Ehe annulliert hat, auch vor dem Traualtar.

»Was für ein Hochstapler dieser René doch ist«, sagt Doña Carmen zu Engracia. »Als ob niemand wüßte, wie geknickt er gewesen ist, nachdem Sofia ihn verlassen hat, und was er für einen Tanz aufgeführt hat, als er die Vorladung in der Zeitung sah . . .«

Aber in ein paar Tagen wird sich niemand mehr daran erinnern, meint Engracia, die Leute werden die Version des Mannes glauben und sich beeilen, der scheinheiligen Gertrudis ihre Glückwünsche zu überbringen.

Engracia schaukelt unter dem blauen Glyzinienbusch hinter Doña Carmens Haus. Trotz der mittäglichen Hitze ist es hier schön kühl. Am kommenden Tag wollen Doña Carmen und Samuel aufbrechen und Sofia nach El Encanto zurückbegleiten. Beide Frauen sind gleichermaßen beunruhigt über die Rückkehr des Mädchens, die sich darauf versteift hat, vom Berg herabzusteigen, anstatt noch etwas länger zu bleiben, wie es ratsam wäre.

»Als ob sie sie alle herausfordern möchte«, sagt Doña Carmen und trommelt mit den Fingern auf die Tischplatte, denn sie kennt dieses Bedürfnis der Rache.

»Im Grunde sollte Sofia nicht viel Lärm machen und sich lieber schön mit der Erbschaft auf der Hacienda einrichten, so wie es Don Ramón von seinem Grab aus gesegnet hat. Es wäre nicht verwunderlich, wenn sie in kurzer Zeit einen neuen Mann findet, mit dem sie vielleicht sogar glücklich werden kann. Jetzt hat sie genug Geld und Gut, um ohne Probleme zu leben und ohne sich um Neider zu scheren.«

Engracia nickt und versucht, ein zuversichtliches Gesicht zu machen, doch im Grunde ihres Herzens ist sie traurig und voll böser Ahnungen.

Eine, die ihre Freude kaum bändigen kann, ist Gertrudis. An diesem Morgen werden die Reisenden nach Mexiko und Panama mit Anschluß nach Europa und den USA von einer ungemein freundlichen Dame bedient, die nicht aufhört zu lächeln, während sie Reservierungen vornimmt, Tickets ausfüllt und geschäftig im Büro hin und her läuft. Als sie die Vorladung in der Zeitung gesehen hat, fühlte sie zunächst große Angst. Sie konnte sich deutlich Renés Reaktion vorstellen; auch wenn sie überzeugt ist, daß er Sofia seit langem schon nicht mehr liebte, wußte sie, wie jähzornig er sein konnte und was für ein Schlag seinem Stolz zugefügt wurde. Lange hat sie überlegt, ob sie ihn anrufen solle oder nicht und sich ganz genau jedes Wort ausgedacht, das sie zu sagen habe, damit er einsehe, daß der Vorfall für alle Beteiligten nur gut sei. Sie hatte nicht gedacht, daß der verletzte Stolz Renés ihn dazu bringen würde, sich so schnell eine Erklärung und Rechtfertigung aus dem Ärmel zu ziehen. Ein paar Tage zuvor war es ihr noch schwergefallen, René aus seinem

Grübeln zu befreien und ihn zu bewegen, von etwas anderem zu reden als von der Suche nach Sofia, ihrer Undankbarkeit und Dummheit. Er merkte nicht einmal, wie sehr er seine neue Liebe mit dem dauernden Gerede von der verschwundenen Ehefrau gefährdete. Gertrudis schluckte weise ihren Zorn hinunter und stimmte seinem Urteil über Sofia zu. Ich werde immer unehrlicher und berechnender, sagte sie sich und konnte es dennoch nicht verhindern. Jeden Tag fühlte sie in sich Groll und Haß gegen Sofia wachsen, wünschte ihr sogar den Tod. Es mag noch eine gewisse Zeit dauern, dann würden sich die Dinge ordnen und ihr größter Wunsch würde in Erfüllung gehen. Und mehr konnte sie vom Himmel schließlich nicht verlangen.

21

In der Küche von Xintal trinken Doña Carmen, Samuel und Sofia Kaffee.

Von weitem hört man ab und zu das Kreischen der Kongoaffen, während Doña Carmen erzählt, daß im Dorf die wüstesten Gerüchte die Runde machen. Da wird von manchen behauptet, Sofia habe sich in der Hölle versteckt und selber dafür gesorgt, daß in ihrer besten Freundin die Liebe zu René entfacht wird, um so gleich beide loszuwerden. Samuel sieht Sofia verstohlen an; wenn er sie sieht, steigen in ihm die Gefühle jener Nacht hoch, als er mit ihr auf dem Pferd zu seiner Hütte ritt. Insgeheim denkt er, daß es dem Mädchen nur guttun würde, die Magie des Fleisches kennenzulernen und dann entscheiden zu können, ob es ihr im Blut lag, rebellisch zu sein, oder ob es nur durch René, das Ekel, hervorgerufen wurde. Sofia, die von dem Gedanken des Mannes nichts ahnt, versucht, die drei zu überzeugen, sie auf dem Weg zur Hacienda zu begleiten, sie aber beharren darauf, daß es nicht gut für sie wäre, wenn man sie in Begleitung der bekanntesten Zauberer im ganzen Umkreis sähe.

»Wir sind zu alt, um die Heiligen Drei Könige zu spielen«, hat Samuel schließlich gesagt.

»Ihr seid doch meine Freunde, und euch achten sie«, widerspricht Sofia.

»Sie achten uns, wenn es ihnen zupaß kommt; wenn wir ihre Probleme lösen, dann lieben sie die Hexerei, doch nicht die Hexer. Wenn du darauf bestehst, werde ich dich begleiten«, bietet Samuel an.

»Es ist wohl besser, wenn Carmen sie begleitet«, unterbricht Xintal und fährt fort, es werde schon nichts Schlimmes passieren. Im Morgengrauen hat sie schon in den Teich des heilenden Wassers geschaut und Sofia darin als Königin gesehen, die über Untertanen und Schlösser herrscht. »Dein Zeichen ist das Gold«, sagt sie, »mit Gold stopfst du die Mäuler, die dir übel nachreden.«

Xintal umarmt sie unter dem Genízaro-Baum. Sie befeuchtet sich die Hände und fährt damit Sofia über das Gesicht. Dann bedeutet sie ihr, die Augen zu schließen, sich einen Stern vorzustellen und mit der Hand einen Kreis in die Luft zu malen. Danach muß sie die Augen wieder öffnen und den Kreis durchqueren.

»Der Stern wird dich beschützen«, sagt sie und klatscht mit der Hand gegen den Baum. Blaue Vögel erheben sich in die Luft und fliegen Kreise über den Pferden, die Sofia und Doña Carmen jetzt besteigen. Dann reiten die beiden Frauen los und sind bald im Dickicht verschwunden. Samuel sieht ihnen nach und bewundert den sanften Schwung von Sofias Hüften.

Sofia läßt das Pferd seine Gangart selbst wählen, denn die lehmige Erde des Vulkans ist unter dem Regen so glitschig geworden, daß man dem Untergrund nicht trauen kann. Sie weiß, daß sie Heimweh nach diesem Ort mit den vielen Bäumen bekommen wird. Das fruchtbare Grün, die Schönheit dieser Landschaft stehen in krassem Widerspruch zur schroffen Dürre, die sie innerlich spürt. Was erwartet sie? Die Landarbeiter auf El Encanto kennen sie seit ihren Kindertagen und werden für sie arbeiten, weil sie an ihr hängen und weil sie ihr ganzes Leben lang nichts anderes gekannt haben als den Gehorsam und die Treue zu Don Ramón. Bei denen, die sie ablehnen, wird sie das Gold ins Feld führen, wie Xintal es genannt hat. In Zeiten der Armut und großer Schwierigkeiten, seinen Lebensunterhalt zu verdienen, wird niemand den Lohn ausschlagen können, den sie anbieten wird, auch wenn mancher meinen mag, damit das Risiko einzugehen, durch ihre angeblichen Zauberkräfte und Teufelspakte in Kröten und Schlangen verwandelt zu werden, Geschichten, die böse Zungen ausgestreut haben. Sie lacht innerlich und macht sich leise Mut, entschlossen, alle Hindernisse zu überwinden, die ihr Neid und Mißgunst in den Weg legen können. Sie wird glücklich werden auf El Encanto, verspricht sie sich und denkt an das alte Herrenhaus, das sie frisch streichen lassen und mit Korbmöbeln einrichten wird, die sie in Masatepe und Granada bestellen wird. Sie hat den Gedanken noch nicht zu Ende gedacht, daß sie niemanden mehr braucht, der für sie auswählt und einkauft; sie wird selbst mit dem Jeep losfahren und Möbel suchen, begutachten, befühlen und um ihren Preis feilschen. Sie kann hingehen, wo es ihr gefällt, es gibt für sie keine Mauern mehr, keine Renés und Fernandos, die ihr die Türen verschließen. Vor lauter Überschwang entfährt ihr ein Freudenschrei.

»Na, na, Töchterchen, du willst doch wohl nicht anfangen, Rancheras zu singen?« Doña Carmen wendet den Kopf. Es ist lange her, daß sie Sofia mit solch strahlendem Gesicht gesehen hat wie jetzt im Schatten dieser Bäume. Sie erinnert wieder an das Mädchen vom Schulabschlußfest, das ausgelassen im Kaffeetrockenhof tanzt.

»Niemand wird mich mehr einschließen! Niemand wird mir mehr sagen, was ich zu tun habe!« ruft Sofia. Frei wird sie sein. Erst jetzt, als sie an die Möbel dachte, war ihr das richtig bewußt geworden. Jetzt würde sie selber losgehen können, um sie auszusuchen, mußte nicht mehr warten, bis Petrona kam und ihr die Stoffmuster zeigte, damit sie ihr sagen konnte, welchen sie kaufen sollte. Sie wird das Haus renovieren, sie wird alle ihre Besorgungen selbst machen.

»Daß dir nur nicht schwindlig wird, Töchterchen«, meint Doña Carmen trocken. »Auch mit der Freiheit muß man erst umgehen lernen.«

Sie haben schon die Landstraße erreicht und kommen an rosaroten, grünen und gelb gestrichenen Häusern vorbei. Die Leute sehen sie reiten und sagen, sieh nur, mit welch frohem Gesicht die Zigeunerin wieder aufgetaucht ist und vom Vulkan herunterkommt, mit Doña Carmen, der Hexe.

In wenigen Tagen stellt Sofia die Zeit auf den Kopf, die seit Don Ramóns Tod stehengeblieben war.

Die Frauen der Knechte, die sich zu Anfang dem Herrenhaus nicht einmal nähern wollten, scheuern Fußböden und fegen Spinnweben von den Decken, weil sie zugesagt hat, sie dafür zu entlohnen, während früher nur ihre Männer bezahlt wurden. Trupps von Zimmerleuten bessern das Dach aus und erneuern von der Feuchtigkeit zerfressene Balken, und Maler tünchen das Himmelblau der Wände.

Sofia hat schon die erste Einkaufsfahrt nach Masaya unternommen und ist mit Stoff für Gardinen, Bettbezügen und Tischdecken zurückgekehrt. Allen Ratschlägen von Doña Carmen zum Trotz, die ihr wiederholt rät, sich davor zu hüten, schwindlig zu werden, treffen immer neue Lieferungen von Korbmöbeln, Betten und Stühlen ein. Sofia entwickelt innenarchitektonisches Geschick und wirft begeistert alles aus dem Haus, was sie an morschen Stühlen und wurmstichigen Tischen finden konnte. »Aber, Sofia, das sind doch alles Antiquitäten!« klagt Fausto, doch sie besteht auf einer vollständigen Renovierung. Im Dorf ist es wie ein Lauffeuer rundgegangen, daß Sofia Möbel ausmistet, und so manche, die geschworen hatten, niemals auch nur ein Wort mit ihr zu reden, sind zur Hacienda gepilgert, um das eine oder andre Stück zu erbetteln, das sie reparieren und noch viele Jahre benutzen könnten.

In den Wirtshäusern ist man sich schon einige Male in die Haare geraten, weil die Knechte von El Encanto mit stolzgeschwellter Brust herumlaufen und so manche herausfordern, die Boshaftes über ihre neue Herrin reden, denn keiner, der auf den benachbarten Haciendas arbeitet, erhält soviel Lohn wie sie.

»Es ist unglaublich«, sagt Fausto, »du kaufst dir die Leute einfach ein.«

»Das ist die einfachste und sicherste Art, geliebt zu werden«, antwortet sie, »niemand hat etwas dagegen, für den Teufel zu arbeiten, wenn der Teufel gut bezahlt.«

Sogar Fausto hat, ermattet von den endlosen Reibereien und Querelen des Versuchs, die Kultur des Landes zu bereichern, den Kampf als Filmemacher aufgegeben und den ehrenwerten Titel eines Verwalters auf der Hacienda angenommen, wobei ihn Sofia dazu verpflichtet hat, den autoritären Kerl mit Baßstimme zu mimen, damit die Landarbeiter, die bei Homosexuellen keine Gnade kennen, ihn auch respektieren.

»Bluejeans und kariertes Hemd, hörst du?« hat sie ihm gesagt. »Die Krokodilshemdchen hebst du dir für sonntags auf.«

Don Prudencio, der inzwischen alle Erbangelegenheiten geregelt und auch das Scheidungsverfahren eingeleitet hat, bekommt sein Salär mit einem Scheck, in dessen Begleitschreiben Sofia ihm für seine treuen Dienste dankt und auf weitere Zusammenarbeit verzichtet.

»Ich werd' ihn doch nicht dafür bezahlen, daß er mich dauernd tadelnd ansieht«, meint sie.

Fausto, dem der Alte genausowenig gefallen hat, bietet ihr an, einen neuen Rechtsanwalt zu besorgen. »Von denen gibt's genug«, sagt er.

Und es soll ein neuer Jeep angeschafft und ein jüngerer Fahrer eingestellt werden. »Danubio fährt ja wirklich noch nach Gefühl. Dieses Haus kommt mir vor wie ein richtiges Altersheim.«

In der ganzen Umgegend gibt es niemanden, der sich nicht das Maul über das zerreißt, was auf El Encanto vor sich geht. Patrocinio, die Anführerin der Schlangenzungen, hört nicht auf, allen immer wieder zu raten, wachsam zu sein und sich nicht hinters Licht führen zu lassen. Ihr kann keiner erzählen, daß da kein Pakt der Zigeunerin mit dem Teufel geschlossen wurde, wenn sie von all dem Edelkram hört, den der Satansbraten anschafft, und von den Löhnen, die er zahlt. Es kann nicht mehr lange dauern, dann wird sie schwanger werden und ihnen den Antichrist ins Nest setzen.

Doch auch in Diriá lebt man nicht allein von Hexereien; Sofias Saat geht langsam auf; es gibt immer mehr, die schweigen und für sich denken, daß es ihr Schaden nicht sei, wenn die neue Herrin auf El Encanto ihnen ein paar Scheffel Korn abkauft oder ihnen die Ochsengespanne ausleiht, um ihr Feld zu pflügen. Sogar die Romanze zwischen René und Gertrudis hat aufgehört, Dorfgespräch zu sein, und wird von den Geschichten über den plötzlichen Wohlstand verdrängt, den die Großzügigkeit Sofias über die, die für sie arbeiten, ausbreitet.

Gertrudis gäbe viel darum, auch jetzt noch Sofias Freundin zu sein, dann könnte sie sich all die wunderbaren Sachen ansehen, von denen es hieß, daß sie El Encanto zum Eldorado machten. »Sie hat mindestens drei verschiedene Sitzgarnituren«, erzählt Veronica, »und ein spitzenbesetztes Moskitonetz hat sie in ihrem Schlafzimmer, das Badezimmer hat sie sich mit Fliesen auskleiden und sich eine Dusche einbauen lassen, da gibt es ein Klosett, das nur zum Pipimachen da ist, sie haben es aus Managua gebracht, man nennt es laut Fausto, der Französisch kann, ›Bidet‹. Sie hat Don Julio alle Tontöpfe abgekauft und ihren Innenhof mit allen Pflanzen geschmückt, die auf dem Mombacho wachsen! Diese Frau hat sich wie eine Königin eingerichtet. Dabei hat sie nicht einmal die Hälfte ihrer Erbschaft verschwendet. Don Prudencio meint, wir könnten uns ja gar nicht vorstellen, was dieser Mann in seinem Leben zusammengespart hat. Sein Beruf verpflichtet ihn zwar, über die genaue Summe zu schweigen, doch sagt er, daß es ein unermeßliches Vermögen sei!«

»Na, siehst du«, unterbricht Gertrudis, »ich habe ja schon immer gesagt, daß es schierer Unsinn ist zu behaupten, der Teufel hätte es ihr gegeben.«

Das überzeugt Veronica keineswegs, wer so das Geld verplempert, der handelt nicht gottgefällig, sondern sündhaft, und dazu verleitet nur der Teufel.

Mit René spricht Gertrudis nicht über Sofia. Als sie es ein einziges Mal versucht hat, hatte er losgebrüllt, daß er nie, nie mehr in seinem Leben von dieser Frau hören wolle.

22

Es blieb ihm jedoch gar nichts anderes übrig, als wieder von ihr zu hören, denn das Amtsgericht von Masaya hat seine Vorladung sogar noch an die Mauern der Dorfkirche geklebt, und der Richter hat ihm einen Gerichtsdiener geschickt und ihn aufgefordert, zu erscheinen oder einen Stellvertreter zu benennen. So unter Druck geraten, bestellt er Fernando zu seinem Vertreter.

»Dieses verfluchte Weib verfolgt mich«, beklagt sich Fernando bei seiner Frau. »Ich hab' nicht nur all die Jahre über auf sie aufpassen müssen, jetzt muß ich mich auch noch von ihr scheiden lassen.«

Im Herrenhaus hat Sofia ihr altes Jungmädchenzimmer als Büro eingerichtet. In der Mitte steht der Schreibtisch von Don Ramón, ein altes Möbelstück aus Mahagoniholz mit geschnitzten Beinen und zahllosen Schubladen; ihm gegenüber ein Tisch mit einem bestickten Tischtuch und zwei Schaukelstühlen. Unter dem Fenster, dem lichtesten Platz, ist Sofias Nähmaschine plaziert. An der einen Wand reihen sich Aktenschränke aus Metall, an der anderen hängt ein altes Foto von Don Ramón in einem Goldrahmen. Im Gegensatz zum völlig neu eingerichteten Rest des Hauses ist Sofias Büro eine Mischung aus Altem und Neuem, aus Frauen- und aus Männersachen.

Sofia sitzt am Schreibtisch und sieht die Scheidungspapiere durch, die ihr Don Prudencio geschickt hat. In wenigen Tagen soll das Verfahren beginnen, und jeden Augenblick kann Fausto mit dem neuen Rechtsanwalt aus Managua kommen.

Die Sprache der Dokumente kommt ihr künstlich und lächerlich vor, soviel umständliches Zeug, um die einfachste Tatsache auszudrücken, daß es keine Liebe zwischen den Ehepartnern gibt, weswegen die Ehe zu lösen sei. Vor dem Erlaß des neuen Gesetzes, das die einseitige Scheidung ermöglicht, wäre es für sie undurchführbar gewesen, sich scheiden zu lassen, es sei denn, sie hätte beweisen können, daß René sie verdrosch oder Ehebruch beging. Als der Gesetzentwurf in der Nationalversammlung diskutiert wurde, hatte sie in der Zeitung gelesen, daß das alte, haarsträubende Gesetz nur dann auf Ehebruch erkannte, wenn der Beweis zu erbringen war, daß zwischen den ehebrechenden Körpern kein Faden mehr hindurchzuziehen möglich gewesen wäre. »Die Fadenprobe« nannte es der Volksmund. »Juristischer Unsinn« hatte die schwarzhaarige, sommersprossige Rechtsanwältin gesagt, die dies im Fernsehen erklärte. Wie immer war das Gesetz natürlich den Frauen gegenüber unbarmherziger als den Männern, und deshalb hatten sich die Frauen darangemacht, ein neues Gesetz durchzusetzen, in dem festgelegt wurde, daß eine Ehe ein freiwilliger Vertrag ist; wenn einer der beiden Partner den Vertragswillen nicht mehr aufbringt, kann er durch eine einfache Rechtshandlung aufgelöst werden, in der das Sorgerecht für die Kinder, die Teilung des gemeinsamen Besitzes und alles andere festgelegt werden. Da sie mit René nichts Gemeinsames besaß, wäre das Verfahren einfach, so hatte jedenfalls Don Prudencio gesagt.

Es klopft, Fausto tritt ein, gefolgt von einem großen, schlanken Mann mit jugendlichem Gesicht, leicht gebräunter Haut und einem Schnurrbart, den er sich von Zeit zu Zeit glattstreicht. »Jerónimo ist Fachmann für Scheidungen und andere schwierige Fälle«, so stellt Fausto wichtigtuerisch den Advokaten vor.

Jerónimo ist kein Fachmann für Scheidungsverfahren, auch wenn er schon ein paar durchgefochten hat. Er zieht weniger komplizierte Angelegenheiten vor, bei denen die Gesetze nicht auf das schlüpfrige Gebiet der Leidenschaften und Gefühle geraten. Seinen Ruf hat er sich als effizienter Wirtschaftsanwalt verdient, der seine Kontakte durch einen hervorragenden Mechanismus gegenseitiger Einladungen gut geschmiert hält. Nur sein Hang zur Psychologie veranlaßt ihn dazu, sich um »schwierige Scheidungen« zu kümmern, die ihn das Auf und Ab menschlicher Leidenschaften beobachten lassen. Seit ihm Fausto, den er durch die gemeinsame Vorliebe zum Film kennengelernt hat, Sofias Geschichte erzählt hatte, verfolgte er sie aufmerksam und in allen Einzelheiten, und er hat nicht lange gezögert, als Fausto ihm die Scheidungssache antrug. Auch er ist neugierig auf die »Zigeunerin«, und jetzt, wo er ihr gegenübersitzt, versucht er, die geheimen Zeichen im Gesicht der Frau zu entdecken, die seinen Erklärungen über das Verfahren aufmerksam zuhört.

Jerónimo meint, daß mit besonderen Komplikationen nicht zu rechnen sei, denn es seien ja keine Kinder oder gemeinsamer Besitz da; in Fällen wie diesem kann der Richter sofort entscheiden, wenn die Verhandlung nicht ergibt, daß die scheidungsbegehrende Partei ihren Antrag zurückzieht. Er fragt Sofia, ob sie auf irgend etwas ihres früheren Haushalts Anspruch erheben möchte.

»Nichts, außer acht Jahren meines Lebens«, antwortet sie.

Da mischt sich Fausto ein und erinnert sie an die herrlich bestickten Bettlaken und Tischtücher, die er selbst mit dem Geld von Don Ramón in Belgien für sie gekauft hat, doch sie wirft ihm einen Blick zu, der ihn verstummen läßt. Jerónimo hat erfahren, daß René sich durch Fernando vertreten läßt. Sofia stellt sich vor, wie sie ein letztes Mal dem Vorarbeiter gegenübertreten wird. Über die Jahre hat die seltsame Beziehung, die zwischen Kerkermeister und Gefangener besteht, zu einer Art Haßliebe geführt.

Das Gespräch endet damit, daß sie verabreden, sich in zwei Tagen unmittelbar vor der Verhandlung am Eingang des Amtsgerichts von Masaya zu treffen.

»Ich bring dich nach draußen«, sagt Fausto.

»Sehr hübsch, deine Cousine«, meint Jerónimo, als sie schon das Haus verlassen haben und zu seinem Wagen gehen.

Fausto schaut ihn verschmitzt an, er nimmt Sofias Äußeres kaum noch wahr, achtet weder auf ihre Kleidung, noch darauf, daß sie sich nie schminkt. Vor ihrer Hochzeit hatte er ihr noch Ratschläge zur Schönheitspflege gegeben, vielleicht als Vorwand, sich in sie verlieben zu können, doch war es schon so lange her.

»Mir hat ihr« – Jerónimo versucht, den Tonfall

Sofias nachzuahmen – »›Nichts, außer acht Jahren meines Lebens‹ gut gefallen. Bis Donnerstag also«, fügt er hinzu, als er ins Auto steigt.

»Ciao«, verabschiedet sich Fausto.

Beim Mittagessen unterhalten sich Fausto und Sofia über ihre Pläne, den Anbau auf der Hacienda zu intensivieren, Blumen zu züchten und eine Kakaoplantage am Mombacho wieder in Schwung zu bringen und den Kakao nach Costa Rica zu exportieren. Auf dem Eßtisch prangt eine greuliche Plastikdecke mit Reliefblumen, die Fausto abgrundtief verabscheut, Sofia aber verteidigt, weil sie leicht zu reinigen ist. Petrona kommt und geht, sie bringt volle Teller mit Tortillas und einen Krug mit Fruchtsaft in das Gartenzimmer, in dem Sofia am liebsten ißt.

»Jerónimo hat gemeint, du seist sehr hübsch«, erzählt ihr Fausto während des Nachtischs, zu dem es Milchreis gibt. Sie geht nur mit einer gleichgültigen Wegwerfbewegung auf die Bemerkung ein. Es kümmert sie schon seit langem nicht mehr ihr Aussehen. Anfangs, als sie mit René zusammenlebte, legte sie sich ab und zu Make-up auf, vor allem wenn sie in die Messe oder in irgendeine Versammlung im Dorf ging, doch hatte sie die Ehe völlig das Interesse verlieren lassen, attraktiv sein zu wollen. Vielmehr zog sie vor, daß René sie so wenig wie möglich als Frau ansah, wodurch sie seine sexuellen Angriffe vermindern und auf die Nacht beschränken konnte. Sie hätte bereits vergessen, eine Frau zu sein, wären da nicht die lüsternen Blicke der reichen Hacienda-Besitzer, die sie daran erinnern wollen, daß sie nichts weiter ist als eine Frau, ein Weibchen, dessen größtes Kapital der Körper ist.

Ein hübsches Aussehen hatte ihr bisher nur eine unglückliche Ehe eingebracht.

»Wir sollten mal nach Managua fahren, damit du dir ein paar Kleider und Schminkzeug kaufst«, schlägt Fausto hartnäckig vor. »Du mußt langsam auch anfangen, deine Haut zu pflegen. Vergiß nicht, daß du auf die Dreißig zugehst.« Sie erwidert nichts darauf, Fausto steht auf und geht. Allein zurückgelassen, fällt ihr Esteban ein, der als Anwalt hauptsächlich am Gericht von Masaya zu tun hat. Sie hat auch jetzt keine Lust, ihm zu begegnen oder gar mit ihm reden zu wollen. Auch wenn die Gefahr gering ist, daß sie sich begegnen, so ist Sofia doch vertraut mit manchen Winkelzügen des Lebens, das hin und wieder sein Spiel und seine Späße mit den Menschen treibt. Sie würde sich schrecklich schämen, ihm leibhaftig gegenüberzutreten und an die Dummheiten erinnert zu werden, die sie ihm ins Telefon geheuchelt hat. Fast ist er wie ein Stück ihrer Kindheit, die langsam verblaßt, ohne jedoch den Geschmack von Sehnsucht zu verlieren, weil sie nicht aufhört, in ihren Träumen und Alpträumen aufzutauchen, in denen Esteban als Zigeuner erscheint, der sie vor schrecklichen Feuersbrünsten rettet. Sowohl die romantischen Träumereien und auch das Verlangen ihres Körpers sind völliger Gleichgültigkeit gewichen. Sie entdeckt nicht einmal mehr Lust, sich im Bad einzuschließen, um sich lange und ausgiebig zu streicheln, wie sie es tat, bevor Don Ramón starb; seit jenem Moment verschlang die Vorbereitung der Flucht all ihre Kraft! Und jetzt ist sie viel zu beschäftigt mit der Verwaltung der Hacienda, die sie geradezu sinnlich belebt, wie die magischen Rituale, mit denen Xintal sie vertraut gemacht hat. Seit ihrer Rückkehr vom Mombacho füllt sie jeden Abend um sechs ein Glas Wasser, das sie später in ihrem Zimmer bei einer brennenden Kerze trinkt, wonach sie als Ritus zur Nacht in den Garten tritt, um sich auf einer glatten, haarlosen Rindshaut unter den Nachthimmel zu legen und ihren Stern zu suchen. Exakt dreizehn Minuten starrt sie unverwandt zu ihm empor, bevor sie schlafen geht.

Jeden Abend sieht Teresa, die Frau von José, einem der Verwalter, aus ihrem Versteck hinter den rotblühenden Büschen, die ihr Haus von der Hacienda trennen, die neue Herrin, eine Rinderhaut hinter sich herschleifend, in den Garten hinaustreten. Dann sieht sie, wie sie sich mit ausgebreiteten Armen auf die Haut legt und starr in den Himmel blickt. Sie hat nicht einmal ihrem Mann etwas davon erzählt, denn der schilt sie, wenn sie anzudeuten wagt, daß Doña Sofia eine Hexe sei. Die einzige, mit der sie darüber spricht, ist Petrona, die aber wiegelt ab und verweist mit Stolz auf die vielen Jahre, die sie bei der Señora gearbeitet hat, ohne daß irgend etwas Besonderes vorgefallen sei. Teresa aber fürchtet wie Patrocinio, daß der Teufel auftauche und sie schwängere und Diriá zur Wiege des Antichristen werde. Deshalb hält sie es für ihre Pflicht, die nächtlichen Eskapaden der Herrin zu beobachten, und sie geht nicht eher in das Bett ihres schnarchenden Gatten, bis sie Sofia ins Haus zurückkehren sieht. Aber noch hat kein Komet am Himmel die Gegenwart des Teufels angekündigt.

Teresa ist es auch, die eines Nachts Samuel zwischen den Büschen hervortreten sieht und die beobachtet, wie die beiden gemeinsam zwischen den Bäumen verschwinden, als wären sie Katzen, die in der Dunkelheit sehen können.

Samuel vertraut keinem Heilmittel gegen Liebeskummer, sondern nur sich selbst. Außerdem ist es keine Liebe, sondern Sofias Körper, der ihn reizt. Er will nicht glauben, daß dieser Körper allem fleischlichen Verlangen gegenüber gleichgültig ist, und darum erscheint er auf El Encanto; er tut es nachts, wenn Sofia im Garten auf der Kuhhaut liegt.

»Die Aura der Sterne möge dir wohltun«, begrüßt er sie.

Sofia erschrickt, erst als sie erkennt, daß es Samuel ist, richtet sie sich auf.

»Du hast mich ordentlich erschreckt«, sagt sie. »Welch Wunder, dich hier zu sehen.«

»Von Wundern lebe ich ja schließlich. Ich war gerade in der Gegend auf der Suche nach ein paar Kräutern, die nur nachts blühen, und da kam mir der Gedanke, dich zu besuchen.«

»Möchtest du nicht reinkommen?«

»Ich wollte dich eigentlich fragen, ob du nicht Lust hast, mich zu begleiten. Deine Sternübung ist gut, aber ich kann dir noch Besseres zeigen, etwas, das man in sich spürt, wenn dabei bestimmte Kräuter verbrannt werden.«

Sofia steht auf und klopft sich die Kleider aus. Es liegt etwas verlockend Verbotenes in dem, was Samuel vorschlägt, aber es reizt und macht sie neugierig, obwohl sie auch Mißtrauen empfindet. Nebeneinander verschwinden sie auf mondbeschienenen Pfaden und suchen Kräuterplätze auf.

Samuel konzentriert sich schweigend auf seinen Körper und die unsichtbaren Fühler des Verlangens, die er ausstreckt, um Sofia zu verführen. Während er mit seinen im Mondlicht kupfern glänzenden Armen mit einem Stock diesen und jenen Strauch auseinanderbiegt, erinnert sich Sofia daran, wie er sie in seiner Hütte geschlagen hat, und an seinen Gesichtsausdruck, als er sie »Teufelsbraten« nannte. Die Herzlichkeit, die zwischen ihr, Xintal, Doña Carmen und Samuel entstanden ist, hat ihm längst Ohrfeige und Worte verziehen. Doch die beinahe mütterliche Intimität, die sie zu den beiden Frauen verspürte, fehlte gegenüber Samuel.

»Bist du René jemals untreu gewesen?«

»In Gedanken oft genug.«

»Siehst du den Klatschmohn hier? Wenn du den Stempel verbrennst, entstehen Dämpfe, die einen in leichtere, angenehmere Zeiten versetzen.« Samuel bückt sich, pflückt eine Handvoll Blüten, die von seinem Leinensäckchen geschluckt werden.

»Das ist Savila-Kraut. Es ist gut für die Haut, das Haar und noch viel schönere Dinge.« Mit überlegenem Blick sucht er einen geeigneten Platz, ein Feuerchen zu entfachen. Schließlich gelangen sie zu einem Guajak-Baum, dessen tiefstehende Krone eine Art Schlupfwinkel bildet.

»Hier«, sagt Samuel und beginnt augenblicklich, trockene Zweige zu suchen, sie zwischen ein paar Steinen aufzuschichten und ein kleines Feuer zu entzünden. Sofia setzt sich auf den Boden, Samuel sieht ihr Gesicht vor Neugier leuchten; aus dem Leinensäckchen kramt er die Blüten hervor und wirft sie ins Feuer.

»Komm näher heran«, sagt er.

Sofia rückt näher. Zwischen den beiden haben die unterirdischen Ströme stillschweigender Komplizenschaft zu fließen begonnen, die Nacht, Mond und Feuer noch verstärken.

Samuel bedeutet ihr, sich dicht neben das Feuer zu legen, so, daß der Wind den Rauch und die Dämpfe über sie hinwegträgt. Sofia gehorcht, kaum hat sie sich niedergelegt, da weicht ihre Gespanntheit einem Gefühl des Wohlbefindens; es ist beruhigend, die Erde unter ihrem Rücken zu spüren und zu sehen, wie der Mond zwischen den Blättern des Guajak-Baumes hindurchblinzelt, die kleine schwarze Muster in den Schatten zeichnen. Samuel liegt neben ihr, sie hört seinen schnell gehenden Atem und spürt, wie seine breite, rauhe Hand nach der ihren sucht. Sie schließt die Augen, um die Gefühle, die er ihr angekündigt hat, wahrzunehmen. Samuels Hand beginnt, ihren Arm emporzuwandern. Sie spürt, wie ihr leichte Schauer über den ganzen Körper laufen und sie willenlos machen. Seit langem hat sie niemand gestreichelt, und noch nie hat es jemand so zärtlich getan. Der betörende Duft der Blüten dringt in ihre Adern und bis zu ihrem Bauchnabel hinunter. Mit geschlossenen Augen läßt sie geschehen, daß Samuels Hände zu ihren Schultern und ihrem Hals hinauffahren, über ihre Stirn streichen und sich in ihren zerzausten Haarschopf senken. Sie empfindet ihn nicht mehr als rauh, seine Hände haben sich in blinde Schmetterlinge verwandelt, die ihren Körper umflattern. Ohne die Augen zu öffnen, läßt sie zu, daß er sie aufrichtet und sie der Bluse entkleidet; die Schmetterlinge flattern über ihren nackten Brüsten, und als er ihr den Rock abstreift, gleicht die Hitze ihres Körpers einem Feuer, sie öffnet die Augen und erblickt einen herrlich kupferfarbenen Körper, der ihr das letzte Kleidungsstück abstreift. Die Schmetterlinge flattern über Sofias Scham, sie öffnet die Beine und spürt das schmerzhafte Verlangen, daß Samuel ganz tief in sie eindringt. Zunächst vervielfältigen sich Samuels Hände noch auf wundersame Weise, es kommt Sofia vor, als tanzten Grillen und Glühwürmchen im werbenden Reigen mit den Schmetterlingen um die Wette, als sei sie von allen Geschöpfen der Nacht umworben. Endlich fühlt sie Samuels Geschlecht in sie eindringen, warm und geschmeidig, gefühlvoll und nicht bedrohlich wie das riesige Glied Renés. In diesem Augenblick überläßt sie sich den fließenden Bewegungen ihrer Körper, die sie zu einem Gipfel des Genusses treiben, den sie noch nie in ihrem Leben kennengelernt hat. Unablässig dringt der Mann immer tiefer in sie hinein und öffnet ihr eine Welt von Gefühlen, die sie in ihren einsamen Erlebnissen mit sich selbst nicht hat erahnen können. Sofia stöhnt und beteiligt sich kraftvoll an der blinden Suche nach dem magischen Punkt, der die Deiche bersten und die steigenden, sturmgepeitschten Wasser ausströmen läßt. Das Feuer der Blüten hat sich in die Glut gewandelt, die Dunkelheit wird dichter. Sofia spürt ihren Körper als Blume, die ihre Blütenblätter öffnet, um Samuels Pollen aufzunehmen, dessen Stempel sich unter beider Lustschreien orgiastisch ergießt.

»Ich wußte, daß in dir das Feuer wohnt«, sagt Samuel nach einer langen Weile, die sie beide regungslos gelegen haben. »Es war notwendig, daß du es selbst erfuhrst. Morgen wirst du vielleicht Ekel davor empfinden, daß ich es gewesen bin, der es dich hat herausfinden lassen, aber wenigstens weißt du es jetzt, und das allein ist wichtig.«

»Du hast mich mit den Kräutern verhext«, murmelt Sofia und begreift erst langsam, was geschehen ist.

»Das waren nicht die Kräuter«, antwortet Samuel. »Die Kräuter sind nicht mehr als Kräuter. Wir sind es gewesen, du und ich. Es wird nie mehr geschehen, denn ich weiß, daß du mich dann hassen und mir meine Hexereien vorwerfen würdest. Ich wollte dir nur das Geheimnis deiner eigenen Kräfte verraten. Du bist ein Feuerwesen, mit dem Wasser oder der Kälte hast du nichts zu schaffen.«

Sofia richtet sich auf und sucht nach ihren Kleidern. Sie möchte wütend werden, doch fehlen ihr die Kräfte dazu; ihr ganzer Körper ist weich und schlaff.

»Du hast das alles eiskalt geplant?« fragt sie Samuel.

»Eiskalt sicher nicht«, lächelt der zurück. »Auch ich bin ein Feuerwesen, und du hast mir schnell mein Inneres erhitzt. So etwas Herrliches habe ich schon lange nicht mehr getrieben. Ich werde langsam alt.«

Nach diesen Worten steht er auf, im Mondlicht erkennt Sofia, daß sein Körper gut gebaut ist, sein Gesicht, sein Bauch und seine Beine aber schon vom Alter gezeichnet sind. Obwohl ihr das Bild dieses Mannes, der sich da vor ihr anzieht, unwirklich und abstoßend erscheint, ist sie ihm dafür dankbar, daß es geschehen ist; entgegen seinen Erwartungen bricht sie nicht in wütendes Toben aus, sondern zieht sich an.

Auf dem Rückweg zur Hacienda schweigen beide. Der Nachtwind klärt langsam ihren Kopf, es erscheint

Sofia unglaublich, was geschehen ist. Sie kann sich kaum vorstellen, daß dieser rauhe, ungehobelte Mann der gleiche ist, der sie eben so zärtlich geliebt hat. Sie beginnt, von neuem Widerwillen zu verspüren, doch nimmt sie sich zusammen. Sie empfindet sogar Mitleid mit dem Herzen, das in dieser Hülle leben muß, die der Verfall der Zeit langsam und sicher in Besitz nimmt.

»Es wird nie wieder geschehen«, sagt Samuel noch einmal, als sie bei der Hacienda ankommen und sich verabschieden. »Es würde nie wieder so sein. Aber jetzt weißt du wenigstens, Zigeunerin, daß du das Blut der deinen in den Adern hast.«

»Danke, Samuel«, sagt Sofia, und kaum hat er sich zum Gehen umgewendet, läuft sie ins Bad, stellt sich unter die Dusche und schrubbt sich ordentlich den Körper, damit von Samuel und seiner rauhen, gegerbten Haut nur die Erinnerung an Schmetterlinge übrigbleibt.

Für die Gerichtsverhandlung zieht sich Sofia ihr bestes Kleid an. Auch Fausto putzt sich ordentlich heraus und zieht sein Krokodilshemdchen an. Früh am Morgen brechen die beiden auf, mit Sixto, dem neuen Fahrer, den Danubio, wie er großspurig behauptet, gerade einarbeitet. Noch vor neun Uhr kommen sie beim Gericht an und müssen ein paar Minuten warten, denn Jerónimo erscheint exakt um neun Uhr. Die drei gehen über das Gelände des Gebäudekomplexes, der eher wie eine Schule wirkt, mit seinen verschiedenen Blocks und Wellblechdächern, die nebeneinanderliegen und durch Gänge miteinander verbunden sind. Sofia hat den Blick auf ihre Schuhe gerichtet. Sie will die Augen nicht heben, aus abergläubischer Furcht, in einem der Männer, die ihnen auf dem Weg zum Gerichtssaal geschäftig entgegenkommen, Esteban zu erkennen. Jerónimo, der ein paar Schritt hinter Sofia geht, stiert immerzu auf ihren Hals, der unter dem Haarschopf hervorlugt, und überlegt, was wohl die Henker früherer Zeiten dachten, wenn sie die weißen Hälse der Königinnen sahen, die sie aufs Schafott führen mußten.

Der Gerichtssaal, in dem die Verhandlung stattfindet, ähnelt in nichts dem Bild, das sich Sofia von ihm gemacht hat. Der Raum gleicht eher einem unordentlichen, stickigen Klassenzimmer, in dem ein Richter, der die Rolle des Schiedsrichters in einem verwirrenden Baseballspiel übernommen hat, inmitten von entsetzlichem Lärm und dem ständigen Kommen und Gehen der Menschen, an seinem Schreibtisch Verhandlungen führt. Auf zwei weiteren Tischen stehen ein paar uralte Schreibmaschinen, auf denen unablässig zwei Frauen klappern, die den Lärm um sich herum nicht zu bemerken scheinen. Die alten Metallstühle für das Publikum sind durchweg mit ärmlich aussehenden Leuten besetzt, die schweigen und dreinschauen, als ergäben sie sich in ihr Schicksal. Sofia steht an der Wand und wartet darauf, daß sie aufgerufen wird. Ganz in der Nähe kann sie Fernando und Renés Anwalt warten sehen. Sie sieht Jerónimo in dem Raum agieren und muß insgeheim lachen, weil sie sich erinnert, wie sie sich Esteban in einem Gerichtssaal mit glänzenden Holzbänken vorgestellt hat, fast wie in einer Kirche, mit einem Richter in schwarzer Robe hinter einem hohen Richtertisch. Zuviel Fernsehen, denkt sie.

Schließlich bedeutet ihr Jerónimo, näher zu treten.

Der Richter fragt sie nach ihrem Namen und einigen persönlichen Daten, nach dem Zeitpunkt der Eheschließung, dem Namen des Ehemanns und bestätigt so die Angaben, die Jerónimo gemacht hat, während die Protokollantinnen emsig mitschreiben. »Ich bin dazu verpflichtet, Señora, Ihnen zu sagen, daß Sie sich die Auflösung dieses Vertrages gut überlegen müssen, den Sie nicht nur Ihrem Manne, sondern der gesamten Gesellschaft gegenüber unterzeichnet haben«, sagt der Richter im Tone einer Belehrung, die er schon unzählige Male wiederholt hat.

»Ich habe es mir gut überlegt«, antwortet Sofia.

»Sie bleiben also bei der Auflösung?«

»Ich bleibe dabei.«

»Lassen Sie den Vertreter des Ehemanns vortreten«, sagt der Richter zum Anwalt Renés, der hinter Sofias Stuhl stehend zugehört hat.

Fernando kommt herbei und setzt sich, wobei er den Stuhl noch ein Stück weiter von Sofia wegrückt. Er fühlt sich nicht wohl hier, und es gelingt ihm nicht, dies zu verbergen. Wieder einmal hat der Patron seinen Knecht mißbraucht.

Sofia spürt plötzlich, wie heiß es im Raum ist, während sie sieht, daß Jerónimo sein Notizbuch aus dem schwarzen Aktenköfferchen holt und mit feierlicher Stimme, die ihr in dieser Umgebung ein bißchen lächerlich vorkommt, verkündet, daß seine »Mandantin« auf allen gemeinsamen Besitzstand aus der Ehe verzichtet, und daß, weil es keine Kinder gibt und weitere Besitzfragen nicht zu klären sind, das Gericht aufgefordert sei, die Ehe ohne weiteres Verfahren für geschieden zu erklären.

Der Anwalt Renés räuspert sich mehrmals und beginnt dann unversehens mit einer langen Litanei über die Rechte, die der Ehemann auf einen Teil der Erbschaft Sofias erworben zu haben meint, weil er zur Stunde des Ablebens des Erblassers ihr rechtmäßiger Ehemann gewesen sei, sozusagen als Entschädigung für die beträchtlichen Kosten, die ihm durch den Unterhalt seiner Ehefrau entstanden sind, die, ohne ein Mindestmaß an Wertschätzung, die jede Frau ihrem Gatten schuldig ist, ihr Heim verlassen und durch den Skandal dem Ansehen von Señor René Galeno Duarte großen Schaden zugefügt hat. Der Richter möge bitte auch beachten, fügt der Anwalt nach nochmaligem, neuerlichem Räuspern hinzu, daß das Testament des Herrn Ramón Solano alle Güter der Sofia Solano, verheiratete Galeno, hinterlassen hat, und nicht einer ledigen Frau.

Der Richter trommelt, während er zuhört, mit den Fingern auf die Schreibtischplatte und sieht von Zeit zu Zeit Sofia an, die mit einem Ausdruck spöttischer Verachtung den Worten des Anwalts folgt. Jerónimo wirft ihr einen komplizenhaften Blick sarkastischen Staunens zu.

Nachdem Fernando die Fragen des Richters bejaht hat, ob das vom Anwalt Vorgetragene die Haltung der durch ihn vertretenen Partei wahrheitsgetreu wiedergibt, ist Jerónimo an der Reihe. Sofia sieht, wie geschickt, ja elegant er die rechtliche Unzulässigkeit der Ausführungen des anderen Anwalts darlegt. Die Tatsache, daß Sofia im Testament mit ihrem Namen als Verheiratete erscheint, ist eine Formalität, die sich aus ihrem derzeitigen Zivilstand herleitet. Wenn Herr Ramón Solano gewollt hätte, daß sein Schwiegersohn mehr erbt als das Haus, das er ihm zur Hochzeit geschenkt hat, dann hätte dies zweifellos ausdrücklich im Testament vermerkt sein müssen. Da dies nicht der Fall ist, stützen sich alle Argumente in der Sache auf Mutmaßungen über den Willen einer Person, die, weil sie nicht mehr lebt, zu ihren Intentionen keine Stellung mehr nehmen kann. Aus diesem Grund muß sich die Rechtsprechung auf die Sachlage stützen, und die besagt, daß Don René Galeno Duarte persönlich nur das erwähnte Haus erhalten hat und darüber hinaus kein Anspruch besteht. In bezug auf den Schaden, den seine Mandantin dem Ansehen von Herrn Galeno Duarte angeblich zugefügt haben soll, fährt Jerónimo fort, möchte er den Richter fragen, ob es nicht einen größeren Schaden darstellt, eine Person acht Jahre lang ihrer Freiheit zu berauben, und ob es unter diesen Umständen nicht verständlich ist, daß die Señora Sofia Solano sich gezwungen gesehen hat, aus ihrem Hause zu fliehen. Außerdem, fügt Jerónimo hinzu – und hier zeigen Fernando und der Anwalt deutliche Zeichen von Nervosität –, hätte seine Mandantin, wenn man sie des öffentlichen Skandals bezichtigte, viel bessere Gründe zu einer solchen Anschuldigung, sei es doch allgemein bekannt, daß Herr René Galeno mit einer Señorita Beziehungen unterhielt, die eine Freundin seiner Frau sei, und deren Namen er der guten Sitten halber zu verschweigen vorziehe.

Jerónimo hat geendet. Renés Anwalt wischt sich mit einem schmutzigen, karierten Taschentuch den Schweiß ab, während er wenig überzeugend die Worte seines Kontrahenten in Zweifel zu ziehen sucht. Fernando sitzt da wie versteinert, Sofia spürt die Schwingungen seines heillosen Zorns über die kurze Entfernung hinweg, die sie trennt. Seit sie mit Samuel geschlafen hat, ist ihre Wahrnehmung von Männern dauernd von sexuellen Phantasien getränkt, stellt sie sich vor, wie dieser oder jener sich im Bett verhalten mag. Mit Fernando so nah neben sich, denkt sie an ihre lebhaftesten Vorstellungen und daran, daß sie sie vielleicht energischer hätte verwirklichen sollen. Was Jerónimo anging... wie mochte wohl so ein Stadtmensch sein, der feiner und gebildeter war? Jerónimo hatte eine gute Figur gemacht, denkt sie, er hatte sicher gesprochen und seine versteckte Ironie war erfrischend. Da hatte Fausto eine gute Wahl getroffen, sagt sie sich und stellt sich den Anwalt in anderen Situationen vor. Die Stimme des Richters reißt sie aus ihren Gedanken. Er scheint es eilig zu haben, den Fall abzuschließen. Der Morgen ist schon fortgeschritten, und er hat noch viele Verhandlungen hinter sich zu bringen.

»Nachdem ich jetzt alle Einlassungen gehört habe«, hebt er an, »ist es meine Pflicht, Sie davon in Kenntnis zu setzen« – dabei sieht er zu Fernando hinüber –, »daß ich nach Durchsicht des Testaments von Herrn Solano keine rechtliche Grundlage dafür feststellen kann, die eine Teilung der Erbschaft rechtfertigen könnte. In Anbetracht dessen, daß es keine anderen gemeinsamen Güter gibt, die zu teilen wären, und auch keine Kinder da sind, wird der Ehevertrag, wie es das Gesetz vorsieht, auf Wunsch von Doña Sofia Solano aufgehoben. Unterrichten Sie bitte Herrn René Galeno in diesem Sinne. Die Urkunde können Sie in ein paar

Minuten abholen, sobald ich sie unterzeichnet habe. So, der Nächste bitte!« – und damit wendet er sich an die im Hintergrund Wartenden, während die Sekretärin eifrig die Urkunde herunterklappert.

Die vier erheben sich von ihren Stühlen. Sofia sieht siegesbewußt Fernando an. Der Mann kann sich kaum zusammennehmen, und als er an ihr vorbeigeht, sagt er, ohne die Stimme zu heben, damit nur sie es hören kann: »Wir sehen uns in der Hölle wieder, alte Hexe.« Jerónimo, der nichts verstanden hat, doch den Zorn auf Sofias Gesicht sieht, nimmt sie beim Arm und führt sie beiseite.

»Warten wir lieber hier«, meint er, »das dauert nicht lange mit der Urkunde.«

»Ich habe keine Lust zu warten«, antwortet Sofia. »Sie können sie doch später noch abholen« – und sie macht sich aus Jerónimos Hand frei und zieht mit Fausto im Schlepptau zum Ausgang.

Jerónimo zuckt die Schultern und folgt ihr ebenfalls, nachdem er mit der Sekretärin des Richters noch ein paar Einzelheiten geklärt hat.

Für die Heimfahrt schicken sie Sixto allein zurück und steigen gemeinsam in Jerónimos Wagen. Schweigend sitzt Sofia auf dem Beifahrersitz. Jerónimo stört sie nicht. Es ist wie bei allen Scheidungen, denkt er, eine Sache ist es, sie zu wollen, eine ganz andere aber, sie auch zu vollziehen. Es ist nur natürlich, daß nach acht Ehejahren zumindest ein paar schmerzliche Gemeinsamkeiten bestehen. Schon mehrfach hat er Klientinnen trösten müssen, die in Tränen ausbrachen, kaum daß er ihnen die Scheidungsurkunde aushändigte. Ehen, das war etwas kaum zu Ergründendes, er wußte es nur zu gut von seiner eigenen, die sich nun schon gut fünf Jahre lang lieblos dahinschleppte.

Der Fahrtwind kühlt die Hitze, die der Zorn in Sofias Gesicht getrieben hat. Verdammt frech dieser Fernando, sie in der Hölle wiedersehen zu wollen, er sollte weder dort noch sonst irgendwo auf ihre Gesellschaft rechnen. Armer Teufel, für den die Zeiten der Sklaverei unter der Unruhe seines Patrons noch nicht vorbei waren. Sie fächelt sich mit einem Tuch Luft zu und sieht zu Jerónimo hinüber, der auf den Straßenverkehr achtet und sich mit Fausto über Belanglosigkeiten unterhält.

»Sie waren sehr gut«, sagt sie und mischt sich in die Unterhaltung, die nun um einzelne Szenen der Gerichtsverhandlung kreist und um den erbärmlichen René mit seinem unerhörten Anspruch auf einen Teil der Erbschaft und seine Anschuldigung, sie habe seinem Ruf geschadet.

Als sie auf El Encanto ankommen, lädt Sofia Jerónimo ein, zum Mittagessen zu bleiben, und läßt Bier holen, denn es gibt schließlich etwas zu feiern.

An diesem Abend sieht Fausto erstmalig Sofia mit einer Rindshaut in den Garten treten. Er beobachtet, wie sie mit ausgebreiteten Armen und weitgeöffneten Augen in den sternenübersäten Himmel starrt.

In ihrem Junggesellinnenbett liegt auch Gertrudis mit offenen Augen. Gerade hat sie René an der Haustür verabschiedet, unter den anklagenden Blicken ihrer alten Tante, die seit dem Tode ihrer Mutter bei ihr wohnt. Die hutzlige Frau spricht nicht mehr mit ihr, weil Gertrudis »unmoralisch« ist, und verbringt ihre

Tage damit, Rosenkränze zu beten und ihr nachzustellen. Hinzu kommt der ohnmächtige Zorn Renés, der nicht versteht, warum Gertrudis auf einer Verlobungszeit besteht, als wären sie beide Teenager, die an der Seite einer Anstandsdame auf die Erfüllung ihres Glücks harren müssen. Gertrudis Träume sind in letzter Zeit arg angekratzt, denn der Mann hat immer größere Eile, seine Verliebtheit körperlich werden zu lassen; sie seien doch zwei erwachsene Menschen, er wenigstens könne die Hitze zwischen seinen Schenkeln nicht mehr länger aushalten und das Verlangen, mit ihr zu schlafen und sie zu seiner Frau zu machen, nicht mehr bändigen. »Das ganze Dorf weiß doch Bescheid«, meint er ein ums andre Mal, »ich weiß gar nicht, wo du diesen Quatsch her hast, wir müßten den Schein wahren. Fehlt nur noch, daß du warten willst, bis Rom meine Ehe annulliert.« Doch was Gertrudis die Kraft gibt, ihm zu widerstehen und sich jeden Morgen auf dem Weg zum Bus den Blicken der Leute zu stellen, ist ihre Überzeugung, eine anständige Frau geblieben zu sein, die die Reinheit der Liebe nicht leichtfertig beschmutzt. Wenn René erst einmal geschieden und sie mit ihm standesamtlich getraut ist, erhält alles einen neuen Anstrich. Dann, und nur dann, wird sie bereit sein, mit ihm ins Bett zu gehen, sie wird dann alle Welt wissen lassen, daß es nur noch eine Frage der Zeit ist, bis Rom die Ehe für nichtig erklärt. Es ist ja nicht zuviel verlangt, daß er sich noch ein bißchen geduldet, hat er sie doch schon überall anfassen dürfen, wenn sie zusammen ins Kino nach Managua gehen und er hinterher die wenig bewohnten Stadtviertel und unbeleuchteten Straßen anfährt, um ihre Brüste zu streicheln und in Erregung zu versetzen. Sie ist froh, geistesgegenwärtig geblieben zu sein und ihm weitergehendes zu verweigern. Angst hatte sie ergriffen, als René ihre Hand nahm und sie auf sein gewaltiges, steinhartes Glied legte, das sie einmal entjungfern wird; sie hatte später im Badezimmer sich selbst untersucht und war zu dem Schluß gelangt, daß für diesen Riesenfinger in ihrem Leib der Platz fehlte. Voll Sorge kaufte sie sich im Einkaufszentrum ein Aufklärungsbuch, in dem zu lesen war, daß sich die Vagina weitet und Sorgen in dieser Beziehung nicht angebracht sind, sie aber blieb skeptisch, und eilig war es ihr ohnehin nicht damit. René wurde von Tag zu Tag erregter, an dem Abend des anberaumten Scheidungstermins war er ihr wie ein Raubtier vorgekommen, als er ihr erzählte, was auf dem Gericht passiert war, daß der Richter die Ehe für geschieden erklärte, obwohl es gegen seinen ausdrücklichen Willen war. Dann hatte er sie wie ein Wahnsinniger geküßt, als ob er sich an Sofia rächen wollte. Auch an diesem Abend hatte sie eine Vereinigung, die nur in Wut vollzogen worden wäre, die sich schon seines erregten Gliedes bemächtigt hatte, mit Hinweis auf ihre baldige Heirat, an die jetzt zu denken sei, verhindern können. Nach und nach wollte sie schon dafür sorgen, daß er Sofia und die Zeit mit ihr gründlich vergessen würde, doch zuerst mußte daran gedacht werden, die Dinge richtig anzupacken und nicht alles durch zu große Eile aufs Spiel zu setzen. »Es ist schon richtig so«, beruhigt sie sich selbst und versucht, die Angst beiseite zu schieben, er könne sich angesichts ihres Sträubens eine andere Frau suchen. »Es ist schon richtig so«, wiederholt sie, doch schlafen kann sie nicht. Jedesmal, wenn sie kaum eingenickt ist, sieht sie den Phallus von René vor sich, der sie wie eine Peitsche verfolgt, und wacht ein ums andre Mal zu Tode erschrocken auf.

23

Die Hacienda blüht auf, trotz aller Warnungen der benachbarten Bauern, die kürzlich eine Abordnung nach El Encanto geschickt haben, um Sofia von der Schädlichkeit hoher Löhne zu überzeugen, die nur dazu führen, die Arbeiter zu verderben, die Anbaukosten in die Höhe zu treiben und die Gewinne zu schmälern. Sie hat geschwiegen und Fausto erklären lassen, daß der Hektarertrag des Hofes gestiegen sei, daß sie den Anbau noch vielseitiger betreiben wollen, zum Beispiel werden sie in Kürze damit beginnen, die Blumenläden in Managua, Granada und Masaya zu versorgen, mit denen sie Lieferverträge abgeschlossen haben. Er erzählt auch von ihrem Plan, eine brachliegende Plantage am Mombacho neu zu aktivieren und dort Kakao für den Export anzubauen, der in diesem Klima traditionell gut gedeiht. Während die immer besorgter dasitzenden Bauern von Blumen und Schokolade hörten, hatte Sofia Jerónimo im Blick, der sich alle Mühe gab, sein Lachen zu verkneifen. Nichts schien ihn zu berühren, es war, als habe er Eiswasser statt Blut in den Adern. Es wäre aufschlußreich herauszufinden, ob er auch in anderen Situationen dieses katzenhafte Lächeln beibehielt, das ihr anfangs gefallen hatte, sie in letzter Zeit jedoch eher zur Verzweiflung zu bringen drohte. Von Don Prudencio war sie erstaunte und tadelnde Blicke gewohnt, wenn sie ihre Entscheidungen über Investitionen, Käufe und Verkäufe traf, und sie gewöhnte sich nur schwer an die offensichtliche Gleichgültigkeit Jerónimos und seine herablassende Art, mit der er ihr Ratschläge gab, als interessiere es ihn überhaupt nicht, was sie damit anfinge. »Der ist ein richtiger Landsknecht«, hatte sie zu Fausto gesagt, »den interessiert nur, wieviel wir ihm als Honorar zahlen«, und Fausto hatte ihr geantwortet, daß der Anwalt und sie aus dem gleichen Holz geschnitzt seien und ein gutes Paar abgeben würden.

Ihn zu heiraten, hat sie keine Lust, denkt Sofia an diesem Abend allein in ihrem Bett unter dem spitzenbesetzten Moskitonetz, doch seine Fähigkeiten als Liebhaber auszuprobieren, wäre eine Möglichkeit und außerdem noch anderen Zwecken dienlich. Wenn sie etwas gereizt hat bei der Übernahme der Hacienda, außer der Herausforderung, den alteingesessenen, arroganten Bauern der Gegend zu zeigen, daß eine Frau und ein Homosexueller ebenso gute oder gar bessere Ernten erzielen konnten, dann war es das tägliche Beobachten des Bodens. Diese krumige, rötliche Erde ist jetzt für sie die engste Verbindung mit der Sonne und den Elementen. Wenn sie ihre nächtlichen Rituale vollzieht, spürt sie die feuchte Kraft der Erde in ihren Gliedern, spürt, wie ihr Körper Teil des Gartens und der gepflügten Felder wird. Doch ist dies nicht die ganze Kraft. Die Erde hat auch die Macht, den Sämann zu verführen und seinen Samen in Pflanzen zu verwandeln. Eine Vorahnung dieser Macht hat sie schon in der magischen Nacht mit Samuel zu spüren bekommen, doch damals war es seine Macht gewesen, die da gewirkt hatte, nicht die ihre. So gelassen wie Jerónimo auftrat, konnte sie mit ihm ihre Macht ausprobieren und sogar ein Kind von ihm haben. Liebe würde sie dabei nicht erwarten, hat sie doch schon vor langer Zeit aufgehört, an Liebe zu glauben, sie will ihre Kinder auch nicht erst dann haben, wenn sie alt und müde ist. Sie erinnert sich noch gut daran, wie Eulalia außer Atem kam, wenn sie im Hof hinter ihr herlaufen mußte. Es konnte nicht so schwer sein, Jerónimo zu verführen. Es konnte überhaupt nicht so schwer sein, irgendeinen Mann zu verführen. Man mußte es nur anzustellen wissen, Angriff und Rückzug richtig miteinander verbinden. Sie wollte ja gar nicht, daß er sich in sie verliebt, sondern nur die notwendige Dosis von Verlangen hervorrufen. Wenn das erreicht war, würden die Dinge wie von selbst und ohne größere Hindernisse ihren Lauf nehmen. Und sobald sie schwanger war, würde sie sich von ihm trennen und ihn nie wiedersehen. Jerónimo war nicht der Typ des Liebhabers, der an ihr kleben würde, das entsprach nicht seiner Natur. Er würde sich damit zufriedengeben, ihren Körper besessen zu haben, ohne einen Besitztitel über ihre Seele zu beanspruchen. Mit einem Kind konnte sie glücklich werden. Sie würde ihm die Führung der Hacienda übertragen und jemanden haben, der ihr Gesellschaft leistet und sie wirklich liebt, nicht mit der Liebe zwischen Mann und Frau, die so zufällig und flüchtig war. Sofia rückt die Kissen zurecht und dreht sich auf die Seite. Durchs Fenster sind die Wedel der Palmen zu sehen, die sich im Nachtwind wiegen. Es ist alles ruhig auf El Encanto, zu ruhig.

So grübelt sie und schmiedet Pläne, und am nächsten Tag kündigt sie Fausto an, sie werde nach Managua fahren, um sich neu einzukleiden, und ob er sie nicht begleiten wolle.

Rechtschaffen müde kehrt Xintal zu ihrer Hütte zurück, sie hat die stillen Warmwasserteiche um Rat gefragt. Im Wasser hat sie Sofia gesucht und in die Enge getrieben gesehen, ihr Königinnenzepter rollte am Boden.

»Sie erfüllt ihr Schicksal«, meint Samuel nur, als sie ihm an diesem Nachmittag voll Sorge davon erzählt, »wir können nichts für sie tun.«

Doch kaum ist der Zauberer gegangen, da nimmt Xintal ihren Mörser und fängt an, blaue Vogelfedern zu mahlen.

Sofia und Fausto haben den größten Spaß bei ihren Einkäufen in Managua. Für sie ist es etwas ganz Neues. Das letzte Mal hat sie die Hauptstadt gesehen, als René sie zum Frauenarzt gebracht hat, und die Stadt hat sich seither verändert, sie ist moderner geworden. Riesige, farbige Tafeln werben an den Kreuzungen für Kreditkarten, Pauschalreisen, Videoklubs, Computer, teure Restaurants und den totalen Frieden der Bahai. In den Straßen gehen eilig die Menschen, und es gibt eine Menge blitzender neuer Taxis.

»Für dich muß Managua wie New York sein«, lächelt Fausto, während Sofia ihn durch die Passagen des Einkaufszentrums von einem Laden zum nächsten schleppt. Sie betritt Stoffgeschäfte, befühlt die Ballen von Seide und Leinen und freut sich an der Vielfalt der Farben. In einer Boutique, in der Jersey-Kleider in schreienden Farben nachlässig drapiert im Fenster liegen, wird im Hintergrund gerade eine dickliche Frau geschminkt. Fausto will, daß auch sie sich dort in die Geheimnisse des Schminkens einweihen läßt.

Sie willigt ein, und die Angestellte bittet sie, einen Augenblick zu warten, bis sie mit der Kundin fertig ist. Also nehmen sie Platz und sehen zu, wie man der Señora die Augenbrauen zupft und sie dann mit zahllosen Cremes einschmiert, die mit Pinseln und Schwämmen aufgetragen werden, bis sie schließlich aussieht wie eine alte, rosaglänzende Puppe.

»Sieht ja entsetzlich aus«, flüstert Sofia.

»Hat ja auch von der Natur nichts mitbekommen«, zischelt Fausto zurück. »Du hingegen schon. Wart's ab.«

Er ist es dann auch, der der Kosmetikerin erklärt, daß Sofia dezenter behandelt werden möchte, sie solle nur ihre besten Züge betonen. Die junge Frau bittet Sofia, im Sessel Platz zu nehmen. Dann macht sie Anstalten, ihr die Augenbrauen zu zupfen, was Sofia sofort ablehnt, und so muß sie sich damit begnügen, ihr Make-up, Puder und Rouge aufzutragen und ihr sorgfältig die Augen nachzuziehen, ihr Lidschatten und Wimperntusche aufzulegen und ihr die Lippen zu schminken.

Es ist wie ein Ritual, denkt Sofia, wie ein Teil dessen, was Xintal die »Macht« nannte. Die Frau, die sich auf die Zeremonie vorbereitet wie zur Bestellung der Erde, die ihren Körper bemalt, um den Mann zu verführen. Sie spürt Faustos Gegenwart und sieht durch die halbgeschlossenen Lider, daß er fasziniert ist. Arme Männer, niemand macht sie für die Liebe zurecht. Sie stellt sich vor, wie Fausto mit seiner Frauenseele leiden muß, daß er sich nicht anmalen und zurechtmachen kann wie eine Frau.

»So, das wär's«, sagt die Kosmetikerin und reicht ihr einen Spiegel, während Fausto sie stolz betrachtet und sie für »wunderschön« erklärt. Im Spiegel sieht Sofia, wieviel größer ihre Augen wirken, sieht ihre rougegepuderten Wangen und einen roten Mund, der ihr nicht gefällt. Ihr Anblick erinnert sie verschwommen an etwas, an ein Bild, das sie in ihrem Kopf nicht scharfzustellen vermag.

»Der Mund ist zu rot, das gefällt mir nicht.«

Die Kosmetikerin ersetzt den Farbton durch Altrosa, dem Sofia schon eher zustimmen kann.

»Gefällst du dir nun oder nicht?« fragt Fausto gespannt.

»Ich komme mir vor wie die Witwe Porcina«, antwortet Sofia in Anspielung auf die üppig-verführerische Heldin einer brasilianischen Fernsehserie, die im Lande Furore gemacht hatte.

»Viel besser siehst du aus als die Witwe Porcina«, freut sich Fausto, und Sofia stimmt ihm innerlich zu, sie sieht viel besser aus.

Es wird schon dunkel, als sie nach El Encanto zurückkehren, beladen mit Paketen von Stoffen, Kleidern, Schuhen und der ganzen Kosmetikkollektion samt Hinweisen, wie dieses und jenes anzuwenden ist. Als Petrona an den Jeep kommt, macht sie große Augen und sagt, Sofia sähe aus wie eine Filmschauspielerin.

Sofia merkt schnell, was ihr neues Aussehen bei den Männern bewirkt. Es ist, als ob ein bißchen Tünche den Männern wie ein Feuerwerk signalisiert, daß eine Frau zu haben oder am Sex interessiert ist.

»Deine Verflossene sucht einen Freund«, sagt Patrocinio zu René, als er am Freitag in die Kneipe kommt. »Du solltest nur sehen, wie sie herumläuft, angemalt, neue Kleider, hochhackige Schuhe, und sie wackelt mit dem Hintern, daß den ganzen Schwachköpfen schwindlig wird, wenn sie vorbeikommt, als wären sie verhext worden.«

Patrocinio ist nicht die erste, die ihm erzählt, wie sich seine Frau verändert hat, aber sie ist die einzige, die er nicht zum Schweigen bringen kann. Er sagt ihr, daß er von diesem Frauenzimmer nichts wissen will, doch Patrocinio fährt unverdrossen fort und läßt ihn wissen, daß Sofia in Managua einen Haufen Geld ausgegeben hat und daß die Tunte von Fausto, der sich zu seinem Leidwesen nicht wie eine Frau kleiden kann, sie mit weibischen Freuden dabei berät.

»Es heißt sogar, daß er sie selbst mit seinen eigenen Händen anzieht und schminkt.«

René schlägt mit der Faust auf den Tisch, die Gäste an den Nebentischen drehen sich um und wollen sehen, auf wen René sich jetzt wieder stürzt. Seit er geschieden ist, benimmt er sich wie ein Raufbold. Kein Wochenende vergeht, ohne daß er mit irgend jemandem wegen irgend etwas Streit anfängt.

»Jetzt reicht's, Patrocinio!« schreit René. »Ich hab' gesagt, du sollst dein Maul halten, oder ich hau' dir die Bude zusammen!«

Aus dem hinteren Teil des Hauses kommt Cresencio gelaufen, um seiner Frau zu Hilfe zu eilen, doch die ist schon losgeworden, was bei sich zu behalten ihr die

Natur verbietet, und ist hübsch brav hinter ihre Theke zurückgekehrt, von wo aus sie den anderen Gästen zuzwinkert und sich daranmacht, mit einem Spitzhammer Eis zu zerstückeln.

Gertrudis mißt den Händeln Renés keine große Bedeutung zu. Wenn er erst mal mit ihr verheiratet ist, wird er schon aufhören, sich als gehörnter Ehemann und Besitzer der anderen zu fühlen, denkt sie sich, und außerdem wird sie ihn glücklich machen und ihm das Heim geben, das er sich immer gewünscht hat, und die Kinder, die seine Männlichkeit bestätigen werden. Doch müssen sie jetzt bald heiraten, denn was ihr tatsächlich zu schaffen macht, sind die mitleidigen Blicke, die die Leute ihr in letzter Zeit zuwerfen. Das Dorf ist wie ein Fluß, der von einem Augenblick zum anderen die Richtung wechselt. Ein paar Wochen lang galt Sofia als die Betrogene, nun gilt René selbst, unterstützt durch seine Wutausbrüche, als der Verlassene, dessen Kummer verhindert, eine neue Liebschaft einzugehen.

»Wann werden wir heiraten, René?« fragt sie, und er weicht ihr aus, ohne ihr eine klare Antwort zu geben.

Doch hat auch Gertrudis' Geduld irgendwann ein Ende, und eines Nachmittags, als er sie aus dem Büro abgeholt hat, beschließt Gertrudis, daß sie nicht länger warten wird.

»René, ich habe über alles nachgedacht: Wenn wir nicht nächsten Monat Hochzeit feiern, dann heirate ich dich überhaupt nicht mehr.«

René wendet den Kopf mit einem Gesichtsausdruck, als traue er seinen Ohren nicht.

»Sag bloß, du willst mir jetzt auch noch die Krallen zeigen«, sagt er.

»Im Dorf heißt es, du heiratest mich nicht, weil du immer noch in Sofia verliebt bist; daß die Wut dich langsam auffrißt und dich nicht in Frieden läßt.«

Unsinn, antwortet René, es lasse ihn völlig kalt, was Sofia macht, und wenn sie denkt, daß es das ist, was die Hochzeit herauszögert, ja dann werden sie eben heiraten. Er hat nur deshalb noch ein Weilchen warten wollen, um den Anstand zu wahren und sie vor den bösen Zungen zu schützen. Er wollte die Heirat nicht überstürzen, sondern die Vorbereitungen so eingehend wie möglich planen, damit sie eine Hochzeit feiern könnten wie aus dem Bilderbuch.

»Laß uns das Datum festsetzen.«

»Also gut, wann soll die Hochzeit stattfinden?«

Sie beschließen, am achten Dezember zu heiraten, dem Tag der Jungfrau der Unbefleckten Empfängnis, dem schönsten Feiertag im Lande.

Doña Carmen sieht den Jeep von der Hacienda nahen, als sie gerade dabei ist, die Pflanzen mit dem weißen Wasser zu gießen, das vom Reiswaschen übrig ist. Sie trocknet sich die Hände an der Schürze, während Sofia aus dem Wagen steigt und herbeikommt.

»Laß dich anschauen«, sagt sie, nimmt Sofia bei der Hand und führt sie ins Haus.

»Du wirkst wie jemand aus Managua, ganz anders als sonst.«

»Das sagt mir gar nichts. Gefällt es Ihnen oder nicht.«

»Irgend etwas wirst du schon vorhaben, wenn du dich so anziehst« – die alte Frau nimmt sich für die

Antwort Zeit, klopft erst einmal den Staub von den Schaukelstühlen und schiebt sie in die Mitte des Raumes. Das Bild von Sofia, verwandelt in etwas, was sie hätte sein können, wäre sie woanders beheimatet, hat sie aus der Fassung gebracht. Sie sieht hübsch aus, sicher, doch ihre Schönheit wirkt wie von einem anderen Planeten und hat nichts zu tun mit dem, was in Diriá als schön gilt.

»Du siehst exotisch aus, das ist das Wort, das ich gesucht habe.«

Das Wort gefällt Sofia, nicht aber die offensichtliche Irritation der Alten. Was ihr bei anderen gleichgültig wäre, macht ihr bei Doña Carmen sehr wohl etwas aus. Deshalb läßt sie nicht locker, will genau wissen, was sie empfindet.

»Als ob ich deine Mutter gesehen hätte. So habe ich sie mir all die Jahre vorgestellt, nur mit einem weiten Rock und einer Bluse mit Puffärmeln.«

»Ich sehe also aus wie eine Zigeunerin, nur ohne die passende Verkleidung?«

»Du siehst sehr schön aus, meine Tochter. Laß uns nicht weiter drum herumreden. Sag mir lieber, weshalb du dich plötzlich so anziehst und dich schminkst.«

»Ich möchte ein Kind haben.«

Na bitte, denkt sie, nach all den Jahren kann sie noch immer darüber staunen, auf welchen Umwegen die Menschen ihr Schicksal finden. Ihr ganzes Leben lang hat sie darauf gewartet, daß jemand kommt und die Zeichen und Vorhersagen durchbricht, die sie sieht, wenn sie den Leuten die Karten liest, und ihr die Last der Vorahnungen abnimmt. Sie vermutet, daß das nur bei denen geschieht, die eigentlich nicht hätten zur Welt kommen sollen und deren Geburt ein Unfall war. Nie wird sie vergessen, daß all die Male, die sie Sofia die Karten gelesen hat, das kleine Mädchen auftauchte.

»Du wirst eine Tochter bekommen, das habe ich dir schon vor langer Zeit gesagt.«

»Es ist mir egal, ob es ein Mädchen oder ein Junge wird.«

»Und wen hast du dir als Vater deines Kindes ausgesucht?«

»Jerónimo.«

Doña Carmen setzt schon an zu sagen, daß Sofia nicht Jerónimo nehmen soll, weil dieser Mann eisige Gefühle verursacht, als ihr klar wird, daß es Jerónimo sein wird und niemand anders, und daß sie nichts daran wird ändern können. Sie will es aber nicht auch noch unterstützen. Soviel ihr Sofia in den folgenden zwei Stunden auch von ihren Plänen erzählt und sie um Rat fragt, begnügt sich Doña Carmen mit mehrdeutigen Antworten wie: Die Gesetze der Liebe stehen nirgendwo geschrieben, und: Sie muß sich von ihren eigenen Instinkten leiten lassen.

Als Sofia Doña Carmens Haus verläßt, ist sie wütend auf sich selbst und über ihre Dummheit, weil sie niemanden um Rat zu fragen braucht.

24

Jerónimo hat sich in seinem Büro eingeschlossen, damit er ganz in Ruhe und ungestört lesen kann, als plötzlich die Gegensprechanlage summt und ihm seine Sekretärin ankündigt, daß ihn eine Dame, Doña Sofia Solano, zu sprechen wünsche.

»Einen Augenblick, ich komme sofort«, antwortet er; dann steht er von seinem Stuhl auf, zieht sich das Hemd glatt, ordnet die Papiere auf seinem Schreibtisch, steckt das Buch weg, in dem er gelesen hat, und öffnet die Tür zum Vorzimmer.

»Jesus, Maria und Josef!« ruft er innerlich aus, als er Sofia mit ausgestreckter Hand auf sich zukommen sieht.

Sofia ist das Staunen nicht entgangen, das ihr Erscheinen hervorgerufen hat, ihr Gesicht strahlt.

Jerónimos Büro ist genauso, wie sie es sich vorgestellt hat. Sauber, ordentlich und ohne allzuviel Schmuck. Möbliert ist es mit einem modernen Holzschreibtisch, dahinter ein Bücherregal und eine Sitzgruppe mit einem kleinen Tisch in der Mitte. In der Ecke steht eine Zimmerpalme, und an den Wänden hängen zwei Landschaftsmalereien; man hört das dezente Rauschen der Klimaanlage. Das einzige, das zu stören scheint, ist das Foto einer mageren, traurig aussehenden Frau im Bücherregal.

Auf Einladung von Jerónimo setzt sich Sofia in einen der Sessel. Der Anwalt fragt sie, ob sie Kaffee oder ein Glas Wasser möchte.

»Nein danke, machen Sie sich keine Umstände.«

Jerómino setzt sich in den anderen Sessel, betrachtet sie und kann nicht umhin, ihr zu sagen, daß er seinen Klienten gewöhnlich nie Komplimente macht, daß ihm jetzt aber nichts anderes übrigbleibt.

»Sie sehen phantastisch aus. Ich hoffe, Sie nehmen mir die Bemerkung nicht übel.«

Sie macht eine Geste, die bedeuten soll, im Gegenteil, sie nimmt es ihm überhaupt nicht übel.

Viel eher hätte sie ihm übelgenommen, wenn er nichts gesagt hätte, nach all der Mühe, die es sie gekostet hatte, »hübsch, aber zurückhaltend« auszusehen, wie Fausto es genannt hatte.

»Was führt Sie denn zu mir?«

»Nichts Besonderes. Ich war gerade in Managua, und da bin ich auf den Gedanken gekommen, ich könnte mal Ihr Büro kennenlernen.«

Sie greift nach ihrer Tasche und holt eine Zigarette hervor. Jerónimo gibt ihr Feuer und stellt an ihren Augen, der Art, ihre Hände zu bewegen und an ihrer gesamten Haltung eine ungebändigte Eroberungslust fest und fühlt sich sogleich wie der Hauptdarsteller von Fellinis ›8½‹, der zusieht, wie sie das Netz der Verführung auswirft, um ihn wie ein unvorsichtiges Insekt darin zu fangen. Eine seiner zahlreichen Beobachtungen des anderen Geschlechts hat ihn gelehrt, einen direkten Zusammenhang zwischen Kleidung, Make-up, der Art, wie sie ihr Äußeres empfinden und der Art, wie sie sich verhalten, herzustellen. Sie brauchen sich nur schön zu finden, damit in ihnen der unsichtbare Stoff keimt, den sie nur von den Spinnen geerbt haben können. Er durchschaut sofort, daß es nur logisch ist, daß sie sich ihn ausgesucht hat, um die Wirkung ihres neuen Outfit auszuprobieren. Es ist zu erwarten, daß sie den Test bei jemandem aus der Stadt machen möchte, er muß ihr als die angemessene Herausforderung ihrer Ambitionen vorkommen, eine verführerische Frau zu sein. Er bemüht sich, ernst zu bleiben, während Sofia von der Hacienda erzählt; keine Viertelstunde ist sie in seinem Büro und schon sitzt sie falsch, vergißt, daß sie einen Rock trägt, denn er kann von seinem Platz aus ganz bequem bis zu ihrem rosafarbenen Slip hochsehen. Sofia spricht von den Geschehnissen auf dem Hof und wie sich die Pläne entwickeln, dabei verschwindet sie fast hinter dem Rauch ihrer Zigarette, die sie mit der Heftigkeit einer blutigen Anfängerin pafft.

»Ich möchte Sie zu einem Fest einladen«, sagt sie und zündet sich schon wieder eine Zigarette an, während sie ihm von ihrer Idee erzählt, ein für allemal das Dorf zu »befrieden« und dafür zu sorgen, daß man sie als die wohlhabende geschiedene Frau akzeptiert, die sie ist. Das Verhältnis, das zwischen René und Gertrudis besteht, komme ihr vor, als habe es ihr die Vorsehung geschickt.

»Sie können sich nicht entscheiden, ob sie mich für das Opfer oder für den Täter halten sollen. Heute sehen sie es so und morgen genau anders.«

Jerónimo steht auf, um das Fenster einen Spaltbreit zu öffnen und den Rauch abziehen zu lassen. Hinter ihrem Rücken stehend stellt er sich unter dem Haarschopf den glatten Hals vor, der ihn an Guillotinen denken läßt, und unter dem gespannten Stoff ihres weißen Kleides sieht er den Schwung ihrer Hüfte auf dem Sessel. Er streicht sich den Schnauzbart und kehrt zu seinem Platz zurück.

»Freut mich, daß ich eingeladen werde.«

»Aber natürlich«, antwortet Sofia und bittet jetzt doch um ein Glas Wasser.

Jerónimo steht wieder auf und geht zum Schreibtisch, um die Sekretärin zu rufen. Sofia betrachtet sein langärmeliges weißes Hemd, die khakifarbenen Hosen mit der Bügelfalte und stellt sich seine Frau vor, die ihm die Kleider in Ordnung hält und ihn in einem geblümten Morgenmantel an der Haustür verabschiedet. Sicher ist sie die Frau auf dem Foto. Sie ist nicht häßlich, aber gezeichnet von Verbitterung, wie die meisten verheirateten Frauen.

»Ist das Ihre Frau?«

»Ja.«

»Wie heißt sie?«

»Lucía.«

»Sie sieht traurig aus auf dem Foto. Aufgepaßt, eines schönen Tages läßt sie auch eine Vorladung in der Zeitung veröffentlichen«, sagt Sofia spitzbübisch.

Jerónimo lacht, streicht sich den Schnurrbart und meint, daß alles möglich sei. »Das Leben ist schließlich voller Überraschungen.«

Sofia ist überzeugt, ihr erstes Etappenziel erreicht zu haben, zieht sich ihre Schuhe wieder an, streicht sich den Rock glatt und sagt, daß sie jetzt leider gehen müsse, sie hätte noch soviel zu erledigen in Managua. Jerónimo begleitet sie zur Tür, sieht ihr nach, wie sie auf ihren hohen Absätzen davonstöckelt, und beobachtet amüsiert, wie sie mit ihrem engen Rock kämpft, als sie in den Jeep steigt.

Auf dem Heimweg zur Hacienda ist Sofia in Hochstimmung. Sie läßt sich den Fahrtwind durchs Haar streichen, lehnt sich weit in ihrem Sitz neben dem Fahrer zurück und legt die Füße auf die Haltestange unter dem Handschuhfach. Sie hat Jerónimo überschätzt; was sie für eine langwierige Eroberung gehalten hat, wird sie wohl nur wenige Tage kosten. Sie hat ihn sich genau angesehen. Sein Teint gefällt ihr nicht besonders, doch ihr eigener würde das schon ausgleichen, das Kind würde vielleicht eine hellbraune, keinesfalls aber seine milchig-weiße Hautfarbe bekommen. Jerónimo hat lange, schmale Hände, das mag sie. Er ist von guter Statur und hat ausgeprägte Gesichtszüge, der Mund vielleicht ein bißchen zu weiblich, doch für einen Kindsvater annehmbar. Insgesamt würde es eine gute Mischung werden. Für einen Augenblick hat sie sich vorgestellt, wie ihre Hände seine Hose aufknöpfen, und den Puls seiner Erregung gefühlt. Es wird ihr guttun, wieder mit einem Mann zu schlafen. Das Abenteuer mit Samuel hatte tatsächlich ihre Instinkte geweckt, und manchmal konnte sie nachts vor Lust kaum einschlafen.

»Laß uns alle Welt einladen.«

»Die kommen sowieso alle«, sagte Fausto. »Glaub doch nicht, daß das von dir abhängt. Wenn in diesem Dorf von einem Fest die Rede ist, gibt es keinen, der sich nicht selbst einlädt.«

»Auch Pater Pio?«

»Bei dem weiß man wirklich nicht, was in ihm vorgeht.«

»Ich hab' ihm erst kürzlich Geld für das Dach der

Schule geschickt. Hab' ihn zwar ein bißchen zappeln lassen, aber dann hab' ich mich großzügig gezeigt.«

»Die einzigen, die du nicht einladen wirst, sind René und Gertrudis, vermute ich.«

»Die kommen sowieso nicht, also können wir sie ruhig einladen. Dann wurmt sie wenigstens, daß ich nicht nachtragend bin.«

Das Fest soll in Hof und Garten des Herrenhauses stattfinden. Unter dem Dach der Veranda, die rings um den Innenhof verläuft, sollen mit Tüchern und Blumen geschmückte Tische aufgestellt werden. Sofia möchte auch einen großen Kuchen bestellen.

»Du hast doch nicht Geburtstag.«

»Es gibt für mich überhaupt keinen Geburtstag, der Kuchen soll meine Neugeburt symbolisieren.«

Das Wichtigste ist, eine Atmosphäre zu schaffen, die Jerónimos wäßriges Blut rot werden und ihn anbeißen läßt. Dann kann noch in dieser Nacht mit ein bißchen Glück alles in Erfüllung gehen. Sie hat den Tag des Festes so gewählt, daß er mit ihrem Eisprung und mit dem Vollmond zusammenfällt.

Fausto und Sofia verbringen den ganzen Tag im Büro, machen Listen der Dinge, die besorgt werden müssen, telefonieren, engagieren das Orchester und mieten Tische und Stühle. Dieses Fest soll großartiger werden als alle Feste, die Diriá bisher gesehen hat.

Jerónimo ist seit ihrem Besuch im Büro noch zweimal auf die Hacienda gekommen und hat auch ein paar gute Ideen beisteuern können. Während Sofia sich weit über den Tisch lehnte, damit er im Ausschnitt des Kleides ihre Brüste bewundern konnte, kam ihm der Gedanke, ein Feuerwerk abzubrennen, wie das bei den großen Festen der Regierung üblich war; und er hat auch vorgeschlagen, die Gruppe »Banda Tepehuani« zu engagieren, die dafür bekannt ist, mit ihrer Musik sogar Tote aufwecken und langsame Boleros mit fröhlicher Musik aus ganz Mittelamerika verbinden zu können. Verworfen wurde nur sein Vorschlag, auch noch einen Film zu zeigen.

»Auf diesem Fest wirst du keine Filme brauchen, um dich gut zu unterhalten«, erwiderte Sofia vieldeutig und sah ihm dabei genau in die Augen.

Sofia hat Fausto nichts von ihren Plänen erzählt, doch der ahnt, daß sie etwas Wichtiges ausgeheckt hat, und es kränkt ihn, daß sie es nicht mit ihm teilen will. Er weiß, wie sehr jetzt sein Leben mit dem ihren verbunden ist, und er glaubt manchmal, Sofia sei sein anderes Ich, sein weiblicher Teil. Durch sie hat er den Genuß an den kleinen, alltäglichen Dingen erfahren können, die im Leben der Frauen eine so große Rolle spielen und die von den Männern so verachtet werden; mit ihr hat er seine Vorliebe für Schmuck, Blumen und andere Kostbarkeiten ausleben können, die den Häusern, die von Frauen bewohnt werden, vertrauliche Intimität verleihen und eine ästhetische Sicht des Lebens ausdrücken. Weil Männer glauben, sie müßten sich um die »wichtigen Dinge des Lebens« kümmern, überlassen sie den Frauen, die Umgebung des privaten Lebens zu gestalten, die darin Meisterliches vollbringen. Sie verstehen es, die Bedürfnisse des Körpers, die die Männer gering schätzen, ernst zu nehmen. Sie können nahrhafte Gerichte zubereiten und ihnen den Geschmack und das Aussehen verleihen, die dem Essen den Charakter eines rituellen Festaktes angedeihen lassen. Sie wissen um die Bedeutung des Schlafes und des Bettes, und darum gibt es wohlriechende Schlafzimmer mit sorgfältig gewaschenen und gebügelten Laken und weichen Kissen. Und wie wichtig ist die wohlüberlegte Plazierung von Möbeln, Blumen und den Gedecken auf den Tischen. Sogar noch in diesem gottverlassenen Dorf, wo nur wenige über den Luxus eines ausgefallenen Geschmacks verfügen, hatte Fausto zu seinem Erstaunen das Wirken weiblicher Hände in den kleinen, bescheidenen Vorgärten entdeckt, den intensiven Duft der erdgestampften Fußböden, die oft mit Wasser besprengt werden, das wohlsortierte Kochgeschirr in den Küchen und den glänzenden Ton der Krüge. Doch was Fausto am meisten fasziniert, sind die Arbeitsweisen der weiblichen Seele, ihre genaue und anscheinend instinktive Kenntnis der männlichen Psyche, und wie sie es vermögen, sie zu entflammen, zu besänftigen und in Rage zu versetzen und die richtige Dosis von Lächeln, Verführung und Gleichgültigkeit zu mischen. Darum sind Männer so verwundbar wie Kinder und fürchten die Frauen und reagieren allzuoft mit einer Gewalt, die schwierig zu verstehen ist für jemanden, der nicht den ewigen Kampf des Machos gegen alles kennt, was ihn an seine Winzigkeit erinnert, an seine Vergangenheit als wehrloser Fötus im Leib der Mutter.

Fausto spürt instinktiv, daß Sofia etwas mit Jerónimo vorhat. Er hat gesehen, wie sie Brüste, Arme, Augen, Wimpern und Intelligenz um den Anwalt herum in Aktion setzt. Ihm ist nicht entgangen, daß eine Beziehung zwischen Jerónimos Erscheinen und Sofias neuem Aussehen besteht, und auch nicht die eindringliche Weise, mit der sich Sofia in diesen Nächten auf die Rindshaut niederlegt und in die Sterne starrt, und daß das Fest das Herz des Spinnennetzes sein muß. Doch hat sich Sofia geweigert, ihn zum Komplizen zu machen. Er hat sich damit abfinden müssen, nur Beobachter zu sein.

In diesen Tagen wird in Diriá von nicht viel anderem geredet als vom Fest auf El Encanto. Nach dem Kirchgang stehen die Frauen beisammen und reden über die Wagenladungen von Tischen und Stühlen und dicken, grunzenden Schweinen, die auf die Hacienda gebracht worden sind, die Scharen von Arbeitern, die man von der Landstraße aus die Büsche und Bäume stutzen sehen kann. Auf dem Platz vor der Kirche, wo das Denkmal des Nationalhelden auf bunte Bänke und Pflanzen mit dunklen, gelbgemusterten Blättern herunterblickt, sprechen die Männer, die sich dort die Schuhe putzen lassen, über das gleiche Thema. Sofia hat die wichtigsten Familien eingeladen, aber auch Julio, den Töpfer, Luis, den Korbflechter, Fermín, dem jetzt der kleine Zeitungsladen gehört, Lastenia, Nidia und Veronica, den Bürgermeister und sogar Patrocinio und Cresencio.

»Ich habe gehört, daß Patrocinio eine Flasche Weihwasser in der Handtasche mitnehmen will, um es in Sofias Haus zu versprengen.«

»Sogar Gertrudis und René hat sie eingeladen, das schlaue Weib.«

»Die gehen aber nicht hin. Sie haben schon ein Fest in Managua.«

»Sagen sie wenigstens. Ich glaube, sie fahren nur weg, um ihre Wut besser abkühlen zu lassen.«

Die Schuhputzjungen arbeiten eifrig, um den Schuhen ordentlichen Glanz zu geben, während die Männer, deren Stiefel schon blitzen, einen Kreis um die bilden, die auf dem Bänkchen sitzen, das Bein ausstrecken und zusehen, wie die Bürste hin und her fährt und die Wichse ihre Wirkung tut.

Engracia geht mit eiligen Schritten durch den Park und vorbei an den Männern und Frauen, die sich das Maul über das Fest zerreißen.

25

Sofia ist aufgeregt. In der Nacht vor dem Fest hat sie böse Träume, wacht um zwei Uhr morgens auf und kann nicht wieder einschlafen, bis es fünf Uhr schlägt und die ersten Hähne im Hof zu krähen beginnen. Im Halbschlaf spürt sie, wie der Geist Eulalias im Zimmer umhergeht. Sie sieht, wie sich die alte Frau ans Fußende ihres Bettes setzt und warnend auf sie einredet, während sie sich die Nägel beißt, wie sie es immer tat, wenn sie nervös war. Sofia schließt die Augen, um sie nicht zu sehen.

Es schlägt kaum sieben, da zieht Sofia ihr spitzenbesetztes Moskitonetz auseinander, steht auf und geht ins Bad, um ihr Gesicht im Spiegel zu betrachten. Welch schlechter Tag, warum mußte diese verdammte Schlaflosigkeit gerade in der Nacht vor dem Fest auftreten? Doch die Ringe unter den Augen stehen ihr gar nicht so schlecht, sagt sie sich, als sie ihr Spiegelbild sieht. Und außerdem hat sie ja jetzt Töpfchen und Tiegelchen mit Creme und Schminke, die alles zudekken. Sie bindet ihr Haar zusammen, zieht sich die Arbeitshosen an und geht auf die Veranda hinaus, um zu frühstücken und die ersten Anweisungen zu geben.

Doña Carmen, Engracia und Fausto sind schon seit frühester Stunde am Werk. Fausto trägt das Haar, als sei es am Kopf festgeklebt, ein sicheres Zeichen, daß er mit einem Haarnetz geschlafen hat, das er sich in der Nacht vor großen Anlässen überzieht. Am Nachmittag wird er sich die Frisur richten, doch bis dahin kämmt er sich nicht, um den Effekt zu erhalten.

Teresa, die Frau von José, wischt an der Spitze einer Gruppe junger Mädchen Staub und putzt die Fenster mit Zeitungspapier. In der Küche hantiert Petrona mit den Töpfen, in denen riesige Mengen Reis gekocht und Gemüse und Bananen gedünstet werden sollen. Auf dem Hof und im Garten sieht man weitere Frauen, die sich mit Besen bewaffnet haben und das trockene Laub zusammenfegen, Knechte hängen unter Rufen und Scherzen die Lichterketten auf; ein paar Zimmerleute sind damit beschäftigt, die Bühne zusammenzunageln, auf der das Orchester spielen soll, und im Kaffeetrokkenhof, dort, wo Sofia ihren Schulabschluß gefeiert und René kennengelernt hat, wird der Boden mit Wasserschläuchen saubergespritzt.

Sofia wirbelt überall umher und paßt auf, daß nirgends geschludert wird. Sie hat alles so geplant, daß am Tage des Festes nichts Unvorhergesehenes geschehen kann; sie will nicht erschöpft sein, wenn die Gäste eintreffen.

Aus Diriomo kommen Frauen, bei denen der Nachtisch bestellt worden ist, und bringen auf großen Blechen Süßspeisen aus Milch, Kokos, Pinien- und Sapotillenkernen. In der Ferne hört man das Quieken der Schweine, denen die flinken Hände der Schlachter die Kehle durchschneiden. Ein kleines Heer von Köchinnen kümmert sich darum, Brat- und Blutwürste herzustellen. Doña Carmen füllt mit Hilfe von Fausto die Tonkübel mit Blumen, die als Tischschmuck dienen sollen. Sofia bestimmt die Anordnung der Tische und wo der Schanktisch aufgestellt wird.

Um fünf Uhr braten die Spanferkel über der Glut, die Hacienda ist bereit, die Gäste zu empfangen. Die Frauen gehen sich umziehen, und das tun auch Fausto und Sofia.

»Heute brauchst du mir nicht zu helfen«, sagt sie zu ihm. »Heute mach' ich das selbst.«

Allein in ihrem Zimmer holt Sofia das rote Kleid hervor und die neue, farbgleiche Unterwäsche. Fausto hatte ihr gesagt, daß der winzige rote Slip und der rote Büstenhalter geschmacklos seien, doch scheint ihr dies nicht ohne Grund die Farbe zu sein, mit der man Stiere reizt; was für Bullen gut ist, muß auch bei Männern funktionieren. Im Bad bedeckt sie sich über und über mit dem Schaum der stark duftenden Seife, die sie extra für diesen Tag gekauft hat. Sie rasiert sich sorgfältig Achselhöhlen, Beine und Schamhaar, damit es ein perfektes Dreieck unter dem Slip bildet. Dann wäscht sie sich die Haare und putzt sich noch die Zähne, bis ihr das Zahnfleisch vor lauter Pfefferminzgeschmack zu prickeln beginnt.

Der Büstenhalter hat halbmondförmige Schalen, die die Brüste nur stützen, den Busen aber, auf den sie ein paar Tropfen Parfüm sprüht, nicht bedecken. Der kleine rote Slip steht ihr wirklich tadellos, denkt sie und dreht sich, um im Spiegel ihr Hinterteil und ihre glatten Beine betrachten zu können. Zum Schluß schlüpft sie in das rote Kleid, das ihr wie ein Handschuh am Körper liegt und ihre nackten Schultern, einen guten Teil der Brüste und viel Bein sehen läßt. Während sie sich noch einmal im Spiegel begutachtet, empfindet sie sich als sinnlich und unwiderstehlich. Es ist schlicht nicht vorstellbar, daß Jerónimo den Lockungen des Fleisches wird standhalten können.

Die Wirkung ihrer Erscheinung kann Sofia feststellen, sobald die ersten Gäste eintreffen. Die Männer machen ihr Komplimente, und die Frauen betrachten sie mit einer Mischung aus Neid und Mißbilligung.

Jerónimo sieht sie, kaum daß er aus dem Wagen gestiegen ist. Meilenweit ist sie zu erkennen, denkt er, eine Mischung aus Fee vom Mombacho und männermordendem Weib. Sofia empfängt ihn gönnerhaft und stellt ihn dem Bürgermeister, dem Priester und anderen Honoratioren des Ortes vor, die mit ihren Plastikbechern in den Händen ein wenig abseits stehen, womit sie deutlich machen wollen, daß sie etwas Besonderes sind. Mit Jerónimo in ihrem Kreis stehend, beobachtet sie, wie das Fest sich entwickelt; der Hof der Hacienda quillt über von Cowboyhüten, hohen Stiefeln aus geprägtem Leder, glänzenden Satinkleidern oder solchen aus koreanischem Seiden-Imitat, rosaroten Spitzenblusen und langen Röcken; einige der Frauen tragen sogar lange Handschuhe und blitzende Diademe im Haar. Jeder hat sich für das große Ereignis herausgeputzt, so gut er eben konnte, und stellt beim Auf- und Abgehen Nylonstrümpfe, neue Schuhe, gestreifte weiße Hemden oder leuchtenden Popelin zur Schau. Unter den Lichterketten, die den Mango-Bäumen ein majestätisches Aussehen verleihen, wirkt die Festgesellschaft bunt und fröhlich. Fausto geht, in weißes Leinen gekleidet, mit verbindlicher Aufmerksamkeit von einer Gruppe zur anderen. Die Kellner, die vom Hotel Intercontinental aus Managua herbeigeholt wurden, sind es gewohnt, bei den Festlichkeiten der feinen Gesellschaft aufzuwarten; sie können über die extravagant gekleideten Frauen, die aus ihren Kleiderschränken sogar die

Hüte hervorgeholt haben, mit denen sie schon Hochzeiten und Kommunionsfeiern begangen haben, nur abgeklärt schmunzeln.

Die Musikgruppe »La Banda Tepehuani«, die gewohnt ist, in den Bohème-Kneipen von Managua aufzutreten, vergißt ihr Repertoire politischer Lieder und beschließt, alte Paso doble- und Corrido-Melodien zu spielen. Die Festgesellschaft applaudiert erfreut, und manche fordern alte und bekannte Ranchera- und Cumbia-Weisen, die sie gerne hören möchten. Morgen wird das ganze Dorf über den pompösen Prunk, den »asiatischen« Luxus des Festes und das zu enge und zu tief ausgeschnittene Kleid Sofias herziehen, doch heute abend genießen alle das Hochgefühl eigener Bedeutung und Wichtigkeit und natürlich die köstlichen Happen auf den silberglänzenden Tabletts, die so professionell mit buntem Cellophan drapiert sind, das gleichwohl in den Müll wandert, sobald die Fleischbällchen oder gesottenen Krabben im Munde des Essers verschwunden sind. Sofia geht im Geiste die Liste der Eingeladenen durch und stellt fest, daß außer Patrocinio und Cresencio, Gertrudis und René, alle gekommen sind, Pater Pio eingeschlossen, und sich am reichlichen Buffet und am Rum und dem rosaroten Fruchtpunsch gütlich tun, den besonders die Frauen des Dorfes lieben, bei denen Alkoholgenuß verpönt ist. Jetzt werden auch die Gespräche unterbrochen, denn mehr und mehr Paare gehen zum Tanzen auf den Kaffeetrockenhof, kaum daß die Kapelle die Merengue-Rhythmen angestimmt hat, den berühmten Schlager ›Juana la Cubana‹, der alle Beliebtheitsrekorde schlägt und seit Jahren nicht aus den Hitparaden der Radiosender verschwindet. Jerónimo unterhält sich mit Pater Pio über die Sakramente der Kirche; der Priester hat sich an ihn gehängt und erzählt ihm von seinem alltäglichen Kampf gegen Unwissenheit und Aberglauben in Diriá, wo die Wunderheiler beliebter sind als die Helden des katholischen Heiligenkalenders, wo die wenigen Fälle von Krebserkrankungen mit Eselsblut geheilt werden und wo die meisten alten Leute keinen Arzt sehen wollen und mit einem Gummibaumblatt auf der Brust sterben, weil der Kautschuk die Kraft hat, das Leben des Herzkranken festzuhalten. Mit Faustos Hilfe schafft es Jerónimo schließlich, dem Priester zu entkommen und zum Schanktisch hinüberzugehen, von wo aus er das Fest besser beobachten kann. »Na, hast du dich endlich vom Pater befreien können«, sagt Sofia gutgelaunt, als sie sich durch die Festgesellschaft zu Jerónimo durchgekämpft hat.

»Nicht schlecht, der alte Herr«, gibt der zurück. »Er hat mir einen Vortrag über alte Hausmittelchen gehalten ... Das Fest ist ein Riesenerfolg, nicht?!«

Das Fest ist ein großer Erfolg, sogar die reichen Bauern sind erschienen, die geschworen haben, sie würden Sofia ruinieren, und betrinken sich fröhlich. Die Gäste haben gegessen und getrunken, jeder hat gesehen und ist gesehen worden, hat eine Runde durchs Haus gemacht und vor dem Bad Schlange gestanden, um das Bidet zu bestaunen. Und auch die Freunde vergnügten sich ganz ordentlich: Fermín, der Zeitungsverkäufer, Samuel, Doña Carmen, Fausto ... und bald wird das Feuerwerk abgebrannt werden, José hat schon den Knechten Bescheid gegeben, sie sollen die Lunte der Raketen vorbereiten, das Orchester spielt einfach himmlisch, aber warum fordert er sie nicht zum Tanzen auf, fragt sich Sofia, einen Bolero wird er doch wohl noch zustande bringen.

Der Tanz ist langsam und eng, doch Jerónimo will nicht gleich die Waffen strecken, und so sieht er sich auf dem Parkett um: Die Bauernburschen pressen ihre Mädchen eng an sich und fingern ihnen den Rücken hinauf und hinunter; die verheirateten Frauen schließen die Augen und geben sich alle Mühe, ihre Ehemänner in die romantische Stimmung des Bolero zu versetzen, während diese über die Schulter der Ehefrau das Weib ihres Nächsten taxieren, das ganz nah und doch unerreichbar ist. Das Orchester hat den Bolero zu Ende gespielt und beginnt ohne Übergang zu Sofias Ehren den Cha-Cha-Cha vom roten Kleid, »du bist unwiderstehlich in deinem roten Kleid«, singen sie, und die Tänzer drehen sich um und lachen, und einige klatschen Beifall, während Jerónimo sich redliche Mühe gibt, einigermaßen würdevoll Sofias Schritten zu folgen, die umherwirbelt und zu ihm sagt, »sieh genau hin, Jerónimo, eins, zwei, drei, Cha-Cha-Cha«, so daß er schließlich denkt, was spielt es denn eigentlich für eine Rolle, sich einmal im Leben lächerlich zu machen. Die Musik verklingt, und alle sind in ausgelassener Stimmung und lachen und reden durcheinander. Sofia fächelt sich mit den Händen Luft zu, wischt sich mit einem Papiertaschentuch den Schweiß ab, nimmt Jerónimo beim Arm und sagt, sie werde ihm jetzt mal zeigen, wie wunderschön die Rosenstöcke im Mondlicht blühen.

Kurz darauf explodieren am Himmel die Lichter der Sterne des Feuerwerks. Rote und grüne Kometen zischen aus weißen Lichtsträußen, bunte Feuerbögen blitzen kurz und grell am nächtlichen Himmelsbogen auf und fallen dann, in flüchtige Glühwürmchen verwandelt, auf die dunklen Bäume nieder. Die Gäste stoßen angesichts des herrlichen Schauspiels Ah- und Oh-Rufe aus. Engracia füllen sich die Augen mit Tränen, denn immer wenn sie etwas so Schönes sieht, muß sie weinen. Und das Schönste daran war, daß auch die im Dorf Gebliebenen dieses Schauspiel von ihren Häusern aus sehen konnten und so auch am Fest teilnahmen oder es zumindest zur Kenntnis nehmen mußten. Ganz sicher war das Sofias Absicht gewesen, der Leute wegen, die sie nicht mochten und ihr nur Schlechtes wünschten.

Die Köpfe heben sich zu den Kreisen aus Licht, die sich wie riesige Schirme öffnen, wenn die Raketen explodieren. Da gibt es solche, die an das Geld denken und schnell überschlagen, wieviel Sofia für soviel Feuerwerk ausgegeben haben mag; andere halten den Aufwand schlicht für übertrieben oder denken, daß niemand, der alle Sinne beisammen hat, auf eine solche Idee käme; und einige vermuten auch, daß Sofia damit zeigen will, wie sehr sie daran interessiert ist, ihrer aller Freundschaft zu gewinnen, doch gibt es auch welche, die ganz einfach und wie die Kinder den Reigen der Farben genießen, der sich ihnen da in der Nacht geöffnet hat. Abwesend steht Doña Carmen da, sieht zum Himmel hinauf und denkt an wer weiß welche Geister, als sie plötzlich ein Frösteln durchfährt. Sie senkt den Blick, schaut in die Runde und bemerkt, daß Sofia nicht unter den Gästen im Hof steht.

Auch Sofia läßt sich von den bunten Lichtern begeistern. Jerónimo sieht sie im Spiegel ihrer Augen, während die Raketen explodieren und er die Wirkung der Farbe Rot erfährt.

26

Jetzt bleibt ihr nichts weiter zu tun, als auf den Mond zu vertrauen und das Ende ihres Zyklus und das Datum ihrer ausbleibenden Menstruation abzuwarten, sagt sich Sofia am nächsten Tag, während sie beim Aufräumen hilft und die Dinge wieder ihren normalen Gang zu gehen beginnen. Jerónimo hat die Herausforderung zum Stierkampf gut bestanden.

Es ist offensichtlich, daß Fausto etwas gemerkt hat; er mustert sie mit schiefen Blicken, und wenn sie ihn dann ansieht, wendet er sich ab wie ein Kind, das bei etwas Verbotenem erwischt worden ist. Er wirkt, als sei er tief getroffen, und Sofia kann nicht umhin, angesichts seiner schlecht verhüllten Eifersucht gerührt zu sein. Es sieht so aus, als erwarte er, daß das, was letzte Nacht zwischen ihr und Jerónimo geschehen ist, wie auf einer Kinoleinwand in ihren Augen zu sehen oder von ihrer Haut ablesbar sei.

»Jetzt reicht's aber, Fausto. Sieh mich nicht so an. Mach dir bloß keine Sorgen um mich«, sagte sie schließlich, als sie die letzten Sessel von der Veranda an ihren gewohnten Platz geräumt haben und bei einer Tasse Kaffee am Eßtisch sitzen.

»Ist dir eigentlich klar, daß Jerónimo verheiratet ist?«

»Aber natürlich.«

»Und das macht dir nichts aus?«

»Ganz im Gegenteil. Und damit du deine Ruhe hast,

sag ich dir jetzt, daß ich einzig und allein ein Kind haben will.«

Fausto sieht sie ungläubig an und nimmt einen Schluck Kaffee, als handele es sich um einen Schnaps.

»Du mißbrauchst den armen Kerl also nur als Deckhengst.«

Sofia nickt zustimmend mit dem Kopf. Fausto kann seine Verblüffung nicht verbergen, er war immer der Meinung gewesen, Sofia sei, trotz ihrer manchmal aufkeimenden Wildheit, ein eher nüchtern denkender Mensch; niemals hätte er gedacht, daß Mutterinstinkte in ihr nisten. Einmal mehr hatte er sich in den Frauen getäuscht.

Sofia schweigt und trommelt mit den Fingern auf die Tischplatte, während sie abwechselnd in die Kaffeetasse, in Faustos Gesicht und in den Garten hinaussieht. Ganz sicher kann sie nicht sein, daß sie schwanger ist. Sie würde einfach so lange weiter mit Jerónimo schlafen, bis sie keinen Zweifel mehr hätte, und vielleicht noch ein paar Monate länger. Mit jemandem zu schlafen ist gesund für den Körper, gibt Energie und vertreibt Schlaflosigkeit. Jedes Mal, wenn sie an die vergangene Nacht zurückdenkt, spürt sie, wie sich ihr etwas zwischen den Beinen zusammenzieht.

Die Festnacht zwischen ihr und Jerónimo läuft Tag für Tag wie ein Theaterspiel vor ihren Augen ab und wächst um ein paar Einzelheiten, die in der noch frischen Erinnerung der ersten Tage nicht aufgetaucht waren. Nachdem dieses Spiel der Phantasie eine Woche gegangen ist, beginnt Sofia, an sich zu zweifeln, denn plötzlich trägt sie kein rotes Kleid mehr, sondern ein schwarzes. Petrona entgeht der tagträumerische Zustand der Hausherrin nicht. Erst vor kurzem hat sie bemerkt, wie Sofia mit vornübergebeugtem Körper im Garten stand, als begieße sie die Blumen, doch die Gießkanne in ihrer Hand war leer.

Auch Fausto ist voller Sorge. Er hat noch die Kaltblütigkeit verstehen können, mit der Sofia Jerónimos Verführung geplant hat, doch kostet es ihn Mühe, ihre jetzige Abwesenheit als Zustand einer verliebten Frau zu deuten; er war sich sogar sicher, daß sie an Gewicht verloren hatte. Merkwürdig war, daß sie nie von Jerónimo sprach und sogar ablehnte, ihn kommen zu lassen, obwohl Fausto es als notwendig erachtete, den Anwalt zu rufen, um dringende Belange der Hacienda zu besprechen.

Sie will Jerónimo noch nicht sehen, auch wenn sie nicht versteht, warum sie das dringende Bedürfnis verspürt, den Beischlaf zu wiederholen. Liegt es daran, daß sie schwanger ist? Wie wären anders die Veränderungen zu erklären, die sie durchmacht? Die Besessenheit, mit der sie jede noch so kleine Geste jener Nacht zu erinnern sucht, die leichte Bewegung, mit der ihr Jerónimo den Hals berührte, während er ihr das Kleid abstreifte, der Geruch seiner Schulter, ein Geruch nach Rasierwasser, der ihr nicht aus der Nase geht. Weshalb würde sie sich sonst so genau an die Geräusche erinnern, sein sonderbar heiseres Stöhnen, das so klang, als könne er jeden Augenblick zu weinen beginnen, und sie überlegen ließ, was sie mit einem Mann anfangen sollte, der beim Vögeln weinte? Sicher produzierte ihr Körper bereits ein neues Hormon, etwas, das ihre Knochen biegsamer macht, damit ihr Bauch beim Wachsen mehr Raum zwischen Brustkorb und Becken gewinnt. Was, wenn nicht der Keim neuen Lebens, konnte ihr dieses Gefühl zu schweben verleihen, lachen und im nächsten Augenblick schon weinen zu wollen?

27

Fast zwei Wochen sind seit dem Fest vergangen, als Jerónimo auf der Hacienda erscheint. Sie sitzen zusammen im Büro, Fausto spricht von den Geschäften und wendet sich gelegentlich Sofia zu, um ihre Zustimmung zu erfahren. Sie sieht den beiden bei ihrer Unterhaltung zu, ohne zu hören, was sie sagen, sie starrt wie hypnotisiert auf Jerónimos Hände, die langen Finger mit den kurzen, sauberen Nägeln. Jerónimos Blick trifft sich von Zeit zu Zeit mit dem Blick Sofias, dann lächelt er bläßlich, aber aufmunternd. Vielleicht, so denkt er, bedauert sie ja, was geschehen ist, auf jeden Fall verwirrt sie ihn mit dieser leicht schwachsinnigen Art, auf seine Hände zu starren.

»Hörst du mir überhaupt zu?« fragt Fausto barsch. »Man hat ja den Eindruck, du wärst auf dem Mond!«

»Reg dich nicht auf«, antwortet sie und kehrt wieder in sich zurück, »ich war für einen Moment abgelenkt, aber davon geht doch die Welt nicht gleich unter« – und sie zwinkert Jerónimo zu.

Sofia hat mit sich gerungen und ist entschlossen, noch heute mit Jerónimo zu schlafen, auch wenn sie schon schwanger ist. Jerónimo würde dazu bereit sein, da war sie sich ganz sicher. Fausto sieht abwechselnd von Sofia zu Jerónimo und fühlt sich unwohl, irgend etwas gefällt ihm an der ganzen Situation nicht. Es ist, als ob die beiden sich belauern. Wenigstens hat Sofia den abwesenden Ausdruck der letzten Tage jetzt abgelegt. Ihre Augen glänzen, als sei sie im Fieber, und auch das macht ihm ein bißchen angst.

Jerónimo hat sich seit der Festnacht oft genug mit Vergnügen an das Erlebnis erinnert. Seit Monaten hatte er schon nicht mehr an Fleischeslust gedacht. In den Jahren seiner Ehe hatte er immer wieder mal ein Abenteuer gehabt, doch hatte er sich in letzter Zeit wegen der Geschichten über Aids und die möglichen Gefahren beim Sex mit Unbekannten darauf beschränkt, ab und zu seine eigene Frau zu verführen. Doch war das nicht das gleiche.

Das Gespräch über die Ausfuhrgenehmigung, die Jerónimo für den Export des Kakaos nach Costa Rica besorgen soll, ist beendet. Sofia steht auf, um den Besucher zum Auto zu begleiten und dem klagenden Blick von Fausto auszuweichen.

Schweigend gehen sie nebeneinander her. Wie dumm wir wirken, denkt Sofia und sieht sich um. Es wird langsam dunkel, und die Silhouetten der Palmen heben sich schwarz gegen den roten Abendhimmel ab.

»Hast du nicht Lust, mich nach Catarina mitzunehmen?« fragt sie Jerónimo. »Dort hat man eine herrliche Aussicht auf die Lagune und den Sonnenuntergang.«

»Warum nicht«, antwortet er.

In Catarina, einem Nachbardorf von Diriá, sind die Straßen mit Kopfstein gepflastert. Jerónimos Wagen erklimmt die Steigung mit einiger Mühe, bis sie an der Mauer mit den Parkbänken ankommen, die ein rühriger Bürgermeister dort hat aufstellen lassen. Von hier oben sieht die Lagune von Apoyo riesig aus, hinter ihr ragt mächtig der Mombacho empor. Durch ein kleines

Tor kommt man auf ein Rasenstück, auf dem jetzt die Kinder ihre Baseball-Sachen zusammensammeln, um nach Hause zu gehen.

Sofia kennt diesen Ort sehr gut. Fast genau so sieht es auf der anderen Seite, in Diriá aus, wo sie in jener Nacht hinter ihrer Mutter her geirrt ist, wovon sie oft in den Nächten träumt; neblige Träume sind das, in denen sie sich mutterseelenallein sieht und aus denen sie weinend erwacht. Doch von diesem Punkt aus sieht man die Lagune noch näher, den dunklen Kratersee und dahinter den Vulkan, den Großen See und die Stadt Granada.

Sofia und Jerónimo haben sich in den Rasen gesetzt. Sie sprechen leise, und plötzlich sagt sie ohne Umschweife, daß sie mit ihm schlafen möchte, gleich hier und jetzt, warum gehen sie nicht einfach ins Gebüsch am Abhang. Jerónimo hat nicht lange Zeit zum Überlegen. Sofias überraschender Vorschlag weckt seine Abenteuerlust. Sie brauchen nicht lange, bis sie ein freies Plätzchen im Unterholz gefunden haben. Das Zwielicht der Abenddämmerung läßt sie zwischen den Stämmen der Bäume und dem Gebüsch nicht einmal ahnen. Sofia kommt alles viel langsamer und sanfter vor. Sie schließt die Augen und saugt mit ihrem Körper jede der Bewegungen Jerónimos auf.

Kaum sind die Freuden beendet, da hören sie im Gebüsch unterdrücktes Lachen. Jerónimo steht auf, bedeckt sich mit einem Kleidungsstück und biegt die Zweige noch rechtzeitig auseinander, um zwei sich vor Lachen schüttelnde Kinder den Hang hochlaufen zu sehen...

»Das schamlose Frauenzimmer«, sagt Patrocinio, während sie die Nachricht jedem in der Kneipe erzählt, der sie hören will, »macht ihre Ferkeleien doch glatt oben an der Lagune, daß es alle Welt sehen kann. Eine Hure ist sie, diese Hexe. Ich habe es immer gesagt, aber mir hat ja keiner glauben wollen. Es ist eine Schande für unser Dorf, daß nicht einmal die Kinder mehr sicher sind vor solchem Skandal.«

»Nein, ich glaub' das nicht«, sagt Engracia. »Mir kann keiner weismachen, daß die Geschichte wahr ist.«

»Die Kinder sagen aber, daß sie Sofia gesehen haben, Doña Engracia«, beharrt Teresa, die Frau des Verwalters. »Sie sagen, der Herr Jerónimo habe sich sein Hemd vorgehalten und sei fuchsteufelswild hinter ihnen hergerannt, während sie wie verrückt gelacht hätte... Ich hab' auch einmal gesehen, wie sie nachts mit Samuel, dem Hexer, in den Wald gegangen ist.«

»Jetzt fang du nicht auch noch mit solchen Märchen an. Samuel ist ein alter Mann. Langsam bin ich die Schlechtigkeit der Leute wirklich leid. Nicht einmal das Feuerwerk neulich haben sie ihr gedankt, nicht das gute Essen und Trinken, nichts davon danken sie ihr, im Gegenteil, kaum bietet sich ihnen eine Gelegenheit, sich das Maul zu zerreißen, schon sind sie wieder dabei! Undankbares Pack! Stell dich bloß nicht auf eine Stufe mit denen! Denk daran, Sofia ist deine Herrin.«

»Doña Engracia ist aber dickköpfig«, meint Teresa zu Petrona, ohne ihr die Geschichte mit Samuel zu erzählen. »Sie hat mir einfach nicht glauben wollen. Dabei haben die Mütter die Kinder extra zum Pater Pio gebracht, damit er ihnen die Beichte abnähme und sähe, daß sie nicht gelogen haben. Ein richtiger Skandal ist daraus geworden. Du solltest Doña Sofia sagen, daß sie sich erst mal nicht im Dorf blicken lassen soll.«

»Das Mädchen hat's faustdick hinter den Ohren«, sagt mit hintergründigem Lächeln Samuel zu Doña Carmen. »Hat halt heißes Blut in den Adern. Hoffentlich wird sie nicht noch verrückt und stellt sich selbst ein Bein.«

»Es ist ihr vorbestimmtes Schicksal«, gibt Doña Carmen zurück, »wir können da gar nichts machen.«

»Wenigstens einen Gegenzauber gegen die bösen Zungen könnten wir versuchen...«

»Du weißt doch selbst, daß es in diesem Dorf dagegen keinen Zauber und kein Kraut gibt.«

»Wie gut, daß ich mich von dieser Unseligen habe scheiden lassen«, prahlt René.

»Du hast wohl schon vergessen, wie wütend du geworden bist, als sie die Scheidung von dir verlangte«, berichtigt ihn ruhig Gertrudis. »Mir tut das alles leid, was ihr geschieht. Nach dem Fest hat es auch schon Gerüchte gegeben, daß sie während des Feuerwerks mit dem Rechtsanwalt in die Kaffeesträucher verschwunden sei, und eines Nachts soll sie es auch mit dem alten Samuel getrieben haben. Alle, die zu ihrem Fest gegangen sind, haben hinterher schlecht über sie geredet, daß sie das Geld zum Fenster rausschmeiße, all der Luxus und das Geprotze, das gewagte Kleid, das sie angehabt hätte... sie tut mir leid.«

»Du hast halt ein gutes Herz«, sagt René, lächelt scheinheilig, während er ihr zusieht, wie sie Tischtücher bestickt, die zu ihrer Hochzeit aufgelegt werden sollen. »Es freut mich, daß sie uns jetzt wenigstens in Ruhe lassen. Keiner redet mehr davon, ob du noch in sie verliebt bist. Ich hatte also recht, als ich dich bat, den Termin für die Hochzeit festzulegen.«

»Du hast doch immer recht, Schätzchen, aber du kannst auch nicht bestreiten, daß ich recht hatte, als ich sagte, daß es noch andere Gründe gäbe, nicht länger mit dem Heiraten zu warten.« René tritt hinter sie und tätschelt ihre Brüste.

»Ja, du hattest recht«, antwortet Gertrudis mit schiefem Lächeln.

»Wie konntest du nur auf die Idee kommen, es oben an der Lagune zu machen!« Fausto sagt das ohne Tadel in der Stimme, eher voller Bewunderung über ihre Kühnheit, während er sich in einem der hochlehnigen Schaukelstühle auf der Veranda im Innenhof wiegt. Neben ihm sitzt Sofia und trinkt ein riesiges Glas Tamarinden-Saft.

»Das Problem war nicht der Ort, sondern die dummen Kinder.«

»Ich find' sie ganz normal. Schön dumm wären sie gewesen, wenn sie da nicht hingeschaut hätten.«

»Es war halt Pech, ziemliches Pech. Hat mir gerade noch gefehlt, daß das ganze Dorf es mitbekommt.«

»Wann du schwanger wirst, wissen sie jetzt wenigstens, daß das Kind nicht der Antichrist ist. Keiner kann mehr sagen, der Teufel wäre heraufgefahren und hätte dich in schwarzer Nacht geschwängert.«

Sofia beschließt, sich nicht im Dorf sehen zu lassen, bis das Ereignis aufgehört hat, Sensation zu sein. Sie trifft sich mit Jerónimo in Managua und erkundet mit ihm die Hotels, und eines Nachts lieben sie sich am Strand der Lagune von Xiloá. Jerónimo und sie unterhalten sich wenig. Sie wissen, warum sie sich treffen, und ihm scheint es zu genügen. Grinsend hört er sie Orgasmen und Gefühlsstürme beschreiben. Je öfter sie mit ihm schläft, um so kühner wird sie. Jedesmal erfindet sie neue Formen und Stellungen, neue Lüste, sie legt ihrem Verlangen keine Zügel an. Sie ist entschlossen, ihr verschwiegenes Abenteuer bis zur Neige zu genießen, das zu probieren, was am normalsten und am meisten verboten ist. In ein paar Wochen werden sie sich ohnehin nicht mehr sehen können, denn er würde ihre Schwangerschaft merken, und sie will nicht, daß er es erfährt.

An den Tagen, an denen sie Jerónimo nicht sehen kann, bleibt sie auf der Hacienda. Dann steht sie früh auf und geht auf das Feld hinaus, um nach der Saat zu sehen, oder jätet Unkraut in Rosenbeeten und pflanzt neue exotische Blumen. Wenn sie die Erde berührt, meint sie, Jerónimo zu berühren; die Erde ist lebende Materie, sie riecht, wird zu Lehm, bedeckt sich mit Staub, saugt sich satt wie ein Schwamm, und manchmal wird sie hart wie Jerónimos Penis, wenn sie ihn streichelt. Die Erde verleiht ihrem Körper wie einem Pendel die Kraft, mit Schwingungen zu kreisen.

»Bald müssen wir Jerónimo verabschieden«, kündigt sie Fausto an. »In einem Monat ist mein Bauch zu sehen.«

Am Abend spürt Sofia den Drang, die Kleider abzulegen, als sie hinausgeht, um sich zu ihrem nächtlichen Ritual unter die Sterne zu legen. Sie hat mehrere Wochen verstreichen lassen, jetzt aber vertraut sie den Signalen ihres Körpers. Sie möchte, daß ihre Tochter – denn sie ist ganz sicher, daß es eine Tochter ist – das

Licht der Sterne sieht; sie möchte, daß die Aura der Nacht in ihre Poren eindringt und diesen unbewußten, zarten Beginn des Lebens erreicht.

Die kühle Luft weht über ihren nackten, ruhig daliegenden Körper und läßt ihre Haut ein klein wenig frösteln. Doch Sofia hält die Arme ausgebreitet und erträgt die sanfte Marter des Windes. Die Augen geschlossen, versucht sie Bilder von Wärme, von Sonne, vom Meer zu beschwören. Jerónimo taucht plötzlich auf, wie ein Blitzlicht, das sich in die Netzhaut gräbt und nicht verschwinden will.

28

Teresa mag ihren Augen nicht trauen. Am nächsten Tag erzählt sie es gleich Petrona, die unverdrossen den Reis im Topf umrührt, während sie zuhört. Sofia ist gestern nacht nackt in den Garten hinausgegangen, sagt sie. Mit ihren eigenen Augen hat sie es ganz genau gesehen. Sie hat gesehen, wie sie herauskam, die Rindshaut ausbreitete, die Kleider auszog und sich unter den nächtlichen Sternenhimmel legte. Langsam wurde sie wohl wirklich wahnsinnig, die Patronin. Jetzt war sie tatsächlich wie verhext. Sie mochte ja zugestehen, daß mit Samuel wirklich nichts passiert ist, doch dies hier ist schon mehr als merkwürdig.

»Bist du dir denn auch ganz sicher?« zweifelt Petrona. »Hast du da nicht vielleicht Schatten gesehen? Wie kannst du wissen, ob dir nicht die Dunkelheit einen Streich gespielt hat?«

»Wo ich's dir doch sage. Ich bin mir ganz sicher. Der Mond hat doch geschienen, und ich konnte sie ganz genau beobachten.«

Petrona bekreuzigt sich und gießt Wasser an den Reis. Seltsames ist im Gange, seit sie Sofia kennt, hat sie sich noch nie so benommen wie in den vergangenen Wochen. Richtig sonderbar ist sie geworden und recht launisch. Sie gibt ihr Anweisungen, die sie gleich wieder vergißt.

»Dreimal in einer einzigen Woche hat sie mich die Bettwäsche wechseln lassen, und wer weiß, was in Managua vor sich geht. Neulich, als sie nach Hause kam, hatte sie die Kleider voll Meeressand.«

»Sicher gibt sie sich mit diesem Mann ab. Es heißt, er ist verheiratet, aber ihr scheint das nichts auszumachen.«

»Und was macht es denn auch schon, Teresa! Seit wann findet man es in diesem Dorf so schlimm, daß eine Frau etwas mit einem verheirateten Mann hat? Im Grunde geht es ihnen doch nur darum, ihr am Zeuge zu flicken!«

Petrona setzt den Deckel auf den Reistopf und macht sich daran, Gemüse zu putzen. Und wenn Sofia noch so sonderbar sein mag in letzter Zeit, sie wird nicht zulassen, daß man dauernd über sie redet. Die Leute beneiden sie, weil sie jung, hübsch und reich ist, und weil sie die schlechte Behandlung ihres Mannes nicht so einfach hingenommen hat. Viele von denen würden doch selber gern ihren Mann verlassen und sich ein paar Liebhaber zulegen, wenn sie nur nicht so feige wären, denkt sie, und es treibt ihnen die Galle hoch, daß die Patronin sich um nichts schert.

Gertrudis kann nicht im weißen Brautkleid heiraten, denn die Trauung wird nur vor dem Standesbeamten stattfinden. Nach dem Kirchenrecht ist René Sofias Ehemann »bis daß der Tod sie scheidet«. Gertrudis hat nicht gewollt, daß die Hochzeit im Hause ihrer Familie gefeiert wird, denn für ihre alte Tante begeht eine schlimme Sünde, wer mit einem Mann zusammenlebt, ohne vor Gott getraut zu sein. So soll das Fest auf Renés Hof stattfinden. Die Hochzeitsvorbereitungen bieten allen Beteiligten gute Gelegenheit, die neuesten

Gerüchte über Sofia, die Skandalnudel Nummer eins, auszutauschen. Jedesmal kommen neue und pikantere Einzelheiten zur Sprache: Berichte über nächtliche Nacktheit, Rätsel über ihren Mitternachtsspaziergang mit Samuel und nun beharrliche Gerüchte, daß die Zigeunerin schwanger sein soll.

Der Kreis der Frauen sitzt eine Woche vor der Hochzeit auf der Veranda vor Renés Haus und hilft Gertrudis, die Hochzeitsandenken zu verpacken, die der Tradition nach unter den Gästen verteilt werden. In der Mitte der Veranda steht ein Tisch mit Körben voller Süßigkeiten, Tüllsäckchen und weißen Bändern mit den kleinen Kärtchen, auf denen in geschwungenen goldenen Schriftzeichen »René und Gertrudis« geschrieben steht. Die Hände der Frauen bewegen sich flink, und auch die Münder stehen keinen Moment still.

»Ganz sicher ist sie schwanger. Ich hab' doch die toten Kröten um El Encanto herum gesehen«, meint eine ganz in Schwarz gekleidete Frau, während sie ein paar bunte Pralinen in eines der Beutelchen aus Schleierstoff bindet; allgemein ist der Glaube verbreitet, daß der Urin schwangerer Frauen sich mit dem Blut von Kröten nicht verträgt.

»Ich werde das Gefühl nicht los, die Zigeunerin läßt sich mit dem Anwalt nur deshalb blicken, damit wir glauben, daß er es war, der sie geschwängert hat, und nicht der Teufel«, sagt Patrocinio, die beharrlich an ihrem Glauben vom Antichrist festhält.

»Also, das glaube ich nicht«, getraut sich Gertrudis einzuwerfen. »Wenn sie wirklich schwanger ist, dann sicher von diesem Anwalt.«

»Acht Jahre lang ist sie von René nicht schwanger geworden, und jetzt soll sie plötzlich von einem anderen im Handumdrehn ein Kind erwarten?« gibt eine dürre Frau mit langer, spitzer Nase argwöhnisch zurück.

Gertrudis muß sich zusammennehmen, um nicht das Geheimnis mit den Anti-Baby-Pillen zu verraten. Es ist zu einer schweren Last für sie geworden, nicht einmal René kann sie die Wahrheit anvertrauen.

»Was ich gern wissen möchte«, fängt Patrocinio wieder an, »ist, wie lange wir diese Schamlosigkeit noch mit ansehen wollen. Wir sind schließlich eine anständige Christengemeinde. Es ist nicht recht, daß jemand meint, bloß weil sie Geld hat, könne sie einfach und ungestraft gegen die guten Sitten verstoßen. Ich meine, wir dürfen nicht länger zulassen, daß sie uns so auf der Nase herumtanzt, uns beleidigt und zu allem Überfluß auch noch unseren Kindern Sexualunterricht erteilt. Aus dem Dorf sollten wir sie jagen, Pater Pio sollte sie exkommunizieren... irgend etwas müssen wir doch tun!«

Es entsteht ein unbequemes Schweigen. Keine von denen, die da sitzen, fühlt sich in der Lage, Sofia zu vertreiben, niemand hat je mehr gewollt, als nur zu reden. Gertrudis schüttelt den Kopf, für sie ist Sofia nie etwas anderes gewesen als eine ganz normale Frau. Sie glaubt nicht an die Zauberkräfte der Freundin und fühlt sich bei diesem Hexenjägerkongreß fehl am Platze. Aber sie weiß genau, daß bei diesen Frauen die Vernunft nichts bewirken kann, zu lange herrscht hier der Aberglauben, zu lange sehen sie die Welt aus dem magischen Blickwinkel der Unwissenheit.

»Das führt doch zu nichts«, sagt sie. »Jeder hat doch eigentlich das Recht, so zu leben, wie er will.«

»Aber niemand hat das Recht, uns das unsere nicht anständig leben zu lassen«, beharrt Patrocinio eindringlich und erbarmungslos. »Du hast natürlich ein Herz für sie, weil sie früher deine Freundin war, das sei dir als Kindertollheit verziehen. Wenn ihr mich fragt, dann sollten wir ihr wenigstens unmißverständlich klarmachen, daß wir keine weiteren Schamlosigkeiten dulden werden.«

Die Frauen sehen sich vielsagend untereinander an. Gertrudis gehört nicht zu ihnen. Die alte Freundschaft zu Sofia wird ihr immer den Blick trüben. Mit ihr können sie nicht rechnen, doch Patrocinio hat recht. Man muß sich eine Strafe ausdenken für diese Zigeunerin. Es kann nicht so weitergehen, als sei nichts geschehen.

»Die Pralinen sind alle«, sagt eine von ihnen und zeigt auf den leeren Korb.

In ihrer Hütte am Mombacho spürt Xintal, wie die Luft, die von den Dörfern aus der Ebene aufsteigt, dicker wird. Die schlechten Schwingungen machen die Atmosphäre schwer und biegen die Blätter der Pflanzen nach unten. So lange ist sie nun schon auf dieser Erde, und immer noch geschieht das gleiche, denkt sie für sich, während sie zwischen den Flaschen in ihrem Alchimisten-Regal herumsucht. Ganz hinten an der Wand steht, versteckt zwischen ein paar Lumpen, ein gläserner Tiegel mit einer blauen Flüssigkeit. Monate hat sie dazu gebraucht, das Mittel anzurühren, Monate, in denen sie geduldig die blauen Vögel angelockt hat, um ihnen ein paar Federn auszureißen, in denen sie Alraunwurzeln gesucht und Morgentau, Schmetterlingsflügel, Blütenstaub und die Flugsamen seltener Bäume gesammelt hat, und trotz all dieser Zutaten kann sie sich der Wirkung nicht völlig sicher sein.

Die Heilmittel gegen unerklärliche Leidenschaften enthalten keinerlei Restbestände, Abfallstoffe, nichts, was fault oder von dem Zerfall herrührt, der das Ende des Lebens begleitet. Sie müssen im Gegenteil die Essenzen des Lebens enthalten, rebellische Symbole, Luftelemente. Allein die Berührung mit dem Leben und der Schönheit in ihrer reinsten Form vermögen den trügerischen Glanz der Leidenschaften zu schwächen, die durch die Fugen unglücklicher Kindheiten dringen und wie Spiegel vorbestimmte Schicksalslinien ablenken können. Nichts ist statisch im Universum, nicht einmal das Schicksal. Die Lebenswege von Menschenwesen, denen nie das Blut heiß durch die Adern pulst, sind leicht vorhersagbar, ihre Lebenslinie kann kaum von ihrem Weg abweichen; im Falle von Sofia jedoch zeigt sogar der Teich, der sich nie irrt, widersprüchliche Bilder. Einmal sieht Xintal sie glücklich, dann wieder im schlimmsten Unglück. Da sind zwei Schicksale, die sich gleichzeitig anziehen und abstoßen. Da ist die Schwerkraft der Spirale, die anscheinend unbeweglich ist, die kurvenförmige Linie, von der Eulalia sprach, die den Kreis von neuem schlagen will, doch durch irgendein Beben der Zeit gelingt es nicht. Deshalb beharrt sie Doña Carmen gegenüber darauf, daß nicht alles, was Sofia widerfahren wird, »in ihrem Schicksal vorbestimmt ist«. Wenn die richtige Konstellation zustande kommt, wird Sofia den Kreis durchbrechen können und nicht gezwungen sein, vorgezeichnete Mythen zu wiederholen. Doch gibt es so viele verschiedene Möglichkeiten, so viele anscheinend unwichtige Umstände. Wer kann schon wissen, ob nicht die kleinste Entscheidung, der flüchtigste Augenblick den Unterschied zwischen Leben und Tod bedeutet? Wie oft war in der ganzen unendlichen Geschichte ihres Lebens das Entscheidende nicht mehr als das Zusammentreffen von Unvorhergesehenem!

Es ist schon lange her, daß Sofia zu Besuch bei ihr war. In der ersten Zeit nach ihrer Rückkehr auf El Encanto pflegte sie ab und zu nachmittags geritten zu kommen und bis spät in den Abend hinein zu bleiben. Doch in letzter Zeit hatte sie die Atemlosigkeit ihres Lebens von hier ferngehalten. Sie würde die Weisheit nicht suchen noch an sie denken, solange sie nicht litt. Xintal wußte das genau, war es doch ein Teil der menschlichen Natur. Jetzt war Sofia schwanger und würde sich verpuppen wie eine Larve. Sie würde sich in einen Schmetterling verwandeln, wenn sie es schaffte, in sich selbst hineinzusehen, wenn es ihr gelänge, die Kräfte zu verstehen, die ihr Schicksal lenken.

Die blaue Flüssigkeit leuchtet im Glas, wenn Xintal es gegen das Licht hält. Bald wird die Mischung vollendet sein, die – wenn sie richtig wirkt – Sofia sogar gegen sich selber zu schützen vermag.

Jetzt um drei Uhr nachmittags ist es dunkel in der Kirche. Sämtliche Türen sind geschlossen, und im Gegensatz zur Hitze draußen ist es kühl im Kirchenschiff vor dem Hauptaltar. Die dicken Mauern und das hohe

Dach verhindern, daß die Wärme hier eindringen kann. Die Bewegungen Pater Pios sind langsam, als er die zahllosen Opferkerzen vor dem Bild der heiligen Jungfrau ordnet. Er ist müde. Er, der die Seelen des Dorfes hütet, weiß manches Mal nicht zwischen den eigenen und den fremden Sorgen und Nöten zu unterscheiden. Schwer lastet das Gewicht der Unzufriedenheit und der Mißgunst, der Ehezwiste und Geldstreitigkeiten seiner Schäfchen auf ihm, es bedrückt ihn, daß sie immer von ihm das passende Wort, den richtigen Rat erwarten. Tagsüber gibt er seiner Herde, was sie verlangt, doch am Abend und in den Stunden des Alleinseins muß er sich seinem Gott gegenüber verantworten, der sich noch nie dazu herabgelassen hat, zu ihm zu sprechen und ihm zu zeigen, wie er es anstellen muß, damit er sich nicht irrt. Im Laufe seines Lebens hat er gelernt, was es heißt, daß es im Weinberg des Herrn alles gibt, doch ist es seine Aufgabe gewesen, Augen und Ohren der Unwissenden vor Dingen zu schützen, die ihnen nur den Geist verwirren. Sogar noch in diesem kleinen Dorf gibt es sie, die unergründlichen Geschichten, die dunklen Kapitel menschlichen Elends, deren explosive Ladung er entschärft, damit der schöne Schein der Harmonie gewahrt bleibt. Für ihn ist es immer richtig gewesen, das Sprichwort, das da lautet, die Sünde wird erst durch den Lärm der Sünde, erst durch das Geschwätz wird aus der Sünde wirklich ein öffentliches Ereignis. Wenn die Dinge hingegen in der Familie bleiben, gibt es Hoffnung; selbst wenn wie üblich den anderen etwas zu Ohren kam, hatte er immer noch genug Einfluß, die Gerüchte absterben zu lassen wie ein Feuer ohne Nahrung. Er war mächtig stolz auf seine Fähigkeit, die kannibalischen Instinkte, die, da war er überzeugt, in jedem menschlichen Wesen hausen, unter eiserner Kontrolle zu halten. Was aber ließ sich in Sofias Fall machen? Seit Jahren war sie schon nicht mehr zur Beichte gekommen. Sie hatte ihm übelgenommen, daß er von ihr Einzelheiten über ihr Intimleben mit René wissen wollte. Vielleicht dachte sie, er frage sie das aus perverser Lüsternheit, doch lag ihm nichts ferner, Gott war sein Zeuge. Er fragte sie ja alle dasselbe. Er wußte genau, wie jedes einzelne der Paare im Dorf es macht, wie oft und mit welchen Besonderheiten. Pater Pio hat längst das Gefühl für die Anomalie seines Handelns verloren und ist fest davon überzeugt, daß seine Neugier notwendig ist, um geistlichen Beistand geben zu können. Schließlich war der Körper schuld an allen Sünden, und noch die frömmste aller Frauen war, wenn man die Neigungen der weiblichen Natur bedachte, anfällig für die schlimmsten Sünden des Fleisches. Keine Frau, die er kannte, war gefeit gegen die Versuchungen des sechsten Gebotes, das schien seit Evas Zeiten der ureigenste Fluch ihres Geschlechtes zu sein. Und um den Frevel dieser zerstörerischen Kraft unter Kontrolle halten zu können, mußte man sie eben gut genug kennenlernen. Doch hatte ihn Sofia damals gründlich mißverstanden. Sie wußte ja gar nicht, welch unermeßlich großes Opfer es für ihn und seine menschlichen Schwächen bedeutet, all die gebeichteten Bekenntnisse anzuhören, die unzähligen unglaublichen Ferkeleien, vor allem, als er selbst noch jung war und seines Verlangens kaum Herr zu werden vermochte und im Beichtstuhl nicht selten seine eigenen schamlosen Erektionen ertragen mußte. Wie oft hatte er sich in jenen längst vergangenen Jahren selbst Geißelungen auferlegen müssen, um sich für die Entladungen seines Körpers zu bestrafen, die nach den vielen Geständnissen unumgänglich wurden. Doch sie war aus dem Beichtstuhl aufgestanden, hatte ihn beschimpft wie einen zudringlichen Mann und nicht wie einen Gottesmann und war nie wiedergekommen, um das Sakrament zu empfangen.

Und jetzt dieser Skandal! Genau das wäre vermieden worden, so wie er es sich wünschte, wenn sie weiter zur Beichte erschienen wäre.

Er war ganz sicher, daß er sie hätte bändigen können, diese üblen Versuchungen, die sie dazu verführten, in Gottes freier Natur zu kopulieren, ohne sich um die Kinderaugen zu kümmern, die ihrem sündigen Treiben zuschauten. Die armen Kinder hatten früh ihre Unschuld verloren, nie wieder würden sie dieselben sein, nachdem sie vom Baum dieser Erkenntnis genascht hatten. Zwar hatte er sie eine Woche lang nicht aus dem Pfarrhaus gelassen und sie wieder und wieder und jeden Tag das Geschehene erzählen lassen, damit sie sich in ihrer eigenen Geschichte verwickelten und zu zweifeln anfingen, ob sie das alles wirklich erlebt oder nur geträumt hatten. Eine richtige Roßkur war das gewesen, doch glaubte nicht einmal er selbst so recht, daß sie viel nützen würde. Und im Dorf schrie man nach einer drakonischen Strafe. Erst gestern hatte ihn Fernando an der Spitze einer Delegation von Frauen und Männern des Ortes aufgesucht, um die Exkommunizierung Sofias zu verlangen. Nicht daß sie zum Abendmahl kam, auch das hatte sie seit geraumer Zeit aufgegeben, doch ging es hier ums Prinzip, um die Frage der Moral. Ihm kam die Reaktion der Leute übertrieben vor. Offensichtlich benutzten sie den Vorfall dazu, alte Animositäten und tiefsitzenden Neid loszuwerden, deren Ursprung nicht einmal sie selber mehr genau kennen. Er bat sie darum, ihm Zeit zu geben, damit er den Herrn um Rat fragen könne. Pater Pio hebt die Augen zu dem imposanten Kruzifix, das den Hauptaltar der Kirche von Diriá ziert. Auch Christus sieht im Schein der Kerzen müde aus. Ihm, der Tag für Tag soviel Sünde auf der Welt sah, mußte dies alles unbedeutend erscheinen. »Nein«, schien Er ihm sagen zu wollen, »die Exkommunizierung ist ein wenig übertrieben, eine ordentliche Maßregelung sollte ausreichen.« Und natürlich wird er die Sünde verdammen, wird in der Predigt davon sprechen. Schon am vergangenen Sonntag hat er die Sünde Evas, die Ursünde, zum Thema genommen. Wenn er sich jetzt Eva vorstellt, dann sieht er sie immer mit dem Gesicht und sogar mit dem Körper von Sofia, Sofia mit dem langen Haar bis zur Taille und dem Feigenblatt, das sie nur knapp verhüllt. Wieder sieht er zum Kruzifix hoch und dankt dem Herrn dafür, daß er an diesem geschützten Ort sein darf, weit fort von allen Sünden dieser Welt.

»Wenn Doña Sofia anruft, sagen Sie ihr bitte, daß ich nicht da bin.« Jerónimo wartet die Antwort der Sekretärin nicht ab, betritt sein Arbeitszimmer und nimmt aus der Aktentasche einen umfangreichen Stoß Papiere. Seit Wochen hat er nicht mehr gearbeitet.

Sie ist nicht schlecht gewesen, diese Zeit neuerfahrener Jugend, zügelloser Leidenschaft und lustvoller Unbeschwertheit, doch muß er langsam daran denken, in die Wirklichkeit zurückzukehren; er beginnt, seine Arbeit zu vermissen und Sofia zu fürchten. Schon einige Male hat er sich gefragt, ob dieses Weib nicht ein bißchen verrückt ist, ob dieses ungewöhnliche Verhalten nicht krankhafte Züge trägt. Es schien keinen anderen Grund für ihre Entfesselung zu geben als die Entfesselung selbst. »Nie hören wir auf zu forschen, und am Ende aller Entdeckungsreisen gelangen wir wieder an den Ausgangsort zurück und meinen, ihn zum ersten Mal zu sehen«, sagte Eliot. So etwas Ähnliches geschah mit Sofia, sie forschte, nur um von neuem zu beginnen, um sich zu bestätigen, daß der Anfang jedesmal anders war, daß das scheinbar Bekannte niemals gleich war.

Er mußte zugeben, daß Sofias zügelloser Appetit ihn in seinen Bann geschlagen hatte, er fühlte sich zum eigentlichen Ursprung aller Fleischeslust versetzt, in die Zeiten vor der Sünde und Unterdrückung. Und es würde ihm nichts ausmachen, die Rolle als Objekt weiblicher Lust weiterzuspielen, mißtraute er nicht seiner eigenen Fähigkeit, Distanz zu wahren und einen klaren Kopf zu behalten. Schon mehr als einmal hatte er sich selbst dabei überrascht, wie er sie mit einem Gefühl der Zärtlichkeit in ihrem Schlaf betrachtete und ihm die Brust ein wenig eng wurde. Er läuft Gefahr, sich zu verlieben. Da war es besser, den Lauf der Dinge aufzuhalten, die Begegnungen zu dosieren, er brauchte sie ja nicht gleich ganz aufzugeben, nur muß er den Rhythmus bestimmen, ganz einfach deshalb, weil er derjenige ist, der in dieser Beziehung am meisten riskiert. Einmal in der Woche will er sie sehen, verspricht er sich und versucht, sich auf den Stapel Papiere zu konzentrieren, die er auf den Schreibtisch gelegt hat und die er jetzt angestrengt durchliest, wobei er sich fragt, wie er es nur geschafft hat, so lange diese verdammt aufgeblasene Juristensprache auszuhalten.

Erregt stürzt Fausto ins Haus, hochrot im Gesicht von Sonne und Zorn. Ohne anzuklopfen öffnet er die Tür zum Arbeitszimmer und setzt sich auf das Sofa neben dem Schreibtisch, an dem Sofia Dokumente ordnet.

»Irgend jemand hat uns drei Kilometer Zaun aus der Umzäunung der Hacienda geschnitten.«

Sofia hebt den Kopf und sieht ihn an, ohne zu begreifen, was er da sagt.

»Es muß gestern nacht passiert sein«, erklärt Fausto, während er sich bemüht, ruhiger zu atmen, »und es muß ein ganzer Trupp Männer gewesen sein. Ich habe schon die Knechte losgeschickt, das durchgebrannte Vieh wieder einzufangen. Scheint fast so, als hätten sie uns jetzt wirklich den Krieg erklärt.«

»Krieg? Wer soll uns denn den Krieg erklären? Und weshalb?«

»Die Heilige Inquisition, mein süßes Kind. Die mag dich nämlich nicht, weil du eine arge Sünderin bist. Und weil der Herr im Himmel noch immer keinen Blitz auf dich niedergeschleudert hat, werden sie sich jetzt selber darum kümmern, daß deine Sünde ihren Preis bekommt. Böse Zungen behaupten sogar, sie hätten von Pater Pio verlangt, daß er dich exkommunizieren soll.«

Sofia legt den Kopf auf die Sessellehne und sieht Fausto spöttisch an. »Du meinst doch nicht im Ernst, daß sie so puritanisch sind und mein kleines Freiluftabenteuer so wichtig nehmen.«

»Glaub's mir ruhig.«

»Dann müssen wir eben ein paar Männer abstellen, die nachts Wache halten«, sagt Sofia und befühlt sich den Bauch, der jetzt deutlich anzuschwellen beginnt. »Vor allem müssen wir aufpassen, daß sich niemand dem Haus nähert. Ich bin mir übrigens sicher, daß René und Fernando dahinterstecken.«

»Gar keine Frage... Die Hochzeit von René und Gertrudis ist kommende Woche. Ich glaube, wir sind die einzigen, die sie nicht eingeladen haben.«

»Vielleicht sollten wir uns selbst einladen.«

»Komm bloß nicht auf die Idee. Da kannst du ja gleich in einen Fluß voller Piranhas springen.«

»So können wir ihnen aber zeigen, daß wir keine Angst vor ihnen haben.«

Fausto kaut nervös an seinen Fingernägeln. Es gefällt ihm überhaupt nicht, welchen Lauf die Dinge nehmen. Wenn sie sich jetzt auch noch ihn vornehmen, wird er sämtliche Vorurteile und dazu noch allen Spott über seine sexuellen Vorlieben über sich ergehen lassen müssen, obwohl er sich diese ganze Zeit über so bemüht hat, den Leuten des Dorfes keine Gelegenheit zu geben, ihn auch nur eines falschen Blickes zu beschuldigen.

»Nimm es nicht zu wichtig«, sagt Sofia. »Wir dürfen uns jetzt nicht nervös machen lassen, das ist es doch, was sie wollen.«

Sie hat ihren letzten Satz noch nicht ganz zu Ende gesprochen, da kommt Petrona sichtbar verstört ins Zimmer gestürmt, um ihnen zu zeigen, was an diesem

Morgen auf der Mauer geschrieben steht, die an die Landstraße grenzt.

Sofia erhebt sich mißmutig. Die Schwangerschaft hat sie träge werden lassen, es gibt Tage, da hat sie nicht einmal Lust, aus dem Bett aufzustehen. Sich jetzt auch noch mit diesem haarsträubenden »Krieg« abgeben zu müssen, macht ihr schlechte Laune. Im Gegensatz zu Fausto, der mit schnellem Schritt neben Petrona hergeht, bewegt sie sich schwerfällig und widerwillig. »Hexe«, »Sau«, »Weg mit der Hure und ihrem schwulen Zuhälter«, »Homos raus«, diese Worte beschmutzen in großen schwarzen Buchstaben die weißgekalkte Mauer der Hacienda. Petrona zeigt mit dem Finger darauf und schimpft unablässig über diese frechen Kerle, diese Rüpel, die es gewagt haben, sie so zu beleidigen; das ist doch der Gipfel des Neides und der Mißgunst, ruft sie empört, diese Unseligen werden es nie lernen, ihren Nächsten zu achten! Als ob sie alle Heilige wären!

Sofia schaut die Schmierereien an und spürt, wie ihr ein heißer Schauer die Wirbelsäule hochsteigt. Wenn es nur um sie selbst ginge, sie würde noch am selben Tag Rache nehmen, würde all denen die Häuser von oben bis unten anstreichen, von denen sie meint, daß sie etwas mit dem hier zu tun haben, doch sie ist jetzt schwanger und muß an ihre Tochter denken, ihre Tochter, die hier geboren werden wird und die Hacienda und alles andere erben wird. Sie will nicht riskieren, daß irgend jemand einen Fluch gegen sie ausspricht oder böse Geister beschwört, die das Leben in ihrem Leib absterben lassen. In Diriá kann Haß gefährlich werden. Es will ihr nicht in den Kopf, woher soviel

Feindseligkeit kommen mag, wenn nicht von René; sie weigert sich einfach zu glauben, das ganze Dorf habe beschlossen, sich zusammenzurotten und sie zu ärgern, bloß weil ein paar dumme Kinder gesehen haben, wie sie mit Jerónimo im Gebüsch schlief. Waren nicht alle Dörfer der ganzen Gegend bekannt für ihre Liebestragödien und Verbrechen aus Leidenschaft? Und da mußten sie jetzt ausgerechnet sie verdammen! Sie gaben ihr die Quittung dafür, sagt Fausto, daß sie eine Hexe, eine Zigeunerin und wagemutig ist. Eine Hexe zu sein ist hier doch nichts Besonderes, ganz Diriá lebt von den Leuten, die zu den Wunderheilern kommen und sich ihr Schicksal aus dem trüben Wasser lesen lassen. Und sie betreibt die Hexerei nicht einmal berufsmäßig wie Doña Carmen oder Samuel, sie übt sich in wenigen privaten Riten, die sie mit niemandem teilt, und liest ein bißchen die Karten, das ist alles. Im Grunde, und das ist das Entscheidende, halten sie sie noch immer für eine Fremde, die nicht hierher gehört, einen Eindringling, die Tochter des »Ewigen Juden«. Sie ist die Last ihrer Herkunft leid, es gibt Tage, da sehnt sie sich danach, eine ganz normale Person zu sein und ihre Vergangenheit mit den Zigeunern zu vergessen. Der Nebel der Wut löst sich auf und weicht einem Gefühl von Ekel und Unwohlsein, Traurigkeit steigt in ihr hoch. Fausto sieht, wie sie vor der Mauer zur Salzsäule erstarrt, er spricht sie an und merkt, daß sie ihn gar nicht hört, beobachtet, wie sie bleich und bleicher wird, und hat gerade noch Zeit, zu ihr hinzustürzen und sie aufzufangen, als sie hinfällt und sich zu übergeben beginnt.

»Wir werden zu Renés und Gertrudis' Hochzeit gehen«, sagt Sofia zu Fausto, als sie endlich auf dem Bett in ihrem Zimmer liegt, Petrona hat ihr ein feuchtes Tuch auf die Stirn gelegt. »Wir werden ihnen allen sagen, daß sie uns in Ruhe lassen sollen. Gib den Knechten Anweisungen, sie sollen die Mauer frisch kalken, damit diese häßlichen Schmierereien verschwinden.«

Im Halbdunkel ihres Zimmers ist es kühl. Sofia fühlt sich geborgen unter dem Laken. Es ist früher Nachmittag, und das Sonnenlicht prallt mit Wucht gegen die Erde und läßt wabrigen Glast aufsteigen. Seit vor Tagen die Schmierereien an der Mauer aufgetaucht sind, hat die Übelkeit angefangen; normales Essen verursacht ihr Ekel, sie verträgt nur Haferschleim, leichte Suppen und Fruchtsäfte. Petrona ist eifrig bemüht, Rezepte aus Obst und Gemüse zu erfinden, die sie zu sich nehmen und bei sich behalten kann. Fast den ganzen Tag verbringt sie im Bett, döst vor sich hin und liest alte Bücher, deren Handlung sie schon kennt, denn sie möchte, daß sie nichts aufregt, nicht einmal die Spannung beim Lesen.

Die Tür geht einen Spaltbreit auf, eine fremde, magere Gestalt schaut herein und tritt dann geräuschlos ins Zimmer. Sofia erkennt Xintal nicht, bis sie an ihrem Bett steht.

»Du hast mich nicht rufen lassen, gleichwohl bin ich gekommen, weil ich weiß, daß du mich brauchst.«

Die alte Frau setzt sich auf den Bettrand und legt Sofia ihre kühle Hand auf die Stirn.

»Ach, Xintal! Mir ist sterbenselend zumute! Ich fürchte fast, daß es ein böser Zauber ist.«

Die Alte erhebt sich und beginnt, ohne ein Wort zu sagen, das Bett um Sofia herum zu befühlen, hebt die Zipfel der Decke an und bückt sich, um auch einen Blick unter das Bett zu werfen. Dann sucht sie das ganze Zimmer ab und schaut hinter Möbel und in Ekken, ohne die Dachbalken zu vergessen. Als sie sich dem Spiegel nähert, holt sie das Fläschchen mit der blauen Flüssigkeit hervor, das sie im Ausschnitt versteckt hält, befeuchtet sich den Zeigefinger und malt damit einen Kreis auf die Spiegeloberfläche.

»Ich habe dir Farnblätter und Rosmarinblätter mitgebracht, die mußt du dir in die Schuhe stecken. Das wird dich schützen, wenn du das Haus verläßt. Und ich habe Petrona gesagt, sie soll dir Zimtwasser aufkochen. Ab morgen wäschst du dich jeden Tag damit, das ist das beste gegen Neid und schlechte Schwingungen.«

»Vor allem möchte ich, daß diese Übelkeit aufhört. Wenn das so weitergeht, kann ich nicht zu Gertrudis' Hochzeit gehen.«

»Sie haben dich eingeladen?«

»Nein. Aber ich werde trotzdem hingehen. Dort werden alle sein, die mir übel wollen. Ich werde ihnen mit allen Höllenmächten drohen, die ich ihrer Meinung nach habe.«

Sofia richtet sich auf und greift nach dem Glas mit eingeweichten Leinsamen, das neben ihrem Bett steht. Sie ist ganz bleich und hat tiefe Schatten unter den Augen, und in ihren Augen kann Xintal die Angst lesen. Sie soll nichts Unüberlegtes machen, das ihr hinterher leid tut, sagt sie ihr.

»Ich verstehe es einfach nicht, soviel ich auch darüber nachdenke. Was habe ich ihnen denn getan? Wie lange soll ich denn noch die Fremde, die Zigeunerin sein? Ich verfluche meine Mutter, die mich einfach verlassen hat, so daß ich jetzt weder das eine, noch das andere richtig bin! Wann hören sie endlich auf, mich wie ein exotisches Tier zu behandeln? Ich habe ihnen doch gar nichts getan!«

Sofia fährt sich erregt mit der Hand über den Leib, der begonnen hat anzuschwellen. Xintal fühlt, wie eine Welle uralten Mutterinstinktes ihr das Nervengeflecht im Oberbauch zusammenzieht. Hinter dem funkensprühenden Wesen Sofias hat sie schon oft genug jenes ängstliche, einsame kleine Mädchen gesehen, das sich jetzt im Bett und unter den Laken verkriecht, als wolle es sich vor einer Welt schützen, die zu feindselig, zu verständnislos ist, eine Welt, die es trotz aller Anstrengungen nicht meistert.

»Provoziere sie nicht noch, dann lassen sie dich mit der Zeit schon in Ruhe.«

»Wie soll ich sie nicht provozieren, solange sie mich andauernd bis aufs Blut reizen?« antwortet Sofia. »Sie haben schließlich angefangen damit.«

»Aber was hast du denn davon, wenn du dich mit ihnen anlegst?«

»Es geht nicht darum, ob ich etwas davon habe, es ist eine Frage des Prinzips. Sie haben einfach kein Recht, mich so zu behandeln. Egal, wo ich herkommen mag, jetzt gehöre ich hierher, und es gibt keinen Grund, mich zu ärgern oder wie eine Aussätzige zu behandeln« – sie setzt sich im Bett auf und verliert langsam den Ausdruck eines hilflosen Kindes. Kurz darauf ist sie wieder die alte.

Ihre größte Sorge, sagt sie, ist es, sich nicht denen stellen zu können, die ihr Schaden zufügen wollen, daß ihr Körper nicht mitmacht und sie nicht zur Hochzeit gehen kann. Sie kann nicht einfach weiter zulassen, daß diese Bande meint, sie könne machen, was sie will. Es ist nicht ihre Schuld, daß sie an den Teufel und an schwarze Magie glauben, und wenn es der einzige Weg ist, daß sie sie in Ruhe lassen, dann muß man ihnen eben ein bißchen von ihrer eigenen Medizin geben.

»Du mußt mir helfen, Xintal. Gib mir etwas, damit meine Übelkeit aufhört«, sagt Sofia, legt sich wieder in die Kissen zurück und bewegt den Kopf heftig hin und her, weil sie spürt, wie der Brechreiz ihren Körper überschwemmt und ihre Entschlußkraft schwächt.

Xintal schließt die Augen und streichelt beruhigend Sofias Arm. Der Raum riecht muffig, durch die Spalten der Fensterläden fallen Strahlen weißen Lichts in das Halbdunkel hier drinnen. Die beiden Frauen schweigen und bewegen sich kaum, die Jüngere bemüht sich, ihren Magen zu beruhigen, und die Ältere denkt, daß es kein besseres Mittel gegen die Übelkeit gibt als einen ruhigen Geist; nichts entfesselt die sauren Säfte des Körpers mehr als die Aufgeregtheit.

»Das neue Leben verträgt sich nicht mit dunklen Gedanken, Sofia. Was du spürst, ist das Leben deiner Tochter, das sich nicht mit deiner schlechten Stimmung vertragen will. Wenn du die Übelkeit loswerden möchtest, mußt du dich beruhigen und darfst dich nicht länger in diesem dunklen Zimmer einschließen und vor dich hindämmern. Sie will Sonne von dir«, sagt Xintal schließlich und öffnet die Augen wieder.

Sofia macht wieder eine hilflose Kopfbewegung. Ihr Haar breitet sich wirr über das Kopfkissen.

»Ich kann nicht einfach so tun, als ob alles in Ordnung wäre mit mir«, sagt sie.

»Das ist es doch nicht wert«, antwortet Xintal. »Keiner von denen, die dir Schaden zufügen, ist es wert, daß du und dein Kind ihretwegen leiden. Merkst du denn nicht, daß sie genau das wollen? Du mußt dich überwinden, steh auf, wasch dich mit dem Zimtwasser und mach einen Gang über die Hacienda. Du wirst sehen, morgen geht es dir schon besser. Jetzt möchte ich, daß du dich aufsetzt und dein Nachthemd ausziehst.«

»Was hast du denn mit mir vor?« fragt Sofia mißtrauisch.

»Ich werde dir etwas geben, das dich schützt.«

Xintal holt das Fläschchen hervor, das sie an ihrer Brust trägt, befeuchtet sich die Finger und beginnt langsam und sorgfältig, Sofias Rücken damit einzureiben, wobei sie unverständliche Sätze murmelt.

29

Sofia könnte die Strecke zwischen El Encanto und Renés Haus mit verbundenen Augen zurücklegen, so oft ist sie hin und her geritten, auf dem Pferd, das Fernando am Zügel führte. Es ist ein Sandweg, der zwischen den Kaffeepflanzen hindurchführt, zu dessen Seiten Mandarinenbäume, Bananenstauden und hohe Genízaro-Bäume stehen. Der abnehmende Halbmond leuchtet am klaren Sternenhimmel des nicaraguanischen Sommers, inmitten eines merkwürdigen orangefarbenen Hofes. Es ist eigentlich die Jahreszeit heftiger Stürme, doch hat sich der Wind in dieser Nacht gelegt; es herrscht eine gespannte Stille, die nur von fernem Hundegebell unterbrochen wird. Fausto hat hartnäkkig versucht, sie von ihrer Idee abzubringen, doch Sofia hat seinen Argumenten keine Beachtung geschenkt. Sixto, der Fahrer, bringt sie im Jeep zur Hochzeit von René und Gertrudis.

»Kein schöner Abend zum Heiraten«, denkt Sofia, als sie die drückende Schwüle, die zähe Luft spürt, die kein Säuseln in den Blättern der Bäume und Kaffeesträucher hören läßt.

Schon von weitem hört man die Festmusik herüberwehen, und als sie dem Hof schon ganz nahe sind, säumen zwei lange Reihen geparkter Fahrzeuge den Weg. »Laß mich am hinteren Tor raus«, weist Sofia Sixto an.

Der Jeep fährt am Haupttor vorbei, dessen beide Flügel weit offen stehen, und folgt dem Weg, der um das Haus führt, bis Sofia zu halten befiehlt, aussteigt und Sixto sagt, er solle sie am vorderen Tor erwarten.

»Chefin«, sagt Sixto, bevor er ihr Folge leistet, »ich weiß ja, daß Sie es nicht mögen, wenn man Ihnen Ratschläge gibt, aber seien Sie vorsichtig... dieser René ist fähig, Sie umzubringen.«

»Wenn er das tut, dann wird er für den Rest seines Lebens kein Auge schließen«, antwortet Sofia, »mach dir keine Sorgen, mir wird schon nichts passieren.«

Der Wagen fährt an, während sie mit festen Schritten losmarschiert und durch das hintere Tor in der Mauer geht, wo sie auf eine Gruppe Angestellter stößt, die hinter dem Haus unter dem Mandelbaum plaudern; sie verstummen sofort, als Sofia an ihnen vorbeischreitet.

Der erste, mit dem sie zusammentrifft, ist Pater Pio, der durch das Eßzimmer zum Hinterausgang geht.

»Hallo, Pater«, sagt sie, bevor sich der Priester von seinem Schreck erholen kann, »wollen Sie hier etwa Sünder segnen?«

Pater Pio fällt darauf keine Antwort ein, und während Sofia schon weiter in das Haus eindringt, braucht er noch ein Weilchen, um sich von der Überraschung zu erholen, sie an diesem Abend hier zu sehen. Was mag sie nur vorhaben? fragt er sich, nichts Gutes kann sie an einem Tag wie diesem hier im Schilde führen. Freche Göre, wie kann sie ihn nur so anfahren, als wüßte er nicht selbst am besten, was für seine Schäfchen gut ist! Da kehrt er besser um und sieht nach, was diese verirrte Seele vorhat.

Das Hochzeitsfest von René und Gertrudis findet auf

dem Hof vor dem Hause statt. Außer den Nachbarn und Freunden aus dem Dorf und seiner Umgebung sind auch die Bekannten von Gertrudis aus Managua eingeladen worden und ein paar Familien aus Masaya, mit denen René Geschäfte macht. Die Gäste feiern an den Tischen, die im Hof aufgestellt sind, aber es stehen auch kleine Grüppchen auf der Veranda, wo die Getränke ausgeschenkt werden. Rechts an der Mauer, die René hat bauen lassen, spielt auf dem Podium die Kapelle. Ein großer Teil des Hofes wird von den Tänzern eingenommen. Es wird laut und fröhlich gefeiert. Überall, wo Sofia vorbeikommt, grüßt sie mit einem Kopfnicken, als sei ihre Gegenwart bei diesem Fest die natürlichste Sache der Welt.

»Hallo, Doña Verónica.«

»Wie geht's, Doña Nidia?«

»Schön, Sie zu sehen, Don Prudencio.«

Ihr Anblick verursacht verblüfftes Schweigen, ungläubige Blicke, verdutzte Gesichter, Bissen, die nicht in die Münder gelangen oder im Halse steckenbleiben, und manchen Schluck, der sich in die Luftröhre verirrt; die Leute treten zur Seite, ohne zu begreifen, wohin Sofia mit diesem Blick eines kampflustigen Pantherweibchens unterwegs ist. Von weitem sieht Sofia Patrocinio, die in ein hitziges Gespräch verstrickt ist und sie nicht bemerkt, bis sie die Intuition der Kneipenwirtin spüren läßt, daß etwas Merkwürdiges im Gange ist; die Gäste aus dem Dorf, die auf der Veranda stehen, scheinen an die Wand zurückgewichen zu sein und starren wie versteinert auf einen Punkt in der Nähe des Orchesterpodiums, während sich die aus Managua Gekommenen nichtsahnend weiter unterhalten.

»Ich geh mal eben rüber und schau nach, was los ist«, sagt Patrocinio zu ihrem Mann. »Irgend jemand Besonderes muß gekommen sein, sieh nur, wie sie alle schauen.«

»Sicher nur irgendein hübsches Mädchen, Patro«, meint Cresencio. »Du mußt doch nicht immer alles wissen, bleib lieber hier.«

Patrocinio zögert einen Moment, kehrt dann aber zur Unterhaltung zurück; es fällt ihr schwer, sich auf das Gespräch zu konzentrieren, denn die auf der Veranda scheinen den Blick nicht von jener Frau wenden zu können, die sich ihren Weg durch die Menge und um die Tanzenden herum bahnt, unter denen auch René und Gertrudis sind, die wegen des Lärms der Musik noch nichts von der sonderbaren Atmosphäre gespürt haben.

Die Gestalt klettert aufs Podium und drängt sich zwischen die lachenden Musiker, die meinen, eine Freundin des Brautpaares wolle ein Lied singen oder irgendeine Darbietung zu Ehren der Jungverheirateten machen. Nur der Sänger der Gruppe reagiert ein wenig ungehalten, als ihm Sofia mitten im Lied das Mikrofon wegnimmt.

Gertrudis tanzt voller Glück. Die Dinge haben sich so entwickelt, wie sie es sich erträumt hatte, sogar Pater Pio ist gnädig gewesen und hat ihnen nach der Trauung auf dem Standesamt noch seinen Segen gegeben, das Ersuchen um Annullierung der Ehe ist schon auf dem Weg nach Rom; ihr altes Tantchen ist endlich zufrieden und sitzt strahlend auf ihrem Stuhl an der Ehrentafel, die Gäste haben das Essen gepriesen, das sie mit viel Mühe bereitet hat, und René ist so lieb wie noch nie zu ihr gewesen und hat ihr geschworen, daß er sie immer so lieben wird wie an diesem Tag, daß ihre Flitterwochen nie zu Ende gehen werden und er mit ihr glücklich sein wolle, selbst wenn sie, aus welchem Grunde auch immer, kein Kind bekommen sollte. René schwenkt Gertrudis mit altem Können auf der Tanzfläche herum, und es ist Gertrudis, die bei einer der Drehungen Sofia oben auf der Bühne sieht, die gerade dem verdutzten Sänger das Mikrofon abnimmt. Sie hat nicht einmal mehr Zeit, René etwas zu sagen, denn schon hört man durch die Lautsprecher Sofias Stimme, die der Kapelle einzuhalten befiehlt und die Festgesellschaft erstarren läßt wie die Menschen im Märchen von Dornröschen, als sich die Prinzessin mit der Spindel in den Finger sticht.

»Ich bin hergekommen, um euch allen zu sagen, daß ihr mir nicht länger Ruhe und Frieden rauben werdet, auf die ich ein Recht habe«, raunzt Sofia ins Mikrofon. »Wer es wagt, mich zu belästigen, den verwandle ich in ein Tier. Als Kuh wird er im Schlachthaus enden! Das schwöre ich beim Teufel selbst, der mein Pate ist!«

René ist der erste, der sich rührt. Für einen Augenblick ist es ihm schwergefallen, die Lautsprecherstimme zu erkennen und sich darüber klarzuwerden, warum Gertrudis so perplex innehält, doch jetzt verspürt er nichts als heillosen Zorn darüber, nicht den Revolver im Gürtel zu tragen, um diese verfluchte Hexe von dort oben herunterzuholen und ein- für allemal mit ihr und ihren verdammten Flüchen aufzuräumen. Gertrudis versucht nicht, René aufzuhalten, als er mit einem Satz auf das Podium springt und kräftig mit den Armen rudert, um nicht das Gleichgewicht zu verlieren.

Auch Pater Pio läuft los, die Gäste, die die Geschichte nicht kennen, sehen sich ratlos nach jemandem um, der ihnen erklären kann, was dort geschieht, doch die Leute aus dem Dorf müssen sich nicht nur mit der Todesdrohung beschäftigen, die sie soeben angeboten bekommen haben, sondern auch mit dem, was auf dem Podium geschieht. René hat einem der Musiker die Gitarre weggenommen und stürzt mit wildflakkerndem Blick, das Instrument hoch erhoben, auf Sofia los, die sich schutzsuchend niederkauert. René will gerade den ungewöhnlichen Hammer niedersausen lassen, da entreißt ein dumpfes Grollen, gefolgt vom Schütteln eines Erdstoßes, den Anwesenden Panikschreie, die Spannung weicht einem wüsten Durcheinander von auseinanderstiebenden Männern und Frauen, die rettungsuchend dem Tor zustreben. Pater Pio, der schon auf den Stufen zum Podium gestanden hat, fällt zu Boden und vermag nur noch sein Gesicht in den Staub zu drücken, wo er zu allen Heiligen betet, daß sie ihn erretten mögen. In Sekundenschnelle ist das Chaos ausgebrochen. Die Menschen laufen kopflos hin und her, schreien sich voller Angst zu, auf schnellstem Wege das Weite zu suchen. Gertrudis spürt, wie sie von allen Seiten gestoßen wird und kann währenddessen nicht die Augen von René wenden, der die Gitarre fallen gelassen hat und mit ungläubigem Blick auf die wüste Flucht der Gäste starrt. Sofia ist verschwunden, als habe sie der Erdboden verschluckt. Die Lichterketten im Hof schwanken unter der Erschütterung hin und her, im Hause klirren Fensterscheiben. Patrocinio, die Sofias Worte voller Grauen gehört hat und sich durch das Erdbeben in ihren schlimmsten Ahnungen bestätigt fühlt, kniet im Kies des Hofes, hält sich an einem Stuhl fest und schreit: »So stark du auch sein magst, mein Gott ist doch stärker, der Vater, der Sohn und der Heilige Geist!« Crescencio will sie zum Aufstehen bewegen, sie aber versucht, ihn neben sich auf die Knie zu ziehen.

Es ist ein starker Erdstoß gewesen, eines der regelmäßig auftretenden Beben, von denen die Erde in Nicaragua Jahr für Jahr geschüttelt wird, doch die Festgesellschaft hat es aufgenommen wie eine kosmische Katastrophe, schlimmer noch als das furchtbare Erdbeben, das neunzehnhundertzweiundsiebzig Managua in Schutt und Asche legte.

Der Erdstoß dauert lange Sekunden, und als er endlich vorüber ist und Gertrudis wieder über den Hof blickt, auf dem Minuten zuvor ihr Hochzeitsfest gefeiert wurde, sieht sie nichts als umgeworfene Tische und Stühle, verstreut herumliegende Tischtücher, zerbrochene Teller und Gläser und überall Papierservietten. René sitzt wie in Trance auf einem Stuhl und schaut mit starrem Blick auf Patrocinio, die immer noch unter einer Kokospalme kniet und Kreuze schlägt; Pater Pio ist endlich wieder aufgestanden und klopft sich den Staub aus der Soutane, und die Musiker kommen von der Landstraße zurück in den Hof, um ihre Instrumente zu holen. In wenigen Augenblicken hat sich das Fest aufgelöst, die fröhliche Feier ist einem trostlosen Anblick gewichen. Verfluchte Sofia mit ihrer verdammten Herkunft! sagt sich Gertrudis. Das hier werde sie ihr nie verzeihen. Jetzt mochten alle Angst vor ihr haben, sie jedoch nicht. Sie war nicht so dumm zu glauben, der Teufel schere sich einen Deut um Sofias Geschichten. Mit vor Wut und Schreck zitternden Knien geht sie zu René hinüber und beruhigt sich nach und nach bei dem Gedanken, daß wenigstens ihr Ehemann davor bewahrt geblieben ist, einen Mord zu begehen; eine Minute später, und die Zukunft ihrer Ehe hätte aus gelegentlichen Gefängnisbesuchen bestanden.

Auf dem Heimweg nach El Encanto ist Sofia bemüht, sich von der gewaltigen Aufregung zu erholen und ihre Gedanken zu ordnen. Immer noch zieht sich ihr der Magen zusammen, wenn sie an die wilden Augen Renés denkt, wie er, die Gitarre schwingend, vor ihr stand, bevor dieses wundersame Erdbeben losgrollte. Sie hatte sich nur noch niederkauern können, damit sie der Schlag auf den Rücken traf und ihrer Tochter keinen Schaden zufügte. In jenem Augenblick hatte sie ihre Kühnheit bereut und sogar geschworen, niemals wieder jemanden in der ganzen Gegend herauszufordern. Doch war es wirklich unglaublich gewesen, daß die Erde ausgerechnet in jenem Moment gebebt hatte! Sie bekam geradezu eine Gänsehaut bei dem Gedanken. Ob es wohl der Zauber Xintals war oder die Natur, die ihre Tochter geschützt hatte? An den Teufel mochte sie nicht glauben, in jedem Fall war dieser Erdstoß ihr Glück gewesen. Wer auch dafür verantwortlich sein sollte, sie war ihm dankbar dafür ... Wie die Leute gerannt waren, welches Chaos entstanden war, sie war einfach in den Jeep geklettert, ohne daß auch nur einer von denen, die da in Panik ihre Autos oder ihre Pferde bestiegen, sie wahrgenommen hätte.

Sixto ist zutiefst erschrocken. Er hat gehört, was sie über den Lautsprecher sagte, und der Erdstoß direkt danach hat auch bei ihm die letzten Zweifel ausgeräumt, daß seine Chefin übernatürliche Kräfte besitze. Er wird sie jetzt zur Hacienda bringen und dann für immer von hier verschwinden. Aus den Augenwinkeln sieht er sie neben sich sitzen und muß sich zusammennehmen, daß er sich nicht bekreuzigt. Bisher hat sie noch kein Wort gesagt, doch jetzt sieht er, wie sie zu lächeln beginnt, und er tritt fester aufs Gaspedal, als sie leise anfängt zu lachen, und ihr Lachen wird langsam lauter und lauter, während sie sagt: »Hast du gesehen, Sixto, wie die Leute gelaufen sind, unglaublich, die reinste ausbrechende Rinderherde ... Jetzt sind sie auf immer und ewig überzeugt davon, daß ich eine Superhexe bin, jetzt wird sich keiner von denen jemals mehr trauen, mich zu belästigen, das garantiere ich dir«, und sie will sich fast ausschütten vor Lachen, während Sixto die Seele zu Eis erstarrt.

Nach wenigen Tagen lacht Sofia schon nicht mehr. Nachts wacht sie auf, gepeinigt von schrecklichen Alpträumen, in denen Dämonen mit hohen, spitzen Augenbrauen und Gesichtern, die entfernt an René erinnern, hinter ihr her sind und ihr die gerade geborene Tochter entreißen wollen. »Der Teufel ist mein Pate«, ihre eigenen Worte verfolgen sie jetzt Tag und Nacht, und auch die unbestimmte Angst vor neuen Katastrophen, furchtbaren Erdstößen, die El Encanto zum Einsturz bringen und sie und ihre Tochter unter den Trümmern der dicken Lehmwände begraben könnten. Ihre Angst mischt sich mit derjenigen der Knechte und Mägde der Hacienda, die ihr aus dem Weg gehen und ihren Blick meiden; sogar ihre getreue Petrona ist schweigsam und argwöhnisch geworden. Sixto ist seit der Bebennacht nicht wieder zur Arbeit erschienen, und täglich gibt es neue Kündigungen von Arbeitern, die lieber fortgehen, als fürchteten sie die dicke, drükkende Luft, die über der Hacienda liegt. Fausto kündigt an, nachdem er sie noch einmal wegen ihrer »irrationalen Impulse« gescholten hat, daß er die Spannung der Feindseligkeit nicht länger aushält, er wird für ein paar Tage nach Managua gehen, um »Luft zu schnappen« und um sich von den bösen Blicken zu erholen. Sofia, die unfähig ist, ihm gegenüber ihre Ängste einzugestehen, hat so getan, als mache es ihr nichts aus.

In den Dorfläden will ihnen niemand mehr etwas verkaufen, die Transportunternehmer weigern sich, mit ihren Lieferwagen auf den Hof zu kommen, um die Blumen abzuholen, und der Geruch nach faulenden Rosen füllt, wenn der Wind geht, das Haus.

Sofia wandert ziellos durch die Kaffeefelder, verfolgt von den Bildern ihrer nächtlichen Alpträume und der unbestimmten Angst, es könne an den bösen Vermutungen etwas dran sein. So sehr sie auch nach logischen Erklärungen für das Erdbeben sucht und sich sagt, daß es nicht mehr war als ein unglaublicher Zufall, kann sie doch nicht ganz den alten Aberglauben ablegen; und der Verdacht, dämonische Mächte hätten ihre Hand für sie im Spiel, wächst und weckt versteckte Ängste vor der schicksalhaften Vorbestimmung ihrer Herkunft, die sie nicht hat wahrnehmen wollen, die sich aber hier zu erkennen gibt. Der Erdstoß kommt ihr vor wie die Antwort auf ihre Anrufung des Teufels, mit der sie nichts weiter wollte, als die Leute aus dem Dorf erschrecken. Gertrudis Ausdruck ungläubigen

Entsetzens will ihr nicht aus dem Kopf gehen, und das schlechte Gewissen mischt sich mit der alten Angst, nicht zu wissen, wer sie ist. Doña Carmen und Ingracia sind die einzigen, die zu Besuch kommen und darauf bestehen, daß sie ein Gemisch aus Quellwasser vom Mombacho mit Weihwasser trinkt, damit es dem Bösen nicht einfiele, in ihren Körper zu fahren. Sie trinkt, ohne zu murren, und fragt auch nicht weiter, als Doña Carmen eine zähe, grüne Flüssigkeit um das Haus herum ausgießt.

In diesen Tagen der Einsamkeit erinnert sich Sofia lebhaft an den Augenblick ihrer Kindheit, als sie vom Hang der Lagune nach Diriá herunterkam und ihre Eltern nicht mehr wiederfand, die für immer verschwunden blieben. Es fällt ihr schwer, der Angst und dem Alleinsein zu widerstehen, von neuem grollt sie ihrer Mutter und dem Zufall des Schicksals, der sie mit diesem wirren Leben auf die Welt geworfen und sie dazu gezwungen hat, mit ihrem gemischten Blut zurechtzukommen, das sie bald hierhin, bald dorthin schleudert und sie in unzählige, kaum zu entwirrende Widersprüche verstrickt. An den Abenden entzündet sie alle Lichter im Haus und geht bis in die frühen Morgenstunden auf der Veranda herum. Oder sie sitzt in der Küche, wo die Nähe Petronas, die nebenan in der Dienstmädchenkammer schläft, beruhigend auf sie wirkt. Dort sucht sie Trost bei lautlosen Unterhaltungen mit dem Wesen, das sie in ihrem Inneren verborgen trägt. Sie wagt nicht, ihre nächtlichen Kuhhautexerzitien wieder aufzunehmen und sich unter die Sterne zu legen, aus Angst, neue Ereignisse auszulösen. Sie hat schwarze Ringe unter den Augen und mag nichts essen, und als die Stille und die Einsamkeit des Hauses unerträglich für sie werden, beschließt sie, endlich doch auf Jerónimos Anrufe zu reagieren, den sie eigentlich nie wiedersehen wollte.

»Sagen Sie ihr, daß ich nicht da bin, sie soll hinterlassen, was sie möchte, ich rufe sie dann später zurück.«

Jerónimo wendet sich wieder seinen Papieren zu, während die Sekretärin die Nachricht an Sofia weitergibt, die nach einer Stunde erneut anruft.

»Sagen Sie ihr, daß ich noch nicht zurück bin. Und wenn sie noch einmal anruft, dann sagen Sie ihr wieder, daß ich nicht da bin, und dann kommen Sie bitte gleich, damit ich Ihnen einen Brief diktieren kann«, ordnet Jerónimo an, ohne einen Muskel seines Gesichts zu verziehen.

Es sind schwierige Wochen gewesen für ihn. Anfangs war er völlig verwirrt, als Sofia allen Kontakt mit ihm an Fausto übertrug. Bald darauf verwandelte sich die Verwirrung in die Gewißheit, daß das, was er in der Beziehung zu Sofia immer befürchtet hatte, nun tatsächlich geschah: Diese Frau, die anderer Gefühle unfähig war als derer, die ihr das eigene Bedürfnis diktierte, ging mit ihm um wie mit einem Wegwerfprodukt, einem Plastikbecher, sie hatte seine Energie getrunken, seine Zuneigung und entstehende Liebe, und als ihr Durst gelöscht war, hatte sie ihn einfach fortgeworfen. Tatsächlich war er kurz davor gewesen, sich zu verlieben, »in höchster Gefahr«, wie er sich selber gegenüber eingestand, und zu seinem Glück war sie genau in dem Augenblick auf Distanz gegangen, als er sich dem Punkt näherte, von dem es kein Umkehren mehr für ihn gegeben hätte, an dem sich Sofia in ein schwer abzulegendes Laster verwandelte, das ihm sein Leben ganz gehörig durcheinandergebracht hätte. Jetzt fühlte er, daß er das Verlangen überwunden hatte, das ihn anfangs noch quälte, und er konnte sich sogar die Freiheit nehmen, darüber nachzudenken, ohne leidenschaftlich zu werden und ohne daß ihm seine Instinkte die Vernunft vernebelten. Auf jeden Fall war es so besser; die Liebe war eine gefährliche Sucht, vor der er sich in seinem Leben erfolgreich zu schützen verstand. Die wenigen Male, die er gespürt hatte, wie ihm der Verstand zu versagen drohte, vermochte er sich mit der Geschicklichkeit eines Akrobaten am Abgrund vorbeizutasten. Allerdings mußte er gelegentlich und vor allem in den letzten Jahren auch an seiner Logik zweifeln und sich wegen seines mangelnden Mutes schelten, der ihm eine neue Dimension seines Lebens verwehrte. Er hatte eine gute Freundin, die ihm immer wieder sagte, sein eigentliches Problem sei genau diese Unfähigkeit, die Schleusen aufzumachen und auf den weiten Ozean ungezügelter Leidenschaft hinauszufahren, die dem Leben eine Spannung gibt, der er anscheinend wieder und wieder aus dem Wege ging. Es gab Momente, da fühlte er, daß es niemandem bessergehen könne als Sofia, zu deren Alltag das Öffnen der Schleusen gehörte, das ihm für einige Zeit die Glückseligkeit leidenschaftlicher Liebe einbrachte. Mehr noch, das ganze Universum ungezügelter Gefühle. Sie hatte dafür gesorgt, daß er eine Ahnung von dem Schmerz bekam, der hinter den heiligen Hainen versteckt liegt. Und jetzt waren seine Ohren schon mit Wachs verstopft, und er war an den Mastbaum gefesselt wie Odysseus, bereit dazu, dem Gesang der Sirenen standzuhalten und sich auf eine Penelope zu freuen, die Abend für Abend dasaß und webte, mit einer Beständigkeit, die es wert war, die Mühen dieser Reise auf sich zu nehmen. Sofia war für ihn ein abgeschlossenes Kapitel. Nicht einmal um ihre Geschäfte würde er sich kümmern. Es war besser, auf Abstand zu gehen; das war sein fester Entschluß, und er war ein Mann, der seine Entschlüsse auch ausführte.

Die Sekretärin kommt mit dem Stenoblock herein. Sie ist eine junge, etwas nachlässig gekleidete Frau, das Verhältnis zwischen Jerónimo und ihr ist von freundschaftlicher Distanziertheit und kommt ohne viele Worte aus. Für Jerónimo ist es eine angenehme Beziehung.

»Schreiben Sie bitte an Señora Solano«, sagt Jerónimo jetzt. »Ich möchte Sie davon in Kenntnis setzen, daß meine Kanzlei eine Reihe von vertraglichen Verpflichtungen mit verschiedenen Unternehmen hier in Managua übernommen hat, die die Kräfte derselben außerordentlich strapazieren, und daß ich mich aus diesen Gründen zu meinem großen Bedauern nicht weiter um die rechtlichen Belange Ihres Besitzes kümmern kann. Ich bitte Sie, Herrn Fausto Ramos den Auftrag zu erteilen, baldmöglichst meine Kanzlei aufzusuchen, damit wir ihm die entsprechenden Unterlagen und Dokumente übergeben können, die sich noch in unseren Händen befinden. Sie wissen schon, das Übliche.«

Die Sekretärin ist froh, daß Jerónimo endlich diesen leidigen Fall abschließt, der ihr nur den ruhigen Büroalltag durcheinandergebracht hat; sie nickt zustimmend mit dem Kopf und geht hinaus.

Die Angst, daß der Teufel tatsächlich ihr Pate und im Begriff ist, seine Macht über sie geltend zu machen, schlägt in blinden Haß um, als Sofia Jerónimos Brief, verfaßt in der unpersönlichen Rechtsanwaltssprache, erhält. Petrona sieht sie neugierig den Umschlag öffnen und ohne Übergang von der Überraschung in Zorn ausbrechen.

»Was denkt sich dieser Idiot eigentlich! Meint er etwa, er kann mich einfach so loswerden! Wie ich es Fausto gesagt habe, er ist und bleibt ein Landsknecht. Kaum ist es aus mit den saftigen Honoraren, da macht er sich aus dem Staub!«

Petrona versteht nichts von all dem, was sie da sagt, doch sie weiß, daß Wutausbrüche nicht gerade gut sind für schwangere Frauen, und rät ihr, sich zu beruhigen, sie wird ihr gleich ein Glas Wasser holen, doch Sofia macht nur eine verächtliche Geste und meint, sie brauche jetzt kein Wasser, dieser schamlose Mistkerl von einem Mann, er ist undankbar, frech und berechnend. So hängt sie ihm jede Beleidigung an, die sie in ihrem Vokabular finden kann. Dies geschieht vor den Augen einer verdatterten Petrona, die nicht verstehen kann, woher soviel Haß kommen mag. Wenigstens ist Sofia wieder sie selbst und nicht mehr dieser schlafwandelnde Geist des Abbilds einer Frau der letzten Wochen, als sie schon gedacht hat, sie könnte wirklich vom Teufel besessen sein. Mit dem Glas Wasser in der Hand steht sie da und empfindet tiefes Mitleid angesichts der Einsamkeit ihrer Herrin. Oft hat sie schon gedacht, daß Sofia eine unbezähmbare Mutter gehabt haben mußte. Wer mochte wissen, in welchem Zornesausbruch sie ihre Tochter im Stich gelassen hatte!

Vielleicht waren die Zigeuner Menschen mit Feuer in den Adern.

»Laß mir Badewasser einlaufen«, sagt Sofia. »Ich will mich nicht länger ärgern. Das hat er nicht verdient, dieser Scheißrechtsanwalt!«

30

Unablässig verspürt sie den Drang zu baden. Ihr Körper schwitzt Ströme von Schweiß, die sie fast ertränken und feuerrot werden lassen vor Wut und Verzweiflung. Im Badezimmer hat sie Parfümflaschen, Tiegel und Blumentöpfe zerbrochen, ihren Körper hat sie mit dem Sisalhandschuh wundgerieben, und aus Verzweiflung darüber, nicht zu wissen, gegen wen sie den blinden Zorn richten soll, der sie Tag und Nacht wie ein Schwarm wilder Bienen angreift, hat sie sich das Haar büschelweise ausgerissen.

Ihre Einbildung macht Jerónimo zu einem verabscheuungswürdigen Wesen, unter dessen Einfluß ihr Leben aus der Bahn geraten ist; er ist die Ursache all ihres Unglücks, ihrer Einsamkeit und des wachsenden Gefühls, nicht erwünscht zu sein. Es gibt Augenblicke, da sieht sie ihren vorspringenden Bauch an, und die Unförmigkeit ihres Körpers kommt ihr genauso abscheulich vor wie der Gedanke, daß in ihrem Leib ein Kind dieses Mannes wächst. Sie haßt sich und ihn und schwört, daß ihre Tochter nie und nimmer etwas von dieser Vaterschaft erfahren wird. Sie gibt sich alle Mühe, nicht an ihn zu denken, doch taucht sein Bild, durch die Verbitterung vergrößert, in allen Ecken des Hauses und ihrer Erinnerung auf, bis nach mehreren Wochen merkwürdige Veränderungen an die Stelle des Zorns treten: Sofia spürt, wie mehr und mehr eine niederschmetternde Depression von ihr Besitz ergreift, sie lähmt und in einen Nebel unendlicher Niedergeschlagenheit herabzieht, in das Zentrum all ihres Grübelns. Sie weint über ihr Leben, das zum Verlassenwerden verurteilt ist, weint über die fehlende Liebe ihrer Mutter und sieht die Einsamkeit als das untrügliche Zeichen ihres Lebens. Wenn sie vorher niemals daran gedacht hatte, ihn zu lieben, so sieht sie sich jetzt als die vom Liebhaber verlassene Geliebte. In weniger als einem Monat hat sie die eisig harsche Art vergessen, mit der sie Jerónimo zu verführen beschloß, statt dessen redet sie sich ein, Jerónimo voller Verzweiflung zu lieben, und bereut zutiefst, ihm ihre innersten Gefühle nicht gezeigt zu haben, derer sie sich jetzt sicher ist.

»Es ist unbeschreiblich, Fausto, was er mir angetan hat! Die Tage vergehen, und ich kann es einfach nicht glauben. Ich bin völlig verzweifelt...«

Fausto, der nach seinem Urlaub die Zügel der Hacienda fest in die Hand genommen hat, weil Sofia von diesen irdischen Dingen nichts wissen will, sitzt und hört, wie Sofia unter Seufzern und Tränen die Geschichte ihrer Liebe erzählt, der Liebe, der Jerónimos Grausamkeit nun Leid zufügt.

»Aber du hast ihn doch gar nicht geliebt...«, versucht er sie ein paar Mal zu unterbrechen, doch Sofia läßt ihn nicht zu Wort kommen und wird nicht müde, von ihrer Blindheit zu sprechen; nicht einmal sie selbst hat ja geahnt, wie sehr sie ihn liebte, sagt sie, niemand wisse, was er hat, bis er es verliert, wiederholt sie ein ums andere Mal. Fausto schweigt und weiß nicht, was er tun kann, damit sie den Sinn für die Wirklichkeit zurückgewinnt. Sofia ist, bleich und verhärmt, das wandelnde Bild der Verlassenheit, und nach und nach erhalten ihr Gesicht und ihre Stimme den traurigen Ausdruck einer klagenden Frau, die alles hingibt und vom Mann grausam verstoßen wird.

»Du kennst die Männer, Fausto, deshalb willst du auch keiner sein... Du hast erlebt, wie ich mit René gelitten habe, und sieh dir jetzt Jerónimo an; er schreibt mir einen solchen Brief, reagiert nicht auf meine Anrufe... und dabei bin ich schwanger von ihm! Ich möchte am liebsten tot sein«, schluchzt sie und bricht wieder in Tränen aus.

Fausto mag seinen Augen noch immer nicht trauen, er versucht zu ergründen, welche Mechanismen in Sofia am Werk sind, die ihr die Fata Morgana vorspiegeln, Opfer zu sein, und sie so vor der ungeschminkten Erkenntnis ihres eigenen Egoismus bewahren. Denn sie ist egoistisch, und sie ist es immer gewesen. Es ist ihre Art, sich zu schützen. Oft genug hat er versucht, ihr klarzumachen, daß die anderen nicht einfach Bauern in einem Schachspiel sind, die man Stück für Stück opfert, um schließlich »Schachmatt« sagen zu können. Doch hat sie ihm nie richtig zugehört; hält ihn für »wankelmutig, blauäugig und zu weiblich«. Er ist jetzt überzeugt davon, daß diese Liebesgeschichte nichts weiter ist als die verzweifelte Suche nach einem sympathischen Gesicht, das sie davor behütet, das verzerrte Spiegelbild ihrer eigenen Erscheinung anzusehen, die rettende Antwort auf den Fluch des Verlassenwerdens, der sie seit ihrer Kindheit verfolgt und dem sie jetzt die Schuld für Jerónimos Verhalten gibt wie zuvor für den stillen Tod von Eulalia und Don Ramón. Ihre Geister hindern sie daran einzusehen, daß diejenigen, die eine

Welt nur nach ihren Vorstellungen wollen, kein anderes Schicksal erwartet, als in Einsamkeit zu versinken.

»Was kann ich denn nur tun? Was meinst du, was soll ich tun?« fragt sie ihn, sieht ihn aus tränenumflorten Augen an und beugt sich vor, um nach seiner Hand zu greifen. »Du bist immer der Ansicht gewesen, daß ich zu hart bin, Fausto, das weiß ich, aber das ist nicht so, bitte glaub mir. Sieh mich doch an! Ich kann ja nicht mal mehr essen!«

Fausto nimmt ihre Hand und drückt sie fest. Er mag Sofia, seit ihren Jugendtagen hat er sie gemocht, und es tut ihm weh, das tödliche Spiel einer verirrten Persönlichkeit zu sehen, das in ihrem Inneren stattfindet.

»Wenn du mich fragst, dann ist es das beste, du beruhigst dich erst einmal und versuchst, darüber hinwegzukommen«, antwortet er schließlich. »Gib diese Liebe deinem Kind. Denk dran, daß du dich für dieses Kind vernünftig ernähren mußt und die Tage nicht in einem Zustand der Verzweiflung verbringen darfst.«

»Aber wenn ich doch ganz sicher bin, daß er mich liebt, Fausto! Das ist alles nur meine Schuld; ich habe ihn in dem Glauben gelassen, daß ich mir im Grunde nichts aus ihm mache... Ich müßte zu ihm hingehen, Fausto, ihm alles erklären, er muß es doch verstehen, er liebt mich doch« – Sofia verstummt und versinkt wieder in ihre Grübeleien, wie sie Jerónimo zurückgewinnen kann.

Fausto sieht sie an. Er weiß, daß sie ihre Entscheidungen treffen wird und daß nichts, was er sagen mag, sie davon abbringen wird.

Es ist früher Morgen. Pater Pio hat die Sechsuhrmesse gelesen, er geht in seiner Kirche umher wie eine Hausfrau, die ihr Heim inspiziert, und sieht nach, ob Altarkerzen ausgetauscht werden müssen oder den unordentlichen Heiligen die Tracht zu ordnen ist. Sein Gespräch mit Gott während der Messe war wie ein guter Liebesakt, der ihn befriedigt zurückgelassen hat. In ein paar Stunden werden die Kinder zum Katechismusunterricht erscheinen, doch jetzt genießt er diesen Augenblick der Ruhe und Zufriedenheit. Er ist so in seinen höchst intimen Glückszustand versunken und trällert Psalmen und Glorias, bis sein Seelenfrieden in Schrekken umschlägt: Schwarzgekleidet und mit unübersehbaren Zeichen der Schwangerschaft kniet Sofia in einer der hinteren Bänke.

Einen Moment lang weiß Pater Pio nicht, was er tun soll, doch dann siegt die Routine des Priesters über das Entsetzen, und er geht mit dem Willen, diese Gelegenheit nicht zu verpassen, auf die verlorene Tochter zu, um sie wieder zur Herde zurückzubringen.

»Guten Tag, Sofia.«

»Guten Tag, Pater Pio.«

»Kann ich etwas für dich tun, meine Tochter? Es ist schon lange her, daß du das letzte Mal gebeichtet hast.«

»Ich bin gekommen, um meine Angelegenheiten mit Gott ins reine zu bringen«, sagt Sofia. »Ich weiß, auch Sie meinen, weil mich die Zigeuner ausgesetzt haben, bin ich vom Teufel besessen, Er aber« – dabei zeigt sie mit dem Finger auf das Kruzifix –, »Er kennt die Wahrheit.«

»Gott hat seine Regeln aufgestellt, Sofia. Es nützt dir

gar nichts zu beten, wenn du gesündigt hast und nicht beichtest.«

»Sie haben aber selbst immer gesagt, Pater Pio, daß er in allen von uns ist. Das einzige, worum ich Sie bitte, ist, hier in der Kirche sein zu dürfen, allein. Das ist es, was ich brauche.«

»Es stimmt, daß er in jedem Christenmenschen wohnt, meine Tochter, doch damit du ganz sicher bist, daß er dich nicht durch die Kraft von Mächten, die dir schaden und dich von seiner Seite trennen wollen, verlassen hat, will ich dir eine Ölung geben.«

Sofia wird sofort klar, daß der Pater einen Exorzismus an ihr vornehmen will. Sie starrt ihn einen Moment lang an, will schon wütend aufspringen und gehen, da kommt ihr plötzlich die Erleuchtung, daß es auch nützlich für sie sein kann. Wenn er nämlich den bösen Geistern befiehlt, ihren Körper zu verlassen, dann wird Pater Pio sich selbst schon darum kümmern, daß es alle Welt erfährt. Und auch sie selbst wäre ruhiger und könnte ihre Ängste vergessen, die sie so oft quälen.

»Also gut, holen Sie das Öl. Ich warte hier auf Sie.«

Pater Pios Gelassenheit, mit der er noch vor kurzem in der Kirche umherging, verläßt ihn völlig auf dem Weg zur Sakristei, wobei er Gott inständig darum bittet, es mögen nicht die schrecklichen Dinge geschehen, die in den Exorzismusfilmen zu sehen sind; sollte in Sofia wirklich ein böser Geist wohnen, dann, so hofft er, wird der keinen Widerstand bieten und ihren Körper freiwillig verlassen.

Sie bleibt still in ihrer Bank zurück und sieht, mit welch traurigen Gesichtern die Heiligen von den Gläubigen Reue verlangen. Draußen wärmt schon die Sonne das Pflaster, doch hier in der Kirche ist es kalt, und Sofia reibt sich die Arme und beginnt einen leichten Kitzel der Spannung zu spüren, der sich ihres Körpers bemächtigt. Vernunftbegabt, wie sie ist, hält sie eigentlich nichts von den Teufelsgeschichten und sorgt sich eher um den Aberglauben der anderen, die ihr das Leben so schwermachen mit ihren Verdächtigungen, doch mischen sich in ihrem Hirn die Schatten der Unsicherheit und lassen sie in ihrer Phantasie die gellenden Schreie des gefangenen Geistes hören, den Pater Pio mit seinen Beschwörungen zum Toben bringen wird, wie bei der Frau im Film, die schließlich grüne Galle aus ihrem Mund spie. »Ach, Unsinn«, sagt sie sich, doch schlägt ihr Herz im Takt der Angst und so stark, daß es ihr in den Ohren pocht.

In der Sakristei sucht währenddessen Pater Pio nach dem Öl. Er hat nur das, das er auch für die letzte Ölung benutzt, doch genau wie den Tod wird man auch den Teufel damit vertreiben können; er nimmt das Gefäß, mit dem das Weihwasser versprengt wird, die purpurrote Stola und das Meßbuch, in dem der Ritus des Exorzismus steht, bekreuzigt sich, bittet Gott, er möge ihn erleuchten, damit er die Seele errettet, die ihm die göttliche Vorsehung geschickt hat, und geht hinaus, wobei er, als er zur Mitte des Kirchenschiffs gelangt, kurz niederkniet.

Auf sein Zeichen hin kommt Sofia näher, und die beiden treten vor den Altar. In einer Hand hält er das Weihwassergefäß und in der anderen ein Stöckchen, mit dem er es versprengt. Das Meßbuch hat er auf die Umrandung des Altarraums gelegt und beginnt nun, laut die Austreibungsworte über Sofia zu lesen, die vor ihm niedergekniet ist. Sie spürt das Zittern seiner Hände und merkt, wie er ab und zu die Augen vom Meßbuch hebt, um sich zu vergewissern, daß sie in demütiger Haltung ausharrt, den Kopf gesenkt, den Blick starr auf das Muster der Fliesen gerichtet. Als die Minuten verstreichen, beginnt sich Sofias Herz zu beruhigen. Sie spürt nichts weiter als die leichten Bewegungen des Kindes, das in ihrem Inneren schwimmt; der einzige böse Geist, der sie verfolgt, ist die Erinnerung an Jerónimo, er war der Grund gewesen, warum sie in die Kirche gekommen ist, um ihre Angelegenheiten mit Gott zu regeln und endlich Ruhe zu finden. Auch Pater Pio ist ruhiger, seine Hände haben zu zittern aufgehört. Ohne Zweifel hätte der Teufel beim ersten Besprengen des Körpers einer Besessenen mit Weihwasser laut aufgeheult, doch Sofia bleibt unbeweglich und verzieht keine Miene. Der Priester hat die Beschwörungsformeln zu Ende gelesen und sieht die junge Frau lange an, beide mustern sich ängstlich gegenseitig. Die kalte Stille der Kirche läßt die Spannung noch wachsen, doch die Minuten vergehen, ohne daß irgendein Ereignis die gemächlich dahinfließende Zeit des heiligen Ortes unterbricht. Schließlich sagt Pater Pio, um so besser, kein böser Geist hat sich zu erkennen gegeben; dann hebt er die Arme, segnet sie und sagt, daß sie jetzt in Frieden gehen und ruhig in der Kirche beten möge, während er sich um die Kinder kümmert, die zum Katechismusunterricht kommen.

»Jetzt sehen Sie selbst, Pater, ich habe es Ihnen ja gesagt; mein Problem ist kein böser Geist, sondern eine unerwiderte Liebe« – ohne eine Antwort abzuwarten, bekreuzigt sich Sofia artig, geht zu den hinteren Bankreihen und kniet dort nieder, wobei sie den Kopf senkt, als habe sie gerade das Abendmahl erhalten.

Pater Pio weiß nicht, was er von dem halten soll, was er da gerade gehört hat, genausowenig wie er sich die chamäleonhaften Veränderungen Sofias erklären kann. Was ist sie, reuig, verzweifelt oder bekehrt, alles zusammen oder nichts von dem? Die einzige Sofia, die ihm bekannt vorkommt, ist die gewesen, die auf ihrem direkten Draht zu Gott bestand, als er ihr die Beichte vorschlug, doch sind ihm die Sanftheit, mit der sie die Beschwörungen akzeptiert hat und mit der sie jetzt in ihrer Kirchenbank betet, unerklärlich, genau wie das überraschende Bekenntnis unerwiderter Liebe. Unergründlich sind die Wege des Herrn, denkt er, als er in der Sakristei die Kultgeräte verstaut.

»Und ich sage Ihnen, selbst Pater Pio versichert jetzt, daß Sofia nicht mehr besessen ist«, beharrt Engracia Patrocinio gegenüber, die sie auf dem Platz vor der Kirche getroffen hat, wo jeden Morgen der Obst- und Gemüsemarkt von Diriá stattfindet. Wie immer hat Patrocinio der Versuchung nicht widerstehen können, in Engracias Gegenwart Bemerkungen über den Teufelspakt ihres früheren Schützlings zu machen.

»Pater Pio kann meinetwegen die Messe lesen, aber was ich mit meinen eigenen Augen gesehen habe, kann mir keiner ausreden. Wer weiß, wie sie ihn hypnotisiert hat, damit er die bösen Geister nicht sieht. Die Geschichte schlucke ich nicht mal mit dem Honig aus hundert Bienenstöcken!«

»Sie sind einfach zu gutherzig, Doña Engracia«,

mischt sich eine der Marktfrauen ein. »Ich weiß zwar nicht, ob die Sofia vom Teufel besessen ist. Aber daß sie eine Hexe ist, und zwar eine der üblen Sorte, das können Sie nicht abstreiten! Wie können Sie vergessen, daß sie sogar die Erde hat beben lassen! Sie sind ja schlimmer als Doña Gertrudis, die drei Tage lang die Messe hat lesen lassen, zum Dank für das Erdbeben, weil sonst Don René wegen des Mordes an dieser Hexe im Gefängnis gelandet wäre!«

»Na, sehen Sie, vielleicht war das ja sogar die Hand Gottes, die sie geschützt hat«, holt Engracia zum Gegenangriff aus. »Seit sie klein war, haben hier immer alle über die arme Sofia hergezogen, als ob sie etwas dafür könnte, daß ihr das Schicksal eine solche Rabenmutter beschert hat!«

»Mir soll die bloß nicht zu nahe kommen«, zischt Patrocinio. »Ich zünde der Jungfrau täglich ein paar Kerzen an, damit sie endlich von hier verschwindet... Zu allem Überfluß soll sie jetzt auch noch Liebeskummer haben! Sicher will sie nur glauben machen, daß es ein ganz normaler Mann war, der sie geschwängert hat, und nicht der Teufel höchstpersönlich!«

»Sie sind ja die reinste Giftschlange, Patrocinio«, erbost sich Engracia. »Irgendworan muß es ja liegen, daß ihre Kneipe für so viele Männer das Verderben ist! Sie sind diejenige, die von hier weggehen sollte, damit endlich Schluß ist mit dem vielen Saufen! Sehen Sie sich doch den Zirkus an, den die Männer veranstalten, weil Sie ihnen so viel Schnaps einflößen; wenn sie dann nach Hause kommen, machen sie ihre armen Frauen fertig!«

Wütend dreht sich Engracia um und geht, den Einkaufskorb über dem Arm, davon. Patrocinio hat am

Ende des Wortwechsels keine sehr gute Figur gemacht, ihr schlechtes Gewissen, daß sich hinter diesen Worten die Wahrheit verbirgt, hat sie nicht mehr mit der gewohnten Geistesgegenwart kontern lassen. Engracia fällt es von Tag zu Tag schwerer, still zu sein. Seit Pater Pio ihr von Sofias Besuch in seiner Kirche erzählt hat, findet sie wieder Mut, sie bei den zahllosen Unterhaltungen zu verteidigen. Obwohl die Bemerkungen nicht mehr so scharf sind wie zu Anfang, wird Sofias Ruf nicht viel besser und die Angst vor ihr nicht viel geringer, so sehr sich auch die Nachricht vom Exorzismus des Pater Pio verbreitet hat. Nur wenige trauen sich in die Nähe von El Encanto und gehen fort oder wechseln schnell die Straßenseite, wenn sie Sofia auftauchen sehen.

»Du mußt mir helfen, Xintal. Wenn dieser Mann nicht mit mir spricht, werde ich verrückt. Tag für Tag rufe ich ihn an, aber er ruft nie zurück. Jetzt will ich zu ihm hingehen, aber ich habe Angst; ich muß vorbereitet sein. Ich weiß nicht, was ich machen soll, wenn er mich zurückweist.«

Xintal hebt den Kopf nicht von dem Gebräu, das sie gerade in der Küche zubereitet. Aus den Augenwinkeln schielt sie zu dem Fläschchen mit der leuchtendblauen Flüssigkeit, mit der sie schon einmal versucht hat, Sofia von den Qualen zu befreien, die ihr das Schicksal auferlegt. Sofia ist unablässig in Bewegung, geht in der Küche auf und ab und hält sich dabei den Bauch, als tue er ihr weh.

»Hast du Schwierigkeiten mit dem Kind, daß du dir den Bauch so halten mußt?« fragt Xintal.

»Es strampelt den ganzen Tag«, antwortet Sofia, um gleich wieder zu ihrem alten Thema zurückzukehren: »Xintal, bitte hilf mir mit Jerónimo.«

»Das Schicksal ist das Schicksal, damit darf man nicht spielen.«

»Du kennst mein Schicksal doch«, ruft Sofia aus. »Warum sagst du es mir nicht?«

»Es ist so wirr, Töchterchen. Nur du selbst kannst es in Ordnung bringen.«

Sofia setzt sich auf einen Stuhl und streckt die Beine weit von sich, ohne aufzuhören, ihren Bauch zu befühlen.

»Dieser Mann ist der Teufel, Xintal. Er hat mich verhext. Ich muß immerzu an ihn denken. Ich bin sogar schon nach Managua gefahren und um sein Büro herumgeschlichen. Ich habe ihn dabei auch gesehen, von weitem, aber ich bringe nicht den Mut auf, mich ihm zu nähern. Ich weiß nicht, warum mir das solche Angst macht. Nacht für Nacht träume ich, ich wäre ein Frosch und er versucht mich zu zertreten.«

»Du weißt selbst, daß du kein Frosch bist.«

»Dann eben eine Kröte, eine häßliche, ekelhafte Kröte... Nicht einmal meine eigene Mutter hat mich gewollt, wie sollen mich da andre wollen! Auf mir lastet ein Fluch, Xintal, das ist es. Deshalb liebt mich niemand. Sogar mein eigenes Kind tritt den ganzen Tag nach mir.«

»Sie ist nicht mehr sie selbst«, denkt Xintal und sieht, wie sich die Blätter der Topfpflanzen im Wind bewegen, während sie sich die Hände an der Schürze abtrocknet, um sich neben Sofia hinzusetzen. Xintal hat in ihrem Leben die verheerenden Folgen gesehen, die die Liebe anrichten kann, doch sie weiß, daß es keine größere Katastrophe gibt, als wenn man den Spiegel zerbricht und man sein eigenes Ebenbild nicht mehr sehen kann.

»Ich will dir sagen, was du tun mußt«, sagt Xintal, nachdem die beiden Frauen sich ausgeschwiegen haben. »Nimm siebenundzwanzig Rosen und entblättere sie; die Blütenblätter gibst du in kochendes Wasser, und mit diesem Sud wäschst du dich montags, mittwochs und freitags, immer um neun Uhr abends. Während du dich wäschst – und das ist das wichtigste –, mußt du dich an etwas Angenehmes aus deinem Leben erinnern. Du wirst dich selbst glücklich, schön und lachend sehen.«

»Und Jerónimo?«

»Laß Jerónimo für den Moment in Ruhe. Ruf ihn nicht an und geh auch nicht zu ihm hin.«

Wie sollte ich aufhören, Jerónimo anzurufen? denkt Sofia, als der Jeep mit dem neuen Fahrer am Steuer den Mombacho hinunterrumpelt. Wie konnte sie ruhen, bevor sie ihm gesagt hatte, daß sie ihn liebte, daß sie ihn brauchte, daß er sie nicht verlassen möge? Was konnte es nützen, sich mit Rosenwasser zu waschen und an schöne Dinge zu denken, wenn das Problem nicht sie, sondern Jerónimo war? Der Stolz Jerónimos, der sich nicht einmal dazu herabließ, den Telefonhörer abzuheben, der sie kaltgestellt hatte, ohne ein Wort zu sagen; er wollte, daß sie ihn für tot erklärte, ohne sich von ihm verabschieden zu können. Auch er behandelte sie wie einen Bankert. Sie hätte ihn umbringen können! Mit sich allein erfindet sie glühende Reden, die sie ihm ins Gesicht schleudern will, doch die sieben Male, die sie nach Managua gefahren ist, entschlossen, zu ihm ins Büro zu gehen und ihm zu sagen, was sie von ihm denkt, hat sie eine entsetzliche, herabdrückende Angst gelähmt, die sie noch nie in ihrem Leben gespürt hatte, und sie zum Umkehren gezwungen. Sie fühlte sich unfähig, seine Zurückweisung zu ertragen. Jerónimo hat sie noch nicht schwanger gesehen, er empfände bestenfalls Mitleid mit ihr, sie aber muß sicher sein können, daß er sie nicht aus Mitgefühl empfängt, das schwangere Frauen hervorrufen. Deshalb muß sie vorher mit ihm sprechen, ihm sagen, daß sie schwanger von ihm ist, dann wird er nicht erschrecken, wenn er sie sieht. Und irgendein Gefühl muß der Gedanke ja hervorrufen, Vater zu werden.

Jerónimo hat schon vor Tagen jegliche Vaterschaft abgelehnt, das zerknirschte Gesicht Faustos hat nichts ausrichten können, als er ihm schwor, daß Sofia ihn jetzt wirklich liebte. Ihn kann niemand dazu überreden, sich noch einmal der Gefahr auszusetzen, viel weniger noch jetzt, wo sie die Waffe für das perfekte Verbrechen in der Hand hält, die Erpressung in Windeln, mit der sie das wacklige Gleichgewicht seines Lebens im Handumdrehen zerstören kann, die Rückkehr zu seiner Penelope nach Odyssee und Sirenengesang. Das alte Sprichwort vom Glück im Unglück hat sich wieder einmal erfüllt, die Suche nach Schutz bei seiner Frau hat ihm eine Menge Gewinn gebracht und längst vergessene glückliche Erinnerungen belebt, die die Zeit hatte vergilben lassen. Lucía und er sind so verliebt und zärtlich wie schon seit Jahren nicht mehr.

Die Affäre mit Sofia hat seinen Hunger nach Abenteuer auf unbestimmte Zeit gestillt.

»Merkst du denn nicht, daß das die reine Dickköpfigkeit ist und mit Liebe gar nichts zu tun hat?« hatte er Fausto barsch entgegnet. »Wenn ich sie nicht zurückgewiesen hätte, dann wäre sie niemals auf den Gedanken gekommen, daß sie mich liebt! Diese Frau kann es einfach nicht ertragen, daß einmal etwas nicht nach ihrem Willen geht! Und wer weiß, ob sie mir nicht nur die Vaterschaft anhängen will!«

Fausto, der insgeheim davon überzeugt ist, daß Jerónimo recht hat, ist trotzdem wütend über dessen feige Haltung, nicht einmal die Vaterschaft des Kindes anzuerkennen.

»Sag ihr, sie soll sich hier bloß nicht blicken lassen und mich dazu zwingen, sie mit Gewalt aus dem Büro zu werfen, und sie soll mich auch nicht dauernd anrufen und meine Sekretärin hysterisch machen.«

»Du bist mir ein schöner Feigling, Jerónimo. Wenigstens solltest du ihr das alles selber sagen. Du warst nur mutig genug, sie auszunutzen, nicht wahr? Nur dazu!«

»Es ist noch sehr die Frage, wer hier wen ausgenutzt hat, Fausto«, antwortet Jerónimo und erhebt sich, um ihn mit ausgesuchter Höflichkeit zu verabschieden.

»Wie eine kranke Wölfin hat sie geheult«, erzählt Petrona Engracia und Doña Carmen. »Ich habe dem armen Don Fausto geholfen, sie zu beruhigen. Als ich mich nach dem Abendessen schlafen legte, hatten sie noch ganz ruhig miteinander geredet, und dann hat er mich um Mitternacht geweckt, damit ich sie davon abhielte, alles kurz und klein zu schlagen und sich selbst etwas anzutun. Ich weiß nicht, was er ihr erzählt hat und was er ihr schließlich gegeben hat, damit sie schlief. Ich weiß gar nicht mehr, was wir machen sollen. Das geht jetzt schon bald drei Monate so, sie muß sich andauernd übergeben und wird von Tag zu Tag dünner, die Ärmste. Sie ist immer so stark gewesen, doch jetzt während der Schwangerschaft scheint es so, als sei etwas in ihr zerbrochen.«

Doña Carmen und Engracia machen sich daran, die Nervosität Petronas und ihre eigene zu beruhigen, und brühen einen Tee aus Eukalyptus- und Zitronenblättern, der sie gegen den Schüttelfrost wärmen soll, den ihnen die sonderbaren Geschichten verursachen, die sich auf El Encanto abspielen. Das Verhalten Sofias ist ihnen ein Buch mit sieben Siegeln, und nicht einmal Doña Carmen, die sonst so sicher ist mit ihren Kräutern und Karten, weiß, woher soviel Unglück kommen mag. Nachdem sie von Sofias neuem Anfall hörte, hat sie gleich Samuel und Xintal benachrichtigt, daß sie sich beim nächsten Vollmond treffen müssen. Die drei haben schon darüber gesprochen, daß es nötig werden könnte, die stärkste aller Beschwörungen zu unternehmen, wenn die Heilkräfte ihrer Hausmittel gegen diese hartnäckige Art von Besessenheit nicht ausreichen.

Doña Carmen tritt auf Zehenspitzen in das halbdunkle Zimmer Sofias und sieht sie sich im Schlaf unruhig von einer Seite auf die andere wälzen. Sie hat die Vorstellung, daß niemand soviel Verachtung auf einmal aushalten kann. So viele schlechte Schwingungen mußten jedem aufs Gemüt schlagen, der sie erlitt. Sie erinnert sich an die arme Frau, die vor Jahren im Irrenhaus gelandet ist, weil man sie genau wie Sofia bezichtigte, vom Teufel besessen zu sein. Wenn Sofia, stolz wie sie war, es zuließ, daß Pater Pio den Exorzismus bei ihr vollzog, mußte sie sich sehr einsam und verlassen gefühlt haben. Es stimmte einfach nicht, daß man im Leben tun und lassen konnte, was man wollte. Man bekam immer die Rechnung, aber nicht alle haben auch genügend Mittel, um zu bezahlen. Es kam eine ganze Menge Unglück zusammen: Die Mutter hatte sie ausgesetzt, der Mann hatte sie eingeschlossen, nie hatte man sie im Dorf akzeptiert, an dem Tag, als sie beschließt, sich zu wehren, fängt die Erde an zu beben, und jetzt fällt ihr ein, daß sie verliebt ist, genau in dem Augenblick, als der Mann nichts mehr von ihr wissen will, nachdem er sie geschwängert hat. Es stimmte aber auch, daß nur wenige so verwöhnt worden waren wie Sofia von Don Ramón und Eulalia, nicht einmal die Nonnen hatten sie erziehen wollen... Sie hatte schon gar keine Lust mehr, ihr die Karten zu legen, immer kam dabei heraus, daß sie etwas sehr Kostbares verlieren würde. Vielleicht war es dieser Jerónimo. Vielleicht liebte sie ihn ja wirklich, und man mußte ihr etwas gegen den Liebeskummer geben, etwas sehr Starkes, das sie ein für allemal heilte.

»Wer ist da?« fragt Sofias Stimme aus dem Halbdunkel heraus. Zwischen ihren Alpträumen hat sie Doña Carmens Schatten im Türrahmen gesehen und setzt sich erschrocken im Bett auf.

»Ich bin's, Töchterchen, Carmen, bleib ganz ruhig«, sagt die Frau und tritt näher, um die Hand auszustrekken und ihr die Stirn zu berühren.

»Wo ist Fausto? Wissen Sie denn nicht, wo Fausto

ist? Er muß sofort kommen, ich muß unbedingt mit ihm reden. Ich kann einfach nicht glauben, was er mir gestern abend erzählt hat. Er muß gelogen haben. Er hat mir schreckliche Sachen gesagt, ich bin fast verrückt geworden davon. Ich kann einfach nicht glauben, daß das alles wahr ist. Sicher hat er das getan, um mich zu beschützen, sicher hat er geglaubt, dann vergesse ich Jerónimo leichter. Niemand will verstehen, daß ich Jerónimo liebe, Doña Carmen, niemand glaubt mir das, nicht einmal er selbst.«

»Was hat dir Fausto denn erzählt?«

Und Sofia berichtet von dem Gespräch, in dem Fausto, unter Aufbringung all seines Mutes und nachdem er tagelang zwischen der Wahrheit und gnädiger Lüge schwankte, ihr erzählt hat, was ihm Jerónimo gesagt hat. Doña Carmen versucht, keinen einzigen Ausdruck zu verpassen, mit dem Sofia ihr die Feigheit und Schamlosigkeit Jerónimos schildert, um zu prüfen, ob sie die Zeichen lang unterdrückter Liebe entdeckt; das typische Seufzen, mit dem heimlich Verliebte ihre Seele um das drückende Geheimnis erleichtern, doch Sofia spricht ruhig. Kein Zweifel, sie leidet: Die olivfarbene, sonst immer glänzende Haut sieht matt und aschfahl aus; ihre Augen sind geschwollen vom vielen Weinen und von den krankmachenden Visionen ihrer Träume, doch liegt in ihrer Erzählung mehr Selbstmitleid als Klage über das Verlorene. So, wie sie es vermutete, leidet Sofia mehr unter der Entdeckung ihrer eigenen Einsamkeit als unter dem Verlust des Mannes. Jerónimo ist die Tür, durch die sie mit der schwarzen Masse des Nichts in

Berührung gekommen ist. Sofia kommt ihr vor wie ein Blinder, der mit seinem Stock ziellos um sich tastet.

»Nur die Liebe kann dir helfen«, sagt sie, »aber nicht die Liebe Jerónimos, sondern deine eigene, zu dir selbst.«

Sofia ist zu müde, um zu antworten. Sie hat das Gefühl, als sei die Luft um sie herum zu Blei geworden und falle schwer auf ihre Arme und Brust. Ihre Rachegelüste beginnen zu verschwinden, als sei das Gift, das ihr die Eingeweide zerfraß, mit den Schreien der letzten Nacht und den Worten, die sie zu Doña Carmen gesagt hat, aus ihr herausgeflossen. Jetzt hat sie das körperliche Gefühl, kleiner geworden zu sein. Eigentlich braucht sie Fausto gar nichts mehr zu fragen. Was sollte das noch ändern? Sie will nicht mehr an Jerónimo denken, sie will an gar nichts mehr denken. Sie fühlt sich wie eine amorphe Masse, die Hülle eines fremden Wesens, von dem sie nicht mehr weiß, warum es in ihrem Inneren wohnt, ein Wesen, das all ihre Energie aufzehrt. Sie möchte schlafen, traumlos schlafen, sich nicht bewegen, still liegen.

»Bringen Sie mir Lindenblütentee, Doña Carmen; etwas, das mich schlafen läßt, ohne zu träumen. Ich muß schlafen, ich bin völlig erschöpft«, sagt sie und dreht sich zur dunklen Seite des Zimmers um.

31

Hoch oben am Mombacho kreischen die Kongoaffen wie klagende Seelen, die keine Ruhe finden können. Gerade ist der Vollmond, halb hinter einer Wolke versteckt, über dem Horizont aufgetaucht, vom Vulkan aus sieht man ihn rund und riesig und wie geschaffen für nächtliche Zeremonien am schwarzen Himmel stehen. In Xintals Hütte beenden Samuel und Doña Carmen ihr Abendessen aus Reis mit Bohnen, Käse und Tortillas. An der Feuerstelle rührt Xintal den Kaffee um, und der Geruch nach Zimt, mit dem sie die schwarzen Bohnen mischt, die sie selbst getrocknet, geröstet und gemahlen hat, erfüllt wohltuend den Raum. Es ist notwendig, die Aura von Sofias Schwermut zu vertreiben, die sie in dieser Nacht zusammengeführt hat. Alle drei müssen sie sich von dem fremden Leiden reinigen, das ihnen an der Haut klebt, um es von weitem sehen und eine Medizin dagegen finden zu können.

Sie haben keine Eile, es wird noch ein paar Stunden dauern, bis der Mond im Zenit des Himmels steht. So sitzen sie in der Küche auf Hockern um den einfachen Tisch aus Pochoteholz, holen ihre Tabakstumpen hervor und paffen dicke Rauchschwaden in die Luft. Xintal schenkt Kaffee ein und erzählt dabei vom aufgewühlten Wasser der Schicksalsteiche, wo sie Sofia gesehen hat, wie sie sich auf die magische Tür mitten in der Lagune von Apoyo zubewegte. Die Tür stand in hellen Flammen, und das bedeutet, daß sie durchs Feuer gehen muß, bevor sie die Schwelle der Erlösung überschreiten und in den Spiegel blicken kann, der ihr endlich ihr eigenes Bild zurückgeben wird.

»So sagt es auch das Tarot«, meint Doña Carmen, »Sofias Karte ist der brennende Turm: die Reinigung durch das Feuer.«

»Du hast doch erzählt, daß beim letzten Mal die Welt zum Vorschein kam«, wirft Samuel ein, »diese Karte ist doch positiv...«

Die Karte der Welt ist Ausdruck der Vollendung, es ist die letzte der großen Arkanen, die beste aller Karten; sie kündigt das Ende der Reise an, das Erreichen der Mitte des Seins, die Entdeckung des Raums, in dem die Luft ohne Angst tanzen und sich, geschützt von den Kreisen der Kraft, an ihrer eigenen Energie freuen kann. Es ist die Harmonie zwischen Licht und Dunkel, die Versöhnung der widerstreitenden Pole, die Körper und Geist zerstören können. Ja, sagt Doña Carmen, das letzte Mal war wirklich die Welt, das Universum zum Vorschein gekommen, doch gleichzeitig Teufel, Turm und Einsiedler. Sie müssen nun die Säule des Lichts herbeirufen, damit Sofia die dunklen Felder verläßt und ihr eigenes Bild sehen kann; sie müssen die Große Mutter anrufen, damit Sofia erfährt, wo ihr Bauchnabel vergraben ist, und nicht länger richtungslos im Vakuum ihrer eigenen Verzweiflung treibt.

»Sofias Mutter war keine Zigeunerin«, sagt Xintal. »Für die Zigeuner ist sie immer eine Fremde gewesen, ihre Tochter hat ihr nie wirklich gehört. Ich habe sie in einem Land verdorrter Erde umherirren sehen.«

»Eine Frau ohne Mutter ist wie eine ruhelose Seele«, meint Samuel.

»Bis sie eine Tochter bekommt«, ergänzt Doña Carmen. »Und wenn sie den Bann bricht und das Kind nicht verliert.«

»Und die Liebe Jerónimos?« fragt Samuel.

»Die nutzt nichts, die nutzt nichts«, antwortet Xintal. »Da geht es nicht um Liebe, sondern um pure Bedürfnisbefriedigung. Wir müssen die Große Mutter anrufen, dann wird die Liebe Jerónimos nicht mehr nötig sein.«

»Wir müssen ihr das Herz entwirren.«

»Wir müssen auch Eulalia noch einmal herbeirufen.«

Die Nacht am Mombacho ist lebendig, voller Geräusche und dem Rauschen der Bäume, die sich sanft in den Schlaf wiegen. Es ist Februar, und der Wind hat sich in ein Meer verwandelt und wirft seine Wellen gegen die Platanen, Lorbeerbäume und blühenden Sträucher. Kühl ist die Nacht, und Doña Carmen legt sich den Pullover um die Schultern, steht auf und hilft Xintal, Wasser, Salz, Kerzen und die Gefäße mit dem schwarzen Lehm aus San Juan de Oriente für den Ritus bereitzustellen. Samuel pflückt drei Stechapfelblüten und wirft sie ins Wasser, als es zu kochen beginnt. Die drei Zauberer bewegen sich schweigend, denn es naht die Stunde, in der sie zum Ort der Kraft emporsteigen werden, um die Zeremonie zu begehen. Als der Stechapfelsud fertig ist, leert ihn Samuel in ein Tongefäß und bedeckt ihn mit einem Deckel. Die Vorbereitungen sind nun fertig, und die drei verlassen Xintals Behausung. Langsam gehen sie den Berg hinauf, der seit längst versunkenen Zeiten die Anziehungskraft bewahrt hat, die Säule des Lichts von der Lagune von Apoyo herüberzutragen. Der Berg ist ein stumpfer Kegel; auf seinem Gipfel steht ein Kreis aus dicht nebeneinander wachsenden Bäumen. Die Bauern der Gegend trauen sich nicht in seine Nähe, denn sie meinen, hier sei das Nest aller Schlangen, die am Mombacho hausen. Xintal, die diese Legende eifrig verbreitet hat, weiß, daß das nicht stimmt und daß es nur eine zahme, faule Boa gibt, die im Stamm eines riesigen Kapokbaumes wohnt. Immer weiter steigen sie bergauf, und bei ihrem Vorbeimarsch erheben sich die Papageien zu nächtlichem Flug. Im hellen Licht des Mondes lassen sich die Augen des Uhus erahnen, die Carabos stimmen ihr schwermütiges Klagelied an. So gehen sie im Gänsemarsch den schmalen Pfad entlang, und nachdem sie ein Feld riesiger Farne durchquert haben, die mannshoch und dichtgedrängt um sie herum wachsen, treten sie auf die Lichtung des Gipfels hinaus. Hier weht kaum ein Wind, denn das Dickicht der Bäume, das den magischen Kreis umsteht, bricht den Luftstrom und läßt einen runden Raum der Ruhe und der Stille entstehen.

Xintal überquert das von wilden Kräutern bewachsene Rund und sieht zu der riesigen Boa hinauf, die wie immer zusammengerollt auf dem Kapokbaum schläft und sicher irgendeinen unvorsichtigen Jaguar verdaut. Samuel und Doña Carmen haben schon die Utensilien, die sie für die Zeremonie brauchen, auf den Boden gestellt, und in wenigen Augenblicken sind alle emsig beschäftigt. Mit seinem Stock und dem schwarzen Lehm aus San Juan de Oriente zeichnet Samuel einen schwarzen Kreis, der fast die gesamte Lichtung umfaßt. Doña Carmen streut Salz auf diesen Kreis, während ihn Xintal mit Zuckerrohrschnaps besprengt. Dann bemalen sich alle drei die Gesichter mit dem schwarzen Lehm, damit das Licht es nicht erhellt und die neugierigen Geister sie nicht erkennen und um irgendwelche Gefallen bitten. Nach der Bemalung nehmen sie sich bei den Händen, treten in den schwarzen Kreis und stecken in seiner Mitte einen zweiten Kreis aus Talgkerzen ab und setzen sich. Samuel holt das Tongefäß mit dem Stechapfeltee hervor, und alle drei trinken daraus in großen Schlucken, bis das Gefäß leer ist. Sie kreuzen ihre Beine und warten, bis sie zu spüren beginnen, wie sich ihre Körper langsam entspannen, schließen die Augen und nehmen Kontakt auf mit der inneren Kraft, die in ihren Leibern zu tanzen beginnt, im Magen, in den Lungen. Sie erheben sich und beginnen zunächst mit kleinen, sanften Tanzschritten. Immer schneller tanzen sie, und ihr Tanz weckt die blauen Vögel, die aufsteigen und über dem Kreis flattern, den Samuel mit seinem Stock gezeichnet hat, und bald ist ein heilloses Spektakel von Insekten, Nachtfaltern, Papageien und Eulen über dem Licht der Kerzen im Gange. Der Mond steht über dem Kerzenkreis, Xintal beendet den letzten Schritt, alle drei halten inne, und sie stimmt den Gesang an, der die Große Mutter herbeiruft:

»Segne uns, Mutter, denn wir sind Deine Wesen.
Segne unsere Augen, damit wir die unsichtbare Schönheit sehen;
Segne unsere Nase, damit wir Deine Düfte riechen;
Segne unsere Münder, damit wir die magischen Worte sagen;

Segne unsere Brust, damit die Herzen in Einklang mit den Pflanzen schlagen;
Segne unsere Beine, segne unsere Geschlechter, die Leben schenken;
Segne unsere Füße, damit sie im Rausch der Freude tanzen;
Segne diese Nacht, damit das Licht hierhergelangt, und die, die keine Mutter hat, ihren Nabel findet.«

Samuel und Doña Carmen verschränken ihre Arme mit den hocherhobenen Armen Xintals, und die drei legen ihre Stirn aneinander und bilden so einen Kreis im Kreis der Kerzen und konzentrieren sich auf die Mitte der Lagune und rufen die Säule des Lichts, die sich in ihren Wassern verbirgt.

In den umliegenden Dörfern spüren die Männer und Frauen, die keinen Schlaf finden konnten, wie endlich die Müdigkeit auf sie herabfällt; sie schlafen fest ein. Die, die schon schlummern, fallen in einen tiefen, traumlosen Zustand. Hunde und Katzen werden ruhig und legen sich hin.

Auch die Lagune steht still, der Wind hält inne, und aus der Mitte des Wassers steigt herrlich die Säule des Lichts. Mit kreisender Kraft bilden die Partikelchen einen strahlenden Wirbelsturm aus Licht, der sich aus dem Wasser erhebt, zum Himmel aufsteigt und sich langsam, als tanze er, zum Mombacho hinbewegt.

Xintal, Samuel und Doña Carmen singen sanft, und ohne sich zu bewegen, bleiben ihre Gedanken hinter geschlossenen Augen auf die Säule des Lichts gerichtet. Nach kurzer Zeit spüren sie ihre Gegenwart, und als sie die Augen öffnen, steht sie mitten über dem Kreis der Kerzen.

Sich an den Händen haltend, setzen sie sich nieder und beugen die Rücken, bis sich ihre Köpfe berühren, um die Energie ihrer Gedanken zu vereinen, damit ihre Beschwörungen die Säule des Lichts empor und in den Bauch der Großen Mutter steigen können.

»Wir haben Dich gerufen, um von der Frau ohne Nabelschnur zu sprechen«, sagt Xintal, ohne den Mund zu öffnen.

»Ihr Körper trägt einen Keim in sich, doch kann es keine Ernte geben, wenn sie weiter im Vakuum treibt.«

»Sie braucht eine Mutter, um im Spiegel ihr eigenes Bild entdecken zu können.«

»Sie braucht Liebe, damit sich ihr Herz entwirrt.«

Die Lichtsäule weitet sich und bildet einen Lichtkegel, dessen Spitze auf die Mitte der Lichtung gerichtet ist.

Doña Carmen, Xintal und Samuel öffnet sich der Geist, alle drei sehen Eulalia aus der Spitze des Lichtkegels treten und zu dem Bett gehen, in dem Sofia, zusammengerollt wie ein Kind im Mutterleib, den gleichen schweren Schlaf schläft, den die Lichtsäule in dieser Nacht den Bewohnern der Gegend auferlegt hat. Eulalia nimmt Sofia in ihre Arme wie ein leichtes, kleines Mädchen, trägt sie zu einem Schaukelstuhl und beginnt sich mit ihr im Arm zu wiegen, während sie ihr Schlaflieder singt. Eulalia hält Sofia an sich gepreßt und streicht ihr über Kopf und Brust, bis ein kaum sichtbares Licht zwischen den Rippen des Mädchens hervordringt, das dichter und dichter wird, bis es eine Schnur aus Licht bildet, die von ihrem Herzen zum Nabel reicht. Xintal sieht, wie sich Sofias Herz in einen Vogel mit buntem Gefieder verwandelt und wie die Schnur aus Licht zu einer Schlange wird, die sich um einen Jaguar rollt, der aus ihrem Nabel hervorkommt. Samuel kann, weil er ein Mann ist, die Visionen der beiden Frauen nur erahnen und hat wirre Gefühle, die ihn die Lippen bewegen lassen, als sauge er an der Brust der Mutter.

Eulalia hält Sofia und wiegt und wiegt sie, und in ihren kehligen Gesang fallen die Stimmen von Xintal und Doña Carmen ein, denen der Leib in Erinnerung an ihre Geburtswehen zu schmerzen beginnt. Xintal weiß, daß die Große Mutter dabei ist, sie zu schwängern, damit sie Sofia noch einmal zur Welt bringen kann und sie mit einem neuen Herzen geboren wird, das aus der Vereinigung von Schlange, Jaguar und Vogel entsteht.

Mehrere Stunden begleiten sie Eulalia, bis sie Sofia wieder in ihr Bett legt und im Lichtkegel verschwindet und zurückkehrt zu den Geistern, die die Lebenden mit den Toten verbinden. Der Lichtkegel wird wieder zur Säule, die drei stehen auf, umarmen sich und spüren die Kraft des Lichts, das aufsteigt zum Himmelsloch, wo sich die Unendlichkeit auftut, in der alles gleichzeitig existiert.

Xintal ist die erste, die erwacht. Sie setzt sich aufrecht hin und sieht neben sich Doña Carmen und Samuel schlafen und, etwas weiter entfernt, die niedergebrannten Kerzen und die Gefäße. Im Licht der aufgehenden Sonne erhält der Mombacho das Aussehen eines würdigen Vulkans zurück. Das Kreischen der Kongoaffen ist verstummt, ein paar blaue Vögel flattern noch über dem magischen Kreis, in dem die drei durch die Tür des Universums geschaut haben. Jetzt kann Sofia ruhiger werden, denkt Xintal. Ihr Körper wird wieder zur Knospe werden, und wenn Jaguar, Schlange und buntgefiederter Vogel ihre Reife erlangen, wird sie von neuem geboren werden und ihre Mitte finden.

32

Es ist schon Mittag, als Sofia erwacht. Sie verspürt keine Lust aufzustehen, befürchtet sie doch, daß der Kontakt mit der Wirklichkeit das friedliche Gefühl zerstören könnte, mit dem sie die ganze Nacht geschlafen hat. Zum ersten Mal hat sie von ihrer Mutter geträumt. Ganz deutlich konnte sie ihre Züge sehen, die den ihren so ähnlich sind, und sie spürte, wie die Mutter sie an sich drückte und wie sie zusammen in einem riesigen Feld voll Margeriten, Waldanemonen und Veilchen spielten. Beim Aufwachen sieht sie noch das Gesicht, das so viele Jahre lang für sie verschwommen und unerreichbar gewesen ist. Sie streckt sich im Bett aus und ruft sich beliebige Szenen ihrer Kindheit vor Augen. Sie schließt die Augen und betrachtet ein ums andere Mal die Frau, die sie so oft zu sehen meinte, wenn sie sich im Spiegel anschaute. Dann weint sie sanft angesichts all der Erinnerungen, die die ewige Frage nach dem Grund ihres Ausgesetztwerdens noch drängender machen. Was mochte ihre Mutter dazu bewegt haben, sie in jener Nacht vor vielen Jahren in Diriá zurückzulassen? Was konnte ein kleines Mädchen wie sie getan haben, um ein solches Verstoßenwerden zu verdienen? War es, weil weder ihre Mutter noch sie richtige Zigeuner waren? War es der Vater gewesen, der die Katastrophe heraufbeschworen hatte? Oft genug hat Sofia das Tarot danach befragt, und seltsamerweise taucht jedesmal die Karte »Die Liebenden« auf. Nie hat sie das verstehen können. Was mochten die Liebenden damit zu tun haben, daß sie verlassen worden war?

So liegt sie lange Zeit fast unbeweglich da, fürchtet, daß jede noch so kleine Bewegung das Bild der Mutter auslöschen könnte, doch hat sie von der Nacht her eine volle Blase, und wenn sie nicht aufsteht, wird sie das Bett naß machen wie ein kleines Kind. Sie setzt sich mit geschlossenen Augen auf, öffnet sie, schließt sie schnell wieder und stellt fest, daß das Gesicht bleibt. Sie zieht die Beine unter dem Laken hervor, tastet nach den Hausschuhen und stellt die Füße auf den Boden. Wie eine Blinde bewegt sie sich auf das Bad zu, findet aber schnell lächerlich, was sie da tut, so öffnet sie die Augen und gelangt an ihr Ziel; sie setzt sich aufs Klo, schließt die Augen, und als ihre Erinnerung mühelos und klar das Bild von neuem entstehen läßt, weiß sie, daß sie es nicht wieder verlieren wird.

Petrona will ihren Augen nicht trauen, als Sofia in der Küche auftaucht und sie bittet, ihr etwas zu essen zu geben, weil sie »umkommt vor Hunger«. Wie in alten Zeiten setzt sie sich auf den dreibeinigen Hocker am Tisch, wo sonst Petrona Platz nimmt, um den Reis auszusortieren und ihren Gedanken nachzuhängen, und fängt zu schwatzen an und nach der Hauswirtschaft zu fragen, als wäre sie von einer monatelangen Reise zurückgekehrt.

»Es scheint Ihnen ja wirklich besserzugehen, was?« unterbricht sie das Hausmädchen, und Sofia stimmt ihr zu, sie fühlt sich viel besser, wie ein Stein hat sie geschlafen, sie verspürt weder Übelkeit noch Schwindel, und zum ersten Mal seit Monaten hat sie Hunger.

»Sie müssen vorsichtig sein«, warnt sie Petrona, »nicht daß Sie sich den Magen überfüllen, nachdem Sie so lange wie ein Spatz gegessen haben. Ich werde Ihnen erst einmal eine ordentliche Gemüsesuppe machen. Sie müssen wieder richtig zu Kräften kommen, sonst wird es noch ein ganz mageres Kind werden.«

»Ein mageres Mädchen«, stellt Sofia klar. »Ich habe dir doch schon gesagt, daß es ein Mädchen werden wird.«

Fausto spürt schon an der Tür, daß sich im Hause etwas verändert hat. Wie jeden Tag, seit die Arbeiter in Scharen davongelaufen sind, hat er ganz früh am Morgen aufstehen müssen, um die Arbeit auf die verbliebenen und die neu angeheuerten, die er in Managua mit Ministergehältern angelockt hat, zu verteilen. Nach einer Nacht tiefen, wohltuenden Schlafes war der Morgen gut, und er ist mit sich zufrieden, hat er doch fünf neue Arbeiter aus der Umgebung verpflichten können, die die Angst aus den Tagen des Erdbebens verloren zu haben scheinen. So tritt er ins Haus, und seine Nase führt ihn direkt ins Eßzimmer, von wo ein köstlicher Duft nach heißem Essen ausströmt. Seit es Sofia so schlechtzugehen begann, hat Petrona keine rechte Lust mehr gehabt zu kochen, und er hat nichts als fade Gerichte vorgesetzt bekommen. Er erschrickt beinahe, als er Sofia am Tisch sitzen und mit zufriedenem Gesicht einen großen Teller Suppe verspeisen sieht.

»Wie glücklich die Augen, die Sie sehen!« ruft er scherzend aus.

»Hallo«, antwortet Sofia nur und lächelt, als sei nichts Besonderes geschehen. »Du kommst gerade rechtzeitig, um mir Gesellschaft zu leisten.«

Fausto nimmt Platz und ergeht sich, ohne die Augen von ihr zu wenden, in Komplimenten darüber, wie gut sie aussieht. Endlich leuchten ihre Augen wieder, sagt er, und daß er schon Angst hatte, sie nach Managua ins Krankenhaus bringen zu müssen.

»Es geht mir wieder gut«, ist ihre einzige Erklärung, »ich fühle mich prächtig. Ich habe geschlafen wie ein neugeborenes Kind, ich glaube, ich habe noch nie so tief geschlafen. Stell dir vor, ich habe im Traum sogar das Gesicht meiner Mutter gesehen, und ich habe es immer noch klar vor Augen.«

Fausto will das Thema nicht vertiefen, aus Angst, ihr Gemütszustand könnte zerplatzen wie eine Seifenblase. Und schnell beginnt er, ihr von den Ereignissen auf dem Hof zu erzählen. Sofia stellt eine Menge Fragen, und als sie mit dem Essen fertig sind, sagt sie, indem sie ihn, ohne mit der Wimper zu zucken, ansieht, daß es an der Zeit sei, einen neuen Rechtsanwalt zu bestellen.

»Such dir jemand Älteres«, meint sie. »Vielleicht können wir es ja auch noch einmal mit Don Prudencio versuchen.«

Wann wird Sofia jemals aufhören, ihn in Staunen zu versetzen? fragt sich Fausto, als er sie in den folgenden Tagen sieht, wie sie sich von neuem um die Arbeit der Hacienda zu kümmern beginnt, um die Verluste, die sie im Verkauf der Blumen erlitten haben, das langsame Erholen der Rosenstöcke, die neuen Kontakte, die Fausto zu den Blumengeschäften hat herstellen können, und um den Verkauf des Kakaos nach Costa Rica. Wie durch Zauberhand scheint sie ihre alte Energie wiedergewonnen zu haben, sie wirkt ruhig und gelassen, wie es einer Frau in ihrem fortgeschrittenen Stadium der Schwangerschaft zukommt. Ihre körperliche Erholung ist deutlich zu sehen, und er hat keinen Zweifel, daß sie in wenigen Wochen so stattlich und vital aussehen wird wie in den ersten Monaten ihrer Schwangerschaft. Sie klagt jetzt auch nicht mehr über ihre eingebildete Liebe.

Mit den Leuten im Dorf scheint sie sich aussöhnen zu wollen: Täglich geht sie in die Fünfuhrmesse von Pater Pio, und sie hat Gertrudis einen Korb voll Rosen mit einem Glückwunsch zur Hochzeit geschickt, als habe die Episode während des Festes niemals stattgefunden.

Fausto verdächtigt Doña Carmen, Xintal und Samuel, ihre Hand im Spiel zu haben. Die drei sind auch schon zu Besuch gekommen. Beim Hinausgehen hat er sie seltsame Worte austauschen hören, die ihn haben aufhorchen lassen: »Jetzt hat sie endlich einen Nabel«, hatte Xintal gesagt, und Doña Carmen hatte geantwortet: »Jetzt muß man darauf warten, daß sich ihr das Herz entwirrt.«

Die einzige Spur, die er hat, rührt von einem Gespräch mit Sofia, die ihm eines Abends von dem zärtlichen Gefühl erzählte, das sie verspürte, als sie im Traum ihre Mutter sah. Selten hatte Fausto sie so verletzlich und sanft empfunden wie in der Stunde, als sie im Schaukelstuhl auf der Veranda vom schönen Gesicht ihrer Mutter sprach und davon, wie sie gespielt hatten und wie die Mutter sie an sich gedrückt und in den Schlaf gewiegt hatte. Jetzt hat sie das Gefühl, als habe die Mutter sie nie verlassen.

»Ich werde aber nie verstehen, Fausto, warum sie mich im Stich gelassen hat. Es scheint, als habe sie mich sehr geliebt.«

Es war, so dachte Sofia, auf einer anderen Ebene das gleiche, was ihr mit Jerónimo passiert war. Jerónimo liebte sie, und trotzdem hatte er sie verlassen. Es schien, als hafte etwas an ihr, ein Geruch, eine Ausdünstung, ein Fluch, der dazu führt, daß die, die sie liebten, sie verließen. Vielleicht konnte sie den Bann des Verlassenwerdens durchbrechen, wenn sie Jerónimo für sich zurückgewann; vielleicht war das der Kreis, den die Hexen so oft erwähnt hatten. Es mochte aber auch nur ein Problem Jerónimos sein und nicht das Ergebnis eines entsetzlichen Fluches. Auf jeden Fall durfte sie nicht andauernd schlecht von sich selber denken. Wenn sie das nächste Mal beschließt, nach Managua zu fahren und Jerónimo zu suchen, wird sie keine Angst haben.

Im Laufe der Tage wird sie immer ruhiger, die wohltuende Sicherheit ehemaliger mütterlicher Umarmungen macht es ihr möglich, die Gesellschaft der anderen zu genießen und sich auf die Geburt ihrer Tochter zu freuen.

Fausto beobachtet aufmerksam, daß Sofia auch sanftmütiger wird. Es beruhigt ihn, sie an den Nachmittagen lange Spaziergänge durch die Felder der Hacienda unternehmen zu sehen, bei denen sie sich mit den neuen Arbeitern unterhält, die sich gar nicht erklären können, warum man ihnen so viel Seltsames über diese Señora erzählt hat, die ganz offensichtlich so freundlich und entspannt ist und die außerdem den respekteinflößenden Bauch von sieben Monaten Schwangerschaft vor sich herträgt. Fausto macht sich Sorgen, daß die Ruhe nur vorübergehend sein könnte und nur neue, noch heftigere Stürme ankündigt. Für ihn kann die Tatsache, daß sie von ihrer Mutter geträumt hat, ihre plötzliche Veränderung nicht erklären. Ihm fällt auf, wie sicher sie sich ist, daß es die Mutter war, die sie im Traum gesehen hat. Seltsam ist auch, wie sehr sie Träume und Erinnerungen durcheinanderbringt, so daß nicht einmal er weiß, wann sie wovon spricht.

33

Jetzt ist es nur noch ein Monat bis zur Geburt des Kindes; Sofia erholt sich unter den Fittichen von Petrona und Engracia, die es sich nicht nehmen läßt, Tag für Tag nach El Encanto zu kommen, und sich die Langeweile des Alters damit vertreibt, zahllose Spitzensöckchen für Sofias Tochter zu häkeln. So widmen sich die drei Frauen den Vorbereitungen der Geburt; Fausto trägt seinen Teil bei, indem er in Masaya Kindermöbel schreinern läßt, die er selbst entworfen hat. Nach altem Brauch sind sechs Dutzend Windeln gekocht worden, und die ganze Kinderwäsche ist sauber in makellosen Leinenbeuteln verstaut.

Es liegt ein Hauch von Frieden über El Encanto, eine Atmosphäre von Frauen, die mit dem uralten Ritus beschäftigt sind, das Leben zu erneuern, ein Gefühl von Spitzenkopfkissen und Moskitonetzen aus Tüll, aber der Schein trügt: Heimlich weint Sofia, und sie weiß nicht, ob ihre Schlaflosigkeit vom Druck ihres riesigen Leibes auf die Lungen oder von der tiefen Traurigkeit kommt, mit der sie im Morgengrauen immer wieder erwacht.

Allein in ihrem Zimmer fragt sie immer wieder, warum Jerónimo sie verstoßen hat. Sie hält sich den Bauch und weint leise, aber anhaltend und schwört dabei ihrer Tochter, daß sie sie niemals im Stich lassen wird, niemals wird sie eine solche Grausamkeit begehen. Danach steht sie auf, trocknet sich die Tränen, zieht

Morgenrock und Hausschuhe an und beginnt ihr Tagewerk, bei dem sie den anderen ein Wohlbefinden vorspielt, das sie in Wirklichkeit nicht fühlt.

Fausto beginnt, unruhig zu werden. Petrona und Engracia versichern ihm zwar, daß die tränenumflorten Augen von der Schlaflosigkeit des letzten Monats der Schwangerschaft kommen, doch läßt er sich nicht in die Irre führen; er spürt, wie abwesend sie ist und wie sie sich zusammennimmt. Was die anderen für Wohlbefinden halten, ist für ihn nur das Vorspiel des Unwetters, und deshalb beobachtet er sie genau. Auch wenn er die Arbeit der Hacienda deswegen vernachlässigen muß, kommt er mehrmals am Tage mit dem Vorwand vom Feld heim, die heiße Märzsonne nicht zu vertragen. Sofia spürt Faustos Sorge und gibt sich alle Mühe, in seiner Gegenwart ruhiger, zufriedener und an allem interessiert zu erscheinen, was um sie herum vorgeht. Sie will ihn in Sicherheit wiegen, damit er ja nicht auf den Gedanken kommt, sich in ihre Pläne zu mischen, die sich im Laufe der Tage immer klarer herausbilden.

Jerónimo muß von Zeit zu Zeit an Sofia denken, seine späten Eskapaden. Er fühlt sich dabei als der große Sieger. Nach Jahren der Unzufriedenheit in seiner Ehe hat er deren Vorteile schätzen gelernt und weiß jetzt, was er an dem hat, das er vorher für nichts als ermüdende Routine hielt. In seinem Berufsleben hat er die Zuverlässigkeit zurückgewonnen, auf die sich von jeher sein guter Ruf gründete. So erscheint ihm sein Leben in Beruf, Gesellschaft und Ehe wie eine einzige Hymne an die Harmonie und den Frieden seines Geistes, der nur in seinen erotischen Träumen gestört wird, in die sich nicht selten Sofia mischt. Doch selbst das ist noch angenehm, sagt er sich; denn wem soll die Erinnerung an vergangene Lüste schon weh tun? Das einzige, was ihm Sorgen bereitet, ist Sofias Schwangerschaft und der Gedanke, daß ein Kind von ihm auf dieser Erde umherirren könnte. Doch ist er entschlossen, es nicht ein einziges Mal zu sehen. Er ist überzeugt, daß das Herz nicht fühlt, solange die Augen nicht sehen.

Auf seinem ordentlich aufgeräumten Schreibtisch eines erfolgreichen Rechtsanwalts steht jetzt ein Foto seiner lächelnden Ehefrau. Während er Urkunden unterzeichnet und Termine in seinen Kalender notiert, ist Jerónimos Geist weit davon entfernt, die Nähe Sofias zu erahnen, die eben vor seinem Büro aus dem Jeep steigt.

An diesem Morgen hat sie dem drängenden Bedürfnis, Jerónimo zu sehen, nicht länger widerstanden. Sie ist zu der Überzeugung gekommen, daß sie ein Zusammentreffen mit Jerónimo zumindest von der in ihr tobenden Wut befreien wird, in der sein Bild und die Erinnerung an die Mutter zu einem mythischen Zentaur verschmelzen, der sie mit seinen Pfeilen bedroht.

Liebe schlägt übergangslos in Haß um, mit der Geschwindigkeit, mit der ihr Kopf die Bilder hervorbringt. Über das Bild der fröhlich lachenden Mutter, die sie inmitten von Blumen umarmt, legt sich das Bild einer Frau mit leerem Leib, die niemals zurückkehrte, um zu erfahren, was aus dem Mädchen ihrer Umarmungen geworden war. Genausowenig vermag sie den

Jerónimo des Lachens und der Liebesakrobatik, den nackten Kobold der Liebesnester, der sie mit unmißverständlicher Zärtlichkeit betrachtet, mit dem Mann in Einklang bringen, der sich am Telefon verleugnen läßt und Fausto gegenüber anzweifelt, der Vater des Kindes zu sein.

Unter dem Vorwand, Xintal besuchen zu wollen, verließ sie die Hacienda, doch kaum gelangte das Fahrzeug zur Hauptstraße, da gab sie dem Fahrer Weisung, Richtung Managua zu fahren. Die Hitze des tropischen Sommers waberte über dem Asphalt. Als sie sich Jerónimos Kanzlei nähern, ist sie schweißüberströmt, und es schmerzen ihr die Rippen, über die sich die Haut ihres Bauches spannt, der jeden Tag noch ein bißchen mehr anzuschwellen scheint. Nur das Kind in ihrem Leib scheint von der Hitze und Rüttelei nichts zu spüren und hört nicht auf, kräftige Lebenszeichen zu geben, indem es sich unaufhörlich in seiner lautlosen Behausung voll Wasser hin und her bewegt.

Der Jeep hält vor Jerónimos Büro, und Sofia steigt, auf den Fahrer gestützt, aus dem Wagen. Auf dem Bürgersteig holt sie, bevor sie das Gebäude betritt, ein weißes Taschentuch hervor, wischt sich den Schweiß ab und ordnet sich noch schnell das Haar. Dann geht sie gemessenen Schritts, ihren mächtigen schwangeren Leib stolz vor sich hertragend, in den Empfangsraum der Kanzlei und lächelt freundlich der Sekretärin zu.

»Sagen Sie dem Herrn Anwalt, daß ich hier bin und nicht eher wieder fortgehe, als bis ich mit ihm gesprochen habe.«

Die Frau an der Schreibmaschine reagiert nicht. Sie

sieht Sofia an, nickt mit dem Kopf und tut so, als ordne sie Papiere auf dem Schreibtisch, während sie überlegt, wie sie ihren Chef vor diesem Überfall bewahren kann. Genau in diesem Augenblick erhebt sich Jerónimo ahnungslos von seinem Schreibtisch und kommt aus seinem Büro, um der Sekretärin eine Anweisung zu geben.

Kaum hat er die Tür geöffnet, da bleibt er wie angewurzelt stehen und sieht Sofia nur verdutzt an, die den Überraschungseffekt nutzt und schnell an ihm vorbei in sein Arbeitszimmer tritt.

»Komm rein, ich muß mit dir reden«, sagt sie nur.

Jerónimo folgt ihr und schließt die Tür, die Verblüffung über den unerwarteten Besuch und der Respekt, den ihm, auch wenn es nur widerwillig ist, der schwangere Leib Sofias einflößt, stehen ihm ins Gesicht geschrieben.

»Setz dich«, fährt sie im Befehlston fort, während sie selbst in einem der Ledersessel des Büros Platz nimmt.

Seit einiger Zeit ist er davon überzeugt gewesen, daß Sofia nur noch in seinen Träumen erscheinen würde. Dieser Überfall hat ihn völlig unvorbereitet getroffen. Einen Augenblick lang weiß er nicht, was er tun soll, außer zu schweigen und sie anzusehen. Noch immer starrt er konsterniert auf ihren riesigen Bauch.

»Ich bin gekommen, weil ich wissen wollte, was mit dir los ist«, sagt Sofia. »Du antwortest nicht auf meine Anrufe, sagst Fausto, daß du nicht der Vater des Kindes bist, deutest an, daß es von einem anderen sein muß... Du bist ein elender Feigling. Schämst du dich eigentlich nicht, so die Frau zu behandeln, mit der du eine Tochter haben wirst?«

»Bist du dir denn ganz sicher, daß es ein Mädchen ist?« fragt Jerónimo.

»Ja, allerdings. Doch das braucht dich nicht weiter zu scheren ... du läßt sie ja doch im Stich.«

»Schau her, Sofia«, sagt Jerónimo, steht auf und geht zum Schreibtisch hinüber, wo er sich fahrig eine Zigarette aus dem Päckchen angelt. »Es war deine eigene Entscheidung, schwanger zu werden. Machen wir uns doch nichts vor: Du hast mir immer wieder versichert, daß du die Pille nimmst. Was zwischen uns geschehen ist, war rein sexuell. Komm jetzt nicht und erinnere mich an irgendeine Verantwortung ...«

»Rein sexuell?« explodiert Sofia und erhebt sich ebenfalls, um ihn daran zu erinnern, wie viele Male er ihr von seiner Liebe erzählt hatte. Wie konnte er glauben, daß sie nur mit ihm hatte schlafen wollen, als ob es nicht Tausende anderer Männer gäbe, um das zu tun. Sie hatte ihn geliebt, sagt sie, und sie liebt ihn auch jetzt noch. Das Problem ist, daß auch er voller Vorurteile ihr gegenüber ist, er glaubt, daß sie unfähig sei zu lieben, er haßt sie im Grunde, weil sie eine Zigeunerin ist, weil sie anders ist als die anderen.

»Da irrst du dich aber gewaltig«, antwortet Jerónimo, nimmt wieder Platz und versucht, die Lautstärke der Unterhaltung zu senken, damit das Geschrei nicht ins Vorzimmer dringt. »Komm, setz dich hin, laß uns in Ruhe miteinander reden. Ich weiß nicht, was die andern denken, mir jedenfalls macht es nichts aus, daß du eine Zigeunerin bist. Was ich allerdings denke, und vielleicht solltest auch du mal darüber nachdenken, ist, daß du verdammt egoistisch bist; ich denke, daß du nicht lieben kannst, weil du nur dich selbst liebst. Jetzt bist du vielleicht zu wütend dazu, aber wenn du genau darüber nachdenkst, mußt du zugeben, daß du alles so geplant hattest und daß ich in deinem Plan gar nicht vorkam. Der einzige Grund, warum du jetzt etwas von mir willst, ist der, daß ich es war, der dich zurückgewiesen hat, daß ich deine Anrufe nicht beantwortete... Jetzt willst du's wissen. So sieht die Sache aus«, sagt er und senkt mehr und mehr die Stimme, bis sie ganz resigniert klingt.

»Jetzt willst du wohl mir die Schuld an allem anhängen«, schreit Sofia, ohne auf seinen Vorschlag einzugehen, sich wieder zu setzen. »Der Egoist bist du doch, denn dir ist es ja egal, ob ich das Kind alleine bekomme oder nicht, ob es einen Vater hat oder nicht!«

Ein Kind zu haben, sei ihre eigene Entscheidung gewesen, wiederholt Jerónimo und erinnert sie noch einmal daran, daß sie ihm versichert hatte, sie würde nicht schwanger werden, er brauche sich da keine Gedanken zu machen.

Sie fährt fort, zu schreien und in der Luft herumzufuchteln und ihm zu beteuern, wie sehr sie ihn liebt, und während sie es sagt, weiß sie, daß es wahr ist, sie lügt ihn nicht an, sie hat nur immer Angst davor gehabt, doch jetzt, wo sie ihm gegenübersteht, wird ihr klar, daß Jerónimo wirklich der einzige Mann ist, den sie in ihrem Leben geliebt hat.

»Ich habe dich geliebt, Jerónimo«, sagt sie und setzt sich ihm gegenüber, um ihm direkt in die Augen zu sehen. »Ich habe dich geliebt, das mußt du mir glauben. Denk nicht mehr an das Kind. Ich gebe zu, daß das meine Entscheidung war. Aber ich habe sie getroffen, weil ich in dich verliebt war. Das schwöre ich dir.« Sie beginnt zu weinen, wobei sie das Gesicht mit den Händen bedeckt.

Jerónimo schwirrt der Kopf vor widersprüchlichen Gefühlen, es kommt ihm vor, als säße er einer gewieften Schauspielerin gegenüber, die sein Verständnis und Mitgefühl zu gewinnen sucht. Und er fühlt auch, daß Sofia von dunklen Kräften getrieben wird, die sie selbst nicht verstehen kann. Aber es wird nicht er sein, der Licht in dieses Dunkel bringt. Alles, was er will, ist, daß sie geht. Er versteht ja nicht einmal, was sie damit bezweckt, ihm jetzt so in Tränen aufgelöst gegenüberzusitzen, in dieser unwirklichen Unterhaltung, in der sie alles, was zwischen ihnen passiert ist, aus unerfindlichen Gründen völlig verdreht hat.

»Sofia, ich habe eine Frau«, sagt er in einem Ton, mit dem man zu einem Kind spricht. »Nachdem es zwischen uns beiden aus war, hat sie sich phantastisch verhalten. Zum ersten Mal seit Jahren klappt es gut mit uns. Ich mag dich ja, aber ich kann sie nicht verlassen; ich kann mich nicht um dieses Kind kümmern, dieses Mädchen, wie du sagst. Ich weiß nicht, was diese ganze Szene soll.«

»Du bist und bleibst ein Feigling«, schluchzt Sofia, hebt den Blick und schaut ihn aus tränennassen Augen an. »Du kannst nicht einmal zugeben, daß du mich liebst. Jetzt hast du dich mit deinem Frauchen arrangiert und verpaßt die einzige Chance, die du im Leben haben wirst, um zu erfahren, was wirklich Liebe ist.«

Jerónimo zuckt die Schultern und versucht, versöhnlich zu klingen, als er sagt, daß das Leben nun einmal so sei; es gebe Verpflichtungen, die man erfüllen muß. Seine Ehe dauert jetzt fast sieben Jahre, und seine Frau ist eine sehr liebe Person. Außerdem hat die Sache zwischen ihnen beiden nie eine Zukunft gehabt, weder damals noch heute. Welch ein Glück, daß er sich nicht in sie verliebt hat, denkt er für sich, welch ein Glück, daß er vernünftig genug gewesen war zu merken, daß es ein verdammt gefährliches Spiel war. Sofia irrt sich gewaltig, wenn sie meint, er sehe sie als die große Gelegenheit der wirklichen Liebe. Doch sagt er besser nichts dazu, er will nicht, daß sie noch mehr in Rage gerät.

»Diese Frau wird dir niemals ein Kind schenken. Schau her, schau her«, ruft Sofia aus, steht auf und spannt sich das Kleid über den Bauch, damit er genau sieht, wie schwanger sie von ihm ist. »Ich dagegen trage deine Tochter in mir. Du hast mir gegenüber eine viel größere Verantwortung. Du kannst doch dieses kleine Mädchen nicht im Stich lassen! Das kannst du doch einfach nicht tun!«

»Übertreib nicht so«, sagt Jerónimo knapp und bestimmt. »Dieses Mädchen ist einzig und allein deine Verantwortung. Du allein hast beschlossen, es zu bekommen. Du hast mir ja auch nie etwas von dieser Schwangerschaft gesagt, bis es dir Monate später einfiel, daß du in mich verliebt bist. Denk daran, daß du es warst, die sich zuerst am Telefon verleugnen ließ...«

»Das ist nicht wahr!« Sofia springt auf. »Niemand hat mir von deinen Anrufen erzählt. Anfangs hatte ich einfach Angst, du könntest wütend werden, ich fürchtete mich vor dem, was jetzt eingetreten ist. Deshalb habe ich dich nicht angerufen und dir auch nichts davon gesagt. Ich dachte, ich könnte allein damit fertig werden, doch dann begannst du mir zu fehlen, ich merkte auf einmal, wie sehr ich dich liebte...«

Jerónimo spürt, wie er angesichts der Lügen, die unablässig aus Sofias Mund dringen, immer ungläubiger und entrüsteter wird. Er steht auf, faßt sie an den Schultern und schnauzt sie an, ob sie eigentlich nicht merke, daß sie im Grunde niemanden liebe.

»Du kannst gar niemanden lieben. Ist dir das eigentlich klar? Nicht einmal deine eigene Tochter liebst du. Du benutzt sie, du mißbrauchst sie. Du bist krank, Sofia. Wach auf und denk endlich einmal über dein Leben nach, mach dir nichts vor, und beleidige mich nicht, indem du mich anlügst, als sei ich der letzte Idiot!« schreit er sie an und schüttelt sie, ohne noch darauf zu achten, daß sie sich in seinem Büro befinden und draußen eine Sekretärin alles mithört.

Sofia schweigt abrupt. Ein seltsames Gefühl beginnt sich ihrer zu bemächtigen, während sie Jerónimo so vor sich gestikulieren sieht und er unablässig auf sie einredet, ohne daß sie überhaupt zuhört. Wie häßlich er doch eigentlich ist, dieser Jerónimo, denkt sie, so bleich und fade und mit diesem lächerlichen Schnurrbart und dem dünnen, haarlosen Körper. Wie hatte sie je meinen können, daß er wie ein Mann reagieren würde, diese Schießbudenfigur, dieser Zyniker, der sich als Abenteurer verkleidete und dabei nur die Bequemlichkeit einer Ehefrau wollte, die Leiden gewohnt war und seine Allüren eines drittklassigen Schnulzenhelden widerspruchslos ertrug. Er hatte überhaupt nicht verdient, der Vater ihrer Tochter zu sein, und auch nicht, daß sie diesen Schmerz zwischen den Rippen verspürt, weil er sie besessen, ihren nackten Körper berührt hatte, in sie eingedrungen war und sie mit seinem Samen befruchtet hatte. Armer Jerónimo, armer Kerl, denn sie wird ihn jetzt verlassen müssen, wird ihn in seiner Kanzlei zurücklassen, ihn seinem Schicksal überlassen müssen. Wenn sie auch nicht wußte, wer sie war: er wußte es genausowenig. Er liebte sie und wehrte sich wie ein Verrückter dagegen; er war unfähig, sich klarzumachen, was es für sie bedeutet hatte, hierherzukommen und all das zu sagen, was sie in ihrem Herzen fühlte. Sie, die so stolz war, hatte ihm die Tür zu einem neuen Leben aufgestoßen, und er, er wies sie zurück, schreit sie völlig außer sich an, und die Angst schwingt in jedem seiner Worte mit. Eines Tages würde es ihm leid tun; eines Tages, wenn ihre Tochter geboren war, würde sie sie ihm zeigen, und er würde zutiefst bedauern, sie verlassen zu haben, denn das Mädchen würde wunderhübsch sein, würde einige seiner Züge tragen, doch viel stärker, kräftiger, verstärkt durch ihr Blut, das nicht so dünn und durchsichtig ist wie das seine.

»Ich gehe jetzt«, sagt sie plötzlich und unterbricht die Litanei Jerónimos, der sich verzweifelt bemüht hat, sie zur Vernunft zu bringen, voller Angst, ihr Wahnsinn könne die Harmonie zerstören, die er sich in den letzten Monaten sorgfältig aufgebaut hat. Sie nimmt seine Hände von ihren Schultern, ordnet sich das Haar, und in der gleichen Haltung, mit der sie gekommen ist, das Haupt erhoben und den Bauch vorgestreckt, verläßt sie das Büro und geht an der verdutzten Sekretärin, die so tut, als schreibe sie auf ihrer Maschine, vorbei und auf die Straße hinaus.

Erst als sie schon auf halbem Wege zwischen Managua und der Hacienda sind und sie die ganze Unterhaltung noch einmal überdacht hat, fängt Sofia vor Erniedrigung und Einsamkeit an zu weinen, ohne sich vom mitleidigen Blick des Fahrers gestört zu fühlen.

34

»Jetzt kriegt die Zigeunerin bald ihr Kind. Der Herrgott behüte uns davor, daß es nicht mit zwei Hörnern und einem Schwänzchen auf die Welt kommt.«

Patrocinio unterhält sich mit der Besitzerin des Ladens in der Nähe ihrer Gastwirtschaft, während sie darauf wartet, bedient zu werden und Reis und Zucker abgepackt zu bekommen.

»Haben Sie schon gehört, daß Gertrudis auch schwanger ist? Merkwürdig, nicht wahr? René war also gar nicht unfruchtbar, aber Sofia auch nicht. Scheint fast so, als ob nicht einmal das Blut der beiden zusammengepaßt hätte.«

»Wie sollte es auch, wo René doch so ein guter Kerl ist und sie so schlecht. Der Herr muß das Wunder getan haben, sie nicht schwanger werden zu lassen. Wer weiß, was für ein Kind sie gehabt hätten! Ich habe schon der Heiligen Dreifaltigkeit Kerzen gestiftet, damit sie uns vor dem Antichristen schützt. Mir will der Gedanke nicht aus dem Kopf gehen, daß diese Frau Unglück nach Diriá bringen wird.«

»Ach, Doña Patrocinio, was Sie immer reden. Ich empfinde für Sofia nur noch Mitleid. Von niemandem wird sie geliebt, und ich glaube, sie liebt auch niemanden. Wenn sie jetzt ihr Kind bekommt, wird sie vielleicht ruhiger und normaler. Als ich sie neulich in der Kirche sah, war sie ganz bleich im Gesicht.«

»Ihr habt alle ein viel zu kurzes Gedächtnis. Die

Angst, die mich befiel, als sie damals die Erde beben ließ, werde ich mein Lebtag nicht vergessen.«

»Es heißt, Doña Carmen und Xintal werden ihr bei der Geburt helfen...«

»Sag ich's Ihnen nicht? – Dieses Kind kommt unter Hexen zur Welt...«

»Wie eine Menge anderer Leute auch. Doña Carmen hat ja fast alle hier in Diriá und bis nach Catarina hin zur Welt gebracht...«

Die Meinungen im Dorf sind geteilt. Die einsame Schwangerschaft Sofias und ihre ständige Teilnahme an der Messe haben schließlich mehr als eine davon überzeugt, daß Sofias Schicksal sich nicht von dem vieler anderer Frauen unterscheidet, die von ihren Männern im Stich gelassen werden, sobald sie ein Kind erwarten. Weil das vielen Frauen so geht, haben sie auch Mitleid mit ihr bekommen und begonnen, sie als eine der ihren anzusehen. Auf der anderen Seite erwarten Patrocinio und einige andere die Geburt mit düsteren Vorahnungen und sorgen dafür, daß das Erdbeben und der Skandal mit dem Rechtsanwalt nicht so schnell in Vergessenheit geraten. Diese macht es rasend, feststellen zu müssen, daß Sofias Schwangerschaft alle ihre Vergehen in den Hintergrund schiebt. Der Gipfel von allem war, daß jetzt auch Gertrudis, wo sie selbst schwanger ist, Sofia verteidigt und fromm wie eine Heilige vom Gebot der Nächstenliebe spricht und schilt, weil sie die »arme Sofia« immer noch so schlecht behandeln. Sogar René, der von seinem schlechten Ruf befreit ist, »unfruchtbar« zu sein, hat sich bereit gezeigt, zu vergeben und Verständnis aufzubringen, nur weil Sofia ein ganz gewöhnliches Pech erleidet, das sie mit allen anderen gewöhnlichen Sterblichen auf eine Stufe stellt.

In der Messe von Padre Pio weicht Engracia Sofia nicht von der Seite. Der Priester liest Passagen aus der Weihnachtsgeschichte, die mit der vorösterlichen Zeit absolut nichts zu tun haben. Weil er die abergläubische Angst seiner Schäfchen nur allzugut kennt, bemüht er sich, die schlechte Wirkung von Patrocinios bösem Gerede abzuschwächen und dafür zu sorgen, daß die Geburt nicht wie ein Zeichen der Apokalypse, sondern im Gegenteil als eine Gnade Gottes anzusehen ist. Für ihn hat die hochschwangere Sofia, die sich da im Gottesdienst so fromm bekreuzigt, nichts zu tun mit der störrischen Rebellin vorangegangener Monate; für ihn herrscht in seiner Herde wieder Frieden, und die verlorenen Kinder sind nach Hause zurückgekehrt.

Niemand im Dorf, nicht einmal Fausto, weiß von Sofias Besuch in Managua. Entgegen aller weit verbreiteten schlechten Sitte hält sich der Fahrer mit Bemerkungen darüber zurück, hat er sich doch in seiner vorherigen Stelle, wo er als Komplize seiner Herrschaft deren beider Ehebruch vertuschen mußte, absolute Diskretion angewöhnt.

Mit der Fähigkeit, die Wirklichkeit hinter sich zu lassen und in sich hineinzusehen, wie sie es während ihrer Schwangerschaft gelernt hat, versenkt sich Sofia in ihre Gedanken und achtet kaum auf die Außenwelt, die so gespannt auf die Geburt ihres Kindes wartet. Der einzige, den die Stille stört, die sie umgibt, ist Fausto.

Woher kommt das Verlassenwerden? fragt sich Sofia. Aus welchem seltsamen Material ist es gemacht?

Selbst im Paradies, wo alles perfekt und glücklich war, verließ Gott Adam und Eva, ließ sie nackt und allein zurück, verstieß sie aus dem schützenden Bauch des Gartens, führte sie in Versuchung, damit sie den verbotenen Apfel aßen. Dann tötete Kain seinen Bruder Abel. Moses wurde von seinen Eltern auf dem Nil zurückgelassen, angeblich, um ihn vor dem sicheren Tod zu retten. Immer und immer wieder verließen sich die Menschen gegenseitig, aus Liebe, aus Haß, aus Feigheit oder übertriebenem Mut. Die Männer zogen in den Krieg und ließen ihre Frauen zurück, oder sie verliebten sich in eine andere; Frauen verließen ihre schwachen Männer und folgten Stärkeren.

Sofia führt sich die Menschen vor Augen, die sie geliebt zu haben glaubt. Sie läßt ihre glückliche Kindheit auf El Encanto an sich vorbeiziehen und erinnert sich an die komplizenhafte, doch ferne Beziehung zwischen Eulalia und Don Ramón, die ihre Eltern waren, ohne jemals unter demselben Dach gelebt zu haben. Das hat sie nie verstanden, diese Entfernung zwischen den beiden, die doch gleichzeitig voneinander abhingen. Aber es hat sie auch nie besonders beschäftigt. Nie hat sie die beiden in ihrem eigenen Licht gesehen, sondern immer nur in bezug auf sich selbst, wobei sie immer alles tat, um sie im Bann ihrer Ausstrahlung eines entzückenden, kleinen Mädchens festzuhalten. Aber sie hat sie geliebt, sagt sie sich jetzt. War es denn etwa nicht wegen dieser beiden gewesen, daß sie es so lange mit René ausgehalten hatte? War es denn nicht deshalb gewesen, weil sie sie nicht verletzen wollte, daß sie gewartet hatte, bis sie die taubstumme Gleichgültigkeit des Todes mit sich fortgenommen hatte? Ja, sie hat sie wirklich geliebt, trotz aller Tricks, die sie benutzte, um sie einzuwickeln, damit sie ihre eigentlichen Gedanken nicht errieten. Aber das machten ja alle Kinder so. Was war dann also so merkwürdig daran, daß sie zum Beispiel nie hinter die Schliche kamen, mit denen sie dafür gesorgt hatte, daß man sie von der Klosterschule in Granada nahm; oder daß sie nie von der Erniedrigung und ihrer Wut in der Ehe mit René erfuhren?

Es gab in ihrem Leben auch beständige Menschen wie Fausto, Xintal und Doña Carmen, und trotzdem: Niemand konnte ihr versichern, daß diese nicht auch eines Tages von ihr gehen würden. Nur ihre eigene Tochter war ihr sicher. Dafür würde sie sorgen. Sie beide würden unzertrennlich sein. Es ist nicht wichtig, daß das Kind keinen Vater haben wird, eine Mutter ist genug, ja sogar besser; mit einem Vater wie Jerónimo, den sie so sehr haßt, daß sie meint, nie wieder einen Mann lieben zu können, war ihrer Tochter wirklich nicht gedient.

»Setz Wasser auf«, sagt Doña Carmen in der Küche zu Petrona, die den blitzenden Kessel hervorholt, der extra neu gekauft worden ist, um das Wasser bei Sofias Geburt heiß zu machen. »Und mach auch Kaffee, diese Nacht wird noch lang werden.«

»Ach, Doña Carmen, diese Geburt macht mich so aufgeregt«, sagt Petrona. »Was meinen Sie, wird alles gutgehen?«

»Ich wüßte nicht, warum es nicht gutgehen sollte. Sofia ist jung und kräftig, und soweit ich sehen kann, hat sie ein genügend breites Becken. Du brauchst also nicht nervös zu werden, es reicht, daß sie selbst unruhig ist.«

»Und Xintal?«

»Die ist schon unterwegs hierher«, gibt Doña Carmen zurück und verschwindet aus der Küche.

Auf der Veranda geht Sofia von einer Seite zur anderen und hält sich den Bauch. Um fünf, als sie gerade dabei war, die Blumen zu gießen, spürte sie, wie ihr die Fruchtblase riß, und wußte, daß der Moment gekommen war. Sie schickte nach Doña Carmen und Xintal, öffnete weit die Fenster ihres Zimmers, vertauschte die nassen Hosen mit einem weiten Baumwollkleid und zog Hausschuhe an, um sich möglichst bequem zu fühlen. Fausto fand sie ein wenig bleich und mit Schatten unter den Augen auf der Veranda sitzen.

»Heute kommt meine Tochter zur Welt«, sagte Sofia zu ihm, kaum daß sie ihn zur Tür hereinkommen sah.

Fausto hatte noch nie eine Geburt miterlebt, und die Aussicht, an diesem Ereignis teilzunehmen, ließ ihn eine Art banger Faszination verspüren. Er hatte Sofia gegenüber darauf bestanden, daß es, wenn die Stunde nahte, richtig wäre, sie ins Hospital zu bringen, doch war sie der Ansicht gewesen, es sei besser, das Kind käme zu Hause und unter der Obhut ihrer Freundinnen zur Welt, die ihrer Meinung nach mehr davon verstanden als jeder Doktor. Jetzt sitzt Fausto, eine Flasche Rum neben sich, auf der Veranda und sieht zu, wie Sofia auf und ab geht und notiert in ein Schreibheft die Folge der Wehen, die sie ihm meldet. Doña Carmen pendelt währenddessen zwischen Küche und Schlafzimmer und ordnet auf einem Tisch neben dem Bett die Utensilien, die bei der Geburt benötigt werden, die Schere zum Durchschneiden der Nabelschnur, Wattebäusche, Handtücher und die Rautenblätter, die

die Nachblutungen stillen sollen. Von seinem Platz auf der Veranda aus beobachtet Fausto die Bewegungen der Frauen; jede scheint genau zu wissen, was zu tun ist. Abgesehen von Petrona, deren Tätigkeit man am Klappern der Töpfe hören kann, das aus der Küche dringt, handeln Sofia und Doña Carmen mit ruhiger Gelassenheit. Ihm bleibt nicht viel mehr zu tun, als sich zum Hüter der Zeit und der genauen Wissenschaft mathematischer Statistik zu machen und sorgfältig die Minuten zwischen den Wehen aufzuschreiben, die ihm Sofia ankündigt, wenn sie mit einem Ausdruck tiefster Konzentration sagt: »Jetzt kommt wieder eine.«

Die Aprilnacht ist heiß, die Grillen zirpen laut und lassen ununterbrochen ihren Hochzeitsgesang hören. Es ist Vollmond, und die Blätter der Pflanzen im Hof glänzen, wenn sie von der leichten Brise erfaßt werden.

Sofia fühlt die Wehen noch nicht stark und nicht sehr häufig, doch spürt sie in der Stille der Nacht die empfindsamen Vorbereitungen ihres Körpers, der sich auf die lebenspendende Feier einstimmt. Ihr Leib probiert seine Dehnbarkeit aus und wird plötzlich hart, um das Herabkommen des Kindes zu unterstützen. »Die arme Kleine«, denkt Sofia, während sie sich vorstellt, wie sehr das gerade entstehende Bewußtsein des Mädchens über das Pressen erschrecken muß, das sie aus ihrem schützenden Ei zu vertreiben beginnt, in dem sie neun Monate lang sicher, warm und wohlgenährt gelegen hat. Sie spricht mit ihrer Tochter und versucht sie zu beruhigen, doch als die Wehen stärker werden und sie einen Schmerz zu spüren beginnt, der ihr wie mit zwei riesigen Zangen den Rücken aufzureißen scheint, versucht sie nur noch, sich selbst zu trösten und tief durchzuatmen, so, wie Doña Carmen es ihr befohlen hat.

»Bleib nicht stehen«, sagt die ihr, als sie auf die Veranda hinaustritt und Sofia regungslos in den Garten hinausblicken und sich mit einer Hand den Rücken reiben sieht. »Wenn du tapfer bist und weiter hin und her gehst, wird die Geburt viel leichter und schneller sein. Vergiß nicht, daß es jetzt erst losgeht. Wie steht's mit den Wehen?« fragt sie zu Fausto gewandt.

»Alle acht bis zehn Minuten, sie dauern zirka eine Minute.«

»Da haben wir noch ein gutes Weilchen vor uns«, sagt Doña Carmen und sieht wieder Sofia an, die sich erneut auf der Veranda in Bewegung gesetzt hat. »Wenn wir Glück haben, kommt es im Morgengrauen, also werdet nicht ungeduldig.«

»Mich schmerzt immer stärker der Steiß«, meldet Sofia.

»Das muß auch so sein, Töchterchen. Dein Becken muß sich ja öffnen, damit der Kopf des Kindes hindurch kann. Das ist ganz normal.«

Doña Carmen schaukelt in ihrem Stuhl und trinkt gelassen eine Tasse Kaffee, die sie sich aus der Küche geholt hat.

»Ich habe geahnt, daß es heute soweit sein würde«, sagt sie. »Als ich gestern abend den Mond sah, wußte ich, daß heute dein Kind zur Welt kommt. Und als dann der Fahrer kam, hatte ich schon längst alles für die Geburt zusammen.«

»Ist es nicht doch besser, wenn wir sie ins Hospital bringen?« fragt Fausto und erntet gleich einen tadelnden Blick von Sofia.

»Warum sollte das besser sein«, antwortet Doña Carmen und lobt die Vorzüge einer Geburt ohne viele Apparate. Wie kommt er darauf, ans Hospital zu denken, wo eine Geburt doch etwas ganz Natürliches ist und der Körper alle nötige Weisheit dazu besitzt und die Mutter nichts anderes zu tun hat, als das Handeln der Natur zu begleiten. Wenn Sofia dünn und abgezehrt aussähe und ein Kaiserschnitt nötig werden könnte, dann hätte sie das selbst schon vorgeschlagen.

»Aber sieh dir diese Frau doch an, Fausto«, fügt sie hinzu und deutet auf die Gebärende. »Wie kommst du darauf, daß sie Schwierigkeiten haben könnte? Und für ein Kind ist es viel besser, zu Hause zur Welt zu kommen und nicht gleich einen Haufen maskierter Leute und riesige Lampen um sich herum zu haben. Mach dir keine Sorgen, wir wissen alle um unsere Verantwortung. Wenn es nötig werden sollte, dann ist immer noch genügend Zeit, nach Masaya zu fahren.«

Sofia hört kaum, was sie reden. Sie kommt sich vor, als sei sie weit fort von hier, in einer eigenen Welt, wo sich ihre Gedanken mit denen der Tochter mischen, die sich in ihrem Inneren bewegt und der das Gedrücke und Geschiebe sicher unangenehm ist. Sie bekommt Angst, daß die Schmerzen unerträglich werden könnten. Ihr tut der Leib so weh wie bei einer starken Menstruation. Sie atmet tief durch und setzt ihren Gang auf der Veranda fort.

Xintal trifft ein, und in der Küche wird für die Geburtshelfer eine leichte Mahlzeit aus Tortillas, Käse und Bohnen bereitet. Sofia hört sie von der Veranda aus und ist froh, daß sie bereit sind, sie zu begleiten und ihr zu helfen.

Um elf Uhr abends verkündet Sofia, daß sie sich nicht mehr aufrechthalten kann; sie muß sich hinlegen, die Wehen kommen alle zwei Minuten.

»Ich habe das Gefühl, als ob es gleich kommt«, sagt sie und verzieht das Gesicht. »Ich fühle es schon ganz tief unten.«

Langsam, auf Fausto gestützt, geht sie in ihr Zimmer. Der Mann spricht schon seit einer Weile nicht mehr, es hat sich ihm im Magen ein Knoten gebildet, als er Sofias Gesicht vor Schmerzen verzogen gesehen hat. Nicht ein einziges Mal hat sie sich bisher beklagt, ihr dringt nur ein kehliger Laut aus dem Mund, wenn sie bei den Wehen tief ein- und ausatmet. Es ist aber deutlich sichtbar, daß sie leidet. Wenn er sie anfaßt, fühlt er den kalten Schweiß auf ihrer Haut. Er bewundert die Fähigkeit der Frauen, Leben zu schenken, kann sich aber gar nicht vorstellen, wie es möglich ist, einen so großen Körper durch einen so kleinen Kanal zu pressen.

Doña Carmen und Xintal verlieren keinen Moment lang die Ruhe. Ab und zu geht eine von ihnen zu Sofia hin und streicht ihr über die Stirn oder drückt ihr die Hand. Nun, da Sofia auf dem Bett liegt, bedeuten die Frauen Fausto hinauszugehen, weil Doña Carmen Sofia untersuchen muß. Kurz darauf kommt Petrona aus dem Zimmer, um eine Schüssel mit heißem Wasser zu holen, und sagt ihm, daß es jetzt nicht mehr lange dauern wird. »Der Kopf ist schon fast draußen.« Fausto holt sich noch ein Glas Rum.

Sofia hat das Gefühl, als öffneten sich ihr die Knochen bei dem verzweifelten Bemühen, jenes riesige Ding auszustoßen, das nicht zwischen ihren Beinen hervorkommen will. Sie hat den Drang, alle Schleusen aufzumachen, damit Urin und Fäkalien herausströmen können. Xintal, Doña Carmen und Petrona knien vor ihren weit geöffneten Beinen, und von Zeit zu Zeit greift eine Hand nach ihr und läßt den Schmerz noch stärker werden. »Bleib ganz ruhig«, sagen sie, »drück fester.« Petrona nähert sich ihrem Kopf und gibt ihr ein Handtuch, damit sie darauf beißen oder sich daran festhalten kann, denn Sofia weiß nicht mehr, was sie mit ihren Händen machen soll. Sie schlägt damit um sich, als wolle sie die Frauen vertreiben, sie aus dem Zimmer jagen, doch hat sie keine Kraft mehr dazu, der Schmerz läßt sie sich nicht einmal mehr aufrichten. Ihre Tochter, nach der sie sich so gesehnt hat, ist dabei, sie in Stücke zu reißen, zerfetzt sie, um geboren zu werden, ohne auf sie Rücksicht zu nehmen, jede will nur noch die andere überleben. Sie könnte darüber heulen, daß die Menschen nur zur Welt kommen können, indem sie Schmerzen verursachen, indem sie den Leib der Mutter aufreißen. Der Schmerz scheint unerträglich zu werden, Sofia schwitzt und wirft verzweifelt den Kopf auf dem Kissen hin und her. Endlich schafft sie es, Petronas Hand zu ergreifen, sie drückt sie, ohne noch darauf zu achten, wie tief sie ihre Nägel hineingräbt, und von einem schwarzen Punkt aus, an dem sie das Bewußtsein zu verlieren beginnt, hört sie, wie Xintal ruhig sagt: »Jetzt kommt es, jetzt kommt es«, und da fühlt sie, wie ihr jenes Ding endlich aus den Eingeweiden gleitet, wie ein Fisch, der ihr zwischen den Beinen herausschwimmt, ein ekliges, glitschiges Ding. Als sie Doña Carmen sagen hört: »Hier ist die Kleine, hübsch und gesund«, und den Schrei ihrer

Tochter hört, der das Konzert der Grillen in der Stille der Nacht unterbricht, da hält sie es nicht länger aus und schreit mit allen ihren Kräften, schreit all die Schreie, die sie so lange zurückgehalten hat, schreit mit der ganzen Verzweiflung und Freude darüber, daß die Folter endlich vorbei ist, dieses absurde, entsetzliche Leiden. Sie schreit und fängt an zu weinen, denn sie sieht im gedämpften Licht des Zimmers das kleine Mädchen, das ihr Doña Carmen auf den Bauch legt, ihre Tochter, und sie drückt dieses Wesen, das noch durch die Nabelschnur mit ihr verbunden ist, fest an sich, umarmt es mit einer Heftigkeit, die sich nach und nach und in dem Maße in Zärtlichkeit zu verwandeln beginnt, wie sie das Gewicht dieses warmen Körperchens wahrnimmt, die kleinen Hände, die sich bewegen; sie spürt das Leben, das ihre Tochter erfüllt, und hebt den Kopf, um das kleine schrumpelige Gesichtchen mit den geschlossenen Augen zu sehen, den Rücken, den winzigen Hintern.

Xintal, Doña Carmen und Petrona schweigen. Fausto, der bei Sofias Schreien erschrocken herbeigelaufen ist, bleibt in der Tür stehen und sieht, der Worte unfähig, auf die Szene. Nie hat er ihr Gesicht so strahlend glücklich gesehen.

»Ich werde jetzt die Nabelschnur durchschneiden«, sagt Doña Carmen, »gleich muß die Nachgeburt kommen.«

»Einen Moment noch«, antwortet Sofia, hebt das Kind hoch, beugt sich zu ihm nieder und hält ihre Wange an die ihrer Tochter, als wolle sie sich von ihr verabschieden.

Doña Carmen nimmt das Neugeborene, dreht es um, schneidet mit einer raschen Bewegung die Nabelschnur durch und bindet sie ab. Xintal schließt die Augen. Für sie ist dies der dramatischste Augenblick im menschlichen Leben, es ist genau der Punkt, an dem die nie mehr vergehende Einsamkeit des Menschen beginnt.

Xintal übernimmt es gemeinsam mit Petrona, das Kind zu baden, während Fausto aufmerksam zuschaut und Doña Carmen sich um die Nachgeburt kümmert, die Sofia jetzt ohne Schmerzen ausstößt, und die Mutter gründlich reinigt.

Als das kleine Mädchen angezogen ist, gibt Xintal es der Mutter. Sie legt es ihr in die Arme und sagt:

»Das Mädchen ist ein Stier. Es wird sich niemals etwas mit Gewalt beibringen lassen, und wenn man es trotzdem mit ihr versucht, wird sie sich wie eine Auster schließen. Alles, was du ihr beibringen möchtest, mußt du ihr mit Liebe zeigen. Egal, was du ihr beibringen möchtest, du mußt es mit Liebe tun. Sie braucht viel Zuwendung, sonst wird sie verschlossen, launisch oder gar grausam. Du mußt immer freundlich mit ihr umgehen und mit ihr reden wie mit einer Erwachsenen, denn sie wird dich verstehen können. Sie wird die schönen Dinge lieben und genügend Feinfühligkeit besitzen, um sie zu würdigen wissen. Die Welt wird sie mit ihren Sinnen begreifen, und sie wird die weichen Farben lieben und auch die Harmonie der Musik. Sie kann glücklich werden und auch dich glücklich machen, wenn die Liebe deine Sprache ist. Sie wird hartnäckig versuchen, die Dinge so zu machen, wie sie will, und schon von klein auf sehr eigensinnig sein, doch wird sie sich, ich sag es noch einmal, nie der Zärtlichkeit widersetzen.«

Die Frauen umringen mit Fausto das Bett und betrachten gemeinsam die Mutter, die ihre Tochter ansieht und die Seligkeit noch gar nicht fassen kann, die beinahe augenblicklich den Schmerz verdrängt hat und sie mit zufriedener, matter Schläfrigkeit erfüllt.

35

Sofia träumt von Frauen, die am Ufer des Meeres mit dampfenden Kochtöpfen auf riesigen Herden hantieren, und daß ein Mann, der vorgibt, Esteban zu sein, ihr einen Vulkan zeigt, der von grünem Moos bedeckt ist und sich über einen azurblauen See erhebt. In ihrem Traum weiß sie, daß sie den Anfang der Welt erlebt und daß die Wasser noch unberührt sind. Es ist eine Zeit großer Stürme, und alle Farben sind noch neu und von einer unverbrauchten Intensität. Das Gefühl, am Rande eines unergründlichen Geheimnisses zu stehen, läßt sie erwachen, und auf dem kurzen Weg vom Traum zum Wachen erinnert sie sich der Geschehnisse der vergangenen Nacht.

Das kleine Mädchen neben ihr hat die Augen geöffnet und scheint sie schon seit einer ganzen Weile zu betrachten. Sofia kommt es vor, als sei ihr Blick außerordentlich klug, wie bei jemandem, der sich schon lange eine Person vorgestellt hat, die er jetzt endlich zu Gesicht bekommt. »Sie gehört mir«, denkt sie. Sie gehört mir, und sie weiß es. Und sie fühlt sich verunsichert angesichts einer Intimität, die sie nie zuvor empfunden hat und jetzt zu diesem Wesen verspürt, das sie eben erst im Begriff ist kennenzulernen.

»Hallo, meine Kleine«, sagt sie und fährt ihr mit dem Zeigefinger sanft über das Gesicht, berührt die zarte, weiße Haut des Mädchens. »Hallo, Flavia«, sagt sie und schaut sich genau die geballten Fäustchen mit fünf makellosen Fingern an; dann schlägt sie das Laken auseinander, in das ihre Tochter gewickelt ist, und betrachtet genau die Beinchen, die Füße, das Geschlecht, die winzigen Brustwarzen. Sie dreht sie auf den Bauch und besieht sich den kleinen Hintern. »Tadellos, meine Kleine. Du bist tadellos!« ruft sie aus. »Und du siehst mir sogar ähnlich, bis auf deine weiße Haut. Schade, daß du deine Haut vom Vater bekommen hast, aber deine Augen sind genau wie meine, und die Nase... Na gut, das weiß man noch nicht.«

Sofia nimmt sie in die Arme, wobei sie die Scheu überwinden muß, die ihr der weiche, zerbrechliche Körper der Neugeborenen verursacht. Die Kleine versucht, kaum daß sie die Nähe der Brust spürt, sehr zum Erstaunen der Mutter, den Kopf zu einer der Brustwarzen zu bewegen, der die Brüste schon weh tun, die von einem Tag zum anderen sehr groß geworden sind.

Sofia hält eine ihrer Brüste in die Nähe des Mundes ihrer Tochter, so wie sie es bei anderen Frauen gesehen hat. Das Mädchen bewegt suchend den Kopf, findet die Brust und fängt zur unglaublichen Freude Sofias kräftig zu saugen an.

»Was, saugt sie etwa schon?« staunt Doña Carmen, die frisch geduscht und umgezogen strahlend ins Zimmer kommt. »Ihr zwei wollt wohl gar keine Zeit verlieren! Und ich habe gedacht, ihr schliefet noch selig!«

»Sie hat sie sich selbst besorgt, Doña Carmen. Kaum zu glauben, daß sie genau weiß, was sie tun muß, wo sie noch so klein ist. Sie scheint genauso unternehmungslustig zu sein wie ich«, antwortet Sofia glücklich.

Kurz darauf kommen auch Petrona, Xintal und ein

schläfriger, in einen Pyjama gehüllter Fausto herein. Alle wollen den Säugling sehen und erfahren, wie es Sofia geht, wonach sie allerdings gar nicht mehr fragen, als sie sehen, daß die Schmerzen der Geburt längst der Vergangenheit angehören und es sich nicht lohnt, sie überhaupt noch in Erinnerung zu rufen. Ihr allerdings tut der Körper noch ordentlich weh, so, als sei er mit riesigen Dreschflegeln bearbeitet worden. Als sie aufsteht, um ins Bad zu gehen, merkt sie, wie ihr der Rücken schmerzt, es wird vergehen, denkt sie, und außerdem war es das wert gewesen, zumal diese Tochter das einzige Kind ist, das sie zur Welt bringt. Sie hat keine Lust, diese Erfahrung zu wiederholen, obwohl es ihr unendlich aufregend erscheint, daß dieses Wesen, das sich da in ihrem Bett bewegt, aus ihrem Inneren herausgekommen sein soll.

In wenigen Stunden weiß ganz Diriá von der Geburt des Mädchens. Engracia, die nicht bei der Geburt dabeisein wollte, weil sie Angst hatte, ihr schwaches Herz könne die Aufregung nicht vertragen, zieht sich in Windeseile an, um mit dem Fahrer, den ihr Sofia geschickt hat, nach El Encanto zu kommen. Auf dem Markt, in den Läden und selbst in den Kneipen wird von nichts anderem gesprochen, dafür aber sehr unterschiedlich.

»Es heißt, daß es sehr hübsch ist, das kleine Mädchen. Keine Spur von Schwanz und Hörnern«, berichtet Veronika in aller Herrgottsfrühe Patrocinio.

»Wir werden ja sehen, wenn es größer wird«, antwortet die. »Und wir müssen dafür sorgen, daß sich Pater Pio bei der Taufe – wenn sie es überhaupt taufen läßt – genau ihren Kopf ansieht, ob sie nicht die drei Sechsen trägt, das Zeichen des Antichristen.«

»Nun hör endlich auf mit dem Quatsch, Patrocinio«, wirft Julio, der Töpfer, ein. »Der Antichrist wird auf alle Fälle als Mann geboren. Du wirst also abwarten müssen, ob Sofia noch einen Jungen gebären wird. Du darfst nicht jetzt schon diese arme, unschuldige Kleine anschwärzen, bloß weil dir ihre Alte nicht paßt.«

Teresa, die Frau des Vorarbeiters von El Encanto, hat bei ihrem Gang über den Markt und durch die Läden zahllose Fragen beantwortet und erzählt, wie gut und ohne ernste Zwischenfälle die Geburt verlaufen ist und wie zufrieden Sofia ausschaut, die schon wieder auf den Beinen ist; daß das Mädchen Flavia heißen soll.

Pater Pio war vor dem Altar niedergekniet, um Gott für dieses neue Leben zu danken, das in seiner Gemeinde geboren worden ist, und er hatte es für klug gehalten, der Jungfrau Maria eine Kerze anzuzünden und Glück und Gesundheit für das Mädchen zu erbitten, das sicher bald eine im Heiligen Geist getaufte Christin sein werde.

Gertrudis, die noch ganz am Anfang ihrer Schwangerschaft steht, empfängt die Nachricht mit der gleichen großzügigen Freundlichkeit, mit der sie die Beleidigungen ihrer Freundin verziehen hat; am Mittagstisch tauscht sie mit René die vielen umlaufenden Informationen aus, wobei sie ihm ankündigt, daß sie vorhabe, ein für allemal den Streit mit Sofia beizulegen und sie zu besuchen, um das Neugeborene kennenzulernen.

»Warum kommst du nicht mit«, sagt sie. »Es wird Zeit, daß wir hierzulande gesittet werden und nicht auf alle Ewigkeit verfeindet bleiben.«

»Wenn du gehen willst, so geh nur«, antwortet René. »Ich bin nicht darauf aus, heiliggesprochen zu werden wie du, die man wohl bald zur Schutzpatronin von Diriá erklären wird.«

Die folgenden Tage werden zu den glücklichsten in Sofias Leben. Die Zeit reicht ihr nicht aus, um ihre Tochter in den Armen zu wiegen und zu verwöhnen. Das Stillen bereitet ihr einen unermeßlichen Genuß, trotz der Stiche, die sie im Bauch spürt, wenn das Mädchen den Mund um die großen, dunklen Brustwarzen legt.

Das Mädchen sieht alles um sich her mit großen, weit geöffneten Augen an, was, wie die stolze Mutter versichert, ein untrügliches Zeichen kluger Neugier ist. Wenn es Zeit für das Stillen ist, schreit es ordentlich und sorgt dafür, daß Sofias Kleider naß werden von der Milch, die wie durch Zauberei aus ihren Brüsten zu rinnen beginnt, kaum daß das Kind den ersten Ton von sich gibt. Fausto geht auch ganz stolz umher und nutzt jeden Vorwand aus, um vom Feld zur Hacienda zurückzukommen und nach seiner »kleinen Nichte« zu sehen. So, hinter Sofias Stuhl stehend und ihr beim Stillen zuschauend, findet ihn auch Pater Pio, als er, nachdem eine gewisse Wartefrist verstrichen ist, nach El Encanto kommt, um für das neue Christenmädchen die Taufe festzulegen.

»Gott gebe euch einen schönen Tag, meine Kinder«, grüßt er und tritt näher, um sich Flavia genau anzusehen, die wie ein kleines Bündel, in ein rosa Tuch gewickelt, in den Armen ihrer Mutter liegt. »Die ist aber hübsch, die Kleine!« ruft er dann aus.

»Etwas Hübscheres haben Sie noch nie gesehen, stimmt's, Pater?« lächelt Sofia.

»Jetzt müssen wir sie nur noch taufen, meine Tochter. Ich rate dir, das so bald wie möglich zu tun.«

»Ich habe aber gehört, es sei besser zu warten, bis sie alt genug ist, das selbst zu entscheiden«, wendet Sofia ein.

So etwas setzten nur die neumodischen Pfarrer in die Welt, erklärt Pater Pio. Es sei aber hinlänglich bekannt, wie wichtig es ist, den kleinen Kindern ihren Platz im Himmel zu sichern und sie nicht der Gefahr auszusetzen, keinen Einlaß dort oben zu finden, wenn ihnen wirklich etwas zustoßen sollte.

»Ich will kein Tauffest veranstalten, Pater«, sagt Sofia. »Wenn Sie aber darauf bestehen, dann bringe ich sie nächsten Sonntag in die Kirche, und wir taufen sie ohne viele Umstände.«

Pater Pio wundert sich nicht wenig, daß Sofia, die bekannt ist für das Organisieren großer, unvergeßlicher Feste, sich dafür entscheidet, ihr Kind in aller Stille zu taufen. Er hatte gedacht, sie würde den Glanz ihrer neuen Mutterrolle über ganz Diriá verbreiten wollen, vielleicht aber hat sie sich verändert und ist ruhiger geworden, denkt er für sich, und daß das nicht unbedingt das Schlechteste wäre.

»Wie du willst, meine Tochter. Das wichtigste ist, daß das Kind getauft wird, ob mit oder ohne Fest, das ist Sache jedes einzelnen. Mir reicht es völlig, wenn es die Engel im Himmel feiern.«

Und so wird Flavias Taufe für den nächsten Sonntag festgelegt.

Pünktlich erscheint Sofia in Begleitung von Fausto und Engracia, die die Taufpaten sein sollen, mit ihrer Tochter in der Kirche. Von denen, die an der Elfuhrmesse teilgenommen haben, sind viele dageblieben und tun so, als beteten sie noch, zündeten Votivkerzen an oder warteten darauf, daß ihnen die Beichte abgenommen wird, nur um Sofia mit ihrer Tochter am Taufbekken zu sehen und sich zu vergewissern, daß nichts Übernatürliches geschieht, wenn ihr Pater Pio Wasser über das Köpfchen gießt und sie im Namen des Vaters, des Sohnes und des Heiligen Geistes tauft.

In der Nähe des Altars läßt sich Gertrudis keine Einzelheit der Zeremonie entgehen. Sie hält den Kopf auf die Hände gesenkt und tut so, als sei sie in tiefe Gebete versunken, doch in Wirklichkeit bemüht sie sich, allen Mut aufzubringen, den Schritt zu tun, den sie in letzter Zeit so oft überlegt hat, und auf Sofia zuzugehen und ihren alten Zwist zu begraben. Sie weiß, daß sich die Freundin ihrer Gegenwart genauso bewußt ist wie sie selbst, es ist ihr nicht entgangen, daß Sofia, als sie mit ihrer Tochter auf dem Arm in die Kirche trat, in ihre Richtung geblickt hat, um gleich darauf so zu tun, als sähe sie sie nicht, was beide bis zur Perfektion beherrschten. Gut sieht sie aus, die Sofia, muß Gertrudis denken, richtig elegant, als ob die Mutterschaft ihre ganze Erscheinung ein wenig feiner gemacht habe, ohne ihr freilich die Ausstrahlung einer unbezähmbaren Stute zu nehmen, die sie schon immer umgab.

Von ihrem Platz in der Kirchenbank aus hört Gertrudis, wie Fausto und Engracia auf die Ermahnungen des

Priesters antworten, als der sie fragt, ob sie vom Teufel und all seinem Blendwerk ablassen wollen, und sie dann über ihre Pflichten als Paten dieses neuen Christenmenschen unterrichtet. Sie hört Sofia sagen, daß das Mädchen ganz einfach Flavia – ohne jeden anderen Beinamen – heißen soll. Und Pater Pio nennt es Flavia, als er ihm jetzt das Wasser über den Kopf gießt. Das Kind läßt einen kräftigen, gesunden Schrei hören, und Engracia gibt es gleich der Mutter, damit sie es tröstet und zur Ruhe bringt.

Die Taufe ist beendet. Gertrudis muß sich rasch entscheiden, bevor Sofia und die anderen hinausgehen. Sie steht auf, streicht sich das Kleid glatt und geht auf Sofia zu, die sie kommen sieht und ihr freundlich zunickt und so ihren Entschluß erleichtert.

»Herzlichen Glückwunsch, Sofia«, sagt sie. »Kaum zu glauben, daß du jetzt Mutter bist, wo wir noch vor gar nicht langer Zeit zusammen mit Puppen spielten.«

»Na, bei dir dauert's ja auch nicht mehr lange«, entgegnet Sofia.

»Läßt du mich mal das Kind sehen?«

Sofia überlegt nicht eine Sekunde, als sie ihr Flavia in die Arme legt.

»Wie hübsch sie ist. Und sie sieht dir ähnlich.«

»Ich freue mich, daß du gekommen bist, Gertrudis. Jetzt, wo wir wirklich erwachsen sind, können wir vielleicht wieder Freundinnen sein«, sagt Sofia.

Gertrudis geht mit der kleinen Taufgesellschaft hinaus, die schweigend der Versöhnung der beiden Rivalinnen zugeschaut hat. Pater Pio hat das Gefühl, der Heilige Geist schwebe durch seine Kirche, und in seinem Herzen preist er den Herrn wegen seiner unermeßlichen Güte und bittet darum, daß nun endlich Eintracht in Diriá einkehren möge und keine Dinge mehr geschehen, die seine Herde entzweien.

Gertrudis geht, das Kind auf dem Arm, mit Sofia zum Jeep. Dort reicht sie es der Mutter und drückt ihr einen Kuß auf die Wange.

»Hast du nicht Lust, mich in den nächsten Tagen zu besuchen?«

»Bald komme ich mal vorbei«, antwortet Gertrudis.

36

Flavia wird im Nu zum Mittelpunkt des Lebens auf El Encanto, wo sich bald das Haus mit in Managua gekauften Sachen füllt. Auf der Veranda wird das leuchtendgelbe Ställchen aufgebaut, in dem Glöckchen und bunte Gegenstände hängen, die Flavia mit ihren Ärmchen freudig bewegt.

Petrona hat sich selbst zum Kindermädchen befördert und Sofia mit großem Ernst erklärt, Teresa müsse die Arbeit in der Küche übernehmen, damit sie genügend Zeit fände, bei der Pflege der Kleinen zu helfen. Sofia hat den Vorschlag angenommen, doch sieht sich Petrona schon bald auf wenig attraktive Aufgaben beschränkt wie das Waschen Dutzender schmutziger Windeln, denn die Mutter läßt nicht zu, daß irgend jemand anders das Kind badet, füttert und in den Schlaf wiegt. Ihre Tochter soll die Mutter bekommen, die sie selbst nie gehabt hat, sagt sich Sofia, sie wird nicht zulassen, daß ihr fremde Hände die Welt zeigen, sie ankleiden und ihr zu essen geben.

Gertrudis ist wie versprochen eines Nachmittags zu Besuch nach El Encanto gekommen. Sie bleibt nicht allzulange, denn viel zu reden haben die beiden nicht. Das Gespräch dreht sich vor allem um ihre Erfahrungen während der Schwangerschaft, für die dazugehörigen Väter wird dabei kein Wort erübrigt.

»Richtige Freundinnen werden wir wohl nie wieder werden«, sagt Sofia zu Flavia, nachdem sie Gertrudis an der Tür verabschiedet hat, »aber wenigstens werden wir auch keine Feindinnen mehr sein.«

»Es wird langsam Zeit, daß du dich auch um andere Dinge kümmerst«, meint Monate später Fausto, während er mit Sofia am Mittagstisch sitzt. »Du erdrückst die Kleine ja richtig, so sitzt du auf ihr wie eine Glukke. Das ist nicht gut. Genauso hat es meine Mutter damals mit mir gemacht. Dabei muß das Kind ja ersticken. Laß doch Petrona sich mehr um sie kümmern und wende du dich wieder der Arbeit auf dem Hof zu. Du wirst sehen, das kann euch beiden nur guttun.«

Wie von der Tarantel gestochen fährt Sofia auf und schleudert ihm entgegen, was verstünde er denn schon von Kindererziehung, schließlich sei Flavia ihre Tochter und daß sie sie nicht zur Welt gebracht habe, damit jemand anderes sie erziehe.

»Du willst einfach auf niemanden hören«, beharrt Fausto. »Doña Carmen und Xintal haben es dir doch auch schon gesagt: Wenn du das Mädchen weiter so verziehst, tanzt sie dir bald auf der Nase herum. Schau doch nur, wie dickköpfig sie jetzt schon ist.«

Ohne ein weiteres Wort geht Sofia, offensichtlich beleidigt, in ihr Zimmer. Dort findet sie Flavia in ihrem Bettchen sitzen und mit ihrem leeren Fläschchen spielen.

Die Kleine sieht rund und rosig aus. Sie hat Augen und Mund der Mutter und eine kleine Nase, die Sofia noch nicht hat einordnen können und von der sie meint, daß sie von einem entfernten Verwandten Jerónimos stammen könnte. Das Haar des Mädchens ist kastanienbraun und lockig, und es hat eine helle Haut, ein bißchen zu hell dafür, daß sie ihre Tochter ist, die – wie für fast alle Mütter – das hübscheste Kind der Welt ist. Oft sieht sie sie lange Zeit verzückt an, und es gibt nichts Schöneres für sie, als sie auf dem Arm zu tragen, auch wenn es ihr mit zunehmendem Gewicht des Kindes immer schwerer fällt. Doch besteht sie darauf, getragen zu werden, und bricht in herzzerreißendes Weinen aus, wenn ihr nicht nachgegeben wird. Sogar das Anziehen wird manchmal zu einem richtigen Kampf, und es gibt Morgen, da schafft es Sofia nicht einmal, die kleinen Ärmchen von ihrem Körper zu lösen, um dem Kind ein Hemd anzuziehen. Flavia schläft, wenn sie Lust hat, ißt und trinkt, wenn es ihr gefällt, doch Sofia will einzig und allein, daß ihre Tochter glücklich ist und ohne strenge Regeln aufwächst, die sie schon von früh auf die absurden Begrenzungen des Daseins erfahren lassen könnten.

Flavias Glück ist für sie zu dem geworden, was sie im Leben am meisten interessiert, und sie meint ständig, daß sie noch mehr für ihre Tochter tun müßte. Zum Erziehen ist später noch Zeit genug, denkt sie.

»Mir gefällt überhaupt nicht, wie Sofia an ihrer Tochter klebt«, meint Xintal zu Doña Carmen. In der Hütte hoch oben am Mombacho sind die beiden Frauen damit beschäftigt, Kräuter zu zerstoßen, mit denen sie helfen wollen, die Grippeepidemie zu bekämpfen, die das Dorf hart getroffen hat.

»Ich weiß nicht«, antwortet Doña Carmen. »Ich kann mich nicht mehr erinnern, wie das bei meinen eigenen Kindern war, aber ich glaube, mit dem ersten stellt man sich immer etwas verrückt an. Deshalb haben die Erstgeborenen später so oft Probleme.«

»Bei Sofia geht es aber zu weit«, erwidert Xintal. »Mir scheint das nicht mehr gesund zu sein. Nicht, daß sie sich zu sehr um das Kind kümmern würde; sie hat alles andere ganz einfach vergessen. Sie zwingt das Kind, ihr den Lebenssinn zu ersetzen. Als Flavia geboren wurde, ist die Welt für sie stehengeblieben. Sofia ist noch eine junge Frau, doch interessieren sie inzwischen weder die Arbeit der Hacienda noch die Männer noch sonst etwas. Ich kann mit ihr über nichts anderes mehr reden als darüber, was das Kind jetzt schon wieder Tolles gelernt hat. Nein, daß sie sich um ihre Tochter kümmert, stört mich überhaupt nicht, sondern daß sie ihre Tochter dazu erzieht, völlig von ihr abhängig zu werden.«

Die beiden Frauen schweigen. Es ist Oktober, und ein leichter Regen fällt glucksend auf die Blätter der Bäume und erfrischt die Vegetation.

»Das schlimmste ist, daß ihr das Schicksal noch übel mitspielen wird«, fängt Doña Carmen wieder an. »Ich kriege eine richtige Gänsehaut, wenn ich daran denke, was ihr die Karten seit Jahren vorhersagen.«

»Man muß zugeben, daß unsere Beschwörungen bei Sofia nicht gut gewirkt haben«, sagt Xintal, schließt die Augen und schweigt von neuem. In ihren Gedanken reist sie zu der Nacht zurück, als sie die Säule des Lichts anriefen und Sofia die Erinnerung an ihre Mutter zurückgaben. Sie denkt an das diffuse Bild, das sie sah, als sie von der Spitze der Säule einen Blick in die Unendlichkeit werfen konnten. In einem bestimmten Augenblick sollten Jaguar, Schlange und Vogel in der Mitte des Mädchens zusammenfinden und ihr in einer Zeremonie des Feuers das Spiegelbild zurückgeben, das ihr zerbrochen war, damit sie ihr Herz vom Verlassenwerden reinigen konnte. Doch war das Schicksal flackernd und zittrig gewesen wie das Licht der Sterne. Darum ist ihr Herz noch verschlossen und öffnet sich nicht und kann nicht nach außen fließen. Und jetzt beginnt sogar die Tochter, sich um die Mutter zu drehen und in den Bann ihres verzweifelten Bemühens zu geraten, die eigene Einsamkeit zu durchbrechen.

»Sie ist vom Bann ihres Verlassenseins verhext«, sagt Xintal laut, »und je mehr sie ihn zu durchbrechen versucht, um so mehr verstrickt sie sich in ihn. Sie webt Spinnennetze, wo sie Schmetterlingsflügel bräuchte.«

»Wenn es das Unglück will, schlägt bei ihr alles fehl«, meint Doña Carmen, »und nicht einmal die Weissagungen werden sich erfüllen.«

»Vielleicht haben wir ja Glück und die Wasser beruhigen sich, doch wechselt der Teich dauernd seine Bilder, als hätte das Schicksal noch nicht entschieden, wohin dieses Leben gehen soll.«

Und so reden die beiden Weisen bei ihrer Arbeit Verständliches und Unverständliches, schweigen nur hin und wieder, stellen Vermutungen über Sofias schwankendes Schicksal an oder versuchen, sich an Vergleichbares aus ihrer langen Erfahrung zu erinnern, das Licht auf die rätselhaften Zeichen werfen könnte, die die Herrin von El Encanto umgeben.

Gegen fünf Uhr nachmittags sehen sie Samuel, auf seinen Stab wie auf einen Gehstock gestützt, den Weg heraufkommen. Khakihose und weißes Hemd des Zauberers sehen makellos aus, trotz der Anstrengung, die ihn der Weg von seiner Hütte hier herauf gekostet haben mag.

»Guten Tag«, grüßt er, und die Frauen erheben sich und machen Kaffee, um die nachmittägliche Unterhaltung zu beleben, die unverdrossen und trotz einiger einleitender Umwege um Sofia und ihre Tochter zu kreisen fortfährt.

»Ich weiß nicht, wie sich das Schicksal der Mutter lösen läßt«, meint Samuel, »doch sollten wir etwas tun, um das Kind zu schützen. Vielleicht ist ja das Mädchen die Lösung und nicht die Mutter. In ein paar Tagen geht die Regenzeit zu Ende. Wir müssen Sofia sagen, daß es notwendig ist, für die Gaben zu danken, die ihre Tochter empfangen hat, und sie auf ihren ersten Sommer und alle weiteren Sommer ihres Lebens vorzubereiten, damit sie erfährt, wie sie ihr Herz in Zeiten der Dürre und der Not feucht halten kann.«

»Samuel hat recht«, antwortet Xintal und wird plötzlich munter und lebendig, »wir bereiten ihr die Tautropfenzeremonie und den Ritus des Rutu-Chicoy, um die magische Kraft ihres Haars und ihrer Fingernägel zu bewahren.«

»Daß wir nicht schon längst darauf gekommen sind!« ruft Doña Carmen aus. »Da sind wir vor lauter Schicksalszeichen ganz benommen gewesen und haben nicht daran gedacht, daß das Mädchen vielleicht der Schlüssel zu allem sein kann! Da muß erst Samuel kommen, damit es uns einfällt!«

»Auch ich habe meine Mutterinstinkte«, sagt er bestimmt, während er seinen Stumpen zu Ende raucht und die Sonne in den dichten Wäldern des Mombacho versinkt.

37

Unruhig geht Sofia auf der Veranda des Hauses auf und ab. Von Zeit zu Zeit bleibt sie stehen und betrachtet Flavia, die völlig nackt und mit dem Daumen im Mund in ihrem Ställchen schläft. Vor knapp einer halben Stunde sind Doña Carmen, Xintal und Samuel gegangen, die gekommen waren, um ihr zu sagen, daß es notwendig sei, mit dem Mädchen den Tautropfenritus und die Zeremonie des Rutu-Chicoy zu vollziehen. Der Kult dieser Zeremonien sei gerade für Flavia wichtig, aber auch bei all jenen Neugeborenen, bei denen Widerstände sichtbar würden, ihre Zukunft offenzulegen. Die Bedeutung liege darin, sie vor unklaren, möglicherweise bösen Omen zu schützen.

Sie hatte zur Antwort gegeben, daß sie Flavias Charakter doch schon bei der Geburt bestimmt hatten, worauf Xintal meinte, sie habe am Tage der Geburt nur das Sternzeichen des Kindes erklärt, was aber nicht ausreiche.

Der Gedanke, daß es ihren engsten Vertrauten schwerfallen könnte, Flavias Zukunft vorherzusagen, hatte sie in Panik versetzt. Daß ihrer Tochter etwas Unvorhergesehenes zustoßen könnte, war für sie unvorstellbar, allein bei dem Gedanken daran zitterten ihr die Knie und wurde ihr schlecht, doch beruhigte sie die Aussicht auf die erwähnten »Zeremonien« keineswegs, zumal sie, das hatten ihr die Freunde deutlich gesagt, nicht würde dabeisein dürfen.

»Wir nehmen Flavia zwei, drei Stunden mit«, hatte Xintal gesagt. »Sie ist bei uns völlig sicher, ich hoffe, da hast du keinen Zweifel.«

In den acht Monaten, die Flavia jetzt auf der Welt war, hatte Sofia sie nicht einen Tag lang allein gelassen. Sie nahm sie überall mit hin, und nur wenn sie im Bad war, übergab sie die Aufsicht an Petrona. Natürlich glaubte sie keinen Moment daran, das Xintal, Doña Carmen oder Samuel ihrer Tochter irgendeinen Schaden zufügen könnten, doch war es eine Sache, sich selbst der Magie hinzugeben, aber eine ganz andere, wenn das mit ihrer Tochter geschah. Immer wieder hieß es, daß kleine Kinder die bevorzugten Objekte für Teufelskult und schwarze Messen waren. Und wenn ihre Freunde nur auf Flavia versessen waren und sie hinters Licht führten? Sie sollte sich eigentlich schämen, so zu denken, sagte sich Sofia, während sie auf und ab ging. Sie wollte ja gar nicht solche Verdächtigungen erheben, doch sie konnte es auch nicht vermeiden. Es war ungerecht, schlecht von den Menschen zu denken, die sie ihr ganzes Leben lang beschützt hatten. Es war nicht das gleiche, ein kleines Kind von nicht einmal einem Jahr auf den Mombacho zu schleppen und es mit wer weiß für welchen Kräutern und Wässerchen einzureiben. Und was war, wenn sie ihre Tochter in den berühmten Teich des warmen Wassers steckten und sie stumm wurde wie der Knabe, der Xintal jeden Tag damit versorgte? Was war, wenn die Geister zürnten und ihrer Tochter etwas passierte?

Samuels Gesicht wollte ihr nicht aus dem Kopf gehen, als er ihr gesagt hatte, daß es »ungeheuer wichtig« sei, ihr diesen Schutz zu geben. Und wenn sie nun recht hatten und sie ihrer Tochter aus Angst einen »ungeheuer wichtigen Schutz« vorenthielt? Sie würde sich niemals verzeihen, wenn ihr etwas Schlimmes geschähe, und würde sich bis in alle Ewigkeit vorwerfen, ihren Freunden nicht getraut zu haben, die beschützenden Kräfte für ihre Tochter angerufen zu haben.

»Was ist los mit Ihnen, Doña Sofia?« fragt Petrona, die mit einem Bündel frisch gewaschener Windeln über die Veranda kommt. »Sie machen einen so unruhigen Eindruck.«

»Leg die Windeln hin und setz dich zu mir, Petrona«, erwidert Sofia. »Ich brauche einen Rat von dir.«

Ohne Punkt und Komma erzählt sie ihr, weswegen Doña Carmen, Xintal und Samuel dagewesen sind.

»Was würdest du an meiner Stelle tun, Petrona, kannst du mir das sagen?«

Petrona sieht sie an und schweigt. Es stimmt, denkt sie, auch sie hätte Angst; doch haben diese Menschen Sofia nie Böses getan. Im Gegenteil: Als das ganze Dorf gegen Sofia rebellierte, hatten sie zu ihr gehalten. Petrona weiß besser als irgend jemand sonst, wie sehr sie sich um sie gekümmert haben. Als sie jetzt spricht, fällt es ihr schwer, ihren Unmut zu unterdrücken, den sie angesichts des offensichtlichen Mißtrauens ihrer Patronin verspürt.

»Sie haben aber auch wirklich zu niemandem Vertrauen, Doña Sofia! Mich lassen Sie ja auch kaum das Mädchen anfassen, wo ich doch eher tot umfallen möchte, als daß ich zulasse, daß ihr etwas zustößt. Seien Sie nicht so mißtrauisch, das kann einfach nicht gut sein. Wenn die drei sagen, daß es nötig ist, dann werden sie schon ihre Gründe haben.«

»Und wenn sie sich irren und die Sache schiefgeht? Sie sind ja auch nur Menschen und keine Engel oder so was ...«

Andauernd hatte sie die Sorge, daß niemand etwas besser machen könne als sie. Deshalb, und sie mochte ihr die Offenheit verzeihen, ließ sie auch das Mädchen keinen Moment aus den Augen. Natürlich waren alle Mütter von Natur aus überängstlich, wenn es um ihre Kinder ging, doch sie übertrieb wirklich ein wenig.

Sofia schweigt und schaut ziellos in die Ferne. Petrona merkt, daß die Unterhaltung beendet ist, erhebt sich, nimmt wieder die Windeln auf und setzt ihren Weg fort, ohne daß Sofia sie zurückhält.

Allein bleibt sie, sich unruhig im Schaukelstuhl hin und her bewegend, auf der Veranda zurück.

Zwei Tage verbringt Sofia aufgeregt und gereizt, ohne daß jemand außer Petrona den Grund erfährt. Sie hat sich zu dem Entschluß durchgerungen, daß sie der Bitte der Freunde nicht stattgeben darf, die, ohne an ihrem Einverständnis zu zweifeln, angekündigt hatten, daß sie am übernächsten Tag noch vor dem Morgengrauen kommen wollten, um Flavia abzuholen, weil das Kind mit ihnen an der Quelle der Kraft sein müsse, noch bevor die Sonne am Horizont aufgeht. »Ich kann nicht«, sagt die Mutter wieder und wieder zu sich selbst. »Es tut mir leid, aber ich kann nicht.«

»Darf man erfahren, was mit dir los ist?« fragt Fausto am Abend vor dem festgelegten Tag, nachdem Sofia Flavia ins Bett gebracht hat und auf die Veranda herauskommt, um sich eine Zigarette anzuzünden. »Seit zwei Tagen rauchst du wie ein Schornstein, und dabei weißt du doch genau, daß das nicht gut ist, solange du stillst. Irgend etwas ist nicht in Ordnung mit dir.«

Sofia hatte sich vorgenommen, Fausto nichts von allem zu erzählen, doch so kurz bevor sie die endgültige Entscheidung treffen muß, und da sie Petronas Meinung schon gehört hat, bleibt ihr niemand mehr, den sie um Rat fragen könnte.

»Xintal und Doña Carmen wollen, daß ich ihnen Flavia mitgebe für eine Zeremonie, die sie schützen soll. Ich möchte ihnen eigentlich kein Mißtrauen entgegenbringen, doch muß ich zugeben, daß mir die Idee überhaupt nicht gefällt. Sie macht mir angst.«

»Und was wollen sie da machen?«

»Sie wollen Flavia um vier Uhr in der Frühe abholen, sie für zwei, drei Stunden mitnehmen und sie mir dann zurückbringen. Sie wollen nicht, daß ich dabei bin.«

Fausto steht sichtbar verstimmt auf. Er hatte gedacht, daß es um etwas Ernsteres ginge, sagt er. Ob sie denn etwa nicht immer an diese Hexereien geglaubt habe? Was sollte jetzt plötzlich diese Aufregung? Wie konnte sie Doña Carmen und Xintal mißtrauen, die wie Mütter zu ihr gewesen seien! Diese Frauen waren doch eher wie die Feen im Märchen als aus der Zunft der Hexen, sie waren so etwas wie weiße Hexen, weise Frauen, die niemandem etwas zuleide tun konnten. Das sollte sie eigentlich am besten wissen. Wenn sie gegen etwas Einwände haben mochte, dann höchstens gegen die frühe Stunde, weil sich Flavia erkälten könne, doch wenn man sie warm genug einwickle, sollte das eigentlich kein Problem sein.

»Aber ich weiß doch überhaupt nicht, wohin sie Flavia bringen wollen, und das Mädchen kann ohne mich doch nicht sein«, entgegnete Sofia schwach.

»Es kann ihr nur guttun, einmal ohne dich zu sein, auch wenn es nur für ein Weilchen ist«, meinte Fausto.

Sofia kann keinen Schlaf finden. Um halb vier in der Frühe hört sie Doña Carmen und Samuel kommen. Sie weiß, daß sie jetzt kaum noch eine andere Wahl hat, als ihrem Wunsch nachzukommen und ihnen das Kind mitzugeben. Es wird alles gutgehen, Flavia wird nichts Böses zustoßen, suggeriert sie sich mit erheblichen Zweifeln. Sie steht auf und hüllt sich in ein Schultertuch, um die frische Luft der Morgendämmerung fernzuhalten. Die Nacht ist dunkel, doch hat sie auf der Veranda Licht gelassen, dessen Schein schwach ins Zimmer fällt. Flavia schläft mit einem Strampelanzug bekleidet in ihrem Bettchen. Sofia nimmt sie auf, wikkelt sie in zwei Decken und drückt sie mit einer Hand fest gegen die Brust. Mit der anderen nimmt sie die Tasche auf, in der sie eine Nuckelflasche mit Milch und eine zweite mit Wasser, Windeln und einen Schnuller verstaut hat. Als sie das Zimmer verläßt, erwarten sie Doña Carmen und Samuel.

»Hier sind die Schlüssel für den Jeep, und in dieser Tasche sind die Flaschen, falls sie zu weinen anfängt«, erklärt ihnen Sofia. »Bleibt bitte nicht länger weg als zwei Stunden, sonst werde ich verrückt.«

Doña Carmen sagt ihr noch einmal, daß sie sich keine Sorgen machen soll, Flavia ist bei ihnen wie bei Großeltern in besten Händen. Das Mädchen wacht nicht einmal auf, als Sofia es Doña Carmen in die Arme legt; ohne die leiseste Ahnung von den Ängsten der Mutter schläft es selig weiter.

Als der Jeep in der Nacht verschwunden ist, die schon eine Ahnung von Morgen durchzieht, geht Sofia ins Haus zurück, knipst die Lichter aus und legt sich wieder ins Bett. Wie Espenlaub zittert sie am ganzen Körper, geschüttelt von widerstreitenden Ahnungen, die ihr die Angst in die Brust weht. Riesig kommt ihr das Bett ohne Flavia vor, und die Stille der Nacht ohne die leichten Atemzüge ihrer Tochter beschert ihr das Gefühl unermeßlicher Einsamkeit. In ihrer Hysterie kann sie nicht anders, als sich ihrer Verzweiflung hinzugeben und ihren Tränen freien Lauf zu lassen, zu weinen, als hätte sie die Tochter für immer verloren. So schwört sie sich, das Kind nie wieder fortzulassen.

Xintal erwartet Samuel und Doña Carmen im Kreis der Bäume, am Ort der Kraft, an dem sie schon so viel für das Heil der Menschen erwirkt haben. Bald wird die Sonne aufgehen, ihre Strahlen beginnen schon, den dunklen Rand der Nacht gelb zu färben.

Doña Carmen und Samuel gehen langsam; die Frau hält das Kind gegen ihren warmen, weichen Busen gepreßt, der es so vor den Wedeln der riesigen Farne schützt, die die Lichtung verborgen halten. Samuel beleuchtet mit einer Funzel den Pfad und trägt unter dem Arm die Decke, auf die sie das Mädchen legen werden. Als sie auf die Lichtung hinaustreten, sehen sie Xintal, die schon den Tonkrug mit dem Wasser für die Weihe in das Zentrum gestellt und neben sich Schere und Messer für den Rutu-Chicoy bereitgelegt hat.

Der Sonnenaufgang am Mombacho ist von vielen Klängen begleitet: Die weichen, kehligen Rufe der Nachtvögel werden abgelöst vom Pfeifen des Zanate-

Clarinero, des Chichiltote und der Guardabarranco-Vögel, die herrlich und hell singen. Die schwarzen Schatten der Nacht lösen sich im flüssigen Rosa des aufstrebenden Lichts. Die beiden Frauen und der Mann sind alle drei in weiße Baumwollgewänder gekleidet. Doña Carmen legt Flavia auf die Decke, die vierfach gefaltet ist, was die vier Eigenschaften des Wassers symbolisieren soll. Als das Kind die warmen Frauenbrüste nicht mehr spürt, scheint es aufzuwachen, doch Xintal legt es auf den Bauch und klopft ihm leicht auf den Rücken, damit der Kontakt mit der Erde es beruhige und ihm das erste Pulsen des Mutterleibes zurückgibt. Die Tauzeremonie beginnt, sobald die ersten Strahlen der Sonne über den Horizont dringen. Xintal befeuchtet sich die Hand mit dem Wasser aus dem Krug, das sie aus dem Teich der klaren Bilder geschöpft hat und das noch lauwarm ist. Sie streicht über Flavias Rücken und sagt: »Sieh her, du wirst auf dieser Erde leben; spüre sie, auf daß du wächst und grünst; empfange sie.« Dann dreht sie das Kind wieder um und legt ihm die feuchte Hand auf die Brust, »damit dein Herz gesäubert und gereinigt wird, auf daß es nie vergißt, wo es Wasser findet und seinen Durst löschen kann.« Während Flavia, die inzwischen aufgewacht ist, zu weinen beginnt, sprengt ihr Xintal Wasser auf den Kopf und spricht: »Empfange das Wasser der Herrin allen Lebens, auf daß es in deinen Körper dringt und dort hell und kraftvoll weiterlebt.« Als dies getan ist, zieht sie mit Hilfe von Doña Carmen das Kind aus und wäscht seinen ganzen Körper, wobei sie die alten Beschwörungsformeln spricht, die Flavia schützen und das plötzliche Mißgeschick eines fremden Schicksals von ihr fernhalten sollen. Sie kleiden sie wieder an, und Xintal nimmt sie auf den Arm und hebt sie viermal der Sonne entgegen, während das Mädchen aus vollem Halse zu schreien beginnt.

»Flavia, möge dein Herz sich niemals im Morast von Verwirrungen verirren;

Flavia, möge deine Stirn dem Licht der Sterne und der Bäume folgen;

Flavia, möge die Sonne deine Augen öffnen und dir die Farben verborgener Schönheit zeigen;

Flavia, möge dein Schicksal nicht verschlungen sein und mögest du fähig sein, den Kreis der Zeit und des Verlassenwerdens zu durchbrechen, der deine Mutter bedrängt.«

Xintal läßt die Arme niedersinken und drückt das Mädchen an ihr Herz. Dann schließt sie die Augen und hört in tiefer Trance Jahrmarktslärm, der sich mit Weinen mischt, und sieht einen Mann vor sich, der sie aus dem verschwommenen Nebel ihrer Phantasie heraus anlächelt. Als sie die Augen wieder öffnet, ruhen die fragenden Blicke von Doña Carmen und Samuel auf ihr.

»Ich kann nicht klar erkennen, worum es geht.«

Jetzt ist Samuel an der Reihe, er wird den Rutu-Chicoy vollziehen. Mit dem scharf geschliffenen Messer schneidet er dem Mädchen eine Haarsträhne ab; dann stutzt er ihm mit der Schere die Nägel und legt beides, Haar und Nagel, zusammen mit Messer und Schere in einen kleinen Leinensack, den er später Sofia übergeben wird, die ihn wie ein Amulett verwahren muß, denn von nun an wohnen magische Kräfte in ihm.

Die Zeremonien sind beendet. Doña Carmen nimmt Flavia, die herzzerreißend weint, und holt die Milchflasche aus der Tasche, mit der es ihr in kurzer Zeit gelingt, das Mädchen zu beruhigen.

»Seht euch nur die Augen dieses Kindes an«, sagt sie. Die drei betrachten das kleine Mädchen und staunen über die kluge, nachdenkliche Art, mit der sie die Gesichter betrachtet, während sie eifrig saugt, ohne die Agenten des Mysteriums aus den Augen zu lassen.

Sofia gibt sich sehr beherrscht und unterdrückt ihre Tränen, als Doña Carmen das Kind ihren Armen übergibt, doch die weise Frau spürt ihre Angst.

»Ein Glück, daß das Kind die Zauberkräfte hat«, meint Doña Carmen nur. »Sonst würde deine Angst euch noch alle beide in Gefahr bringen.«

Im Gegensatz zu Sofias Niederkunft ist die von Gertrudis, die nicht lange danach stattfindet, schwieriger. Nach langen Wehen muß sie zum Kaiserschnitt ins Hospital nach Masaya gebracht werden, wo sie einen gesunden, robusten Knaben zur Welt bringt, der in ganz Diriá keinen Menschen glücklicher macht als René.

»Ihr solltet ihn nur mal sehen, den Kerl«, sagt er, als er ein paar Tage später in Patrocinios Wirtschaft feiert. »Acht Pfund hat er gewogen! Deshalb hat er der Mutter auch solche Schwierigkeiten gemacht bei der Geburt.«

Die Anwesenden erzählen sich lachend Einzelheiten und Anekdoten der Geburt. Fernando weiß zu berichten, daß René vier Päckchen Zigaretten geraucht hat während des Kaiserschnitts und wie er die Krankenschwestern zur Verzweiflung brachte, weil er ausnahmslos jede auf dem Gang anhielt und nach dem Stand der Dinge fragte, als ob alle Krankenschwestern dieser Welt mit der Geburt des kleinen René beschäftigt wären.

Patrocinio feiert diese Geburt fast wie eine persönliche Rache. Endlich hatte sich gezeigt, daß René, einer ihrer besten Kunden, ein Kerl mit Haaren auf der Brust war und daß die Zigeunerin ihm nichts hatte anhaben können. Jeder hatte das bekommen, was er verdiente: René eine Frau, die wirklich alle Mühe wert ist, und Sofia eine Tochter ohne Vater, die sie verwöhnt und mit der sie sich auf ihre Hacienda zurückzieht.

In Diriá spricht jeder nur noch von dem Tauffest der frischgebackenen Eltern, das sogar das Feuerwerkereignis von El Encanto übertreffen soll.

»Ich freue mich für Gertrudis«, sagt Sofia, die mit ihrer Mutterrolle alle Eifersucht verloren hat, »hoffentlich wird es ein schönes Fest.«

»Es heißt, daß sie dich diesmal tatsächlich einladen wollen«, erzählt ihr Engracia.

»Ich gehe aber nicht hin«, antwortete Sofia. »Sie soll ohne schlechte Erinnerungen glücklich werden. In meinem ganzen Leben will ich keinen Fuß mehr in jenes Haus setzen. Sonst krieg ich noch Lust auf neue Eskapaden«, fügt sie mit hintergründigem Lächeln hinzu.

Die Taufe wird wirklich zu einem großen Ereignis. Von der Hacienda aus hört Sofia den Lärm des Feuerwerks und die Musik der Kapelle und spielt mit Flavia, dem einzigen, was sie im Leben noch interessiert.

38

Gut zwei Jahre vergehen für Sofia genauso schnell, wie ihre Tochter heranwächst. Sie zählt nicht die Monate, doch erinnert sie sich mancher Ereignisse: an die Schmerzen, als der erste Zahn kam, an Flavias riesige Anstrengungen, als sie sich aufrecht hinzusetzen begann und mit erhobenen Händen das unsichere Gleichgewicht suchte, das die frühe Kindheit den Menschen verwehrt. Sie begeistert sich über die Spirale des Lebens, die ihre Tochter Tag für Tag und unfehlbar wie nach uraltem Plan aufrollt. Sie vergißt nicht, wie sie erwachte und Flavia in ihrem Bett aufrecht stehen sah, die Hände auf dem Rahmen, an dem sie sich mit genau dem Starrsinn festhielt, den ihr die Sterne vorausgesagt hatten, und auch nicht die Hartnäckigkeit, die nur die Müdigkeit des Abends bremste, mit der sie die ersten Schritte zu gehen versuchte. Wenig später begann sie zu laufen und zu sprechen und eine Unabhängigkeit zu suchen, die ihre vom Behütungswahn befallene Mutter oft verzweifeln ließ. Vorbei waren die Zeiten, als sie das Kind auf der Hüfte trug, um sie bei den Arbeiten auf der Hacienda bei sich zu haben, zu denen sie gezwungen war, weil Fausto lange Ausflüge machte mit einem Freund, den er endlich gefunden zu haben schien und der Schuhe für die schicken Läden in Managua entwarf.

Ihre Unabhängigkeit wird Flavias liebstes Spielzeug. Je fester ihre Füße auf dem Boden stehen, um so weniger zögert sie, sich aus der Reichweite der Erwachsenen zu entfernen und die Welt des Gartens zu erkunden, der für sie ein grenzenloses Universum wunderbarer Blätter, roter Blumen und aufregender Wälder ist.

»Laß sie ruhig die Welt für sich entdecken«, meint Xintal, als sie sieht, wie Sofia bei den kleinsten Ausflügen ihrer Tochter in Panik gerät. »Du hast sie lange genug in ihrem Kokon gehalten wie eine kleine Seidenraupe. Jetzt ist sie ein Schmetterling geworden. Es ist Zeit, daß du deiner Tochter die Welt und nicht nur deine Furcht zeigst.«

Sofia bleibt nichts anderes übrig, als sich in die Erkenntnis zu schicken, daß Flavias Neugier nicht zu bremsen ist. Und sie hat, während das Kind seine eigene Welt entdeckt, auch ihre lichten Momente, in denen sie sich darüber klar wird, daß das Leben selbst ihrer zwanghaften Mütterlichkeit bald Grenzen setzen wird.

Jetzt wird es wirklich Zeit, sich um ihr eigenes Leben zu kümmern, das sie in einen luftdichten Raum gesperrt hat, in dem nur ihre Tochter existierte, sagt sie sich eines Tages. Flavia soll mit ihr die Welt entdecken, wenn es ihr gelingt, den gläsernen Käfig ihrer Mütterlichkeit zu verlassen.

»Also gut, Flavia, dann wollen wir unserem Zigeunerblut mal ein bißchen nachgeben und losziehen, um uns die Welt anzusehen.«

Die erste Welt, die sie sich ansehen, ist die des Vulkans, des Mombacho. Auf einem lammfrommen Pferd, das Flavia kleine Schreie fröhlicher Erregung entlockt, machen sie sich auf den Weg zu Xintals Hütte, den in einer lang zurückliegenden Gewitternacht Sofia ritt, um René zu entkommen.

Als sie den Anstieg zum Mombacho beginnen, verstummen beide angesichts des märchenhaften Eindrucks, in diesen riesigen Dschungel leuchtendgrüner Töne vorzudringen. Es ist früh am Morgen, die blauen Vögel umflattern das Pferd und singen fröhliche, zukunftverheißende Lieder. Sofia reitet an Xintals Hütte vorbei und weiter hinauf, weil sie – so wie damals Ramón – Flavia das unbeschreibliche Schauspiel der Kongoaffen zeigen möchte, die sich in Herden durch die Baumkronen schwingen. Dem schrillen Lärm ihrer Schreie folgend, haben sie die Affen bald entdeckt. Flavia drängt sich erschrocken an die Mutter, Sofia erinnert sich an ihre eigene Reaktion, als sie das erste Mal diese Wesen sah, die so menschlich und gleichzeitig so fremd und wild aussahen.

»Sieh mal da, die Affenmutter mit ihrem Jungen«, ruft Sofia leise, und das Mädchen schaut mit weit aufgerissenen Augen, weil sie Mutterwärme erkennt, die ihr vertraut vorkommt und sie nicht das Staunen, aber die Angst verlieren läßt.

Die Affen beobachten sie von ihren Bäumen herab und veranstalten ein Höllenspektakel, weshalb die Ausflügler Abstand halten, der auch ratsam erscheint, damit sie nicht von oben vollgeschissen werden, was gewöhnlich passiert, wenn sich die Affen an Eindringlingen in ihre Privatsphäre rächen.

Auf dem Weg hinab zu Xintals Hütte zeigt Sofia ihr blühende Malven und Aceradillabüsche, San-Juan-Gräser, die gelb am Wegesrand stehen, rote Silenen mit ihren hohen Stengeln, Genízaro-, Lorbeer- und majestätische Kapokbäume. Flavia wiederholt in ihrer halbfertigen Sprache die Wörter, die die Mutter ausspricht, und trinkt die Luft des Vulkans in großen Zügen und mit einer Freude, die der Xintals gleicht, als die sie bei ihrer Hütte ankommen sieht.

Der gefahrlos verlaufene Ausflug zum Mombacho weckt Sofias Lust auf neue Erkundungsreisen mit ihrer Tochter. In den folgenden Tagen fahren sie nach Catarina, bestaunen die Lagune und den Kratersee von Apoyo, aus dem sich die Erde von ihren tiefsten Tiefen dem Himmel öffnet. Sie besuchen den Stadtpark von Diriomo, wo sie abgehärmten Jungen in kurzen Hosen und mit unerschöpflichen Energien beim Ballspiel zusehen; und sie besucht mit ihr die Hinterhöfe, wo dicke Frauen in riesigen Töpfen die Süßspeisen aus Milch und Früchten rühren und wo die Kokosraspeln rosa gefärbt werden.

Am Sonntag zieht Sofia ihrer Tochter Bluejeans und ein kariertes Hemd an, um sie zu einer Kirmes in der Nähe des Marktes von San Juan de Oriente mitzunehmen, dort haben durchreisende Schausteller ihre altersschwachen Buden und Karussells aufgebaut. Die bescheidenen Attraktionen, die alle schon bessere Zeiten gesehen haben, kommen dem Kind wie eine phantastische Zauberwelt vor. An der Hand der Mutter besteigt Flavia ein ächzendes Miniaturriesenrad, sieht zu, wie in einer Bude ein drittklassiger Jongleur seine Bälle in die Luft wirft, und ißt genüßlich einen Riesenbausch Zuckerwatte, die ein Verkäufer auf einem Holzgestell umherträgt. Was sie jedoch völlig aus dem Häuschen bringt, so sehr, daß ihr vor Aufregung richtig die kleinen Hände zittern, sind die verwitterten Pferdchen eines alten Karussells, von denen sie überhaupt nicht mehr absitzen will.

An diesem Abend träumt Flavia von Spielzeugen, die so phantastisch sind, daß sie der Erfindungsgeist des Menschen noch nicht hat entdecken können.

39

Am Sonntag verabschiedet Fausto sie nach dem Mittagessen am Haciendator. Sofia und Flavia machen sich, begleitet von Danubio, der sich nicht nehmen läßt, sie an den Wochenenden zu chauffieren, im Jeep nach Managua auf, wo an diesem Tag der »größte und schönste Vergnügungspark ganz Mittelamerikas« eröffnet wird.

Der Novembernachmittag ist frisch und klar. Die Regenzeit geht ihrem Ende zu, doch liegt die Landschaft noch ins Grün des tropischen Winters getaucht.

Bevor sie sich auf die Landstraße Richtung Stadt begeben, machen sie zuvor einen Abstecher nach Diriá, denn Sofia möchte Flavia das sonntagnachmittägliche Treiben im Dorf zeigen, die Menschen, die in ihren Festtagskleidern in kleinen Gruppen vor den Häusern und auf dem Dorfplatz stehen, die weißgekalkten Wände, die in der Sonne leuchten, die Arena, wo sich die Männer zu den Hahnenkampfduellen, ihren einzigen Sonntagsvergnügungen, einfinden. »Sieh mal, da geht Lastenia Pacheco, die böseste Hexe der ganzen Gegend«, sagt Sofia und zeigt auf eine dicke Alte mit bösem Gesicht, die allein an den Arkaden entlangwatschelt. Auf dem Platz vor der Kirche schlägt man Stände auf, an denen Hausmittelchen und Zaubertränke feilgeboten werden, die Touristen und Gläubige von weither anlocken, die dem Ruf des Dorfes, weit und breit der größte Tummelplatz der Hexerei zu sein, nicht widerstehen können.

»Jetzt bleibt uns nicht viel mehr als nur unser Ruf«,

meint Danubio ein bißchen wehmütig. »Heutzutage ist sogar die Zauberei zum Geschäft geworden.«

Eine Stunde später erreichen sie Managua und steuern den Parkplatz des Vergnügungsparks an, der schon von Autos überquillt. Dort lassen sie Danubio zurück, der lieber im Jeep ein Nickerchen macht und dann unter den Chilamates mit den anderen Fahrern ein Schwätzchen hält, die sich die Zeit damit vertreiben, über ihre Patrone herzuziehen und die Wagen zu wienern.

Der »Play Land Park«, wie auf englisch ein großes, buntes Schild verkündet, das, einem Triumphbogen gleichend, den Eingang zu diesem Paradies der mechanischen Attraktionen bildet, ist tatsächlich riesig. Es umgeben ihn seltsame, hohe Türme mit blauen, grünen, gelben und roten Ballons, und von außen kann man schon die komplizierten Apparate mechanischer und elektronischer Technik sehen, von denen einige imposante Ausmaße erreichen, wie die Achterbahn, die, so hieß es, die größte sei, die je in diesen Breiten gesehen worden war. Stände von Eis- und Imbißverkäufern säumen den Weg zum Eingang, dem ganze Gruppen von Eltern, Paare und Schwärme aufgeregter Kinder zuströmen; alle werden sie angezogen von dem bunten Treiben und der Musik, die aus dem Bauch der Apparate und einer Lautsprecheranlage in der Mitte des Platzes dringt. Flavia sprudelt, während sie am Arm der Mutter geht, ihre Begeisterung aus sich heraus. Sie stellen sich in einer langen Schlange an, in der schon Dutzende von Menschen darauf warten, den Preis für den Eintritt ins Traumland zu entrichten. Trotz der Menge von Menschen kommt die Schlange schnell vorwärts, denn der Geschäftsführer des Unternehmens ist ein Japaner aus Costa Rica, der aus langjähriger Erfahrung in diesem Geschäft nur zu gut weiß, wie wenig Geduld Kinder und Erwachsene beim Warten aufbringen.

Anfangs ist Sofia unsicher, welches Gefährt sie für Flavias erste Erfahrung mit Schwindel und rauschhaftem Kitzel auswählen soll. Sie sieht sich nach allen Seiten um und hält den Großteil der angebotenen Flug-, Dreh- und Geschwindigkeitsbahnen für sich selbst und wieviel mehr erst für ihr Töchterchen als zu atemberaubend und Schwindel einflößend, um sich ihnen preiszugeben.

So geht sie einfach los, als sie auf einmal nicht allzuweit entfernt ein Karussell mit hübschen, bunten Pferden sieht und augenblicklich beschließt, daß dies das richtige für Flavia ist. Mit einiger Mühe nur kommen sie voran, es ist der Tag der Eröffnung und auch noch ein Sonntag, und so sind wahre Menschenmassen unterwegs. Mit Flavia auf dem Arm bahnt sie sich einen Weg durch die Menge, die von Attraktion zu Attraktion wogt und alles mit Augen beobachtet, die soviel strahlende Eleganz nicht gewohnt sind. Auf dem Weg zum Karussell kommen Mutter und Tochter an kleinen, batteriebetriebenen Wagen voller Kinder vorbei, die fröhlich gegeneinander krachen. Auf einer kleinen Plattform sehen sie einen Mann, aus dessen Mund Feuerfontänen emporsteigen. Von einer anderen Seite ist nostalgische Orgelmusik zu hören, die aus einer altertümlichen Drehorgel ertönt, auf der ein Affe tanzt, der einen roten Anzug und einen Hut auf dem Kopf trägt. Flavia scheinen die vielen Leute nichts auszumachen. Sie quengelt solange herum, bis Sofia sie auf die Erde setzt und an die Hand nimmt und die Mutter im Handumdrehen zu derjenigen wird, die ihrer Tochter folgt, denn das Mädchen zieht sie unablässig von einem Ort zum anderen und kann seine kindliche Neugier angesichts so vieler neuer, phantastischer, unbekannter Wunder doch nicht befriedigen. Das Karussell zu erreichen, erscheint Sofia schon wie eine besondere Tat, doch als sie es endlich geschafft haben, begnügt sich ihre Tochter mit einer einzigen Runde. Vor ein paar Wochen noch war sie auf jener armseligen Dorfkirmes kaum von ihrem Pferdchen herunterzubekommen. Nun drängt und zerrt sie zu den großen, roten Muscheln, die auf einer Berg-und-Tal-Bahn rotieren und den Kindern, die in ihnen sitzen, durch den Kitzel ihres Auf und Ab wahre Lachsalven entlocken.

Sofia versucht, sie von ihrem Wunsch abzulenken, bleibt erst vor dem Affen stehen, der auf seiner Orgel Pirouetten dreht; dann überredet sie Flavia, eine Weile dem Feuerschlucker zuzusehen, während sie beide einen Bausch klebrig-schaumiger Zuckerwatte aufschlecken. In diesem Gebrodel mischen sich Menschen aller Schichten, Schuhputzerkinder mit solchen, die aus besser betuchten Häusern stammen, Männer, die wie gutsituierte Angestellte aussehen und die feinen Hemdchen tragen, die Fausto so sehr gefallen, mit solchen, die Lastwagen- oder Taxifahrer sein könnten. Die Familienväter halten ihre Frauen an den Händen und schimpfen mit ihren quengelnden oder unbezähmbaren Kindern, die um ein Eis betteln oder noch einmal an der Schießbude schießen wollen, wo sie Teddybären oder Gummibälle gewinnen können. Sofia blickt zum

Himmel empor und hört die Schreie derjenigen, die auf der Achterbahn fahren, wo die Liebespaare die Stürze aus schwindelnder Höhe dazu ausnutzen, in heftigen Umarmungen auch noch das Prickeln ihrer Körper zu spüren.

Sofia gibt dem Drängen des Mädchens, das unbedingt in den kreisenden Muscheln fahren will, schließlich nach, und nachdem sie geduldig gewartet haben, bis sie an der Reihe sind, setzen sie sich auf die gepolsterten Sitze und senken den Sicherheitsbügel, der sie vor dem Herausfallen schützt.

Zu den Klängen einer populären Schnulze setzen sich die Muscheln in Bewegung, und bald brechen die beiden in schrilles Lachen aus, das der eigentümlich angenehme Schwindel des rasenden Auf und Ab erzwingt.

Sofia versucht, sich zu amüsieren und nicht daran zu denken, daß etwas Schlimmes passieren könnte. »Ich bin ein richtiger Angsthase geworden«, denkt sie, während sie aus dem roten Inneren der Muschel heraus die Gesichter der Zuschauer betrachtet, die ihren Spaß an dem ängstlichen Geschrei und den schreckgeweiteten Augen der Insassen haben. Mit einem Arm hält sie Flavia umschlungen, die vor Vergnügen und ohne jede Angst nur so juchzt und ihre Mutter damit sogar ansteckt.

Wenn sich ihr Wagen auf den Gipfelpunkt schraubt, können sie die gesamte Ausdehnung des Parks überblicken. Sofia wird schwindlig angesichts so vieler Menschen, Farben und Bewegungen, doch Flavia rudert mit den Armen und schwatzt, mit den Fingern hierhin und dorthin zeigend, unaufhörlich vor sich hin.

Als die Muscheln schließlich langsamer werden, das Ende der Fahrt naht und die Gesichter der Menschen wieder näher rücken und erkennbar werden, zuckt Sofia plötzlich zusammen: Sie ist sich ganz sicher, an einem nahe gelegenen Getränkestand die Gestalt Jerónimos gesehen zu haben. Sie spürt ihr Herz schneller pochen, und sie erinnert sich an ihre Worte, als sie ihm bei ihrem letzten Zusammentreffen androhte, ihm eines Tages seine Tochter zu zeigen, ihm die Frucht einer Liebe vor Augen zu führen, die er nie zu würdigen gewußt und die er für nichts weiter als sexuelle Begierde gehalten hat. Die Erinnerung an alles, was sie mit diesem Mann erlebt hat, drängt in ihren Kopf und erfüllt sie mit einer kaum zu ertragenden Unruhe. Ungeduldig wartet sie, daß das Fahrzeug noch einmal an der gleichen Stelle vorbeikommt, an der sie meint, Jerónimo erkannt zu haben, um sicherzugehen, daß er es tatsächlich ist. Sie sieht ihn noch einmal flüchtig vorbeifliegen, und im gleichen Augenblick beschließt sie, ihm zu folgen und ihm an Ort und Stelle ihre hübsche, wohlgelungene Tochter zu zeigen. Welcher Ort könnte besser sein, als dieser so unwirkliche, phantastische, um ihn mit der Wirklichkeit des Lebens zu überraschen? Die Muscheln drehen sich zu einer letzten Runde. Flavia kreischt vor Vergnügen, doch Sofia hört das schon nicht mehr. Sie konzentriert sich darauf, Jerónimo ihr entsetzlich trauriges Schicksal einer verlassenen Frau vor Augen zu führen, aber auch die Fruchtbarkeit, die er verachtet hat. Im Geiste legt sie die Worte zurecht, die sie sagen will, während sie sich alle Mühe gibt, Jerónimo nicht aus den Augen zu verlieren, und inbrünstig hofft, daß das verdammte Fahrzeug endlich zum Stillstand kommt, damit sie herausspringen und dorthin laufen kann, wo er, ganz offensichtlich allein, gemächlich seine Limonade austrinkt, ohne das Beben zu ahnen, das sich in seiner Nähe zusammenbraut.

Die Musik bricht ab, und die Insassen der Muscheln heben die Schutzbügel, streichen ihre Kleider glatt und beginnen, auf die Plattform hinabzusteigen. Sofia will Flavia auf den Arm nehmen, doch die stemmt sich dagegen und macht ihr unmißverständlich klar, daß sie dieses herrliche Vergnügen noch einmal wiederholen möchte, sträubt sich und beginnt, empört zu schreien, als sie merkt, daß sie ihren Dickkopf nicht durchsetzt. Sofia wendet alle ihre Überredungskünste auf, bis Flavia schließlich einwilligt, allerdings ohne sich tragen zu lassen und hartnäckig darauf bestehend, auf eigenen Füßen zu laufen.

Sofia schleift das trödelnde Mädchen zerrend hinter sich her, denn sie hat beobachtet, daß Jerónimo eben im Begriff ist zu zahlen. Flavia versteht die plötzliche Eile der Mutter überhaupt nicht und weigert sich erneut mit der schicksalhaften Dickköpfigkeit, die ihr die Hexen vorausgesagt haben, sich auf den Arm nehmen zu lassen, und führt ein Riesenspektakel auf. So muß sich Sofia damit abfinden, sie weiter hinter sich herzuziehen, mitten durch die Menschenmenge, die nichts von ihrer Not ahnt und die sie mit ihren Ellenbogen zerteilt, um Jerónimo nicht aus den Augen zu verlieren.

Gut zwei Jahre, in denen sie an Jerónimo nur gedacht hat, wenn sie ihn unvermeidlicherweise in einer Geste oder einem Zug Flavias wiedererkannt hat oder wenn er in einem ihrer verworrenen Träume erschienen ist, lösen sich für Sofia in einem Ansturm von Jagdeifer auf. Ihn zu treffen und ihm seine Tochter zu zeigen, scheint für sie zu einer alles entscheidenden Aufgabe geworden zu sein; sie bahnt sich energisch, zwischen Paaren hindurch und Leute anrempelnd, ihren Weg durch die Menge, die ihr pöbelhaftes Benehmen genauso lautstark verurteilt, wie Flavia ihre Bockigkeit herausschreit.

Da sieht das Mädchen plötzlich hinter einer Gruppe von Luftballonverkäufern einen strahlend-bunten Clown, der ein dickes weißes Kaninchen im Arm hält und die Kinder auffordert, in seine Vorstellung zu kommen, wobei er verführerisch auf einer Flöte spielt. Sie zerrt an der Hand der Mutter, die sie erbarmungslos mit sich fortzieht, und niemals wird sie den Clown sehen können, der sie so betört hat! Die Faszination ist stärker als die Angst, die Hand der Mutter loszulassen. Einen Augenblick später wird das Gedränge noch größer, und Flavia hat leichtes Spiel: Mit einem Ruck reißt sie sich los und stapft mit ihren stämmigen Beinchen entschlossen los und sucht nach dem Clown mit seinem weißen Kaninchen, der irgendwo dort sein muß, woher die hohen Töne der Flöte kommen, auf der er bläst.

Noch gilt die völlige Aufmerksamkeit Sofias der Jagd nach dem Mann, dessen Kopf sie gerade noch ab und zu zwischen den Familien auftauchen sehen kann, die ihrem Sonntagsvergnügen nachgehen. Wie sie ihm näher und näher kommt und immer dichter auf den Fersen ist, hat sie das Gefühl, als ob ihr plötzlich Flügel gewachsen wären und nichts ihre Verfolgungsjagd aufhielte. Und es ist genau dies Gefühl ihrer eigenen Geschwindigkeit, das sie mit einem Schlag in die Wirklichkeit zurückholt. Urplötzlich bleibt sie mitten in ihrem Lauf stehen und schaut auf ihre Hände, als ob sie ihr nicht gehörten. Ihre beiden leeren Hände schleudern ihr die ungeheure Anklage entgegen, daß sie nur deshalb so schnell vorankommt, weil Flavia ihr nicht mehr folgt.

Als habe der grausamste Skorpion sie gestochen und als lähme sie langsam, aber sicher sein tödliches Gift, bleibt Sofia sekundenlang unbeweglich stehen, bevor sie in der Lage ist zu reagieren, in die entgegengesetzte Richtung zu schauen und Jerónimo für immer zu vergessen. Sie beugt sich nieder, um ihre Tochter zwischen den Beinen der vielen Erwachsenen zu suchen, und beginnt mit ungläubiger und gleichzeitig hoffnungsvoller Stimme nach ihr zu rufen. »Flavia, Flavia, Flavia«, wiederholt sie ein ums andere Mal, »Flavia, meine Kleine«, und geht dabei den Weg zu den roten Muscheln zurück. Sie versucht, der Panik nicht nachzugeben, die aus ihrem Magen aufsteigt, und sich davon zu überzeugen, daß es noch nicht lange her sein kann, daß sich Flavia losgerissen hat. Gleich wird sie ihre Tochter dort stehen und weinen sehen. »Flavia, Flavia«, ruft sie und fragt vorbeikommende Pärchen, ob sie nicht ein kleines Mädchen in einem grünkarierten Kleid, mit einer weißen Schleife im Haar gesehen haben, ein hellhäutiges Mädchen mit großen Augen und lockigem Haar; ein pummeliges Mädchen von ungefähr drei Jahren. Keiner will etwas gesehen haben. Sofia geht weiter und ruft unablässig nach dem Kind; vor dem Zelt mit der »Schlangenfrau« bleibt sie stehen, dann tritt sie ein und mustert die vom Schlangenkörper gebannten Zuschauer, entdeckt Flavia nicht und stürzt wieder hinaus und fragt alle Leute, die sie trifft, während sie den Weg immer wieder hin und her läuft. Sie weiß nicht, was sie noch machen soll. Ihre Verzweiflung wächst und schäumt schon über und entfesselt alle Furien der Hölle, der Angst, des schrecklichsten Schreckens, den sie je erlebt hat. »Mein Kind!« schreit sie plötzlich völlig außer sich und mit von Angst entstelltem Gesicht. »Señora, mir ist mein Kind verlorengegangen. Haben Sie denn nicht ein kleines grün-weiß gekleidetes, ein bißchen pummeliges Mädchen gesehen?« Die Leute sehen sie mitleidsvoll an, doch will sich niemand das Sonntagsvergnügen wegen einer unachtsamen Mutter ruinieren lassen. Die Ärmste, denken sie, doch wer läßt auch schon ein kleines Kind allein in diesem Gedränge; und sie gehen weiter. »Fragen Sie doch mal beim Roten Kreuz; dorthin bringt man für gewöhnlich die Kinder, die verlorengehen«, sagt ein Mann zu ihr. »Wo ist das, wo ist der Stand vom Roten Kreuz?« fragt Sofia, doch gleich darauf denkt sie, nein, besser nicht, sie wird nicht zum Rote-Kreuz-Stand gehen, denn wenn sie jetzt weggeht, hat Flavia keine Chance mehr, sie zu finden. Sie muß ja ganz in der Nähe sein, auf dem Stückchen Weg zwischen den roten Muscheln und dem Zelt mit der Schlangenfrau. Sofia rennt, so gut es geht, immer wieder zwischen diesen beiden Punkten hin und her, sie ist jetzt schon nicht mehr fähig, einen klaren Gedanken zu fassen, in ihrem Kopf kreisen die schlimmsten Vorstellungen: daß Flavia geraubt worden ist, daß sie mit jemandem geht, der ihr Zuckerwatte verspricht oder eine Fahrt auf dem Karussell; Flavia, die mitten auf dem Vergnügungspark von jemandem entführt wird, der mit kleinen Kindern handelt; Flavia, die ihr für immer verlorengeht, die in irgendeiner unbekannten Familie aufwächst, die nicht erklären kann, wo sie wohnt, die gerade ihren eigenen Vornamen und den ihrer Mutter nennen kann. Flavia, die mit dem Schmerz aufwächst, verlassen worden zu sein, die sich dafür an allen rächt, die ihr in die Quere kommen, die sich dagegen auflehnt, ohne sich dessen überhaupt bewußt zu sein; die sich von klein auf fremd fühlt, als etwas Besonderes, anders als die anderen Kinder, die einen Vater und eine Mutter und eine Familie haben, die sich gut um sie kümmern, und wo niemand ein »Adoptivkind« sein muß. Auch wenn diese Familie sie liebte und sich alle Mühe mit ihr gäbe, würde sie diese großzügige Liebe doch niemals ohne Mißtrauen annehmen. Sie wird sie dauernd auf die Probe stellen, wird ihre Zärtlichkeit bezweifeln. Sie wird nicht an die Liebe glauben, und wenn sie meint, sie gefunden zu haben, wird sie sie zurückweisen, und sie selbst wird dafür sorgen, verstoßen zu werden, nur um in die tiefste Verzweiflung zu fallen, weil sie wieder verlassen worden ist. Meine Tochter, denkt sie, meine arme Tochter. Das war er also, der Kreis der Zeit, den die Hexen ihr geweissagt hatten, den ihr Eulalia aus längst verflossenen Zeiten vorhersagte, als sie aus ihrem eigenen Tod zurückkehrte, um es ihr zu sagen, in jener Nacht in Samuels Hütte. Das Schicksal wiederholte sich und schlug einen Kreis, sie war auf einmal ihre eigene Mutter, die den Verlust ihrer Tochter erlebte, den bösen Fluch all der Vorhersagen. Was jetzt geschah, war der Ursprung ihrer eigenen verwickelten

Herkunft, das unergründliche Geheimnis ihres Verlassenwerdens. Sie sieht die ungeheure Verzweiflung ihrer Mutter, die sie sucht, so wie sie jetzt ihre eigene Tochter sucht, mit den Leuten spricht, sie beschimpft, sie anschreit, wie es sein kann, daß sie ihr Kind nicht gesehen haben, grün-weiß gekleidet, etwas pummelig, mit großen Augen und lockigem, kastanienbraunem Haar. Sofia weiß nicht, was sie tun soll. Ihr Gesicht ist mit einer Schicht aus Staub und Schweiß bedeckt, und sie kann nicht mehr zählen, wie viele Male sie hin und her gelaufen ist, doch wird ihr langsam klar, daß das Mädchen nicht dort ist, nicht auf sie wartet, ohne sich vom Fleck zu rühren, wie es das klügste gewesen wäre. Ein so kleines Kind konnte das einfach noch nicht, doch konnte es weinen und nach der Mutter rufen, wenn es sich allein fühlte. Sie muß zum Roten Kreuz gehen, und so boxt sie sich zum Informationsstand durch, wo man ihr bestätigt, daß verlorengegangene Kinder für gewöhnlich zum Rote-Kreuz-Stand gebracht werden, dem weißen Zelt, das dort hinten zwischen den Maschinen leuchtet, die sich plötzlich in bedrohliche, kreischende Monster verwandelt haben, aus deren Rachen gräßliche Musik heult, die sie das Weinen ihrer Tochter nicht hören läßt. Wie konnte sie so entsetzlich dumm sein, wie konnte ihr nur jemals einfallen, Jerónimo nachzulaufen, was wollte sie denn von ihm, den sie doch niemals wirklich geliebt hatte, von dem sie doch nur gewollt hatte, daß er sie nicht verließe, um den Bann zu brechen und jemanden zu finden, der sie nicht im Stich ließe, allein und im Leben verloren und ohne zu wissen, woher sie kam. Mit einem Male wird ihr klar, daß ihre Mutter sie nie verlassen hat. Da hatte sie ihr ganzes Leben lang die Verbitterung genährt, hatte sich an dieser armen Frau rächen wollen, und dabei mußte ihre Mutter genauso gelitten haben wie sie selber, die jetzt, so schnell sie kann, zum weißen Zelt hinüberrennt und dabei zu allen Heiligen betet, ihre Tochter möge dort sein und mit kleinlautem Gesicht auf einem Stuhl sitzen, in ihrem grün-weißen Kleid und den geblümten Strümpfen; wie wird sie strahlen, wenn sie sie auftauchen sieht! Sie wird sie in die Arme schließen, ach, lieber Gott, laß sie dort sein, laß mich Flavia wiederfinden, sagt sie, schreit innerlich, während sie sich dem Zelt nähert und nun eintritt und nur eine Krankenschwester sieht, die sich um einen älteren, etwas bleichen Herrn kümmert, und sonst niemanden.

Die Krankenschwester bestätigt, hierher bringe man die verlorengegangenen Kinder, doch habe noch niemand ein Mädchen gebracht, wenn sie möchte, könne sie sich setzen und warten. Es dauert ja nicht mehr lange, bis es dunkel wird, und wenn jemand sie findet, wird er sie sicher bald bringen. Und sie solle auch zum Informationsstand gehen und fragen, ob sie die Lautsprecheranlage benutzen dürfe, so könne sie im ganzen Gelände verbreiten, daß ihre Tochter verlorengegangen sei, wie sie heiße und was sie trage, und darum bitten, daß man sie dorthin bringe. Sofort rennt Sofia wieder hinaus und zurück in Richtung Informationsstand und denkt dabei, es ist ja die Höhe, daß der Mann, der sie zum Rote-Kreuz-Stand geschickt hat, ihr nichts von den Lautsprechern erzählt hat. Niemand kümmert sich um niemanden, es ist ihnen allen gleichgültig. Und sie, wie konnte sie selbst so unvorsichtig sein und nicht merken, daß Flavia sich von ihrer Hand losriß. Welcher Teufel hatte sie nur geritten, als sie weiß Gott welchem verrückten Drang nachgab und hinter diesem Scheißkerl herlief, ihre Tochter wegen irgendeiner blödsinnigen Rache aufs Spiel setzte, als ob sie nicht selbst am besten wußte, daß Jerónimo im Grunde recht gehabt hatte; sie hatte ihn kaltblütig verführt, hatte ihn als Deckhengst benutzt, wie Fausto so treffend sagte, um nachher zu erwarten, daß er ihr helfe, darüber hinwegzukommen, daß sie von ihrer Mutter verlassen worden war, die vielleicht immer noch irgendwo auf dieser Welt nach ihr suchte, genauso wie Flavia ihr ganzes Leben lang suchen würde, wenn es sein mußte, nur daß sie besser dran war als ihre Mutter, die mit den Zigeunern unterwegs gewesen war, die keinen festen Platz auf der Welt haben, keine Heimat und keinen Ort, wohin sie zurückkehren können. Sie dagegen hatte einen festen Platz, und jetzt gab es auch bessere Möglichkeiten, sie würde Anzeigen aufgeben, alles unternehmen, was getan werden mußte, koste es, was es wolle, wofür hatte sie denn das ganze Geld. Sie würde die größte Suche in Gang bringen, die die Welt je gesehen hatte, würde ihr ganzes Vermögen demjenigen bieten, der ihre Tochter fände und ihr zurückbrächte.

»Warum haben Sie mir nicht gesagt, daß ich meine Tochter über Lautsprecher ausrufen lassen kann?« herrscht sie den Mann am Informationsstand an. »Sie müssen das sofort tun, jetzt gleich! Los, worauf warten Sie denn noch!«

Der Mann ist beleidigt. Er zieht sich auf die Machtposition zurück, die ihm sein Platz hinter der Theke des Informationsstandes verleiht, und schnauzt zurück, daß sie kein Recht habe, so mit ihm zu reden, sie habe ihn schließlich nur nach dem Roten Kreuz gefragt, und er habe ihr völlig korrekt geantwortet, wo sie hingehen müsse. Von einer Lautsprecheransage sei nie die Rede gewesen. Sofia atmet tief durch und nimmt sich zusammen, damit sie ihm nicht an die Gurgel geht oder ihm die schlimmsten Schimpfworte an den Kopf wirft, die sie in ihrem Wortschatz findet. Sie versucht mit aller Kraft, ruhig zu bleiben, damit er tut, was sie sagt, und nicht wertvolle Zeit mit Streiten verliert, bevor die Sonne untergeht und es dunkel wird auf dem Gelände.

Die Minuten werden für Sofia zur Ewigkeit, während der Mann sich die Daten notiert und mit emotionsloser Stimme die Ansage zu lesen beginnt:

»Die kleine Flavia Solano ist verlorengegangen. Sie trägt ein grün-weiß kariertes Kleid, weiße Schuhe und geblümte Strümpfe, ist hellhäutig und pummelig und hat braune Augen und Haare. Ihre Mutter, Sofia Solano, wartet am Informationsstand auf sie.«

»Bitte, lesen Sie das noch einmal«, fleht Sofia. Der Mann wiederholt die Ansage dreimal, aber dann sagt er, sie müsse ihn verstehen, jetzt müsse er wieder Musik spielen, sie solle Geduld haben und warten. Sofia beißt sich ohnmächtig die Fingernägel, weil sie weiß, daß der Mann recht hat. Ihr bleibt nichts anderes übrig, als zu warten. Sie muß lernen, Geduld zu haben. Die Minuten vergehen, doch niemand erscheint mit ihrer Tochter an der Hand, so sehr sie auch Ausschau hält und um das Häuschen herumgeht, um zu sehen, ob Flavia von irgendwoher auf sie zukommt.

»Geben Sie mir mal das Mikrofon«, meint sie zu dem Mann. »Geben Sie's mir bitte.«

Der Mann zögert zunächst, doch wird ihm schnell klar, daß ihre Verzweiflung sie zu allem fähig macht, vielleicht sogar dazu, auf ihn einzuschlagen, wenn er nicht nachgibt. So läßt er Sofia das Mikrofon nehmen und die Ansage noch einmal verlesen, die sie ihm selbst diktiert hat. Dann spricht sie zu Flavia, sagt ihr, daß sie sie finden wird, wo immer sie auch sein mag, daß sie keine Angst haben soll, daß sie jemanden anhalten und ihn bitten möge, sie zu dem Stand zu bringen, an dem »Information« steht, weil dort ihre Mama auf sie wartet. Und dann richtet sie das Wort an die Person, die ihre Tochter finden mag, und verspricht ihr alle Schätze dieser Erde, wenn sie ihr Mädchen wiederbringt; bis ihr der Mann das Mikrofon aus der Hand nimmt, weil der Geschäftsführer des Vergnügungsparks gekommen ist und ihn zurechtweist, weil er diese Frau so lange hat reden lassen. »Jetzt reicht es aber wirklich, meine Dame«, sagt der Geschäftsführer in seinem geblümten Hemd, »haben Sie doch Geduld. Wir müssen jetzt wieder Musik spielen.« Sofia versucht, ihnen das Mikrofon zu entreißen und schreit, sie seien ein paar herzlose, unselige Verbrecher.

»Aber so haben Sie doch Geduld, meine Dame«, wiederholt der Geschäftsführer. »Wenn jemand Ihre Tochter gefunden hat, wird er sicher gleich mit ihr kommen, aber Sie müssen ihm doch etwas Zeit dazu geben. Warum warten Sie nicht hier im Informationsstand?«

Sofia beruhigt sich schließlich und nimmt das Angebot an, auf einem Stuhl im Informationsstand Platz zu nehmen. Tausendundein Gedanke schießen ihr durch den Kopf: Danubio zu rufen, nach Fausto zu schicken, zur Polizei zu gehen. Sie verwirft sie allesamt, weil sie spürt, daß sie hier bleiben muß. Sie muß einfach geduldig warten, wie es der costaricanische Japaner mit seinem sonderbar gerollten »r« gesagt hatte. Es ist nur so furchtbar schwer, Geduld zu haben. Der ganze Körper tut ihr weh, und ihre Gedanken springen pausenlos hin und her, ohne eine Sekunde stillstehen zu können. Sie will nicht fassen, daß dies alles ausgerechnet ihr geschieht, ausgerechnet ihr. In ihrem Geiste tanzen die Gesichter von Eulalia, Doña Carmen, Xintal und Samuel, die Weissagungen des Tarot, Xintals Bemerkungen darüber, wie schwer es in letzter Zeit sei, die Zeichen zu deuten. Ihr fällt ein, wie Doña Carmen ihr das erste Mal das Tarot las und ihr vorhersagte, daß ihr etwas sehr Kostbares aus der Hand gleiten würde, und sie denkt an die Nacht, in der Eulalia aus der Zeitspirale stieg, um sie vor der kreisförmigen Zeit zu warnen. Jetzt sieht sie alles ganz klar: Sie wiederholte den Kreis ihrer Mutter. Das Schicksal, das, wie Xintal sagte, in ihrem Falle zwei Deutungen zuließ, als ob ein nicht vorherzubestimmender Zufall es im Handumdrehen in ganz andere Bahnen lenken konnte, hatte den schlimmsten, den brutalsten Lauf genommen. Vom blitzgetroffenen Turm, der ihr im Tarot erschien, sprang sie unweigerlich in die Katastrophe. Nichts hatten sie genutzt, all die Zeremonien, nicht einmal die, die sie für Flavia veranstaltet hatten. Sofia verbirgt den Kopf in den Händen und fängt hemmungslos zu weinen an.

»So weinen Sie doch nicht«, sagt der Mann vom

Informationsstand. »Das ist ja nicht das erste Mal, daß so etwas passiert, und die Kinder tauchen ja auch fast immer wieder auf.«

Sofia ist ihm dankbar für die freundliche Geste. Sie trocknet sich die Tränen und versucht, sich zu fangen. Wenn sie weiter so weint, wird sie nie wieder aufhören können.

»Gehen denn viele Kinder so verloren?« fragt sie und schluchzt noch ein paarmal heftig.

»Ach, jede Menge!« ruft der Mann leicht übertrieben aus, der erst heute, am Tag der Eröffnung, seinen neuen Job angetreten hat. »Die Kinder sind ja von Natur aus so schwer zu hüten, und wenn sich die Eltern bei Menschenaufläufen wie diesen hier auch nur einen Moment ablenken lassen, ist's schon passiert.«

»Aber sie werden wiedergefunden?«

»Fast immer.«

»Aber manchmal auch nicht.«

»Nun, manchmal muß die Polizei verständigt werden, wenn die Kinder das Gelände des Parks verlassen.«

Ihre Tochter hat magische Kräfte, denkt Sofia, das hatte wenigstens Doña Carmen gesagt. Sie konnte einfach nicht so verlorengehen. Sie mußte den Bann brechen. Flavia mußte es schaffen. Sie mußte wieder auftauchen. Seltsam, ausgerechnet hier, auch sie war so verlorengegangen, nach einem Jahrmarkt in Diriá. Ihre arme Mutter, denkt sie, ihre Mutter, die in die Nacht hinausgelaufen und verschollen war im Nebel einer wirren, unentwirrbaren Erinnerung. Was war damals wirklich geschehen? Mit einem Schlag hat sie nicht nur die Tochter, sondern auch allen Groll gegen die Mutter verloren, die im weiten Labyrinth des Lebens verschwunden ist. Die geballte Kraft blinder Zerstörung, die ihr all die Jahre Herz und Seele malträtiert hat, zerplatzt und fließt wie heißes, flüssiges Wachs aus ihrem Körper. Sie fühlt sich sonderbar ohne diesen tiefsitzenden Groll, fühlt sich leicht, trotz der Angst um die Tochter. Wie grausam, daß sie das Kind verlieren mußte, um sich mit sich selbst zu versöhnen, um sich selbst zu finden. Doch ist dies nicht der Augenblick, sich dem süßen Gefühl des Mitleids mit sich selbst und mit der Mutter hinzugeben. Sie muß jetzt stark bleiben, sehr stark. Sie muß Flavia finden, denkt sie und bückt sich, um die Schuhe anzuziehen, weil genügend Zeit verstrichen ist. Sie muß aufstehen und die Polizei verständigen, denn die Abenddämmerung beginnt den Himmel dunkel zu färben.

»Sofia Solano?« – Die männliche, eigenartig bekannt klingende Stimme reißt Sofia aus ihren Überlegungen. Sie hebt den Kopf und sieht einen Mann über sich, der freundlich zu ihr niederschaut, er trägt Flavia auf seinen Armen.

»Flavia!« schreit Sofia. »Flavia! Da bist du ja, meine Kleine! Ich wußte ja, daß du kommen würdest, daß du mich finden wirst, mein Schatz!« ruft sie in einem wirren Schwall zärtlicher Worte aus, während ihr der Mann das Mädchen über die Theke reicht. Sofia lacht und weint gleichzeitig, sie umarmt Flavia wieder und wieder, während die Auskunftsperson vom Informationsstand meint, sehen Sie, da ist die Kleine ja, ich habe es Ihnen ja gesagt, daß Sie sich nicht so aufregen sollen, und er lächelt den Mann an, der das Mädchen gebracht hat und der das Wiedersehen von Mutter und

Tochter mit einem seltsamen Gesichtsausdruck beobachtet. Sofia fragt, ob auch alles in Ordnung sei, und das Mädchen nickt mit dem Kopf und streichelt Sofia mit ihren kleinen Händen über das Gesicht, während sie ihr vom Clown und seinem dicken Kaninchen erzählt und der Zuckerwatte, die ihr der »Señor« geschenkt hat.

Jetzt erst fällt Sofia wieder der Mann ein, der ihr die Tochter zurückgebracht hat und der immer noch dasteht und mit einem Lächeln zusieht, als wäre da noch etwas, als warte er auf etwas Bestimmtes.

»Tausend Dank«, sagt sie und tritt durch die Schwenktür der Theke hinaus, um diesem Mann zu danken, der das freundlichste Gesicht hat, das sie je gesehen hat. »Tausend Dank«, wiederholt sie und streckt ihm die Hand entgegen, gibt dann ihrem plötzlichen Impuls nach, tritt an ihn heran und drückt ihn an sich mit dem einen freien Arm, den ihr Flavia läßt. »Sie wissen ja gar nicht, wie dankbar ich Ihnen bin, Sie können sich ja nicht vorstellen, wie schrecklich ich mich gefühlt habe«, sagt sie und trocknet sich mit dem Saum von Flavias Kleid die Tränen. »Das Kind riß sich auf einmal los, und bei den vielen Menschen... Es war alles meine Schuld... Ich hätte einfach besser aufpassen sollen...« So redet sie ziemlich zusammenhanglos. »Wo haben Sie Flavia gefunden?«

Der Mann hat ihr schweigend und lächelnd zugehört, so, als verursache es ihm ein grenzenloses Vergnügen, sie reden zu hören.

»Das Mädchen hat eigentlich mich gefunden«, sagt er dann. »Ich bin einfach so geschlendert, und da habe ich sie plötzlich mit ganz verstörtem Gesicht stehen sehen, und sie ist auf mich zugekommen. Ich war schon auf dem Weg zum Rote-Kreuz-Zelt, da hörte ich deine Stimme im Lautsprecher, Sofia, und ich habe sie gleich erkannt, nach all diesen Monden, die ich mir gewünscht habe, sie wieder zu hören, nachdem du mir gesagt hattest, du wollest nicht mehr mit mir telefonieren.«

Der Angestellte des Informationsstandes, stummer Zeuge des Geschehens, versteht überhaupt nichts, versteht nicht den Ausdruck im Gesicht der Mutter, als sie den Kopf hebt, den sie im Haar des Mädchens vergraben hat, während der Mann spricht, und ihn voll ungläubigen Staunens ansieht.

»Esteban?« fragt Sofia.

Und der Mann nickt mit dem Kopf.

40

Oben am Mombacho spürt Xintal, die eben dem Teich der klaren Wasser den Rücken gekehrt hat, einen Windstoß und hört, wie sich die Wasseroberfläche kräuselt. Sie dreht sich wieder um, froh darüber, wie leicht ihr ums Herz wird, und sieht, wie ringförmige Wellen übers Wasser laufen, bis sein Spiegel schließlich ganz ruhig daliegt und Sofias Bild ohne Schatten zeigt.

Xintal taucht eine Hand hinein, doch jetzt teilt sich das Bild nicht mehr; das Schicksal des Mädchens ist deutlich zu sehen, Jaguar, Schlange und Vogel kommen in ihrer Mitte zusammen.

Durch das Wasser hindurch erkennt Xintal, daß die Zeit den Kreis durchbrochen und Sofia aus dem verborgenen Kerker des Schicksals befreit hat. Xintal weiß um den Erfolg der Tautropfenzeremonie. Flavia hat den Ausweg aus dem Bannkreis des Schicksals gefunden und ihre Mutter durch die zähe Schicht des Unglücks hinausgeführt. Sofia ist ans Ende ihrer Suche gelangt, kann endlich ihr Bild im Spiegel sehen, sich mit ihrer dunklen Herkunft aussöhnen und beginnen, ihr eigenes Leben zu leben.

Die Alte wiegt den Körper ihrer uralten Weisheit und macht sich langsam zu ihrer Hütte auf, während die Abendsonne die Wälder des Vulkans mit ihrem Feuer entzündet.

Sylvie Germain:

Das Buch der Nächte

»Es beschäftigt mich nicht nur die Gewalt des Krieges, Gewalt gibt es auch in der Liebe, im Besitzdenken, bei der Eifersucht. Eine Form der Gewalt, die ich in meinem neuesten Buch nochmals aufgegriffen habe, ist der Inzest. Jeder weiß, daß dies passiert, aber die Gesellschaft will nicht, daß man darüber spricht. Diese Gewalt, finde ich, ist das Abscheulichste, was es gibt...« (Sylvie Germain in RIAS, Berlin)

»Vitalie Péniel hatte sieben Kinder zur Welt gebracht, aber die Welt erwählte nur eines von ihnen – das letzte. Alle anderen waren am Tag ihrer Geburt gestorben, ohne sich auch nur die Zeit genommen zu haben, einen Schrei auszustoßen. Das siebente indes schrie schon vor seiner Geburt.« Der Junge, der da zur Welt kommt, wird Flußschiffer auf der Schelde wie seine Vorfahren – ein friedliebender Mensch, den der Krieg von 1870/71 zum Ungeheuer werden läßt. Seinen Sohn Victor-Flandrin verschlägt es nach dem Tod des Vaters ins abgelegene Vorland der Ardennen. Er wird Landwirt und eine Art moderner Hiob. Drei Frauen sterben ihm, die vierte, die österreichische Jüdin Ruth, wird seine große Liebe, aber sie überlebt den Nazi-Terror nicht. Vor dem Hintergrund der europäischen Geschichte bis zum Ende des Zweiten Weltkrieges erfüllt sich ein Schicksal von biblischer Wucht.

dtv 11770

»Eine Familiensaga verschlungener Schicksale, verwurzelt im unergründlichen, ja unheimlichen Mythos der Generationen. Mit geradezu unerschöpflicher Phantasie erfindet die Autorin Lebenswege individueller Einmaligkeit und Symbolkraft.« (Waltraud Jänichen in der ›Berliner Zeitung‹)

Nancy Thayer im dtv

Foto: ECON Verlag GmbH

Das Glück am Rande des Wassers
Roman · dtv 11382

Nach dreißig Jahren Ehe bricht Margaret Wallace aus ihrem bisherigen Leben aus – ein Schritt, mit dem sie bei ihren beiden Töchtern auf wenig Verständnis stößt, stecken diese doch selber in einer Krise: Die schwangere Daisy wurde gerade von ihrem Mann mit zwei Kindern sitzengelassen, und Dale überfällt, trotz aller guten Vorsätze, die große Liebe…

Ein Morgen am Meer
Roman · dtv 11643

Was Sara nicht alles tut, um schwanger zu werden: Sie rennt von einem Arzt zum anderen, und kein Fruchtbarkeitsritus ist ihr mehr fremd. Doch was bei allen anderen so leicht zu gehen scheint – bei ihr klappt es einfach nicht. Sie bekommt und bekommt kein Baby…

Nell
Roman · dtv 11667

Nell St. John, Ende dreißig, ist von ihrem egozentrischen Mann verlassen worden – ausgerechnet wegen ihrer besten Freundin. Nun lebt sie mit ihren beiden Kindern, ihren Katzen und Hunden allein in einem großen Haus in Arlington, Neuengland. Eigentlich genießt sie die neue Selbständigkeit, wären da nicht die ständigen Geldsorgen, das Chaos im Haus, die leidige Kindererziehung und der ständige Ärger mit der Jobberei. Auch ihre Beziehung zu dem jungen Griechen Stellios ist nicht ohne Probleme. Da bietet sich ihr eine unerwartete Chance…

Eveline Hasler im dtv

Anna Göldin
Letzte Hexe
Roman · dtv 10457

Die erschütternde Geschichte des letzten Hexenprozesses in der Schweiz im Jahre 1782. Die eigenwillige und schöne Anna Göldin, die als Frau und als Dienstmagd am untersten Ende der sozialen Stufenleiter steht, wird zum Opfer des bornierten, frauenverachtenden Justizapparats und der bürgerlichen Selbstherrlichkeit in der Provinz.

Novemberinsel
Erzählung
dtv 10667

Eine junge Frau zieht sich mit ihrem jüngsten Kind ausgerechnet im November auf eine Mittelmeerinsel zurück in der Hoffnung, aus einer psychischen Krise herauszufinden. »Die Gefühle und Gedanken dieser Frau, ihre Seelenangst, faßt die Autorin Eveline Hasler zu einer spannenden Charakterstudie zusammen.« (Hannoversche Allgemeine Zeitung)

Ibicaba
Das Paradies in den Köpfen
Roman · dtv 10891

Im 19. Jahrhundert sind Hunger und Elend in einigen Kantonen der Schweiz so groß, daß es zu einer riesigen Auswanderungswelle ins »gelobte Land« Brasilien kommt. Doch das vermeintliche Paradies entpuppt sich für die meisten als finstere Hölle.

Der Riese im Baum
Roman · dtv 11555

Die Geschichte Melchior Thuts (1736–1784), des *größten* Schweizers aller Zeiten. Eine Geschichte von Glanz und Elend, von Machthabern und Opfern – ein historischer Roman, der das 18. Jahrhundert in seiner ganzen Gegensätzlichkeit zeigt: als Epoche, in der die Wurzeln unseres modernen Denkens, aber auch der modernen Fehlentwicklungen liegen.

Christa Wolf im dtv

Foto: Isolde Ohlbaum

Der geteilte Himmel
Liebesgeschichte zur Zeit des Mauerbaus in Berlin
dtv 915

Nachdenken über Christa T.
Frauenleben im Osten Deutschlands
dtv 11834

Kassandra
Deutung der antiken mythologischen Frauengestalt in ihrer Suche nach den Ursachen von Gewalt und deren Überwindung
dtv 11870

Voraussetzungen einer Erzählung: Kassandra Frankfurter Poetik-Vorlesungen
Bericht über eine Griechenlandreise, Nachdenken über Kassandra, über weibliches Schreiben
dtv 11871

Kindheitsmuster
Auf den Spuren der Kindheit im Nationalsozialismus
dtv 11927

Kein Ort. Nirgends
Fiktive Begegnung zwischen Karoline von Günderrode und Heinrich von Kleist
dtv 11928

Was bleibt
Erzählung um die psychischen Folgen von Bespitzelung
dtv 11929

Störfall
Tschernobyl, April 1986. Eine Reaktion auf die unfaßbare Nachricht
dtv 11930

Till Eulenspiegel
»Eine Wut in sich, die er nicht los wird.« Till Eulenspiegel zur Zeit Luthers und Karls V.
dtv 11931

Im Dialog
Reden, offene Briefe, Aufsätze und Gespräche während der Wende
dtv 11932

Nina Bawden im dtv

Foto: Jerry Bauer

»Nina Bawdens große erzählerische Begabung ist, uns durch scheinbar ganz normale Straßen zu führen. Und dann reißt sie die Fassaden ein und zeigt uns das seltsame und leidenschaftliche Geschehen hinter den verschlossenen Türen…«
(David Holloway im ›Daily Telegraph‹)

Besuch bei Freunden
Roman · dtv 11635

Laura ist glückliche Ehefrau und Mutter und hat Erfolg als Schriftstellerin. Eigentlich müßte sie sich nur noch Sorgen um ihre Verdauung oder den nächsten Zahnarztbesuch machen. Doch ihr Sohn aus erster Ehe landet im Gefängnis, und sie hat Alpträume, in denen das Haus über ihr zusammenbricht…

Das Eishaus
Roman · dtv 11775

Daß Ruth ihre ganze Kindheit hindurch von einem Vater, der halb verrückt aus dem Krieg nach Hause kam, mißhandelt wurde, macht es ihr später, als ihr Leben scheinbar so geordnet und angenehm verläuft, schwer, den Tatsachen ins Auge zu sehen. Die Affäre ihres Mannes mit einer anderen Frau bringt sie völlig aus dem Gleichgewicht.

Eine Frau in meinen Jahren
Roman · dtv 11726

Die Ereignisse auf einer Urlaubsreise nach Marokko werden für Elizabeth zum Anlaß, den eigenen Lebenslügen nachzuspüren. Besonders als sie feststellt, daß ihr Mann schon lange ein Verhältnis mit der Freundin der Familie hat, die ihnen dort scheinbar zufällig begegnet. Aber auch Elizabeth ist für Überraschungen gut.

Kunst der Täuschung
Roman · dtv 11908

Ein Mann, zwei Frauen, Kinder. Er verdient sein Geld mit den Kopien alter Meister. Täuschung ist sein Lebenselement. Doch manchmal täuscht er sich auch selbst. »Eine äußerst komische Geschichte, faszinierend und unterhaltsam im höchsten Maße.« (The Independent)

Waltraud Anna Mitgutsch im dtv

»Hier ist eine Autorin am Werk, die in puncto psychologischer Kompetenz nicht so leicht ihresgleichen hat.«
(Dietmar Grieser in ›Die Welt‹)

Die Züchtigung
Roman · dtv 10798

Eine Mutter, die als Kind geschlagen und ausgebeutet wurde, kann ihre eigene Tochter nur durch Schläge zu dem erziehen, was sie für ein »besseres Leben« hält. Ein literarisches Debüt, das fassungslos macht.

Das andere Gesicht
Roman · dtv 10975

Sonja und Jana verbindet von Kindheit an eine fragile, sich auf einem schmalen Grat bewegende Freundschaft. Später gibt es Achim, den beide lieben, der beide begehrt, der sich – ein abenteuernder, egozentrischer Künstler – nicht einlassen will auf die Liebe...

Ausgrenzung
Roman · dtv 11487

Die Geschichte einer Mutter und ihres verhaltensgestörten, wie die Ärzte sagen: autistischen Sohnes. Die Geschichte einer starken Frau und eines zarten Kindes, die sich selbst eine Welt erschaffen, weil sie in die Welt der anderen nicht zugelassen werden.

In fremden Städten
Roman · dtv 11863

Eine Amerikanerin in Europa – zwischen zwei Welten und keiner ganz zugehörig. Sie verläßt ihre Familie in Österreich, wo sie sich nie zu Hause gefühlt hat, und kehrt zurück nach Massachusetts. Dort versucht sie an ihr früheres Leben und ihre Herkunft anzuknüpfen. Doch ihre Erwartungen wollen sich auch hier nicht erfüllen...